暨南大学中华文化港澳台及海外传承传播协同创新中心
资助出版

暨南中文名家文丛

主编 程国赋 贺仲明

许杰集

龙扬志／编

人民出版社

许杰（1901—1993）

1980 年秋在浙江富阳，右起濮之珍、曹惠民、蒋孔阳、陈子善、许杰、许子东、
钱谷融、柯平凭、杨霞华、王晓明、戴翊、戴光宗

1991 年许杰与老朋友会聚于丁香花园宴会厅
从左至右依次是柯灵、施蛰存、许杰、赵超构

1992 年 9 月 11 日于东北师大 中学百科全书编审委员会第二次会议
（前排左 4 夏东元、左 5 徐中玉、左 8 刘佛年、左 9 袁运开、左 11 许杰、左 12 周本湘）

許傑著

冬至集文
（新纪元出版社 1948 年）

别扭集封面

飘浮
（启智书局 1926 年）

暮春
（大光书局 1935 年）

总　序

程国赋　贺仲明

　　作为中国第一所由政府创办的华侨学府，暨南大学从创办开始就与中华文化传承传播息息相关。学校的前身是 1906 年清政府创立于南京的暨南学堂，后迁至上海，1927 年更名为国立暨南大学。抗日战争期间，迁址福建建阳。1946 年迁回上海，1949 年 8 月合并于复旦大学、交通大学等高校。新中国成立后，暨南大学于 1958 年在广州重建，"文革"期间一度停办，1978 年在广州复办。暨南学堂的创办，与清政府"宏教泽""系侨情"的考虑密切相关。"暨南"二字出自《尚书·禹贡》："东渐于海，西被于流沙，朔南暨，声教讫于四海。"意即面向南洋，将中华文化远播到五洲四海。2018 年 10 月 24 日，习近平总书记视察暨南大学并发表重要讲话，肯定学校"作用独特"，指示学校"把中华优秀传统文化传播到五洲四海"。

　　暨南大学中文系成立于 1927 年，已有 94 年的发展历史，是暨南大学成立最早的院系之一。自此以来，中文系以其深厚的人文底蕴和国学基础，以传播中华文化为己任，坚持"宏教泽而系侨情"的办学宗旨，培养和造就了一代代人文英才，成为暨南大学办学历史上有着重要地位和影响的学系。

　　在中文系的发展历史上，名家荟萃，群星闪烁，1949 年以前的各个时期，夏丏尊、方光焘、龙榆生、陈钟凡、郑振铎、许杰、刘大杰、梁实秋、沈从文、李健吾、钱锺书、洪深、曹聚仁、王统照、何家槐、沈端先（夏衍）等一大批名彦学者亲执教鞭，授业解惑。1958 年暨大在广州重建后，萧殷、黄轶球、何家槐、郭安仁（丽尼）、秦牧等著名专家、学者、作家在中文系任教。可谓鸿儒硕学，流光溢彩，有云蒸霞蔚之盛。这些专家、学者不仅有着很深的学术造诣和学术成就，而且拥有浓厚的家国情怀。在随学校几度搬迁的过程中，在暨南大学坎坷曲折的办学历程中，一代又一代暨南大学中文系的师生以爱国爱校、坚忍不拔、顽强拼搏、不折不挠的精神践行着"忠信笃敬"的暨南校训。以抗日战争时期发生在暨南园的"最后一课"为例，1941 年 12 月 8 日，太平洋战争爆发。日军坦克开进上海租界，并炮击停泊在黄浦江上的英美军舰。这天早晨，学校举行会议，作出了悲壮而坚毅的决定："当看到一个日本兵或一面日本旗经过校门时，立刻停课，将这所大学关闭。"何炳松校长含泪向教师们宣布后，大家分头准备上课。上课铃响了，学生们如往日一样坐在座位上。教师们宣布了学校的决定，学生们脸上呈现出坚毅的神色，静静地坐着，听老师在讲台上严肃而镇静地讲授"最后一课"。在郑振铎撰写的《最后一课》（收入《蛰居散记》，上海出版公司 1951 年版）中，他用沉重的笔调记下了暨南大学百年历史上最为悲壮也最为神圣的一幕：

　　　我不荒废一秒钟的工夫，开始照常的讲下去。学生们照常的笔记着，默默无声的。

　　　这一课似乎讲得格外的亲切，格外的清朗，语音里自己觉得有点异样；似带着坚毅的决心，最后的沉着；像殉难者的最后的晚餐，像冲锋前的士兵们似的上了刺刀，"引满待发"。

　　　然而镇定、安详、没有一丝的紧张的神色。该来的事变，一定会来的。一切都已准备好。

　　　谁都明白这"最后一课"的意义。我愿意讲得愈多愈好；学生们愿意笔记得愈多愈好。

讲下去，讲下去，讲下去。恨不得把所有的应该讲授的东西，统统在这一课里讲完了它；学生们也沙沙的不停的在抄记着，心无旁用，笔不停挥。……

没有伤感，没有悲哀，只有坚定的决心，沉毅异常的在等待着；等待着最后一刻的到来。

远远的有沉重的车轮辗地的声音可听到。

几分钟后，几辆满载着日本兵的军用车，经过校门口，由东向西，徐徐的走过，当头一面旭日旗，血红的一个圆圈，在迎风飘荡着。

时间是上午 10 时 30 分。

我一眼看见了这些车子走过去，立刻挺直了身体，作着立正的姿势沉毅的合上书本，以坚决的口气宣布道：

"现在下课！"

学生们一致的立了起来，默默的不说一句话，有几个女生似在低低的啜泣着。

没有一个学生有什么要问的，没有迟疑，没有踌躇，没有彷徨，没有顾虑。个个人都已决定了应该怎么办，应该向哪一个方面走去。

赤热的心，像钢铁铸成似的坚固，像走着鹅步的仪仗队似的一致。

从来没有那么无纷纭的一致的坚决过，从校长到工役。

这样的，光荣的国立暨南大学在上海暂时结束了她的生命。默默的在忙着迁校的工作。

这天早上，王统照教授给学生讲的是大学一年级国文课，内容是陆机的《文赋》。徐开垒从学生的角度记述了"最后一课"对他心灵的震撼和终身的影响：

这天他的脸色非常严肃，课堂上一片静寂，而我们回头从阳台上望下去，康脑脱路上却是一片乱哄哄，但见日本军队卡车正在马路上横冲直撞，卡车的喇叭声像鬼哭狼嚎。王统照老师像法国著名作家都德的短篇小说《最后一课》里的韩麦尔先生那样认真地坚持讲课，在到剩下最后一刻钟时间，他才终于放下课本（讲义），讲课程以外的话了。

他的神情是这样严峻，在他黑瘦的脸上，从玳瑁边眼镜里射出极其严肃的眼光，用十分沉痛又十分关切爱护的口气对我们说：

"同学们，刚才何校长与我们许多教师商量，决定向全校师生员工发出通知：学校从现在开始，停办了！因为日本军队已经开始进入租界！我们决不能让敌人来接管我们的学校！今天这一节是最后一课，我们现在要解散了！"……

多么沉痛的现实！多么使人刻骨铭心的难忘印象！这时我又忽然听到王统照先生对我们讲话了：

"同学们，你们都很年轻，都二十岁不到吧？我们的日子正长，青年人要有志气，要有能冲破黑暗的精神，学校可能内迁，你们跟不跟学校到内地去，何校长说过了：这要看每个人的家庭环境来定，不要勉强。问题在不论留下来，还是跟着内迁，都要有个精神准备，这就是坚持爱国，坚持抗日！……"（徐开垒：《何炳松校长的爱国主义精神》，载刘寅生等编：《何炳松纪念文集》，华东师范大学出版社1990年版）

后来，何炳松曾对人谈及当时的情况，说："与学校同仁共同经过'一·二八'之变，经过'八·一三'之变，又经过'一二·八'之变。我们忍受，我们镇定，我们照应该做的步骤，默默地做去。我们没有丢自己的脸，没有丢国家民族的脸。在事变已过，局势大定以后，总是邀少数友好喝一次酒。我们斟了满满的一大杯'干了吧！'一饮而尽。"（阮毅成：《记何炳松先生》，载刘寅生等编：《何炳松纪念文集》，华东师范大学出版社1990年版）正所谓仰天俯地，无愧于心！暨南百年，屡遭磨难，三度停办，数易其址，而终保华侨高等教育而不断，实有赖于是。

　　暨南大学中文系前辈学者的学术精神和家国情怀滋养、鼓励着一代代的中文人。在几代人的共同努力下，目前，暨南大学中文学科获得快速发展，在学科建设、人才队伍、教学、科研、社会服务等各方面均取得突出的成绩，截至2021年，本学科拥有一级学科博士点、博士后流动站、国家文科基础学科人才培养和科学研究基地、文艺学国家重点学科（2007年）、广东省一级攀峰重点学科。其中，国家文科基础学科人才培养和科学研究基地是全校唯一一个同类的研究基地；本学科拥有国家教学名师、长江学者特聘教授、青年长江学者、国家"万人计划"哲学社会科学领军人才、青年拔尖人才、教育部新世纪优秀人才等国家级人才20人次，广东省高校珠江学者特聘教授、广东省"千百十工程"国家级、省级培养对象等省级人才25人次，其中，长江学者特聘教授、青年长江学者、国家"万人计划"哲学社会科学领军人才、教育部新世纪优秀人才、广东省高校珠江学者特聘教授、广东省"千百十工程"国家级培养对象等人才称号的获批，均实现我校在同一领域的突破；目前本学科在研的国家社科基金重大项目14项，近五年新增国家社科基金项目62项；在2020年第八届教育部高等学校优秀成果奖评选中，中文系教师共获得一等奖1项、二等奖3项，这是全校迄今为止第一个教育部高等学校优秀成果奖一等奖，实现我校在科学研究领域的重要突破；近年来本学科教师发表论文715篇，其中在《中国社会科学》《文学评论》《文艺研究》《中国语文》等权威期刊发表论文125篇；入选首批国家级一流本科专业，在2020年软科中国最好学科排名中，暨南大学中文学科进入全国前5%，在全国排名第九。2020年9月，依托暨南大学文学院，中华文化港澳台及海外传承传播协同创新中心被教育部认定为省部共建协同创新中心，这是全国侨务系统第一家，同时也是广东省第二家人文社科类省部共建协同创新中心，协同创新中心的认定对于向港澳台和海外传播中华文化、对于包括中国语言文学学科在内的暨南大学文科的发展将起到很好的推动作用。

暨南大学中文系薪火相传，生生不息。目前，学科处在一个重要的发展时期。中文学科入选广东省高水平大学建设的行列，入选"冲一流、补短板、强特色"重点建设的学科。在国家双一流建设以及广东省高水平大学建设的征程中，暨南中文人将在前辈学者打下的扎实基础上不断开拓，力争将学科建设提上一个新的台阶。

为了纪念曾经在暨南大学中文系工作、任教过的前辈学者，为弘扬他们的学术精神和家国情怀，经中文系系务会集体讨论，决定编撰"暨南中文名家文丛"。暨南大学中文系前辈中优秀学者云集，我们无法悉数纳入，只能依据一定的选取原则。具体有三：一是学术或创作成就卓著；二是与暨大中文系渊源深厚；三是业已辞世。在此原则上，我们选取了夏丏尊、方光焘、龙榆生、郑振铎、刘大杰、许杰、王统照、何家槐、秦牧、萧殷等10位教授，编撰文集。其他许多名家大家，只能留遗珠之憾了。我们编撰该文丛的目的，既表达我们对前辈学者的崇高敬意，同时也希望更多的后来者知晓来路，立足当下，展望未来。这套丛书由中文系10位年轻老师主持编撰，分两年出版。

最后说明一下编选体例。版本方面，我们采用初版本和善本相结合的方式。编选上，尽量保留原文风格，但对一些术语、译名上的差异，以及异体字、标点符号等，则按照现在标准给予修订。个别逻辑错误或文字疏漏，也进行了补正。

　　"暨南中文名家文丛"的编撰得到中华文化港澳台及海外传承传播协同创新中心和广东省高水平大学经费的支持，得到人民出版社的大力支持，特此致谢。

2021 年 10 月于广州

目 录
CONTENTS

前　言

在文化明星璀璨的暨南大学校史上，不论文学创作业绩还是与学校本身的密切关系，许杰都称得上一个重磅的存在。他入职暨南大学之前，已是新文学领域擅长乡土题材创作的作家，但是暨南时光在他人生与文学生涯的意义不言而喻，前后长达10年的暨南时光让文学与教学融合，也塑造了许杰先生作家、学者与师者交融的身份。

根据布鲁姆对"强力诗人"的定义，许杰完全称得上小说领域的"强力作家"。

许杰（1901—1993），1901年9月生于浙江省天台县，是沐浴着"五四"文化朝晖成长起来的一代，人生道路充满强烈的启蒙与叛逆色彩。他就读于浙江第六师范学校时就多次带领同学上街宣传考试制度改革和教学理念创新，甚至学业也因此受到影响。1921年春，许杰与何觊业等发起组织新文学团体"微光社"，编印《微光》副刊，开始发表小诗、散文和短篇小说。此外，他积极组织龙山学会，创办龙山夜校，迈出他"为人生"的文学创作和改造社会的第一步。毕业后在台州霞城小学任教，后来在故乡与好友王以仁一起发起成立"星星社"，提倡以教育改革推动社会改革。文学生涯则主要通过阅读新文学期刊和五四作家作品开始。步入社会、体察现实的机会获得，与《小说月报》《文学周报》《文学旬刊》《学灯》《觉悟》等报刊的阅读习惯，让他对文学的感知变得更加切实和具体，他积极参与"读者来稿"将个人感触投寄到《民国日报》《小说月报》等报刊,并对郁达夫、胡适等人的新文学作品有浓厚兴趣,由此实现个人文学生活的发端。[①] 他的写作动力来自跟刊物之间的互动,比如 1924 年 8 月发表于《小说月报》15 卷 8 号的短篇小说《惨雾》,是他响应"非战文学专号"征稿活动的尝试,后来经由郑振铎之手刊发,入选《中国新文学大系》(小说一编),许杰后来介绍这篇小说属于想象的结果,本意也不是书写乡村——当然也离不开故乡生活的关联和启示,可能证明编辑的理解有时比创作者自身更为全面,比如茅盾称赞为"那时候一篇杰出的作品","结构很整密","全篇的气魄是壮雄的"[②],"大系"的入选和茅盾的赞赏对于《惨雾》成为 20 世纪中国乡土文学代表作品显然至关重要。当然这是后话,《惨雾》的刊发及其丰厚的稿酬鼓舞了许杰的创作热情,也进一步塑造了他反映现实的文学观念,"引起我毕生从事文学创作的决心"。[③] 许杰陆续发表《台下的喜剧》《菜芽与小牛》《小草》《隐匿》等描写农村题材的短篇小说,使他成为当时"成绩最多的描写农民生活的作家"。后来短篇小说《赌徒吉顺》在《东方杂志》发表,首次在文学作品中描写浙东农村的"典妻"陋习,也被选入"大系"(小说一集)。许杰的短篇小说集《惨雾》很快由上海商务印书馆出版(1926),其中收入 1924 年、1925 年间的小说 7 篇,这些作品大多以农村生活为题材,结构缜密、气魄雄壮,心理描写细腻,艺术成就较高,被称为乡土文学的代表作。

正如许杰在回忆中所说,郑振铎当年就是"文学研究会"的核心人物,研究会的活动与发表平台主要依靠郑振铎任职的商务印书馆和《小说月报》

① 许杰:《坎坷道路上的足迹》(三),《新文学史料》1983 年第 3 期。
② 茅盾:《导言》,见《中国新文学大系》(小说一集),上海良友图书印刷出版公司 1935 年版,第 31 页。
③ 许杰:《坎坷道路上的足迹》(三),《新文学史料》1983 年第 3 期。

搭建，而且不少文学活动就在郑振铎家里举行。实际上，许杰后来进入暨南大学也正是这种人脉关系的持续。许杰1925年加入"文学研究会"，继续文学"为人生"的理想。受他朋友王以仁的影响，也在这时结识了郁达夫、郭沫若等创造社同人，这些交流一定程度上变成精神上的联系，并在创作中体现出浪漫主义甚至颓废的风格。可以说，乡村题材与城市题材成为许杰文学创作实践中涉及过去和当下的两个不同向度，并非某种单一化的面孔。比如以都市青年为主角的浪漫主义作品《醉人的湖风》（《小说月报》16卷1号）、《荧光中的灵隐》、《火山口》和《黑影》等，显示出与《惨雾》等迥异的浪漫主义情调，茅盾认为许杰创作在这时候发生的变化，表明"题材是两方面的，他的作风也有两个面目"①。

许杰先后任教于浙江天台县文明小学、上海泉漳中学、上海新华艺术大学、浙江宁海中学，在任天台县文明小学校长兼省立第六中学小学部主任期间加入中国共产党，后来在"四·一二"反革命政变中被捕。保释后许杰潜回上海，编辑《互济》杂志，宣传无产阶级革命文学理论，用心写作《明日的文学》，此书是他任教上海新华艺术大学文学课的讲义，由郁达夫介绍给现代书局于1928年5月出版，后来中山大学聘请其讲授"文学概论"课时，在此基础上综合修订成讲义出版。

许杰与创造社、太阳社同人的交往不但影响其文学创作风格，在文学立场上也发生了无产阶级革命文学的转换，《明日的文学》就是系统思考文学观念与阶级问题的重要标志，通过文艺改造现实的意愿变得更加强烈：

在十字街头，一切的文艺者、文学家，已经进了一个新的大地，呼

---

① 茅盾：《导言》，见《中国新文学大系》（小说一集），上海良友图书印刷出版公司1935年版，第30页。

吸着另外的一种饱和了人生实味的空气，过着一种平淡的人间的，从前在艺术之宫中所视为平庸的平庸生活，创造起另外的一种文艺世界。

许杰晚年曾对此有过反省，也许可以视为历经坎坷之后对人生的自我审视，并不能否认青年时期胸怀的理想主义抱负，以及积极靠近、走入大众底层的意志。从这个意义上说，许杰属于现代文学史上首倡、宣传无产阶级革命文学的作家之列。

为逃避国民党白色恐怖以及谋生的需要，经老友张任天介绍、南京国民政府中央党部推荐，许杰于 1928 年 6 月中旬前往吉隆坡接任《益群日报》总编辑。不久创办《枯岛》周刊，此为《益群报》文艺副刊。许杰的到来为新马文坛带去一股清新的风，也让中国新文学跟南洋社会产生了更深入的联系。

许杰以《枯岛》为阵地，以"新兴文学运动"为旗帜倡导反抗文学，呼吁侨民投身于关注现实、本土的文学写作。由于他负责《益群日报》社论版块，经常写反映现实问题、揭露殖民主义的文章，多次被华民政务司传讯，不堪承受报社经理与英殖官员刁难，于 1929 年 11 月辞职回国。综观短短一年多的南洋旅居，许杰致力于马华社群公共言论空间的开辟，以及华语文学扎根本土的价值追求，成为马华文学追溯其现代起源的关键节点，这是他本人始料未及的。马华学者认为许杰通过地方风物书写直接参与了马华文学的发端，成为马华现代散文的史前史。①

归国之后，许杰相继执教于上海建国中学、广州中山大学、安徽大学。1935 年应暨南大学文学院院长郑振铎之邀，担任暨南大学文学院中文系兼

---

① 钟怡雯：《游历南洋：马华散文史的起点》，《世界华文文学论坛》2018 年第 2 期。

任教授，开设"文选"课和"中国文法通论"课程。任职暨南大学期间，许杰的创作热情又被激起，截至1937年8月日军侵占上海之前，发表了《督学下乡》《旅途》《贼》《晚饭》《冬夜》《冬日》《放田水》《公路上的神旗》《寿平》等小说。日军攻占上海之后暨南大学暂时停办，教职员留职停薪，许杰回故乡担任大公中学校长，主持"县政工人员训练班"，培养反抗日本侵略者的领导干部。

抗战期间，许杰辗转于广西、福建、上海等地，应聘广东省立文理学院文学院，教学之余继续从事文学创作。1941年7月，许杰以内地同人的资格入职暨南大学在福建建阳开办的分校，被聘为教授兼注册科主任。太平洋战争爆发后，暨南大学由上海内迁建阳（即建阳分校升级为暨南大学总校），许杰兼任暨南中文系主任。1944年担任文学院长，稍后兼任教务长。综合校长、校友、同事、学生的相关评述，许杰秉持公事公办的原则，"作风严格，传闻遐迩"，严谨的个人风格可能成为1945年建阳风潮受牵连的主要原因。[①] 在何炳松校长安排下，许杰避走江西崇安，不料就此离开暨南大学。

任职建阳暨南大学期间行政事务增多，许杰从事文学创作的时间受到影响，后来如此回忆：

> 在建阳暨南大学当教授4年，直到抗战胜利重回上海。我在暨南大学做教授时期，曾兼任过中文系主任及教务长等职务，这个时期，我的作品自然写得少，但写过一些文艺论文，提倡过东南文艺运动。另外，还为《前线日报》代编了一个《文艺评介》的副刊，约定读者及一些文科学生写稿子，专门刊载一些文艺短论和新书评介，也有一

---

① 高志军、夏泉：《波涛涌动的校园：1945年初闽北建阳国立暨南大学风潮研究》，《暨南史学》第15辑，2018年。

定影响。后来我把这时写的文艺论文，包括提供东南文艺运动的文章在内，编成一个集子，题名《文艺批评与人生》，以及由我选编并且作了序文的发表在《文艺评介》上的文章，成了一个集子，题名《蚁蛭集》，都交由战地图书公司出版。

除《的笃戏》中篇小说在《前线日报·战地》连载以外，小说作品确实较少，但评论类文章增加了很多，也许可视为作家与教师角色的扩展。抽出时间指导学生各类文学活动，协助中文系学生成立"中国文学研究会"和"未明文艺社"，组建文艺评论社（成员主要来自暨南），在《前线日报》创立文艺评论副刊，前后出版60余期，为东南抗战文艺作出巨大贡献。1944年在报纸副刊连载"现代小说过眼录"（主要是"小说戏剧选读"课程的讲义整理），仍然与他作为一个文学人的精神生活息息相关。

1989年，许杰为《暨大在建阳》文集出版题词"民主堡垒 革命摇篮"，表达出他对暨南大学的价值定位发自内心的认同。同时附录两首诗，作为当年心境和感受的补白：

七律——建阳暨南大学风潮

漆黑一团天地齐，更深鼠闹不闻鸡。森森堂庙嘶骸骨，寂寂东南树战旗。怒看小鬼装人样，忙举钝刀剥狗皮。四壁阴寒风凛冽，荷戈立雪待晨曦。

七绝——建阳风潮，避地崇安，同事苏乾英前来看慰，深夜坐谈

狂风过后月钻云，寂寞寒灯对故人。幸喜胸中留正气，滔滔流水不平鸣。

此两首诗写于许杰离开建阳到宗安避乱之际，这一内心的郁结直到 40 多年后才肯示人，可以看出"风潮"对他造成巨大的心灵冲击，以及人生道路的彻底改变。[①]

自 20 世纪 50 年代开始，许杰先后任教于复旦大学、华东师范大学，兼任中国作协上海分会副主席、上海鲁迅学会主席、上海写作学会会长等职务。他曾坦白自己把文学当成事业的认知过程，确实也是这样做的。从早期的创作到后来进入教育领域，不断通过教学践行文艺理论问题相关研究与实践，将文学事业与人生事业合二为一。他从人生真谛的探索中，探寻文学的出发点及意义，同时在对文学的探索中证明文学反作用于人生的可能。

尽管许杰跟文学观念不同的文学社团关系密切，"为人生"才是他始终不变的价值旗帜，他的创作率先呈现了 20 世纪中国文学关注现实的重要主题，也展示出对文学问题的深刻思考。他所经历的一生，也因为打上 20 世纪中国历史文化烙印而不仅是某个单一化的个案。为集中展示许杰波澜壮阔的文学生涯，编者决定按文体分类选择代表性作品。那些进入文学史经典之列的小说不用多说，记录离乱、丧亲、动荡主题充满生命痛感的散文，自然是不能省略的。同时也从早期结集出版的评论作品集《文艺、批评与人生》《冬至集文》《蚁蛭集》《现代小说过眼录》《鲁迅小说讲话》《〈野草〉诠释》等中遴选了相应篇幅的评论类文章。选文难在顾此失彼，言人人殊，借此管窥一代大家风采或许可也。

---

① 钱国屏：《世纪老人许杰与"建阳风潮"——许杰老师晚年的七封信》,《新文学史料》2000 年第 1 期。

| 第一编 |

小 说

惨　雾*

上

自从新嫁的香桂姊从她的夫家环溪村回门的那天以后，我们的村里就接连的和环溪村聚起兵来。

环溪村和我们的玉湖庄是隔着始丰溪的邻村。溪水在它俩中间流过，天然的画了一道界限。我们的村舍后面，从前都是一片肥沃的土地，正如现在我们从村后望过隔溪树林里隐藏着的土地那么丰饶。无情的溪水，因为距离它的发源地不远，还带有奔暴的气概，在东冲西决的奔腾，差不多每日都要改换它的故道，践踏我们的田地。现在流到我们的屋下了。我们的建筑，因为要避免溪水的威胁，在村外筑上了坚固的城寨；溪水奔腾的冲来时，破不了那坚固的城寨，就在它的下面漾洄了一回，转了几个漩涡，泛成澄碧的深潭，驷马一般的向下驰去。

我们到村后的溪滨眺望时，我们可以看着溪流的后面，是一滩黄色的沙石，沙石的后面是一片草地，草地上面生长着丛密的柳树，和许多芦苇，柳林长满了绿叶，直遮蔽了远山的山巅，与苍碧的青天相接，相离不远的隔岸的环溪村，已埋没在柳浪之中，找不到一个屋角。

我们的村舍尽处，恰与村后相反；流水汤汤地从西南方冲来，直到了村舍的靠壁；在那边顺势成一个反动，汇成一个射出角，向东南方流去；因此就堆成了一个沙渚。

沙渚渐渐的涨大起来，有几处已可种作。我们玉湖人希望在那边有一

---

* 原载《小说月报》1924 年第 15 卷第 8 期。

个最大的开垦；虽然在现在是满眼的蓬蒿。

这里靠着我们的溪滨，倘若用始丰溪的界划作证，环溪人当然管不到这些未来的财富。但是他们说那是他们从前所有的地址，他们有重新开垦的权利。

这是一个权利和财富的冲突；因为他们看重它，正如一座国际的矿山。

已是五月的天气了，小麦早已收获，大豆和田禾，正待耕耘。村人们虽然不是正忙的时候，却也不能十分怠惰。

暖风轻拂柳梢，新蝉开始歌唱，善鸣的黄莺儿飞过时，正直的投下一个黑影。我和我的妹妹杂在村人们的行列中，在祠堂前的樟树下纳凉。

那边坐在石凳尽处的老人，是加裕大伯，他穿着一件青布小衫，豁开了胸口，很安闲的吸着旱烟，他说话的时候，额纹一定折成三叠，短短的胡子，一根根的矗了出来，正似一个脱了毛的旧刷子。他最爱说话，大家都喜欢听他。靠着加裕大伯右面蹲着的是多理哥；他是一个二十几岁的后生，头上还有一条辫子，终日盘着；他手里拿着一大碗的粥，和一块麦粉的饼干，蹲在石凳上吃。再顺数过来：第三个是做鞋子的老六，他比较懦弱一点，不大说话。第四个是麻皮加来，他是一个最憨的人，而且是最黏滞的人，大家都叫他麻皮加来，就是我们下辈，也没有一个叫他加来叔的。第五个——这边的尽处，是金樱妹扶着她的刚才周岁的弟弟站着。这边呢：那个坐着的独眼，是独眼三，因为他不是我们同姓，所以大大小小都叫他三哥，他侧着头，坐在门槛上。同样的坐在门槛上面的，是江林公：他抱着他的小孙女儿拍着，俨然似一个白发的保姆。此外还有许多小孩子，都随意的立着跳着；而最使注意的，是穿着全身白衣服的香桂姊的弟弟多能，我叫他能弟，他也在那边。

加裕大伯俯下头去，要找寻一块大些的石头，敲他的旱烟灰；一面在讲笑话。一阵凉风在柳梢上发笑，拖乱了柳条，却不能移动荫在树干下面的树影；但同时加裕大伯新落地的旱烟灰却被它吹散了。

癞头金气喘喘的从村舍的尽处跑来，惊破他们的沉静；他带来一个可怖的消息，说环溪人已有四五个带着锄头短棒，在下溪渚的芦苇丛里，凶狠狠的垦地。这是一个很可惊人的消息，对于玉湖庄的村人们，因为这是一桩伟大的财富。癞头金还接着说，他已和环溪人争辩起来，相互的骂了一回；但是环溪人欺他只有一个人，恶狠狠的想来打他。幸亏他手脚快，在芦苇丛里一藏，就一溜烟的跑来了。

癞头金的话还没有说完，多理和麻皮加来，已经跳了起来。

"去！去！那还了得！"

"金！你再去喊一声加启和保东，他们都在大屋厅的中堂里。——你说我们已在祠堂前等他们了；——带短棒来！……"

癞头金已经走了；多理立刻拿出了一束短棒和棒头装有尖刀的猪刀枪；这些都是藏在祠堂里的。

祠堂前的空气，顿时变了样，那些跳着玩着的小孩，立刻套上一副骇异的鬼脸，直瞪着两眼呆呆的站着。

多理把那束短棒和猪刀枪丢在地下时，铿然的声音，与灰尘同时飞起，震得金樱妹的小弟直哭了起来。

多理解开那束着的绳，自己拣起了一枝猪刀枪，用手掌去揩那柄上的灰尘。麻皮加来拣起这根，又拣起那根。老六也拣了一根短棒。独眼三还没有起来，多理就拿了一根短棒给他，催他起来。

接着，癞头金跑了回来，后面跟着加启、保东、多智、来富等一批人。他们都仓忙的走到祠堂前，只有加启带来一根铁尺，保东和多智等便顺手拾起一根短棒。

他们一群人，都拿着武器，凶趣趣往前走；癞头金过先，后面就是多理和加启，以后就是保东和多智等了。

加裕大伯好久没有说话，最后也拿着旱烟管，慢慢的跟了上去。不知受了什么暗示似的，能弟和一批玩着小孩，也随着加裕大伯前进。

江林公发出他破锣一般的沙音，说：

"不要老老实实的打他！把他们吓一下子，赶走了就算！……"

但是大家走得远了，没有听清楚他说的什么话。

在半路上，他们已走入杨柳树的丛里，一个个散了开去。多智回头看见能弟也跟在一群小孩中间，就吩咐他回去。

在柳林中，树影在沙上摇动，恰如活动影片；日光随处的透下几丝光线在他们头上，几疑出没在云彩间的明月，人声随处的惊动了树上的鸣蝉，翼声沙沙然的从这树飞到那树，和人们一步一步的踏着细沙的响声相和。

癞头金开始在柳荫中出现，走近那些凶狠的环溪人的前面，他开口就骂：

"你这批牛生的儿子！快把你的爷爷滚开！谁要你在此地开垦？"

环溪人还没有看见他召来的一班人马，厉声的回答："贱贼！不要在你祖宗的坟上爬痒！"

"你快些给我滚开！不要来送死！"

环溪人自恃人多，如虎一般的追了过来。

"你打吗？来！……"

柳荫里面喊出了一班人马，环溪人吓得一跳，就退缩了。加启装着没事似的，把铁尺藏在袖口里，走上前来，好像代他们讲和，要讯问他的原委。他走到环溪人的面前，癞头金也追了上来，重新壮起他的胆量，打那个环溪人一个耳光。同时加启也抽出铁尺，只是对脑门的敲。多理、麻皮加来、保东等都赶上了；加裕大伯和几个顽皮的小孩也出现了。环溪人见来势不好，忙抽身往水里逃。多理恐怕猪刀枪伤得太厉害了，就把它丢在地上，顺手把多智手里的短棒接过来，追到水岸，向那环溪人的背后一击，那人往前冲，跌在水里。

加裕大伯连忙止住他们，都没有下水。那五个环溪人当中，有一个走得太忙乱了，在急流里滑了一脚，一个水涡儿，滚到深潭里，流水平他的头上；他因为加启的向着脑门敲来的铁尺太厉害了，所以提不起精神，才溜下去。这边的一批人都走出来，立在岸上，看那跌在水里的人发笑。

那先渡过去的三个人，就在对岸等着了，还眼睁睁的看着我们这边。及到那两人也到岸时，他们又开始大骂。

多能在那沙堤上，经他的哥哥多智喝回后，就呆呆的彳亍着，走回他自己家里。

他母亲还在灶下洗碗，香桂姊因为是新回门的客人，穿着新衣，在那边和他母亲谈天，一面无意的摇着手中的麦秆扇子。他的爸爸加庭没有在家。她们还不知道刚才所发生事情。

能弟报告她们，说刚才玉湖人已和环溪人打仗。并且告诉她们关于打仗的见闻。最后，他很郑重的说出，多智也是同他们一块儿拿着短棒去的。

香桂姊听说和环溪人打仗，就吃了一惊。因为一面是她的夫家，一面又是她的母家，无论如何，这是使她为难的。

他母亲很埋怨多智不知理路，说他还没有成年，就要被自眩的本能所驱使，很紧的要做后生。况且环溪村又是我们的新亲，虽然姊丈不一定在那里，但也难以为情。

能弟见他的姊姊发呆，就跑了出来。他想他的母亲和姊姊们都不喜欢他报告的消息，对于他自己的自信，似乎有些阴晦。

祠堂前的人又站满了。各人的心中，都有一种张皇的情绪；此种情景，平时在那里是很不容易有的，因为平时在那里都是没事的闲谈和嬉笑；今天却如触了电一般的，大家的脸上，都如严峻而削壁的山石，被一层迷蒙的烟雾遮盖着。能弟知道是为了刚才的那件事，就一声不响的走入人丛中，仰着头听他们说话。

春舟大伯穿着一件白夏布的大衫，在人丛中说话，大家一点都没有声音。他是加裕大伯的弟弟，前清进过一个秀才，现在可以同县城里的知事和警察官直接见面。因为他是一个文人，兄弟又多，家里又在年年的酿酒，年年的买田，所以没有一个不听他的吩咐的。他说：

"糟了！这一件事，我们不应该如此做。……现在那边上风了。……我们应该叫警察，……叫警察，说他私自开垦，强占土地！糟了！现在……是他上风了！"

他的语音有许多牵制，正好像什么人把他的舌根拖住，他想使他自己的语言，普遍的及到全体的听众，所以喉咙特别的提高。他说到后面简直是不成声了。他那语言飞散的效力，还不及他口边的泡沫的爆发；而他声音的拖沓和凝滞，却正似嘴角上的白沫一般的渐渐凝结着。

能弟挤在他面前，仰着头，不住的看着他。我从他的泡沫的飞散上，发现了能弟的沉默的头颅，在那边仰乘目露。我不喜欢能弟吃那些泡沫，正如我自己不喜欢别人用唾沫唾在我的头上一样。我挤了过去，牵着能弟的手，要他走到我的后门的门槛上坐；他就随我走来。

在那里，春舟大伯又说话了：

"现在，他一定去报警察了！……但是，不要紧；你们快把那些短棒和猪刀枪束好，藏到祠堂里转去。警察如果当真来的时候，由我去说话！"

这"由我去说话"几个字，春舟大伯，特别的说得重，好像要无论什么人都听见。同时，立着听他说话的人们，心中如放下了一块石块，面上都微微地现出一种欢喜和尊敬的颜色。

"说一句私话罢！我们用兵器，是见不得客的。……兵器！是刑事犯呢！……这是我们犯亏的。……好！现在把它藏起来好了。……警察来时，什么事都由我担当……因为这是关于合村的财富。……"

春舟大伯讲得满身都是汗，背部的汗珠，已经钻到白夏布大衫的外面，又开始流动了。他说到此处，就退了出去。

祠堂前的人们，又开始走动起来；嘈杂的声音，好像和那些人走动，有很高的相关度。

在那里，癞头金是最容易招人注目的；因为他本来是很耐人寻味的，而这次的事实，又直接的与他有关；所以大家都追问他当时的情形。

多理也很出众，他说述他用短棒扑击那个落伍者的环溪人，真是有声有色。加启也自述他的铁尺的利用，如何的轻便与如何的巧妙。而多理最以为荣，最说得津津有味的，就是他不肯用猪刀枪穿那个人的背部。

总之，祠堂前的空气，是非常的紧张。太阳稍或斜了一点西，火热的光焰，并没有改杀；树梢须静悄悄的凝练着，鸣蝉也没有唱歌；雄鸡和母鸡们，慢慢的在草地上走着，几只活泼的村狗，也躺在树下，深深的咋舌。

我偷偷的问能弟，香桂姊姊在家里作什么？他说在家里"嬉"。我想看一看他的姊姊，就要求他同我一块儿到他家里去。

香桂姊一个人躺在楼上；向南的窗门开着，正可以望见村外的澄碧的溪潭和隔岸的密接的绿荫隐约的绵亘着的远山。

我说："香桂姊！我来看你呢！"

她立起来喊我一声秋英妹。

我觉得她出了嫁以后，举止就有许多不同了。我说：

"你现在的面色，比什么时候都好呢，香桂姊。"

"不见得罢！——你看我很红润，是吗？——那是热得发烧的。"她说了微微的一笑，当即就把她的笑容敛住。我觉得对于她已经非常的隔阂的样子，找不出可以对她说的话。

"你听见了吗？我们玉湖人同环溪人打仗。"我说到环溪人，骤然想起：

她是出嫁到环溪的。她的丈夫，也曾到这边来过。

她说："刚才听能弟说过了。"

她的话还没有说完，我急忙抢着说：

"你的姊丈我看见过呢，生得非常的雄壮；我当时还说笑：'若是和香桂姊打起来，香桂姊一定是打他不过的。'那天在你家里吃了鸡子面的点心去的。……"

"秋英妹，你的妹妹来叫你了。说：你的父亲回来，要你烧点心去。"能弟的母亲在楼下叫，我便立了起来，往楼下走；香桂姊还勉强的送到楼梯头站着。

我走到家里，果然父亲坐在大凳上，解他的草鞋和破袜。我喝了一声"爸爸"，就走入灶下烧火。

母亲吩咐我去买酒，我走出后门，祠堂前已经没有刚才那么多的人了。

江林公仍旧抱着他的小孙，加裕大伯仍旧坐在那里吃旱烟，做鞋老六很安闲的躺在石凳上；一切的空气，又没有以前那样紧张了。

警察没有来，一直到天黑了都没有来，大家期待着的心，于是乎放宽了。

吃了晚饭以后，我和妹妹，坐在母亲旁边，听爸爸讲述他在外两年的情形。他末后又叹了一声气，说我不是男孩子，不能帮助他出外做事；又说我没有兄弟，对于他的前途，是很空虚。我沉默着没有说话。

能弟在外面叫，说香桂姊要叫我说话。

满天的繁星，正如中午的日光照在闪烁的沙上，反射到我们的眼帘里的那么晶莹而繁多。白天的热气，已经躲到群星的背后；凉风隐在树梢上唱歌。

能弟紧握着我的手，用力的靠近我走着。我觉得他的手有些热烈的颤动。

这是我的幻觉吧！我觉得在这样黑夜的道途上，周围是非常辽旷的，前途是非常空虚的。当我觉着这一种情景时，我的耳朵里好像有人告诉我，能弟的热烈的颤抖的手，就是这空虚的黑夜的安慰者。

大概，那时的能弟，也有这样的感觉了。他愈握紧我的手，愈靠近我来。他轻轻问：

"英姊！你今年是几岁了？"

我觉得他的无端的诘问，是含有深意的。我说：

"你呢？能弟！你先对我说了。"

"十四。那么你呢？英姊！"

"我，十六。"

他的几句英姊，真是一支刺透心肝的钻，一句句都透入我心的深处。

他愈加挤了过来，我就把他抱住，搂在我的左怀走着。

我好像是超于现实的了，我的心内的舒适，简直是戴上伟大的王冕；世界是融和了芬芳的花香与柔和鸟语的春晨，我俩是游泳其中的两尾五彩金鱼了。繁星嵌在深碧的天底，正似我俩游泳着的鱼池的水底，嵌着的晶莹射目的宝石。

香桂姊仍旧在那个楼上，向南的窗门犹是开着。和风从窗口吹来，回复到我的在屋外走时那么清爽，脱除了刚才进入室内时的许多混气的熏陶。窗外看不见澄碧的溪潭，淙淙的水声，是中午时享受不到的天韵。天河从她的屋背横过，小星填满了河街，一颗颗细洁得可爱，直挂到南天的尽处，与那些隐隐约约，用远树和山影组成的如长堤一般的黑影相接。"南大人"戴着纱帽，天庭上的帽饰，愈灿烂得出神，穿着朝衣，偏向西面跪着；正对窗口，礼拜我们屋后的北斗星。

室内的灯光，还及不上两颗萤火虫的明亮；因为南风吹得太强，故意把它放置在箱子的后面，光线更加微弱。

香桂姊在麦秆扇子也没有扇。多能弟还搦着我不肯下楼。我也不心愿要能弟离开。她说：

"英妹！你对我的话没有说完，你就走了。——你告诉我；他们同环溪人相打时情形怎样？你说我的他，（她说到这个"他"时，语音特别的放低，悠久而轻和，我知道她的脸上同时有一阵清风掠过了。）你在那边看到吗？你告诉我！英妹！"

我看了她这种说话情气，我平时的好多话而直爽的特权，早被她驳落了。我告诉她：今天并没有看见她的丈夫，不过那时他到她家里看她的母亲时，我看到一次。她轻轻的哼了一声。

她吩咐能弟到楼下去；她要求我今夜宿在她家里，伴她睡眠。

能弟还踌躇着不肯下去；我说要回去对母亲说一声再来；她催促我就去，我又要找能弟同伴。

这一次的来往，我觉得能弟的心完全同我的心黏住了。我们俩相抱的走着，一句也不言语；我只觉能弟的心同我的心完全黏住了。

我的母亲没有话，因为我的爸爸新来，要重新铺眠床，现在更加便当了。

我没有把能弟的事对香桂姊说，因为我知道她要笑我俩的。

多能还搦着我，他见我可以同香桂姊睡，也说要伴香桂姊睡。香桂姊嗤的一笑，说他还同小人一样的不懂事。我的意思，就是三个人同睡也不妨，因为这张床子很阔；但我没有说出。

香桂姊叫她的母亲把能弟叫去；我就去拂了蚊子，吹灭了灯。窗门仍旧开着，夏夜的凉风，不能有冬天的朔风那样尖锐与坚质，它只能在帐子的外面，微微的摇动，不敢骤然穿入。

她说她昨夜一夜没有入睡，只是左右的转侧；现在虽是住在她从小长大的母家，她总觉得是异乡，自己是离乡的孤客。她想要回转环溪，或者明日差人去叫她的丈夫来；但是她都不敢说。

她还说她的丈夫待她怎样的好；怎样她来的时候，送她到什么地方，怎样他对她说什么话；……但是我早含糊着答应，迷迷蒙蒙的睡去了。

在睡梦中，她把我叫醒，要我到窗口听那沙滩上的奔腾的人声。群星仍是彩灿的闪烁着，西南角的天上，多了一颗如日一般的大星；我张开朦胧的眼睛找寻溪滩的人影，却被一圈圈的灯光的红晕遮住；激湍的声音，更尖锐的可怕，渐渐的把那些石滩磨擦着的奔跳的人声冲去。

香桂姊说我睡了同死去一般；刚在和我说话，我就入睡了，老死也喊不应。她说：

"我到现在还没有睡过，连眼角都没有交接。我以前似乎听着溪滩有沙沙的人声，我不知些什么野兽在追逐。以后我听那些声音渐走渐近了，我就伸长了我的耳朵去听。我听他们好像走到水岸了，好像在渡水了，好像渡过来了。我心里在想：怎的今夜到这样的更深了，还有这许多人过水呢？我刚想到这里，只听得外面一阵喊声，接着就是亭亭碰碰的短棒声敲门声，和不堪入耳的大骂声，以及各种辨不出的声音，混做一堆；我几疑是那里失火，或是强盗来抢春舟叔的家里了。我心头不住的跳，我推一推你，你还是睢睢的酣睡。以后我听见我们村里也有人响了，我楼下的智弟也开门出去了。听说还有许多人在大屋厅的堂前打牌，大家还没有睡，齐声喊了几阵哨喊。他们因为来的人不多，所以就退了回去。他们的喊声真如雷震一般，只有你这位年老而龙钟的老太婆，福命生得好，有些安静的睡眠的命运，是喊不醒的。"

我听了她说的这许多话，以及末后的几句讥讽的语句，心里很难以为情；一再追想她和我述说的情景，又使我心里微微发寒。

我终于转入睡乡。

中

第二日下午，我们的祠堂门也大大的开了，许多的人都在那里进出。

这一双门上画有门神的大门，是不常开的；除了正月如春秋二祀的祭祖；可是今天也开着了。

春舟和肖峰，都穿着夏布大衫，在那边人丛里很苍忙的跑进跑出。癞头金的死尸躺在祠堂门的旁边的石板地上；他的眼睛还是睁着，左边的面上有一个很深的刀痕，鲜血染遍了头部，转成红黑色，将颡后的几根毛毵毵的黄发膏住。此外胸口、腹部和臂部，都有尖刀的伤痕。而臂部的肉已经紧张得反花，腹部的伤口，还流出一节小肠。大家都很悲愤的观看。最后就用一张草席盖上，要把他抬到上祠堂去。

癞头金不是我们的同姓；他是和肖峰属亲。我们的村里，就是这两姓的人氏；虽然有两个祠堂，各姓由各姓自己管理；但是平时总没有多少界限可分的。何况这一次是对外的呢？是全村的财富关系呢？是全村的名誉关系呢？

我们的一族，自然是春舟作主；他们呢，不用说是肖峰了。那边，多理最激烈。他说："不是我们把他们赶跑了，他们不是要把我们村里的人都杀完了吗？他是预备来同我们打的。好了，癞头金已经打死了；我们是小村，横竖再同他赌死几个罢！"大家没有人响了。他又眼睁睁的对着独眼三说：

"三哥！打死的是你们的兄弟呢？反是你们贵族不倒霉，要我们倒霉吗？"

"好！不用说了，我们自然是要同环溪人比一个胜负的。"三哥奋然的起来，睁着一只大眼，好像要把这一只眼睛睁得比两只还要大的。

三哥不比麻皮加来一般，是随便说话的；他一说定这一句话，就是"过五关斩六将"，也要把它做到的。多理见他毅然的决定了，就喜得跳起来。

肖峰虽然是一个文人，却不及春舟的有魄力；他十分的踌躇着，不主张复仇，要请人正式的讲和。春舟知道村人们的勇力是冲天般的，不能再压了，也想听凭他们做到怎样，再来收场，做个结束。

癞头金是昨夜被害的。他自己没有老婆，家里只有一间养着蚊子的小屋，和一张板床。他的父母，早已死了。他做人很好，代人家做事，很勤谨，村里的人都相信他。因为他家里没有帐子，又没有贵重的东西，所以他就向外关着门，走了出来，在祠堂前的石板地上躺着。这是一处清闲的幽境，又没蚊子和热闷的空气所苦闷。这是他平常的事，却不料昨夜环溪人走了过来，竟认定他是个对主；可怜落拓的头颅，竟做了死罪的佐证！环溪人把他拖了起来，顺手在他的臂部一刀，接着有三四个人会来，把他抬到柳荫外的水岸，就杀死在那边了。今天他们无意中要看那些环溪人新开垦的荒地，却无意中发现了癞头金的死尸。那边的石滩上面，已经流了四五大堆的血，鲜血被严厉太阳晒干了，转成黑色，凝在石块上，有几分厚薄。他的死尸躺在那边，一群苍蝇知道了，会集起它许多的朋友来吃食以外，什么人也不曾知道。他们在那边发现时，成群的苍蝇，已不许人们走近，好像这是它们的专利，不许人们侵占似的，嗡嗡然起来作示威运动。

对于枉死的癞头金的传闻，经他们无意间在溪滩发现以后，也如苍蝇的世界一般的哄动得热闹；那个消息的飞散，真要比癞头金的临风的尸臭还要快便而辽远。在邻近的村庄，和较远的村庄的亲戚，都上玉湖来问讯；说外面传闻，玉湖与环溪，不久就要开火。

村中的勇士，如多理一批的人，都主张当日出兵。癞头金的死尸，也不要报官检验。现在可以先把他葬入白盐或者黄沙当中，待再打死几个，将来一共总结账。

春舟不赞成当口出兵的提议：他说乘人不备，固然有道理；但是即能知道他昨夜来偷了我们一次营，今天就不预防我们的报复呢？而且迟一天，我们自己也可以多预备周全一些。

大家都没有说话。多理红了的眼睛也退了一些热度，正如被太阳烧热了的霞彩，慢慢的被晚风扇凉一样。

玉湖村的空气，是茶壶内的空气一样的紧张；那些人心的惶恐与震荡不宁，真如壶内沸腾着的气泡。全村里的人，都有这样的感觉；就是金樱妹的刚才周岁的弟弟，江林公抱着的小孙女儿，和那些黄的黑的花的村狗，大大小小的母鸡和雄鸡，都不能例外。

在我们的祠堂角头和各家的门头间，农具储藏室里躲着的稻桶，都抬出来效劳了。它们是些压寨的老将，一个个分布在向南的临水的巷口，里面装满了沉重的石块：要是两三个垒着，简直是一座城垣。这是几个要陉，各处都要有人把守。多理差不多最忙，他俨然是一位总督，跑来跑去的巡察。

靠近香桂姊家的那个巷口，一样的垒着几只稻桶，桶内填满了石块；那只新的稻桶，桶外的四个"五谷丰登"的大字，和"积德堂能记置"几个小字，都没有磨灭净尽，这明明还是香桂姊家里的农具。多智拿着一根短棒，就在那边守寨。

那天晚上，大家都没睡；好像什么大难要降临的样子。多能坐在家里，时常要跑出去看看街上的动静，听听有没有奇异的消息。

我因为同香桂姊约定的，今夜也要去伴她；不过我的母亲吩咐我做了许多事情，所以出来就迟一些。

路上毫无声息，我的心脏直提到喉头。我的足音如幻影一般的引起了巡察的多理的注意，他在我面前闪了出来，问我是什么人。我明明晓得是多理的声音，不提防心旌却跳得愈加厉害。我说：

"是我！理哥！"

"谁哟？"他好像还听不清楚似的更郑重的问。

"是我！理哥！"我不心愿自己的名字在自己的口里说出，再答出一个："是我！"

"是秋英妹吗？你怎么到现在还要出来走了——到哪里去？"

"到香桂姊那里去。"

"你不应该到这时还在外面走，——女人！"

我不欢喜回他的话，我觉得他的"女人"两字当中，有许多轻亵的意思埋着。

能弟瞥眼间瞧见了我，就跑了过来，牵住我的手，口里不住的妈妈姊姊的叫，说我已经到他家里了。他的母亲说：

"唔！多能今夜对秋英这样好！你停一歇不要反转脸来骂她！"

我觉得她的话有些话外的深意，要使我难以为情的，我想把这说头岔开：说能弟不会反脸的，那里晓得她更加有一个反面的证据；我觉得自己已经说错了话，不禁脸上烧了起来。

能弟立在旁边淡笑；香桂姊牵我上楼，赴那和平的女神所召集的睡眠的音乐会。

多智兴冲冲的走进来，像一个在酒柜上吃醉了的酒鬼，手里拿着为明日战争而磨擦锋利的尖刀，凶赳赳的放在桌上，闪闪的刀光印着灯影，使人生出一种凄惨而恐怕的景象；他又把那支藏在门后早被灰尘盖满了的"前膛"拿了出去，形式也要使它擦净，待预备好了，明日就可显他和它的身手。

他的母亲说：

"你自己还没有长成十足，多智！一株娇嫩的茅竹，那里可以临风呢？这些公共的事情，你只要不落了人后，已算好了；怎么还要出人头地呢？"

多智如没有听见一般，回头对他母亲说："我自己不知道吗？要你多说！"

说着，走了出去，他母亲随着他走上门首，觉得全村的屋顶，都罩着一层凶恶的网。她告诉多智，要关门了，让他一人在外面；他没有异议。

睡神是和我结了缘的；在黑暗中的迷蒙的入睡，好像酒醉后，在落花细雨中看桃花一样的轻浮与微妙。及到我被香桂姊喊醒时，我的眼帘才招受了清晨的可爱的阳光，听它把眼底遗留着的黑暗逐去；心境开了喜跃之门，来欢迎那些戴上露珠的小草上的晨光的跳舞，窗外的流水的歌声，好像告诉我这睡乡的羁旅者以悲怨的恋歌。我的心灵像感受一种多方的人马驰骋的闯入的复杂之感，使我心境一时难以分释。

震人的锣声，已经响着第二遍了；第三遍就要会齐；第四遍就要出发。

我从香桂姊那边走来，迎面的太阳，刚在我家后门的那株大樟树上，猛烈的惊人的阳光，已经表示出不是平常的日子；祠堂前的两边墙上，都整着猪刀枪。约有一尺多长的雪亮的刀锋，都张着牙齿冷笑；我觉得一阵寒栗，身上就长满的森森的汗毛。那锋利的刀锋的下面，都系着一簇鲜红的，如传说故事和戏台上所看到的，厉鬼的红毛；晨风很急躁的吹动了它，我幻想着一个长满了獠牙善于吃人的阔口，就在那个下面。此外还有短棒和长枪，都很使人惊怖。

路上走着的人，都如着了魔一般。

那边多理，多智，都在弄着前膛枪。加裕大伯从前是善于打飞鸟和松鼠的，他在那边指示多智。多智这小后生，一支前膛，已经把他的面孔弄青了，还要去打仗。

那边麻皮加来拿着一根猪刀枪，在试验着，好像要杀人的样子，向着来富。来富连连的退避。加启走上来骂他，说他不应该这样无诚心。

这边，保东喝退了一群小孩子！不要他们来玩弄这些危险东西，同时就开始计算它的数目。

老六匆忙的跑来，说春舟要多理去一去，多理把洋枪递给加裕，走往春舟家里去。春舟还在家里吃早饭，他问多理预备好了没有。

"你去再打第三遍的铜锣，告诉他们是会齐的时候，不要再延迟了。"

"他们还有许多正在吃饭呢！"

"那么稍微等一等吧！——你可先去，我吃了饭就来。"多理仍旧跑回祠堂前。可怕的战事就要开始了；大家开始恐惧起来。多理要大家看一看，还有什么人没有来，不许他们躲在家里幸灾乐祸。

第三遍的锣声响了。这是一种带有辣椒一般的兴奋性的警告，对于那些不惯于吃辣的妇人小孩一般的男子，已经觉得太为过火，而他们的喉咙的作梗与发烧，和鼻腔里异样的刺激之沟通了眼泪的奔流，都使他们有退缩和迟缓的可能。

"吃过早饭了的，都到祠堂前聚会！"

锣声反复的鸣着；这句成语也反复的唱着。它们从村的这边走到村的那边。骇人的警告如浓烟一般的绕着树梢好久不散。

春舟没有穿着那件大衫，却穿了一身老布的短衫，在锣声与呼叫声的中间杂了出来。大家的视线都菌集到他的身上，哗然哄了一声：

"春舟先生来了！"

"预备好了没有？"

"这边都好了，只是人还没有来齐。他们来了就可以出发。"

锣声还继续在响，勇敢的人们都穿了短衣，缚好了很阔而很坚实的腰带，一阵一阵的从锣声中涌来；各人都自告奋勇，不欢喜自己有怯弱的表示，让人们看出他是一个怕吃辣椒的弱鬼。

一声震天的枪声，震得大祠堂的石壁和大门轧轧的摇动，祠堂外的大樟树和村庄外的柳树梢头的栖鸟，也随着骇人的枪声四起，直要缭绕到远山的山谷；而辽远的山谷的回声响着时，第二个的枪声又起了。

在人丛的头上，还矗出船桅一般的短棒；棒头一齐的高低，好比斩了树荫的树干，猪刀枪露出一尺多长的锋芒，若刀山一样的竖列着，太阳的光线一闪一闪射人灵魂，红胡子就在震怒般竖立。

第四次的锣声还没有响，他们就动身前进了。肖峰和春舟忙着要点一点出发的人数时，可是前面的人已经喊不回来了。

他们走过自己的门前，各人的母亲和妻子们的口里都衔着一个梅子，胸甲上装着一副水堆；眼睛里的泉水并没有溃发，可是全身上的冷汗却流得不停。

多理和加启，差不多是两个少年的总督；春舟和肖峰，就是运筹帷幄之中的军师。多理背着一枝前膛，腰间缚着腰带，胁下挂着火药袋和子弹箱，胸口插着一把小尖刀。刀柄圈成一个圆圈，用红洋布绕住，露在腰带外面。脚底穿上一双棉丝草鞋，可以使它的运用，前进与退后，上山与过水，都显出轻便而灵敏。腿部绕着腿布，腓部如躲着一只小猪，足见它的精壮。大家都是差不多的装束，可是总没有像多理的那样引人注意。

多智的脸色，已经有些发白；他背着的一枝前膛枪，特别的高出他人头上，早被他自己门口的香桂姊和他的母亲看到了。他走到自己门前，也不看一看那边立着的是些什么人，好像对于他的出阵，是有无意间的禁止与讪笑存在着。多能看得发呆，要跟他的哥哥去；多智把他白了一眼，他的母亲就把他叫住了。

人马走完之后，村上非常的静寂；那是兼着大水后的凄清与暴雷后的惊恐的两种情调渲染成的一幅图画，有令人置身在千丈飞瀑之下的寒栗与恐怕的魔力。

他们走出了村庄，就分成三路；每路又各各分散，各向适当的地方埋伏。

村上的妇人与小孩子们，都紧张着十分期待的心弦，希望得着一个什么消息；耳朵也紧竖起来，什么一点微细的震动，都可以引她们出外张望。

野外的枪声连续的响了；要是不是先告诉人说有战争，他一定疑心清明时节的扫墓的爆竹了。有时竟然隔着许多时候，一点也没有动静。妇女们的心旌，正如看着大火一样；她们不能前去救火，只能在辽远的异方看着它的势焰的凶猛与缓和，而用自己的心弦的紧张与弛缓同它相应和罢了。

樟树上的日影，一点点的移动；一朵飘荡的白云，忽然遮住那绯红的太阳，光线顿时转换。

老六在战地走来，吩咐大家煮几桶热茶。她们问他情形怎么样？他只说还没有交锋；我们的兵，都在老虎山下。

停了一会，老六又回来了；这一次他代春舟先生找箬帽的。她们问他现在怎样了。他说环溪人已经在对岸树林隐出来了；已经接过几声枪声。

加裕忽而一人一趔一趔的转来，她们很怕他是受了伤，但是不敢问出，只问他现在情形怎样了，他说：

"可恶的环溪人，实在太顽皮了。他们知道我们这边没有深密的树林，老虎山的几株乌桕树，哪里及得他们那杨柳树林的藏身的巧妙呢？他们都取巧地躲在林中，太阳又照不透，你们看不到；但是你们一动一走，他倒可以看到了。他那边到现在只有放过两三枪，他静待着我们的动静。没有法子，我们又不敢上去；他们又不敢出来；恐怕打了几日，也没有一个输赢。"

"我们大家都没有戴箬帽的，太阳直照得汗油直流。我老人家，横竖在那边也没有什么补益，不如让我抽身回来吸几口烟罢！"

她们还要问问她们自己的亲人的情形如何时，那边震人的枪声，又一连响了起来。大家一句话都没有说。加裕大伯说这几枪响得特别，恐怕是环溪人出来了。

接着又是连续的枪声，在这许多枪声中，可以听出有几声枪声实在远而且微，可以证明是环溪人在那边接战。

加裕大伯对于吸烟，好像有特别的缘分，虽然他吸的不是鸦片。他要回头向她们告别时，那边又是一个枪声。可是，这一个枪声太奇怪了；我们只能想象它是一种轻飘的，而且是扁平的横流的发响。加裕大伯很发愁，说不是火药的不足就是倒坐。但是他仍旧走了。

我和香桂走回她的楼上，太阳射入窗内的光线的位置，已经告诉我们是烧昼饭的时候。

窗外的景致，又是异样；隔岸横列着如屏障一般的柳林，叶片渗透淡淡的阳光，觉得还是十分娇嫩。全个大地，笼罩着带有杀气的表情，使人感得心怀不宁。香桂犹系念着她的丈夫所居住的环溪，和她的丈夫。她站在那边呆呆的出神。她平时不爱说话，尤其不喜欢说及男性的话。她对我说及她的丈夫的事情，她总算是破例；因为她相信我还是一个可说话的人，虽然说我年纪太轻，不识情事。

她幻想着她归来的那天。他们醒来，天还没有大亮。他握着她的手，说不喜欢她到母家去。她回去了，使他太觉寂寞。她也这样回答。她起来梳洗的时候，他坐在她的面前，眼睁睁看她梳头。他送她到那座小石桥头，又穿过那座松林，在那个荫着一株老树的路亭里面，他说她到玉湖后，过了几日就来看她。那时亭外的老树，被微风吹得佝偻的摇动；好像在告诉他们说青年人不要太缠绵了，转瞬间就要衰老；而它自己的凋零，正是他们后日的象征。她好像感到这不是留恋的时候，不应该在这新婚的一月后就这样的悱恻而柔情。他回头看着他走去又回头看她，正如她的频频看他一样。多智弟伴着她走回家里时，她还没有想到她的母亲的渴念。

她想到她的一切，——对着对岸的深密的柳林，和柳树外的松林，幻想着关于她的丈夫的一切。

我看她看得出神，料定是在想着她的丈夫了。我也不去理她。

忽然楼下发生了一种惊异声音，她的母亲的哭声，两三个的男子的嘈杂声，隐隐之中还带有呻吟声，混然相和，传到我们楼上。我知道有不幸的事在这一种声音发生了，我的心头便蔓延着一种不可言说的恐怖，香桂姊也被一种声音打醒。我俩一同走下楼来，只见老六背着多智，加启跟在后面，走进门来。多智的左脸烧得漆黑，正如涂上一脸的黑霉，连那眼珠的地位，都不能清楚的找出了。左耳的耳轮，微微的在流血；血痕延长到颐上，造成几条河道，在黑色的面颊流过，好像黑云中的闪雷。一部分的斜披的两发，已经变成黄色，圈成许多小球，退了许多地位。肩上的方衣服和领口，也烧了几个细孔。这都是他自己放的前膛倒坐了火的伤痕。

多智的眼睛是微微的闪着，脸上飞舞一种凄惨的情调。他那种倔强的气概，和自傲的表情，现在正如两只捉入网内的野兔；虽然它不住的要跳出这个网罗，但是它的能力，却只许仍旧如此。母亲的心，自然没有这种怀抱，可是多智的过敏的神经，虽然没有听他母亲的怨语和诽谤，甚至于轻视或冷淡，他总觉得他母亲告诉他"不要太想后生做了，少年人！"的几句话，是在他的耳膜外敲门。他不敢说出伤口的那样痛，就是套上这种心情的面具。

多智躺在他自己床上，老六和加启早已归去了。

香桂姊觉得这是一桩不幸的事情，多智的受伤，似乎还是什么更不幸的事的预兆。我因为多智的冒火，却联想到能弟的同他哥哥的相反的性情。我想若能弟的郑重将事，定没有这种冒失。

他家中没有一个流泪的，我更无从为他心酸，虽是她们的心觉得是酸的。

多能不知从什么地方听来的消息，说环溪人已经两个被我们打死，还有几个被我们打伤的。香桂姊听着环溪人打死和打伤，又怔怔地伤心了。

多能牵着我的手对多智与他的母亲和姊姊说话时，外面忽有一阵严重而嘈杂的喊声，（直比山崩地陷还要惊人与震耳的喊声，直可以喝得山也崩了地也陷了的喊声）：传来我们呼吸都被它塞住了。这是很可以给我们以推想的事实，那一定是短兵相接了。

这种声音与推测，很使我的心地不安，尤其左右为难的是我的香桂姊，她的脸色已经和那喊着的声音，高低曲折的转了几转了。

喊声又渐渐的停止下去，这是我们推想着他们停止的时候，我们刚默祷着不要伤失任何人的生命时，但那悠长而悲哀的妇人的哭声，已经在村上旋没了。她的三哥的老婆，她听着传闻，说她的丈夫三哥已经被环溪人轰死，就哭了出来，要上老虎山下去。这是谁也不能阻止她的事，这是她的尽有的自由，神圣的生离死别的重要关头。

但是当她带着哭声要上老虎山时，他们已将独眼三抬回来了；他并没死，神气也很清醒；不过因为淌了一大堆的血，面色觉得很沮丧。跟着独眼三的后面，又抬来两个受伤的人：一个的额受了前膛枪，只微微刮去了一小块的皮肉，子弹也没有透入脑壳，但是当时却是昏倒了。还有一个是比较三哥的伤处，更要重一点，因为三哥的伤处是在臀部，而他却是在肋骨的下面。

村中的路上，已经染了几点血迹，各人的心中，大概，也是一样的渲染那些鲜红的血痕了。

从偏于东方的太阳变为无偏无私以后的不久，它又转偏于西了。勇往的两方的人们，不知道被谁驱使了的人们，已经饿了半天了。虽然他们的家里，或者有一些麦饼送去。

双方经过了这次喊之后，环溪村的人们，就退了回去，其实；照他们说，是我们这一阵喊声赶了去的。这个，我们可以不管；总之他们已经收兵了；我们的心也可以放宽一些了。

据他们确实的传闻，环溪村的确被我们打死三个人。其余受伤的还不知多少。而我们这边，却一共只有四个人受伤，打死的人，却半个都没有。

据多理说：那边被打死的三个人，两个是他亲手打死的。一个是他看他在杨柳树丛隐了出来，却不知道多理的火药已经上好了。他被打伤了还会走，但是不上三步，就跌倒了。还有一个是在这边的乌桩树后面，那株乌桩树是缚了一身的麦秆，如穿了蓑衣的渔夫一般的。他隐了进去时，多理早已看见；料他不久就要出来，就瞄准枪头，一枪就中在他的胸口倒了。还有一个呢，那就这一次最后的喊声中短刀相接时，保东把他穿死的。因为那人很奋勇的追过来，要穿独眼三，三哥虽被他穿着，却不料自己的生命，已经挂在保东的枪头上面了。

另外，他们还各自说环溪人死了多少，但是都没有确凿的证据。总之环溪人除了死人以外，而所得受伤的人的报酬，却也不在我们的下面。

晚霞好像一天的血泊，一块块在天海飘浮；我们村上的惊恐而悲酸的情调，正如一缕缕灰白色的浓烟，迟迟地在霜晨的屋背旋没。

这是什么景象哟！——被傍晚血泊一般的晚霞带着一种杀伐之气所笼罩着的！这是何等地令人可怕的情形啊！

下

第二次的正式接战又起来了。

这是距离多智自己冒火受伤的那次战争之后的第四天了。一切的布置与设备，一切的器械与人马，都要比前次多一倍或多两倍；而他们心中悬着的可怕的重累，也要比前次多几倍或者几百倍。

托了祖宗的荫福，和全村的龙脉的祠堂基址的风水，在前次战争，才没有死了一个人；虽然有几个受伤，但是人数很少而且伤势都是很轻。

可是，环溪呢，环溪是不得了。据外面的谣言，说环溪已经被玉湖打死的人有七八个，而受重伤的有好几十，——稍微受了一点微伤的还不算。这种可怕的谣言，对于人丁充足钱财富有的希求得有最好的上风的名誉的环溪，简直是教唆他重新挑战的呈请书；而对于我的玉湖，更是一颗痛吓的炸弹，和弄得人们惊恐无着的钩魂旗。在那天战了的晚上，我们就从许多邻村戚友的慰问中，听得环溪人大有非得剿灭玉湖不止之气概的消息。

第二天早晨，我们都立在屋后的溪岸，远看那隐隐的树林里如蚂蚁一般的移动着的环溪人，他们张着一面金黄色的绸旗，在随风飘展，好像在代表他们的强悍自高的气势，料定我们玉湖人不敢重与抵抗，而故意装出挑拨你去接战的样子。那边的军队愈走愈近了；他们走出了榛密的松林，踏过了青碧的草坦与种有大豆的田岸，再穿过了多荫的柳林，在那个沙岸游行。炮声一枪枪的时常穿过我们的头后，而撞动了我们悬挂着的恐惧的心房。他们这一种大胆的示威运动，使我们只有深深的躲避与退缩。

我们不敢立在容易被人看见的溪岸，也不敢容易被人听见的大声张皇，我们都紧闭了板门，伏在门缝中间窥探。这正如一只避难的狗，逃入自己的洞内，又回头去张望那追者的情形一样的可笑而可怕。

环溪人知道我们不敢出去，只重重的放了几声冷枪，又巡回一般的回去。

这是给我们以太难堪而可怕的暗示；更可以证明那些友谊的慰安者所带来的消息的不错，和环溪人的自高自大与好胜的心理。

多理看得急煞了，在村上只是跳：

"怕死鬼，就一定要打死了吗？打死就给我先打死，我做先锋！来！我当头阵！我冲敢死队！"

他这样喊着时，许多好胜的后生，已经被他打动了，于是他的后面就跟上许多人，像加启、加来、保东和其余最出死力的许多人。

全村的灰了的心，又被他扇热了；埋葬了的好胜的勇敢，又被掘起来了。各人的心里都有点动摇。多理又奋然的跳而且喊得声都沙了。

"况且又不是我多理一人的事情。就是让环溪人走来把我多理的头砍了，把玉湖的房子都烧了，把新涨的小溪坦完全占去了，对我也没有相干。我是为大众的哟！我是为玉湖的哟！怕死的！我是为玉湖的名誉与财富的哟！"

在大众的心中，差不多是无疑了；——要对环溪重新接战。

毕竟是春舟老练而耐心一点，因为多理在头上跳跃的火，没有一个可以压他，而春舟却只要一句问话，就把那扑不灭的热火扑灭了。他说：

"是的，我也这样想；只是环溪的人本来比我们多，现在又有他的邻村的助战与借兵，我们这几个螃蟹一样的人马，还不被他'捉虾过酒'一样的容易打败吗？"

多理一时被这个疑难压住了，这好像一块郑重的石块，压在身上，很不容易脱离。最后，春舟决定：也要借兵。

自然，借兵只有向同姓的村庄去借，因为我们都是同一个祠堂，或者祠堂都同一个字。

那天晚上，早就有人在打扫祠堂的横厢；祠堂的东面的长久没喷过青烟的烟囱，也借春舟家里拿来的二石白米，扬眉吐气起来。此外，还要先宰两只肉猪，他们在村上选择着的一只，就是我母亲所养的那只"大白花"。

我母亲因为我爸爸做的生意，是一年两年不归家的；家中的应时费用，他又不能随时寄到！所以我母亲差不多看着养猪是一大宗的储金的。有的时候，我们甚至于籴米的钱都没有了；但是，要是有钱来，母亲宁可先籴糠。她说，我们自己命苦不要紧，只要不会饿死，总可以勉强的。而这只猪呢，却是不能饿了，饿了就瘦了，要少了许多收入。

这次他们要选定我们那只"大白花"去宰时，我母亲犹迟疑不肯。但是他们一定说，这是公众的事情，是不能争执的；——就是争执也归无用；——因为大家已经选中了我们的"大白花"是最肥最胖的了。

我母亲带了一种说不出的悲哀，呆呆地沉默着，让他们把它在猪圈里拖去。这真使我母亲十分为难，——莫说我的母亲，就是我帮着母亲，一桶一桶的把它喂大的毫无金钱的观念合杂进去的心情，也觉得他们是过分。就是那时我的唯一的小弟死了的悲痛，对于我母亲的打击，也不过如此罢！

夜半的时候，我忽然自己醒了转来，追寻我可怕的梦境；香桂姊问我怎的今夜破了例。我说好像有一个人，在梦中叫我醒来的样子。她吩咐我不要响，静听这沉静的黑夜对我们耳语些什么东西。霎时间，我听得许多的脚步声，从远处响来，正似铜锅上走着的一群逃命的蚂蚁。我疑心又是环溪人来偷我们的营了，可怕的癞头金的血渍的皮面，就在我的眼前出现。那种渐渐的近来，我才在它的强弱与高低身上，玩味出它的位置与声色。我决定那个声音，不是在我们的村外，而在村内；而且他们的举止，也带着不甚张皇的躲避的和衷共济的情气。香桂姊也这样决定，她说她不欢喜这样做。多理那东西，简直是捣死鬼。她说她这儿日简直没有一日是舒服，她听到打仗，尤其是同环溪打仗，就好像把自己的心肝割了出来，提在手里，在北冰洋的冰山上面走。她对于多智的受伤，也觉得是无为的天谴。

天还没有亮，又有什么人要敲门捕鸡了；鸡声叫得很是凄惨，好像要把我们从睡梦中叫醒，好去援救它的生命的危险。那人手里的待东之鸡也不止一只；他是从各家捕来的，要拿到祠堂款待那些同姓的深夜的来客。

两姓的祠堂里都住满了助战的同宗。而尤其是我们的祠堂里特多。

他们都有自己带来的兵器，像"后膛枪"，玉湖人所没有的，就有五枝，其余："快五响"也有一枝，前膛枪念五枝。而且他们都是好打手，——能够打飞鸟的。他们又个个都是很精壮的男子；——就是徒手击搏，恐怕两个也打不倒他一个。

虽然这许多的援助的来了，在我们的心中也增加一种预期的必胜的喜悦；但在同时的反一方面，却在我们的心坎中，摇动着几百个毒蛇的红舌头。许多的人们，正如我们一样，不敢违反大众的意思，看他们预备这样，设置那样。他们要用破旧的木板与竹片，乘着深夜无人知道时，将那些环溪人所要走到的要厄的地下掘成一个深邃的圆洞，然后把尖利的木板装好，上面仍旧盖好原来的草色。他们也要用破旧的被絮，拿来浸在水里，待它的各部分都吸饱了清水，同饱和了的大海绵一样时，拿了起来，挂在有力的如牌坊一样的木架上，预备着打仗时，可以做一个隐身的屏障。他们还吩咐了许多话，如火药应该买多少，子弹应该买多少之类。总之：他们是一个有条理的计划，谁可不佩服他们呢？

第二次的接战又开始了，这次多了二倍以上的参战的人。

当他们拿着兵器，凶赳赳的武装起来，走出村外的时候，家属的女人们，也和前次一样的怀着恐惧，立在门首看着。她们在向老天与祖宗祈祷：

"天呀！有灵有性的祖宗呀！

你们帮助着我们得到胜利罢！

少数的死亡归诸我；

多数的受伤归诸那环溪人罢！"

这是一个奇怪的祷告，要死亡归诸自己的祷告。但是他们已经想透了；战争是没有不受伤或死亡的，而死亡可以有偿命的经费的收入，受伤却不过是受了要死不死的苦痛。

这一次的战场，却不是前次的老虎山下；因为在那边作战，实在没有好的地方可以进攻与退守。

大兵出去之后，不久就有许多震耳的炮声，在妇人们的预料中，知道是接战了。

香桂姊坐在楼上，沉湎在悲惨的愁思之中；她的空虚的胸怀的门内，紧紧地关闭着对于战争所感受到的不安，和别离而独居的孤寂的悲苦。她不欢喜那些讨厌的枪声来敲她的心门，正恐它触发了不安和悲苦，使它们来蹂躏她的心田。

村上的妇人们，都用她自己的心把她的丈夫或儿子的生命扶住，她恐怕恶魔在他们的头上回旋着，正如强悍的老鹰一般，转瞬间把他们的生命啄去。

她们期待着的心弦，紧张得将要爆了。

她们的嘘气与悲叹，和期待着胜利的虚荣，合上那些同情的骨肉的爱，缭绕出屋脊的青烟，来烧那麦粉的旱粮和茶水。

村上没有留着一个十六岁以上的男子，那些从同情之爱与骨肉之爱间所发生出来的送点心送茶水，当然是小孩和女子了。

我的父亲前次没有去，他们都骂他躲懒，对于公共的事业不热心。他对他们说刚在异乡作客回来，路途上有些劳顿所以没有追随他们之后，以后自当为公众效劳。可是这次，就推托不过了。

我父亲的茶水和点心，当然是要我送的了。母亲的胆比我还小，妹妹平时连听放炮竹都要掩耳朵的；这几天，她简直不敢出来。我提着一手的紫砂茶壶，一手的小竹篮的麦饼。那些麦饼，我想是母亲的心肝做在里面的；而母亲的心肝，却带有眼泪的酸气和热汗的咸气与闷气，——那是代表着她的恐惧与悲哀都向肚里流的意思。

多能这几天常要跟着我，牵着我的手；现在又要我带他一同去。反而他家里倒很闲了，多智躺在床头，能弟是年纪太轻，所以倒不要担心。虽然香桂姊是很愁闷的，但她是为着别个原因。多能要代我拿茶壶，我只许他拿竹篮，因为茶壶，我恐怕打破了。

村上总是充满一种杀气，这一种气味是辣人的火药气和涩口的血腥气所混成的；同时，也充满了一种囚牢里的惊恐与断头台上的肃杀。

金樱妹也要送点心去；她没有茶。她送的点心比我的多几倍。她有二个哥哥和爸爸，都在那边。她的眼角还是红红的，面上留有几道泪痕。她说她不敢去送，她的母亲就骂她，说要告诉她的父亲打她。她现在手里提着那个竹篮，还是在颤抖的；伊是不敢说她是提不动而颤动的。

她与我们同走。

现在我们须从村后的小路走。那边走着的人，很多，他们都是从各处来的，来观战的。我走过那三株大松树的坟坛，又走过了春舟大伯的丘"八石"的田岸，才走到那株雷打了的剩有一半的老乌桩树。那边还有许多人，最远的我就不敢过去了；因为再过去，就要弯倒身子在田岸的下面爬。

我远远的望上老虎山的山顶，那边满山都是看战的人；他们有的戴着洋伞，有的戴着箬帽；他们的衣服的颜色是白的最多，青的和黑的次之。他们在那边蠕动，如一群蚂蚁。

我用自己的手，提着我自己的恐惧的心，我向战地望去，可是看不到几个人。惊人的枪声，我是一连听到的；及到我回头寻找时，却只有几缕青烟。

那边的一个帆布一般的湿被絮的架子，也孤另竖着；我在它的下面，找不到一个人影。

我只能在无意间，忽然看一个，从这边爬到那边，或者从那边爬到这边。我在疑虑间，我的父亲走来了。那边村里送来的东西，都放在那里等他们。

父亲并没有拿洋枪，他的兵器是猪刀枪；他说他伏在那个高坟墩的后面，没有移动过，一直到现在。他说他伏在那里很危险，许多弹子在他头上飞过，或者跌在他的旁边。他形容弹子在他头上飞过时的情形，真使我战栗。

枪声继续的响着，父亲一面吃点心，一面在述说他的所见。忽然有一回使人注目而悲痛的情景呈现在我们的眼前了。那边爬行着一个男子，同时他又拖着一个受伤的人。他们不敢立起来正直的走，就是受了伤了的也不能使敌人看见，只得顺势放在地上拖挟。那受伤的人，正是保东。他的枪伤是在肩部，子弹从这边飞进从那边透出。当时他自己用地上的泥土，抓了一抓，放在伤处；以后就昏去了。现在那些血流，把泥土渗透了，分不出是血是泥。又经那人把他拖来，向下的伤口，在地上磨擦成更大伤痕，蔓延到背部。

我不忍看这个，我就牵着多能回来。

我还没有到"三株松"，就听得老虎山下的人们发出异样的声音，回头看时，他们已如蚂蚁一般蠢动，各各向后退散。我走村里，保东的受伤，已经有人传问了。一会儿，两个人抬着保东进来，妇人们看着发呆。我刚走进家里，母亲问我爸爸好否。我还没有回答，可怕的消息就追到了。

"秋英！你的爸爸受伤了。"

我起初还不相信，我刚才看见我的爸爸很好。母亲也怔住了。

"秋英！你的爸爸受伤了！"

这明明是一个实在的报告。于是我的母亲的眼泪直淌着了。我自己呢，也流着辛酸的眼泪。我不知道我的眼泪是为爸爸流的或是为母亲流的，甚至于为我自己流的？总之我的眼泪是流得辛酸而悲苦。

母亲当即就要追去，但是受伤的父亲抬到了。

父亲的左腿受了后膛枪的子弹的伤，鲜血还在滚滚的流下，他的伤痕，有两个指头并着那么阔，一只手掌那么长；侥幸的，还没有损着骨头和留住了弹子，因为这一颗弹子是从他的外边掠过的。

母亲一边哭着，一边烧汤给他洗伤口；父亲还要做好汉，母亲才止了哭，含着眼泪。我说：

"父亲难道是喜欢受伤的，——你也是不喜欢出去的呵！"

于是父亲的眼角也红了，母亲又哭起来。我和妹妹也哭起来。

能弟见我们一家都哭了；他也哭起来。我要他回去，把他送到门口。他跑到家里，看不见一个人。多智躺在床上睡着了。烧黑了的面孔，今天更加发肿，使他瞧着发怕。他不见母亲，就哭了起来。哭声震动了楼上的母亲和香桂，她们在楼上喊他。他不肯上来，而且多智也醒来要茶了，他的母亲就走了下去。

楼上仍旧只有香桂一个人了。

这时的枪声，似乎就在她的窗外；她被好奇心所引诱，走向窗口观望。

啊哟！那是短后相接的可怕的时候了，怪道现在的枪声这样响得近。这不是退步的代征吗？——那末，玉湖已经战败了呀！

——啊！愈加近来了！看呀！他们相差着简直没有两丈多远了。天哟！杀机就在这一瞬间了。——那些不是环溪人吗？啊！三个，四个，六个。呵！他们好凶猛呀！

啊哟！他们接触着了。那个不是多理吗？啊！他跑的多危险啊！怎么这边只有他一个人在跑呢？呵！两个！三个。危险呀！那边有人放枪了！

青烟起处，当那可怕的枪声送到她的耳膜时，那颗弹子也到她的旁边的窗门上陷入了，她的眼睛，在一瞥间，就告诉她生命的危险。她震惊着眼前就变成黑暗。她的丈夫，面上留着许多血渍的形象，就俨然在她的眼里闪出。她惶惑着；一会儿，觉得他在那个路亭上送她的行；一会儿，她觉得他俩在新婚后甜蜜的情话。她不能明了这些感觉是什么现象。

她瞪眼看时，那真是她的丈夫，不错的，那刚才放枪的，就是她的丈夫。她的心头，跳得厉害。她幻想着这是一个噩梦，不是事实。

——啊，你还要追呀！你不要太勇敢了！呵！这边有伏兵呢！不要再追了罢！

——啊哟！危险呀！又放枪了！天哟！多理，是多理，中了枪了。

——还追过来吗？呵！不得了！跌！一个！两个！跌！啊哟！这是什么地方哟！

——呵！怎么走不起呢？你们的力量没有了吗？你们这样摇动如一只吊在地上的老虎。起来呵！那边的人来了。

——怎么你又要开枪呢，先走出去不好吗？

她的眼睛又昏迷了；她不能看见什么。她觉得有人在提着她的头，阴森森的白刀在她头下翻过。她颤栗着，她的心胆碎了。呵！那是怎么一回事哟！

她眼见着她的丈夫陷在那个虚设的陷坑里走不起来时，那颗杀星就在他的头上照耀了。那里闪出几把长柄的猪刀枪，雪白的利锋，辽远的张着恶口在笑。它好像笑着她的命运，她的丈夫已经在它的支配之下了。

——啊！多么残忍哟！我的天！呵！他流的血就是我的心肝跳出来的呵！呵！胸口！够了罢！肋下，面部，腹部！——残忍的流血呀！

这是玉湖人的埋伏；但是也是环溪人的堕计。

她的丈夫的同伴，已有两个带伤逃遁了，但是，他呢，他在那里流血。鲜红的血，喷泉一样的涌起，它将要直射太阳，散成殷红的霞彩，腾腾然把满天的光明罩住，洒下迷蒙的一天的血雨。

太阳如一颗杀星，照耀在沙漠一般的沙滩上，灼灼的细沙的眼，正似隐伏在地下的鬼火。

始丰溪染着可怕的鲜血，滚滚的激出绝调的哀音，滔滔然泛成血河的霞彩，和那立在旁边静悄悄地瞧着的柳树上的鸣蝉的凄厉的哀声，与那覆在头上的沉默着的愁容的天空里惨云的消魂的色彩相映和。

——啊！残忍的流血呀！——我的他！——怎么他们又拖他的死尸呢！呵！——

她如堕石一般的，骤然不省人事，跌下在楼板的上面。

可怕的响声如堕墙倒屋般的，对于她楼下的母亲，正似一个疾雷一般的巨弹。她抛了受伤的智儿的看护，却发现了窗下的香桂的死尸。

一切的空气之中，都笼罩着粗厉的恐怖之网，和倒垂着尖利的死神之刀。

世界是被黑暗所占领了，恶魔穿着黑暗之夜的魔衣，在一切的空气中，用粗厉的恐怖之网笼罩人生，和尖利的死神之刀对待人生。

尾　声

祠堂前的那株大肚皮的老樟树，蓬着一头阴森的头发，随着猛雨和狂风的颠簸，萧萧然如一个疯人的发怒。在它的下面，滴着许多不自然的无次序的石块那样大小的雨滴，正似疯人洒着的眼泪，深深的要滴穿那片饱含怨恨的草坦。

草坦的远处，当我家的后门正对过去一箭远近的地方，埋着三个已死的人的尸骸和灵魂；那就是癞头金、多理和那被拖过来的香桂丈夫。

暴风雨不住的下着，老樟树疯病一般的为他们垂泪。那三个新鬼的头上，一同堆积着一个高高的土墩，上面已经摇曳着娇嫩的小草。

他们的奇异的摄合，很使香桂姊不安。因为他们把他从溪岸拖过来时，就当作玉湖人的死尸，放在祠堂前的右面的石板地上。他们把他和多理的死尸一同陈列着，再并起日前沙葬了的癞头金的尸体，希图环溪人偿命；而环溪人的被他们打死要向他们索命的，也可借此抵消。这是一个苦心的剡毒的计划呀！

香桂姊在昏晕之后醒来，听说祠堂放着两具死尸。她如有鬼神指使一般，丢了幽居的骗人的名义，跑往那可怕的人丛中挤看。呀！那与多理一同躺着的，睁着圆睁的两目，涂着满身的血溃的，的确是她的丈夫呀！

他们不许她哀哭，因为她的哀哭，要引起人们的疑忌。

她含糊着哭着一声"兄弟"！就投入他头怀中；用力的搂住他，好像要钻进他的心里的样子。她的眼泪直流，滔滔然直欲把他的尸身漂去。

她的眼泪流过了他的尸身，渗透了他的血痕斑斑的衣服，再染着那贴着尸身的石板上。——尸身在石板上印了一个人影，一直到了现在。

是暴风猛雨的使人感到吃辣一般的夏夜，是细雨连绵使人感到吃酸一般的春朝，是黄梅时节的凄气，是白雪漫飞的凄厉，我们都可以在祠堂前的右边的石板上，看见那潮湿的冤鬼的人影。

是疯人一般的樟树的流泪时，或是疯人一般香桂姊的流泪时，我们就可以发现那个人影了。

1924 年 6 月 5 日于上海

赌徒吉顺 *

上

吉顺和他的两个朋友匆匆的走上了三层楼，就在向东的窗口择了一个茶座。堂倌跟来，问他们要吃什么东西。吉顺吩咐他先泡两壶绿茶，再拿几碟瓜子和花生。

三层楼是我们县里新兴的第一间酒菜茶馆，建筑有些仿效上海，带着八分乡村化的洋气。它的地址极好，是全县商业最繁盛的中区，风景也不错：左边靠着五洞的西桥，与县城的西门相连，倒翠溪从东北掠来，迤逦成曲折的绿带，到西桥的下面，就折而向南，再转向东南流去，与赭溪汇合；右边是一望的平野，疏柳与芦苇，绵亘到赭溪涧边。若是在三层楼的屋顶上，往四周一望，全县的屋舍，就鳞接的毗连着，几树疏散的果树或桑叶，从人家的园中升起，稀朗的如寥落的汀洲水草。倒翠溪与赭水合流的港口，流水洄成几个漩涡，淙淙然别有一番风韵，合着野鸭入水，落雁翻空的清音，时时在空气中徊翔。而楼下西桥上的市集，小贩的喧嚣，人声的扰攘，却又带着十二分的都会气味。

三层楼的雇主，都是防营里的士兵，衙门里的司法警察，和一些吃大烟的赌徒。凡是上那里的人物，都有其行中的衣钵，受过严重的戒律的；随便什么人，想不顾身手的在那里鲁莽，必有堕入他们的笼中之一日。吉顺能够这样轻易的踏上那里，自然也是他这两年来日夜在赌场中生活的成绩。

那时已是傍晚，落日的余辉，从三层楼的西窗射入，光线穿过室内的

---

* 原载《东方杂志》1925年第22卷第23期。

尘烟，结成几株方形的光柱，投在吉顺们坐着的桌上，和他的朋友金夫的脸上。吉顺指点着金夫换个位置时，堂倌就殷勤的送上两壶绿茶和三碟瓜子到他们的桌上。

他们开始喝起茶来，瓜子壳片片地飞扬；的的地嗑瓜子的声音中吉顺们谈笑无序的声音错杂着起来。

吉顺是一个二十八九的泥水匠，住在离这里三四里远的枫溪村。枫溪是赭溪的别名，因为这一枝溪流的涧底，都积垒着红色的卵石与大岩；流水在石上走过，涧底荡漾着的红色石砾，正似满天枫叶，在秋的晴空中颤动。枫溪的村名就是从这里来的。吉顺的父亲是一个木匠，在枫溪一带是以吝啬起家擅名的；后来抛弃了本业，就在枫溪村上开了一间小杂货店，人们号为"脚酸店"的，竟然积蓄了许多钱财，买了几亩田产。在吉顺六岁那年，他的父亲就死了。吉顺的老婆，是他父亲在时给他定下的；他的丈人是一个泥水匠。他母亲抚养到十一岁的那年，就留下他父亲的财产和田业，交卸了代管的责任，又自己寂然死去。他的丈人见他只有孤苦一人，就把他接了过去；住在他的家里，一面就跟他学业。他从小就伶俐，无论学什么工艺，一学便会；到十六岁那年，就是一个上好的禀有伶巧的匠心的泥水匠了。

但是吉顺既占有他父亲的遗产，又禀有他一身的好手艺，对于经济的收入，感得十分轻易而丰裕，所以对于金钱的重视，也没有他父亲那么见钱如命，那么郑重而宝贵。他在二十岁的那一年上，便由轻视金钱的心思，演成挥金如土的事实，与几个堕落的朋友，日夕堕入赌博场中徘徊。他觉得他的丈人屡次告诫他的讨厌，声言不要他的丈人再来多事，就把他的老婆与三岁的孩子带回枫溪居住。从前，他在一年当中，总还做半年的工作；近几年来，他简直以赌博为正业，以茶楼酒馆为家庭了。他除了偶一晚上回家以外，差不多整一个月都不回家。现在，他有四个儿子与一个女儿；

而他父亲所遗下的田产，却早已售罄。他老婆在每况愈下，困苦艰难的家境中，虽然要挣扎着给人家服役，以自养活与支持家务，却为定期的每隔一年的生育儿女所困厄而不得超升。她每想劝诚她的丈夫，叫他不要这样长住在赌场与茶馆中，以赌博为正业，以至家庭的生计和财产破坏到这样空虚。但是他的性格，变得与从前大不相同，谈话的时候，都要轮拳反眼，凶狠暴戾的骂她多管闲事，骂她吃得太安稳了，要问他讨一顿恶打和谩骂。他告诫她，只要好好的住在家里，他自然会赚钱来养活她们。但是有钱的时候，他是没有闲暇的时间回到家里；若是在无钱坐不下赌桌时，回到家里，却又是多一番家庭间恶声的谩骂。几回她吩咐大儿子追到赌场，也挨得几个巴掌，哭丧着回家。从前在赌博赢了之后，也有几次买几斤猪肉回去，大家吃得一个惬意；但是现在可没有了。

金夫是吉顺近几年来在赌场中时刻不离的好友。他是长方脸儿，高伟的身材，正方的下颔的四周，连到耳根，长着半脸的曹操胡子，阴森森的直立着如一个壮毛的刷子；目光棱棱的眼睛，尖角而矗立的眉毛；横广而多皱纹的高额：到处都显露出一种凶狠的气象。他曾在邻县的关局，当过一名护哨，因为同别人同时爱上一个山村妇女，以致用尖刀把那人杀死，才逃奔回家的。以后，他曾经开过一间小店，但是，不知怎的，没有几时，便把店门关了，尽日的沉湎在赌博场中。

平春，大家都叫他小平，是中等身段的中年后生；比较起来，只有头部特别的小；但是面部各部分的位置和大小，却是十分匀称；眼珠分外的伶活，与满脸带有发光的油脸相辉映；说话时，常常带着狞笑，笑得除眼角的皱纹如燕尾般的分成三叉外，两颊格外的丰润而油滑，显出一种奸滑的，时常弄小巧的小鬼神气。他不像他的兄弟们那么勤俭敦厚；他从小就要背着他父亲偷偷的逃去掷骰子和拔签，虽然他父亲严重的责骂他，他转眼间又如水注鸭背一样，毫没有影响的去了。他父亲刚死了一日，他还跑去赌博。他说："我父亲在日，这样打我骂我，我还要赌；现在可没有人打骂了，我不应该尽量的赌一个痛快吗？"

他们三人，现在是刚从忘忧轩赌场出来，因为在那里获了一次侥幸的胜利，所以应该到三层楼去享乐一下。

"今天的运道真不差啊！"吉顺说，"那一定是财神跟着了，这是什么'手风'，一连会赢到十几盘，我们的心还是不狠；要不然，庄家早被我们敲倒了。"

小平笑欣欣的，好像在得意自己的成功说："第三盘不是依了我的配法，不是把你配好的重新配过，那不是被庄家吃去了吗？我知道庄家的心苗，只有这么配的。"

金夫喝了一口茶，又把头部斜着转来，嗑着瓜子。他把一片瓜子壳吐了出来，低垂的眼光，跟着看到地下。他抬起头来，瓜子的白沫，结在他嘴角的黑胡子旁边，很明白的上下摇动着。他说："我们吃什么点心呢？"

"随便什么。"

"喂！堂倌！来！"

金夫的声音有些惊人，他说话的时候，正与小平相反，常常是板着一副呆板的脸孔，眼睛圆睁着的。堂倌刚欲往楼梯走下，被他这么一叫，便缩住了脚，急匆匆的跑到他们桌边。

"吃什么？先生！"

"你店里什么东西有？"

堂倌念了一大顿的菜名，在每一个菜名下面，加上一个"好吗"的问句，叫他们细心的选择。他念菜名，比乡村私塾里的学生，背《百家姓》或《三字经》还要纯熟。他说了之后，顺便又用胸前夹着的抹布，反复的在桌上无意的揩抹。

吉顺和小平都说随便，金夫就随便点了几碗菜。堂倌殷勤的退去之后，在楼梯头就往下叫起菜名了。金夫又重重吩咐他一声"快些"！堂倌也如应声虫一般叫了一声，"嘎，快些！"

吉顺呆呆的注视着壁上的日影，又从这一枝辉耀的光线，逆溯到那向西的楼窗。他眼光在楼窗口徘徊了一回；窗外的屈折的枫溪，溪边的疏柳和芦苇，芦苇丛中的一声声的断雁，断雁声中的悲哀情调；它们都在枯黄的夕阳和将老的秋的景色中，引诱他追想到近年来家庭衰落的情景，和妻儿们在穷困的境遇中过活的情形。

吉顺的幻想的心，忽然长出双翅，伶巧得像鸿鹄一般的飞出窗外，丢开那些夕阳荒草，疏柳丛苇的景物在脑后而不一顾，翩然的在那株多叶的樟树边沿落下，走入那樟树荫下的小门。那正是他自己的家庭——近来已经一月没给钱养活她们，半月没有回去看她们了。他是在三年以前才搬入这间小屋里的，他从前住的他父亲遗下的老屋，已经押给房族的大伯，所以他只能住入这间小屋里过活。他从那扇小门走进，他的老婆背着两岁大小的幼儿，坐在靠墙的床前那条阔而矮的凳上打草鞋；她眼眶里饱含着奇异的绝望，与偷生的泪珠，不时潸潸滴下。五岁的女儿与七岁的孩子，沉默的坐在灶下，从他们的呆视中间，便知道他们心中正埋着一种绝望的悲哀，欲诉无门的苦痛。地上杂乱堆着的稻草，正如他们心中结着的复杂的悲哀。他走了进去，老婆开口就问他要钱，告诉他这几日来大家绝食的情形，和儿女们的哭泣。坐在灶下的两个儿女，听见他们的父亲回来了，就抢着跑到他面前，紧紧的牵住他的衣襟，非常亲昵地叫着爸爸。他胸中觉得有一枝非常悲痛的箭，骤然从对面穿入，同情而自责的心思，与自己卑薄而翻悔的决心，就同时如蟒蛇一般的在他胸中乱滚。他许久说不出一句话来，只能沉默的抚摸着孩子们的可爱的头颅。他正欲把一切的欲念撤出，把孩子们的父亲的责任，与重整家业的欲念撤去，心愿过着眼前的独立生活，仍消磨自己的悲哀生活在赌博与酒烟的兴奋中，就弃了孩子们，回头往外走时，他的伶活的第二个儿子，又哭丧着走入屋中，悲哀的拖住他的父亲，说他并没有偷过那人的东西，那人偏偏要说他偷过，要抓住他打，求他的父亲搭救。他想，我的儿子，难道就做了贼吗？这不是我所造成的成绩吗？在三四个小孩的哭声中，他正埋葬着悲哀的沉默，忽然他的大儿子的那个主人，又牵着他的大儿进来，说要交还他，说他的大儿没有家教，几次教训他都不听，这种坏的脾气，是生成永久不能去除的了，现在就要交还他们。他一时不能决定，复杂的悲哀，自卑与自责的心思，又把他重新系住在可怜的妻儿们悲哭着的家庭中。他沉默着好久，看看乱发蓬松，面容憔悴的老婆，看看哭丧着脸，眼泪从枯黄的面孔当中奔流的儿女们，他们好像都在讨伐他，责问他，咒诅他；他们悲哭着的声音，他们带着泪痕，迟钝的闪着的目光，都如利箭一般的穿透他的心坎。悲哀在他心头旋绕，酸泪从他的心坎中涌了出来，扑簌的落在他前面牵着衣襟而悲哭的儿女们的头顶。忽然，一阵超逸的遐思，正如他屋外樟树梢头吹过的清风，在他脑际一闪，他想到忘忧轩赌场中赌友们哄笑欢呼的情形，三层楼上喝酒猜拳的乐趣，与他们终日哭丧着脸是大不相同，不免又生起退避的思想：我还是疗救自己罢，——至少自己是可以安适的，快乐的过去。

吉顺把停着在嘴边的那只手放下，那里还夹着一粒未嗑的瓜子，他不过在那里一停，一时间并没有想到嗑瓜子的事。现在他无意中放下那只手来，视线也无意间随着转移，注意从幻想中飘了回来，栖集在那粒未吃的瓜子上。他又在瓜子的四周再一飞翔巡视，他明了的知道自己正坐在三层楼上，金夫和小平们正坐在他面前吃茶。

那不过是一瞬间胸中的幻影，只在他们的一个默坐中生出来的心像。酒菜还没有送上来，堂倌正送来酒杯和竹筷。他们看着他一双双的放好，又看他走开。

小平拿起两根竹筷，如播鼓一般的在桌沿上猛敲，带笑的两唇间，滑稽的咕噜着绍兴戏的开台锣鼓的曲调。

"晚上再把那人拖下来。"金夫棱着眼角说："那我们可以'出山'了！"他声色俱厉的又说，"不是我不客气，自己夸口，要是我的手一'红'起来，我一定三五日可赢；今晚我一定把那人抖了'钞'再说。"

小平的头颈微微的一斜，油腻的笑晕又在嘴角边荡漾；他无意识的缓了绍兴戏锣鼓的敲打，翻动了轻薄的双唇。"那自然，运气来了不拿钱，还等几时？老顺，我们今晚的台价可以高他几倍。老顺！对吗？"

今日的主人是吉顺，而小平们不过是帮助他赢了那人的钱罢了。小平的嘴巴虽然在平时说得那么伶俐，但是他的家里毕竟还有长年的兄弟，不敢任意的自己做主，拿小钱来大赌；况且今天又是吉顺赢了，有了本钱；所以他在谈话中，口口声声要喊吉顺，得他的同意。金夫和小平的言外的意志，自然要讨吉顺的好，一面又表示自己各有高人头地的识见。可是他们谈话的时候，吉顺都没有听见。及到小平最后喊着他的名字时，他才含糊地问一声，"什么？唔！"他似乎是进入昏迷状态，一时全失了意识。他追想着眼前幻觉时的心像，依违两可的心事，正如幻觉中所表演的一样。他想趁现在有钱的时候，先到家里去一趟，给她们几块今天赢来的钱；恐怕再同平时一样的，第二次就连本钱都送了，不能伸手，后悔无已；但是，他又恐怕；若是除了现在吃的菜钱，今夜大赌的本钱就不能再减了，本钱少了，那里还能赢得大注的洋钱呢？今夜赢来之后，自然可以多拿几块钱到家里去了。有钱的时候，家庭里父和夫的责任，自然是应当负的；没有的时候，是没有法子，他想自己决不是那些忘了来源去路，不顾良心不负责任的流氓。

小平见吉顺坐着有些呆气，料定他心中是在计划今夜大赌的妙计，自己也不便再问，又无意识地念起锣鼓的曲调。

在菜馆中的静默，若是被动的静默，那末心思的唯一的潜逃所，就是无意的唇齿的咀嚼，与津液的分泌。小平和金夫们，自然脱不了这种生理上与心理上的支配。小平伸手去拾那附在碟上的一粒无肉的瓜子，送到口里，好像是很有滋味。他又举起那双筷子，重重的在碟上打了几下，磁器的响声，丁丁然走入楼下；他讨厌似的说，——可是这时脸上好像没有油光了，——"菜还不来。"急躁的金夫，却被他引动了，觉得喉咙痒得很，好像什么梗住似的，就骤然如爆裂般的喝了来，"喂！喂！好了没有？"

金夫的喊声，差不多就有骂的神气，引得楼下三两个堂倌，齐声而同调的答应，"好了！来了！"

在这一阵混乱的声音中，楼梯上的的当当的脚步声响了上来；在他们期待而紧张的垂涎心情中，早就预料到堂倌送上热气蒸腾的好菜来了。

他们都回头注视着，注视那用木栅拦住的楼梯；从一柱柱的木栅的空隙中，他们先看到一顶时式而破旧的呢帽，然后，再看这呢帽一步步的高了上来，就是油腻发光的缎马褂，和积了许多油渍的灰布大衫；他只是空手，却没有什么好菜奉献；——但是他不是堂倌。

金夫正欲向那人发一顿脾气，眼睁睁的盯住那人的动静。好像在这一瞬间，骤然被他抢了许多宝贵的财物，比在赌场中人家把他的赌牌看了还要发火，非使他见个辣手不可。那人在楼梯的最上一级停了一停，立刻就很自然的翻过身，向着他们走来。

"老顺先，你真的在这里？我找你呢？"

他搭讪着走近他们的座旁。吉顺就拖了一条圆凳叫他坐下。他是个半文人，在村庄上不紧要的讲事场中，是时常列席的；他的嘴巴很会说话，又会自己吹嘘。他时常夸口说，某一场人命案是全靠他收场，某人的讼事是全靠他获胜。他现在时常在某邑绅家中出入，和几家富室门前行走，随便的人，是不能获得叫一声"老某先"的。——老某先的先字，实在就是先生二字的缩音；是尊重非文人们的称呼。——吉顺现在被他叫了一声"老

44

顺先，"顿时觉得身上一热，眉宇间就现出一丝丝慌张的血纹。

吉顺把他重新看了一眼，心里想着："他难道晓得我赢了钱，要我的生意吗？"他想问他一声，今天为什么要找他呢？他想叫他的名字，质彬，声音发到喉头的时候，又缩转来。他想："直接叫他质彬，似乎太唐突了，还是同大家一样的叫他别号罢！"

"文辅先生！你找我吗？"

"我找你呢，我到忘忧轩去过，知道你赢了钱。他们说你在三层楼，我就到这里来了。"

吉顺心里很害怕，料想他是在走衙门的，若是说出向我拿借几元，那时答应不得，不答应，又不得，我将怎么对付他呢？他只是沉默着。

小平的绍兴戏的锣鼓也无意的煞了中台；金夫紧张着凶狠的面孔呆着，一时举座默然。

文辅看他们的情形，好像在错悔来了的时机；当赌徒们有了钱的时候，是什么都不可以说话的。但是他又忍不住自己一向在讲事场中的习惯，便说了出来。

"老顺！我要同你说话呢……你赢了钱，你的运道真好哟，——福星降临在你的头上。……"

堂倌捧上了一中盆的虾仁，就打断了文辅说话的语意。吉顺吩咐堂倌再添一副杯筷；金夫已垂涎的拿起筷子，拣选几粒青豆，先去餍足他眼中的饥渴。

吉顺十二分的纳闷，不知文辅的找他，是祸是福。因此除了几声殷勤的叫"请哟！请哟！"以外，就偷偷地注视着这位意外相遇的贵客。

一盆虾仁吃了，大家都放下筷子；只有小平是孩子般带着滑稽的笑脸，注视着盆上残余的几粒青豆，在一粒粒的把它送到口里。金夫的脸上已如火烧一般的通红了，——红到圆睁的眼白都满了火线般的丝络；虽然他是没有吃了多少的绍酒，但他那凶狠的面色，已够使人害怕了。第二盆的菜，堂倌还没有送来；文辅料想着还有余空的时间，可以供他们说话，便立了起来，轻轻的把吉顺的衣袖一搂，说：

"我要对你商量一件事情呢！"

他便走出那扇向东的小门，在天棚的一角立定了。吉顺跟着走来，也无意的站住。

"你的好运到了！"文辅说，"我是很知道你的，你近年来的家境，近年来的生活，子女是这么的繁庶，家室之累，是这么綦重：谁不想着向上飞升呢，谁不想享乐一下呢？但是，老顺，你听我的话！我现在将享乐送给你了，将幸福送给你了。而且，你的子女是这么缠绕，你的家室是这么累赘！你一定是很愿意听我劝告和办法的。……"

吉顺听他重复的讲到自己的子女，自己的家室，觉得就有一块郑重的石块打在他自己的心头；忽然间，那块石块又如一只疾飞的小鸟一样，闪过他的眼际，向他的家乡枫溪溜去，他的眼光就如闪电的跟了过去。立刻，他的眼前又幻觉着刚才的一副残败的惨像了。

"正是呢，我的家室，我的妻儿，我都完全负责的。"吉顺把刚才在胸中犹豫两可的心思决定了。"不过我应该弄一些钱归家呀！——现在正是我的时候了，我只有尽量的赌，尽量的用现在的赢本再去发一笔大财；我是没有别法，我只好走这一条捷径了。不错，我只有走这一条路；我不要等你的劝告，我已决心赢了钱，不再赌博。文辅先生，你是否劝告我这样，你的办法是否是如此？我很感谢你！"

文辅一面听着他的说话，一面看着夕阳疏柳的景象，鼻孔不住的嗤嗤作响。他想起赌徒们的一片赌话，不知相差到几许远近了。他呆了一回，又好像十分随便似的说：

"倘使家室和子女，有人代你负责呢，你不是轻爽得多了吗？而且——而且邑绅陈哲生先生还想津贴你的行用呢。——倘使你是，——愿意的话。"

吉顺的心头忽然发跳，脸上的血潮立刻涌了上来。他明白了文辅所包含的一切的语意。他知道以前的疑心的错误，但现在却正是比以前料想着他的情形更难措施了。

在文辅的语意当中，明明是叫吉顺暂时把自己的老婆租与陈哲生。陈哲生是全县中的一个富绅，可惜没有半个儿子；他也曾经娶过二回的妾，但是只添增了几个女儿；近年以来，他又在各处张罗着"典子"了。——典子的意义，就是说在契约订定的时期以内，所产生的儿女，是被典主先期典去，属于他的。至于血统之纯杂与否，那是不成问题，总算有过那么一回事。他就可承认那是他的儿女了。

吉顺想到了一切，就觉得这是何等可耻而羞人的事！宁可让她们饿死罢，我不能蒙这层羞辱。

他回头走了进来，刚走到小门的旁边，便听见金夫的喊声了。文辅在后面跟来，又轻轻拖住他的衣角，问他"怎样呢？"他便很坚决的回答一声"我可不能"。

他们重新入了座。吉顺当举起筷子，插入盆子里面的时候，便在盆子当中看见他衣衫褴褛，抱着幼子，牵着儿女而哀哭的老婆。他看见她在对面指着他自己的鼻尖骂他，她骂他是一个流浪者，是一只畜牲……。

下

第二天的傍晚，夕阳已经收敛了余晖，黑暗如轻纱般的渐渐笼罩着大地的时候，吉顺从忘忧轩乘间逃了出来，走出西门，便沿着溪流走去，穿过那细沙铺成的锦地，走入将近残败的柳林当中。他的心神已如柳林中栖宿着的飞鸟一样，在一瞬间以前，被他惊逐得飞翔天外了；他现在的身躯，正如萧萧的残柳。他想起刚才赌场的情形，他想昨日三层楼的快饮，他想起家中妻儿们的现状和未来的命运，他想起自己前途的绝壁和危崖，……他想到他一切为大力的巨神之手所拨弄，所支配的命运，他几乎向天哀哭了，他于是颓然的坐下。夕阳收尽了余晖，大地全给黑暗吞没；吉顺深深的葬在这浓厚的黑暗之中，除了围绕着他，而为他微微点头叹息的几枝柳梢以外，便谁也不知道了。

吉顺与小平们昨天在三层楼畅饮了下来，便又走回忘忧轩中预备第二回的大赌。他一直经过了漫漫的长夜，只是不曾有过一时稍可惬意的胜负，他的心里便异常的纳闷。酒力早已醒了，疲倦却偷入胸中潜伏着的心贼，频频向外攻袭。小平不知在什么时候睡在台旁的床上，呼呼酣睡的声音，时穿入赌徒们的耳孔。金夫便不由自主的骂人，上下的眼睫毛一连夹了几夹之后，便无神的盯住任意一处呆看，面色怪凶狠的。

正在这个人疲马乏，精神困倦的时候，吉顺的手气忽然"红"了起来，一连赢了两场。陡然间，金夫也振起了分外的精神，在吉顺的背后一掔，又轻轻的在他耳边一说，他俩便十二分的得意。

"虽然不能够大赢，但这次赢来之后，一定先为暂时结束，不让它再有脱网逃回之危。"

他俩心中都在这样计划着，便欣欣然现于喜色。

但是，事实却正是相反哟！吉顺的最后的重注，却出于意料之外，被敌家揽了过去。这是一个巨大的打击，加在他们的脑门上，他们已忘了一切智力的抉择的制止，热火就在裂开的脑门涌出，他们是狂迷了。金夫立在背后只是放声瞎骂，吉顺就无主的重新压了一个重注——这差不多是一个最后的孤注了；但是，又被揽去。他们是好像很相信盈亏消长的道理，盛极之后，必有一次衰歇；而敌家这一次衰歇的降临，又被他料定在这最近的时机中，无论如何，应该紧紧的追逐着这个时机，不可让它轻便的逃过。但是，一切的发生，好像都有大力那边在指使似的，吉顺们终于败到不能收拾残局而负了敌人几十元的赌债了。当时收束了赌具，吉顺的灰心与反悔，便如两枝钉枪，在他的眼前如蟒蛇般的乱滚。他无力地躺在小平的身旁。赌徒聚集在他的面前，问他清付赌债的日期。他又挣了起来，把他们抢白了一顿，"做得鬼成怕要没羹饭吃？"他说他是不会少了人家的债的，怕他的都是小胆鬼。他见那些赌徒，不敢有第二句的说话，便又躺了下去；翻了一个转身，就呼呼的睡熟了。

吉顺醒来的时候，小平已不在他的身边，他四面的看了一下，第二的赌场已经掌上了灯火，人们的精神，已全副注在桌上赌牌上，没有半个人注意着他；赢了他的巨款的赌人，已一个都不在那里，大概同吉顺们昨天一样的跑到三层楼去吃凯旋酒去了。吉顺便在这个时候跑了出来，他觉得四周都没有他的路，许多难堪的思想又如逐臭的苍蝇一般麇集在他的胸次，挥去又立刻聚了转来；他忽然好像有人告诉他似的，便走到柳林深处坐下了。

秋风在疏柳梢头萧然的掠过，空中便轻轻的飞下几片落叶，夜晚的凄凉，唤醒了吉顺昏迷的睡梦。他十二分的错悔，错悔昨日不归家一趟，先抽下几元钱在家里零用；他十二分的怨恨，怨恨金夫们没有劝他不要下这样的重注；他又十二分的恐惧，恐惧着他们的索债之难以应付，致丢了他一向在人们面前的面子。

他顺手搔起一把轻松的细沙，就恨不得尽量的把自己堕落的身躯埋葬。柳林外涓涓的流水在响，柳梢头的碧天，已嵌上一颗颗闪烁的明星，四周觉得无限的扩大。忽然有一声惊人的哀鸿，顿然间感到万籁的阴森，周身不由的发了一个寒噤。孤鸿在他的头上飞过，羽声霍霍然，向着吉顺乡村飞去。这正似吉顺现在的处境的写照，又好像象征着他妻子未来的运命。他把手中握着的那把细沙散开，无意间又触着一片落叶。他从落叶推想到钞票，从钞票推想到洋钱，他又不由得在沙上乱爬；他希冀着，万一能够发现一些财宝。远处村狗的吠声，忽然随着柳梢的秋风送来，他爬着的手，便稍稍的停下；在他的心神当中，那只村狗是已经发觉着他在发掘，而且偷盗人家埋葬着的财宝了。

他立了起来，走出柳林，穿过芦苇丛，才踏上大路。他向着自己邻村一步步走去。远处的树桩，好像许多蹲立着或是佝偻着的人影，对他指手划脚的乱骂。他在卑薄自己的堕落，对不住自己，对不住祖上。在他村庄的入口，有一株阴郁的老樟，秋夜的树叶是分外响得凄凉，他的一身不觉恐惧起来。他放快脚步，匆匆地走入街头，却又引起群犬追逐着的狂吠。村上的人们，有的已经熟睡，有的还有一丝丝的灯火从壁缝中透出，正如他们灯前的喁喁私语，从壁缝中透出，在黑夜征人的胸中荡漾着一样。他的两脚，如着了魔术不能自己制止似的，机械一般的移了过去，好像那些语声和灯影，一点也不能使他介怀。他走到自己家中的前门——（知道是早已照例关闭），——便又绕到后门。老樟蔽天的黑影，好像豢藏着许多可怕的猛兽，呼声籁籁然，将一只只向着他猛扑出来，林木为之震动，憬然使人毛骨耸峙。他不敢骤然打门，因为他已几日来没有归家了。他从门缝偷偷的窥视，门缝大可容指，令人于室内景物一目了然。室中一切的陈列，都显得没有变更。灯光如豆，几濒于灭，转成青绿色，看了使人疑心是一颗鬼火。光线所及，仅仅限在一个小小的圈内，稍乎远了，便看不清楚；这正如一粒微细的石砾，落在浩渺的潭水中，仅仅漾成一个小小的水晕。儿子们都已睡下，幼儿在他老婆怀中，时时放开乳头叫哭；她频频摇着自己的身体，又拍着他的背部，表示是十分亲昵而怜恤。她面容憔悴，乱发散在脸上，映着惨淡的灯影，初见令人疑惧。油灯的光圈，仅仅笼罩到她的面部，另外都成黑暗，他目光稍稍的移了上去，不由得周身起了颤抖。他发现了她的周身，尽是狰狞可怕红毛绿发的鬼魅，他们正张牙舞爪，要收拾她的性命。他差不多就要叫喊出来，但是他又如梦魇一般，好像无论如何挣扎，喉咙里总透不出一丝的微声。他的耳朵里，微微的听到有人训斥他的声音，他眼前一闪，忽然就换过一层黑幕。

"你正是年壮力盛的时候，便这样的堕落，沉沦入无救的赌海中，不自振作，把自己正当的职业抛弃到九霄云外，甚至自己的妻儿也不能兼顾，将濒于饿死。我现在除了把她们的生命取回以外，特来警戒你堕落者，使你晓得人生的责任，是不能这样随便可以卸下的，你对社会有工作的责任，你对妻儿们有保护维持的责任哟！但是，你……"

他觉得空中有一只大手对了他的鼻尖指来，他几乎退避无地，他的头忽然无意间"碰"的打着了板门，室内的她就带着颤碎的凄惨的声音，问一声"谁呀？"他如着了魔似的，惊惶失措间，便放开大步跑了。

他想着刚才的情境，心中犹不住的颤跳。

"真的吗？我的老婆和儿女们，将为了我的不尽责任，而饿死了吗？"他又推想到她们死后，他自己的孤独情形，和只身飘流的境况，"啊！那是怎样能忍受呢？我真能让她们饿死了吗？"他想到此处，忽然他的脑筋一闪，好像有人告诉他还有一线生望似的。他忆起昨日三层楼上的不速之客文辅的说话了。

他匆匆的往文辅的家跑去，好像心内毫无牵挂，什么都是有望的，都可以迎刃而解了。因为他昨日在三层楼上所持以排斥文辅的主体，金钱，现在已经尽数崩陷；而他心中倔强的羞耻心，又因金钱的大力，几至消灭无形了。他心中毫没有矛盾的现象，毫没有怀疑的心思，神色反而清醒得许多。

他于是便离开了枫溪，又回至城内；城内还是灯火辉煌，几间饱含着现代社会的象征的点心铺子，正是生意兴隆，坐着一些游闲的男女，任意的据着高座谈些社会上丑恶方面的逸事，望之大似巴黎社会的充满颓废者的咖啡店。吉顺从前也曾在这等地方出入，但是今夜却觉得那边之可以厌恶，不情愿进去。

他一直找到了文辅家里，就在门外叫喊。黄犬如同代他主人速客一般，发狂似的迎了出来。吠声惊动了它的女主人，才在睡梦中问是谁人。吉顺回答是来找文辅的，且有紧要急事。但是她说，他出去还没有回来。

"他要到几时回来呢？"

"那是说不定的，有的时候简直不回家。"

"我今夜有紧急的事情，要和他商议，那怎么好？"

"他或者在衙门前的茶馆里也说不定，请你到那边去罢？"

他们各人都提高了喉咙，隔着石墙，在一问一答；黄犬还不住的狂吠，早已引起邻犬的附和，他俩问答的声音几不可闻。他踌躇了一会，决定到县署前去走一趟。

衙门前茶馆的顾客，正同三层楼上的一样，而此地格外多的，是司法警察，衙门内的当差们。他们每日都在十二点钟左右起床，现在正是他们办事和享乐的时候；因此衙门前的茶馆，也是终宵不昧，以待嘉宾。

吉顺真的在那里找到文辅。文辅坐在东首的福字座下，左手靠在桌上，身体倚着糊满花纸的破壁，右手时常任意的伸出一个指头，对着他前面坐着的乡下财主，和两位便衣的司法警察指划。这一席的东道，大概就是那位乡人，所以他是十二分殷勤，看着文辅和便衣警察的眼色。吉顺走了进去，一直走到那位乡人的背后，文辅还装着没有看见似的，及到他喊了一声文辅先生，他才如大梦方觉似的，收回那搁在凳上的右脚，急的立了起来，殷勤的请他坐上喝茶。那位乡人见文辅这样诚恳的招待吉顺，也匆匆的立起，在中间周旋。吉顺还没有坐得安稳，便不安的说：

"现在，我找你呢！文辅先生！"

"你找我吗？"

吉顺的身上如浇上了一桶冷水，满身打了一个寒噤；他发觉了昨天三层楼上的冷淡的报复，好像决定前途就无希望。他只得呆呆的坐着，文辅又对着他们讲起他从前收束的一桩最得意的风化案件了。吉顺无意地拿起一杯茶来，还没有送到唇边，却被文辅讲的最有声色的词句怔住，无神的举着停在口旁。他倒翻着眼睛，偷看着文辅的神色；后来，文辅说到得意的时候，起劲的在桌上一拍，同时吉顺手中的茶杯就受了一种意外的惊吓，杯中的茶，满溅在他自己的衣上。他们笑了一顿，文辅又向他说了一个对不住。吉顺就好像有许多话不能再说了，于是便乘机说自己要说的话。

"我找你商量一件事情呢！"

文辅还没有答应，那位乡人便先在他身上打量一番，愈觉得这位文人的能干，什么人要请求到他，和他商量；一面就无形中，觉得他自己的身份也抬高了不少。

吉顺小心的把文辅拖出茶馆的门口，街上的店户，早已关了店门，黑暗如漆。他们走到一个黑暗的转角，骤然在灯光之下走出来的眼睛，就是对面站着的那人的面孔也辨不清楚。吉顺开始说起，声音十分破碎；至于他的脸上的表情如何，恐怕只有他自己知道。

"你是很知道我的，你昨天的说话，我完全同意，——我知道你是很体谅我，很心愿帮助我的。"

"我怎么不体谅你呢？你只要看，我为什么要找你？就知道了！"

"正是呢！"

"我恐怕你还没有明白罢，我是劝你把你的老婆'典'了，不是叫你'卖'，卖是永久不是你的了，'典子'却一面可以得钱，老婆还永久是你自己的呢。"

"我怎么不知道呢？不过名……"

"你真发昏！我说你有些呆了，现在的世界，还说到什么名誉；金钱要紧哟！若是说名誉，你自己赌博的名誉有什么好听？——有钱就有名誉。"

"那末，钱怎样呢？"

"那是很容易的，你可以不必说，我们为的什么呢？"

"不过……"

"咦！你还舍不得老婆吗？几年的期限满了，仍旧是你的老婆；就是平常他不来的时候，也还是你的，——他不过至多一月来一次两次罢？——总而言之，老婆还是你的，他不过要在这几年的期限以内，拿去你老婆生下的儿子罢了；——儿子你已有几个了，你再生下的儿子让他去养不好吗？还有什么呢？"

吉顺呆了多时，好像文辅的说话完全都是对的，再不能有句辨难疑心的话。

"那么就这样决定了罢？"文辅再靠实了一句。

"好！"吉顺决然的答。"但是，须要赶快，我等钱急用呢？"

"我就到哲生家里去罢。他大概还在乌烟榻上，没有睡觉呢？"

他们又走回茶座，乡人已经会了茶钞，呆坐着等文辅回去。文辅向他们告了一声别，又向那乡人道了一声谢，便与吉顺一同走了出来。

吉顺看着文辅往前走去，觉得自己又是非常虚空，并且这一个决定，根本上还有些疑惑。他现在将到哪里暂时安顿呢？到哪里再等文辅的回信呢？他想至此，便放声叫住文辅。呼声在深夜的穷巷中，正是和秋野的一声喇叭，同样惊人；他履声橐橐然的追过墙角，两面夹住的高墙的回音，格外朗然。他追了两个转弯，喊了几十声的文辅，才把他前面已去的文辅叫住。

"我到哪里去等你的信呢？"

"老顺做事是这么急的，"文辅笑了起来，"你先回到家里，睡你自己的觉罢！明天我总一定回你的信？"

"明天？我想就是晚上呢。我到哪里去等你？"

"你可以同我到哲生家里去。"

吉顺又似乎有些难以为情，含糊了一声；意思是不心愿到哲生家去露丑，好像他的良心教他，这种买卖，毕竟是堕落的勾当，无耻败类的行为，至少只能如作贼一般的，在窝家和朋类前面稍一张皇，除此便丝毫不可泄漏。文辅明了了他的意思，便决定要他到哲生家的门外等他。

文辅兴冲冲的走去，吉顺默然的在后面随着，正似一只被主人殴打了而又跟着他跑的低头垂尾的家狗。深巷中自己的足声，时常疑心有鬼魅追踵而至；他恐惧着，又想回头，又不敢回头。有时走过人家的乌黑的门口，他惊惶的眼就告诉他，那里隐着一位捉他的武士。他正如作了贼似的，内心深自愧恨，惟恐人家看破了他的虚情，剖开他的胸板，取出他的黑心，向众显示。他们走到了哲生家的门口，文辅就往门上砰然打门。许久许久，门上还是寂然，文辅疑哲生已睡，决定暂时归去，明日一早再来。

"老顺！我们先回去罢！他家已睡静了。——只是奇怪的，平素躺在乌烟榻上非到一点钟不睡的烟鬼哲生，今夜也如何睡得这样早，这样寂然如死的呢？"

"你再打一下罢！或者哲生还没有睡呢？"

文辅再狠命的打了几下；哲生隔壁小屋中的居人，已经在床上转动，被他们叫醒了。最后，似闻里面有些声音。文辅再打一下，又报告出自己的名字，侧耳倾听，只见拖鞋的声音，嗒嗒的自远而近。文辅知道是哲生自己，便叫了一声"哲生先生"，以后便走近了。

"文辅吗？"哲生一面在开门，口里这样问。文辅说："是的。"

"夜这样深了，还来干什么，明天不可来的吗？"

"我真奇怪，我道连你也睡了，——我打了许久的门，你要是不再来答应一下，我真的决意明天来了。"

门砰然的开了，吉顺如有人指使一般的，当即随那从门中透出来的烛光避开，站入幽暗的墙阴。哲生立在门的中央，背后的墙角下，放着一枝洋烛；烛光随风摇摆，几沦入黑影中残灭；有时竟小成一颗豆形，被风吹得喘不过气来。哲生是穿着一身湖绉的短棉袄，在颓唐、委顿的神色中，还含有兴奋活泼的风采；——大概这正是他吃饱乌烟的表示。

"你一个人来吗？"哲生问。文辅含糊的答应了一下，便吩咐他关上大门。

吉顺在墙角的阴影中站着，明了的看着他们的酬酢。他心境十分模糊，好像不知在何处地方，正如梦中的境界那么隐约，辨不出情境和方位。及到哲生的大门又砰然的一阖的时候，吉顺才如在梦中受了一次意外的打击，灵魂就飘飘渺渺的，好像从悬崖跌下，在无限的空间，心弦十二分的紧张着，想在最短的无限的绵延的时间中，得到一个归宿；顿然间，他的脚底一重，火花就从踵跟往上涌起，他周身觉得火热，眼前星火乱迸，才觉得自己的存在，——正如任何人们从梦中惊醒后，觉得自己的存在一样。他好像眼前被什么神明指引了的，骤然明了自己的卑污，羞辱，无可忏悔的恶行……他确信：他们把这一双门关了之后，就是剥夺了他的名誉和生命，而又挤出他于幸福的范围之外，任他去流浪挨冻、挨饿受人们的唾骂，这是一个预兆。他想深深的跪下，向着头上几点星光闪耀着的上苍膜拜，祈求那伟大的天帝的大力，挽回那已经铸错了的命运。

"我将从什么地方忏悔起呢？——从晚上的决定，从昨晚的输钱罢？呵！还是从我沉沦入赌博的那年起罢！大概那年就是我堕落之年了。从那年之后，我简直无可救药，一往直下，啊！我一定要悔改了赌博的恶习，作我的正业了；啊！我一定要勤谨的做我分内的工作了！"

"现在，是铸错了罢！'典子'，是多么难堪的惨剧，竟从我的手里编演出来；'典子'，是何等讨厌的名词，竟从我的堕落，而加到我纯洁的孩子们的母亲的头上，——虽然她的丈夫是卑污的。"

"我将怎么对我明天的朋友们呢，我将怎样回到家里，见我那些纯洁的孩子们呢？我将怎样告诉她呢？啊！'典子！'那不是同'活离'一样的吗？我不是直截了当的把她如货品一般的卖了不好吗？啊！我应了我十几年前，从丈人家中把老婆负气带了出来，回到枫溪自立家门的时候，我丈人的恶毒的预言了。不错哟！他的女儿从我，一定要被我卖了而不得善终的；现在不是应验了吗？——我要用什么话去否认我丈人呢？啊！"

"啊！最纯洁的还是孩子哪！但是，我现在也把他们弄污了，他们的额上，将永久刊着不可磨灭的烙印，他们是为了我而永久被社会所遗弃、所凌辱，永久是社会放逐的罪犯了。啊！这种无上的罪恶，我恐怕只有砍了我的头，自己陈出颈血和心肝，或者还可以忏悔，不然，就是沉在大海里饱了鱼鳖们的饿肚，与跌在万丈的深渊里，永久做那不可超拔的倒死鬼，也不能洗去我的罪恶的万一罢。"

忽然一个伶巧的黑影，在他的眼前闪过；他就疑心是什么精灵感受了他忏悔的愚诚，前来超度他的灵魂，解脱他的罪孽。他睁开眼睛，迈步追了上去，却看见两只放光的眼球；啊，那不过是一只黑猫，那里有什么精灵呢？他又自己嘲笑自己起来，正如一个人在路上认错了朋友，大呼的赶了上去，却被那走路的生客白了一个眼似的，翻悔自己的鲁莽，嘲笑自己的发昏一样。他从嘲笑自己的思潮出发，于是就怀疑到刚才的忏悔；他从否定了刚才的忏悔出发，于是肯定了他以往的人生。

"对呀，人生行乐耳！有了钱就是幸福，有了钱就是名誉；物质的存在，是真实的存在，精神不过是变化无常，骗人愚人的幻影罢了！譬如，我现在为什么要站在黑暗的墙荫中呢，那无非为了几个臭钱，——为了我没钱，想人家的钱；人家有了钱，就可大吹大摆摆起许多臭架子了。什么忏悔，什么恶孽，那完全是鬼话！我刚才大概是着了迷的了。没钱的人，应该受辱，应该受苦，挨冻，挨饿，那是一条唯一的真理，千古不破的，虽上帝的权力也不能破灭的真理！真理是如此的；我没钱时的受辱，受苦，牺牲名誉，那不是十二分的该应吗？"

他想到此地，精神便如释了严重的枷锁，眼前的天地，真是空旷得很，何处不可任他自由飞翔，自由欢唱？他推想以后的命运，飞黄腾达的萌芽，便在今夜的墙阴小仁，埋下了种子；他决定未来有了钱时生活的美满，正如操着左券。

"我有了巨大的资本，还有什么不可为呢？赌博、经商、投资、企业，……何一非获利的机会？那个时候，怕什么人不如称现在的俊卿、哲生们一样的，称我做什么顺老爷了吗？"

"呸！你们滚开，听你顺老爷的吩咐！什么？你不认得我是顺老爷吗？——啊！城东赵老爷喊我打麻雀。去，去！你说我顺老爷没有功夫，今天县知事还要我吃酒，请我陪他的夫人打牌呢！什么赵老爷，我认也不认得！你们现在可认得我了！……"

哲生家的大门开了，文辅点着头走了出来；洋烛的灯光，从门缝中射出，引回了吉顺的幻想。哲生把大门关上，一线的光明，仍旧被他收了回去，空间仍留着黑暗。文辅新从灯下出来，觉得外间格外黑暗，任何物件都不能看见，除了自己的身体存在以外，四周简直是一个无限大的空虚。

吉顺意气高傲的跑过来，问文辅接洽的情形，还带着五六分幻像中得意时的气概。

"很好，他是答应了。"文辅说。

"钱呢，拿来没有？"

"现在那里有钱呢，一定写了契约，签了花字，还要择个日子，请了媒人，才可以拿钱呢！天下事那里这样便利的，你又不是圣旨口的皇帝，一说出口就依你的话当即实行。"

吉顺的心坎中渐渐的又狭窄起来，他觉得文辅这几句似讽非讽，似骂非骂的说话，在他的胸中颤动，正如一个多刺的球。他幻想中得意时的风云叱咤，好像还在真实当中；而文辅的几句热嘲冷骂，却使他分外的难当。他几疑文辅不是一个人：怎么他近来已经阔到县知事都请他吃饭，赵老爷请他打牌，还不肯去的顺老爷，都不认得了？——都敢肆无忌惮的讽刺他！但是，他还是似醉非醉的，问道：

"多少钱呢？说好了没有？"

"多少钱？说好了。他说因为我去说，特别客气，八十；人家去说，恐怕还不到六十呢！"

"多少哟？"吉顺还恐怕自己的耳朵听错，重新吃紧的问了一遍。八十块钱，算什么钱呢？仅仅八十块钱，还能赌什么钱，经什么商，投什么资，……好了，八十块钱，简直是不算钱，没有钱。他不相信极了。他的空中楼阁，是任意的建筑在有钱之上，却不料他典了子之后的有钱，也不过是极小数的"有"罢了。他那里会相信只有八十呢，那一定说错了或者听错了，所以又重新问一遍。

"八十。"文辅很不耐烦的重述一句。

"只有八十吗？"

"八十。"文辅坚决的答。"你不相信吗？那是我的面子，才多了二十块呢。"

文辅的形容，差不多就要决裂；吉顺才清楚的领会了这个数目。神奇的"八十"，把吉顺从幻想中拉了出来，又在他的头上，撒翻了一桶的水。他微微的有些觉悟过来，觉得文辅的嘲骂是应该的，他正有功于他，因他的面子而增加了二十块钱呢。他于是向文辅说了一个"对不起！"又说了一个"再会！"便各自走开。

他一路走出城门，走过三层楼下，深夜中倒翠溪与赭溪合流，铮铮然如音乐之悠扬。下弦月已经上山，东方笼罩一片灰白的浓云；月光从浓云中射出，四周的景物，已沉默的显示了些微的轮廓。忽然一阵西风，透骨的吹来，他打了一个寒噤。他两手交互的插入袖中，又紧紧的绞在胸前，头颈尽量的低垂，——低垂到贴伏在肩膀和胸际。他心中丝毫没有思想，也不废踌躇，就回到自己的村上。枫溪的人，自然比不上城内的带有都会气味，他们是早已酣游黑甜乡去了；——就是一只小狗都睡熟了。他在自己的门上打门，老婆当即醒了，问他是谁。他听着老婆在睡梦中颤震的声音，心里就好像射入一支火箭。

他含糊的答应了，老婆就走来开门。灯台中的灯油，已经点得干净得很；她只好擦着一根自来火，照他走进。他总觉得这种家里，不应是他住的地方。一种特别的气味，是儿童们的便溺，或人身上的汗酸，和各种辨不出滋味的腐物的混合体，格外使人难闻。

"怎么一点火油都没有了吗？"他明知家里是没有半个钱，但他却要说一句官话，好像非如此，便不足以雪仇似的。

"小儿要吃奶，我又没有奶，他只是哭；只好把灯点上陪他坐着。他才哭倦了睡下不多时候，我的眼帘刚蒙眬的合下，你便来了。"

他觉得他老婆的说话是对的，行事也是对的，反是自己的行为，太辜负了她了。自来火熄灭了，他们都在黑暗中。他心中好像有一颗烧红的铁球塞住，痛彻心胸，似乎非吐出来不对。他的面上，忽而如走近火山喷口般的发烧，忽而如俯临寒冷的深潭般的颤震。他的心正如磔在十字架上受刑，血痕狼藉，一块块撕得粉碎的四裂。

他的老婆已经躺入床上的破被窝中，乳她身旁被她转动醒的幼儿。他只是呆呆的坐在床沿上，一声不响的，想起眼前的情境来。

"幻想恐怕终久是幻想罢，穷人们，——尤其是像我一样的赌鬼——想发财，恐怕比象鼻穿过针孔，蜈蚣穿起皮鞋，还要难得多呢。"

"呵！典什么子！我牺牲了名誉，牺牲了儿童们纯洁的名誉，而决心的实行'典子'，心愿把自己的发妻——虽不能说是爱妻——割爱了，把儿童们的母亲廉价出售了，而所得的代价，却只是区区的八十块，拿钱的时间，又不能应我的急需。啊！发什么昏呢，'典子！'"

"妻儿们，可爱的妻儿们，毕竟是我的，是我永久的慰藉者；失意时的欢笑，倦怠受辱时的慰安，都是从她们自然的爱中，天真的笑中，永久取不尽的精品，无上而高贵的珍馐。呵！我宁可让我的生命为人家所有，我不心愿把我可爱的妻儿卖了，我不心愿她们前途的未来幸福，为了我的堕落，而亵渎了，而牺牲了。呵！我的罪恶！我的罪恶！我不应该向上帝忏悔，我至少总应该向她们赔不是，至少是我辜负了她们，对她们不起。"

他想到此处，便把自己的身体，渐渐的躺了下去，又渐渐的靠近他老婆身边，在她的面上，亲了一个从来没有这样亲爱的嘴。她是从开了他的门后，便一直没有睡着；看着他的情形，证以今晚几个人来找他时的高傲而带轻屑的脸色，便断定他这几日一连的不归家，又是在忘忧轩中赌了一个十二分的败仗回来了。照例，他若是赌输了回来之后，她便不应该去惹他，让他自己坐着发泄。现在，她又看见他这样的向她亲昵了，她便告诉他今晚那两个人来找他的说话。

"今晚天刚黑时，有两个人来找你呢。我说你没有在家，他们还说我把你藏起来。说话凶纠纠的，说你在忘忧轩逃出来的，输了钱还想赖。我说真的没归家，他们才去了。但是，过了没多时候，他们又来过一趟。"她停了好久，好像要等他的回答。他还是一句话也说不来，好像喉头有什么梗住。她又轻轻的接着说："我恐怕又惹起你的怨恨，还不敢就对你说呢。"

"唔！"他只能在鼻孔中回答出一个字来，但是他的心已经难过极了，"谁能在失意时，和她一样的，体贴我，安慰我呢？啊！我今晚如入了神似的，请文辅所接头的事，将怎么对她说起呢？啊！我简直是被什么恶鬼迷了！"他的心一酸，眼眶里的酸泪，就不由得滚了出来。他自己也奇怪：他平素昌言，他是永生没有眼泪的，如何今夜反有更多的眼泪呢。"泪泉复活了罢！泪泉复活了罢！"

他的热泪，滚滚的滴在她的面上。她的心弦，也分外的紧张起来。她知道他此时的心情是非常难堪的了，反悔自己说话的唐突。她不能用任何语言去安慰他，她只轻轻的叹了一声气，算对他表示同情。

他俩的心弦合奏了，他们的中间，虽然是隔着一条破棉被，但是他们觉得是胸贴着胸的，他们两颗颤跳的心房，相互的体贴着，简直比两颗红宝石，放在柔软的法兰绒上还要安适。他忘怀了一切的苦痛，一切的烦恼，一切的被人间所凌辱、讪笑、卑弃的愤恨；他陶醉在柔软的乡里，正如他的心安贴在她的心里，便蒙下眼睛，蓬蓬然入睡了。她感着他的鼻息，知道他是渴睡了，就伸出一只手来，紧紧的搂住他的项颈，叫他进入被窝里就睡。他从蒙眬中醒来，伸了一个懒腰，复打了一个呵欠，觉得全体的筋肉都弛缓了，便胡乱的躺在她外边。他的板床实在太狭，所以他都任意的挤着。当他的脚穿入被里的时候，却推醒了在脚下睡着的第二个儿子。他在睡态蒙眬中，还不知他是否回家，却如呓语一般的叫了一声"爸爸！"他在这一声爸爸当中，又感得胸膈中的情调也是两样了。眼泪又不觉而然的走出眶来。

1925 年 8 月 22 日于上海

旅　途[*]

一部破旧的长途汽车，在广漠的平原中驰驱着。汽车颠簸得厉害，正如一只破旧的舢板，在汪洋的大海中遇见了风暴。

车里的人，一共是那么寥寥的六七个，都是同在海里遇着大浪一般，把一张恐怖而疲倦的面孔无力的挂在自己的肩膀上。

他们偶然把头抬了起来，看出了车窗的外面，那一片荒漠的景象，便是一高一低的，印入了他们的眼中。他们把眼光转到了车后，车后是一阵滚滚的泥雾——这泥雾拖长了尾巴，一直连到远远的空间，才消散在这样一个大漠之中。

时间是将近傍晚了，淡黄而无力的太阳，轮廓是非常模糊的，嵌在广漠的荒野之上；它的这一天的灰色的行程，也将和车中这一群劳顿的旅客同时结束。

这一带地方，并没有什么山丘，也没有什么森林，有的只是一片凄凉的荒野。

这时，汽车里面忽然有一个四十岁上下的男子，抬起头来，口里想说一句什么话。可是不知为什么，又把说到嘴边的话收回去了。

原来，他在少年时代曾经读了几句书，懂得了一些美丽的辞句；后来，参加过一些社会活动，理解得一些豪放的情怀。只是这几年来，因为感到家庭的负累，生活的困难，所以不得不丢开儿女，带着自己的老婆在这条灰色的路上跋涉。

早晨动身的时候，他们新上了这部长途汽车，和这许多旅客们，也曾

---

[*]　原载《文学》1935 年第 5 卷第 1 期。

很兴奋的谈过天。他们也谈汽车的颠簸，也谈今年的灾荒。他们谈着各地的灾荒的情形，历历举出许多可怜的人们的遭遇。内中有一个旅客，说是曾亲眼看见一家灾民完全在自己家里吊死。也有许多人，是说各地灾民真的在掘草根剥树皮过生活。车过一个地方，离开白城只五六十里，他们便真的看见被割了麦苗的麦田。这真是一个不得了的年头，在现在春荒的时候，因为另外没有什么东西可以充饥，便不得不忍着痛，把麦苗割去吃了。他们实在是等不住了，眼前的日子还不能过去，那里还能够等到麦熟。固然，他们有些人也想把麦苗留住，等到麦熟的；但是，你怎保的别人不来偷割你们的，去维持眼前的生命呢？现在，他们眼看着这一种情形，大家只有叹气。最后，他们也又谈到各地的土匪，又谈到各人自己的生活，以及这番出门的目的。

可是谈着谈着，这车中的寥寥几个旅客也就因着车子的颠簸和眼前的凄凉景况，终于把疲倦与劳顿渐渐堆满脸上，渐渐沉默起来了。

眼前便放着这样一片凄凉的景象，生在这狂风暴雨一叶孤舟般的颠簸着的汽车中的人们，还有什么闲情来谈天，来赏欣这北方的雄壮的平原呢？

可是这个时候，我们这位尚在少年时代而具有一片雄心的智识青年，终于因沉默了多时之后，看见这广大平原上的落日景象，心里好像感着什么诗的意境来临，便想起"大荒落日"四个字美丽辞藻来。可是，等他一想起自己前面坐着的是一个三十开外已经做过三四个孩子的母亲的自己的妻子，再想起自己为了生活，终于忍痛丢开了儿女，把荒废了几年没有做事的女人，也拖到老远的立县去混饭吃的情形，刚才由这雄壮与广大的美景引来的灵感，便完全打得粉碎。因此，他便把刚要说出口来的一句含有诗意的说话立刻缩了回去。

"你说什么，苗成？"坐在他对面的自己的老婆，这时也觉得有些闷人得慌，忽然看见他想开口说话的样子，以为一定可以破一些寂寞。那里晓得这叫做苗成的自己的丈夫，却偏偏把已到嘴边的说话吞了转去了。因此，她就有些忍耐不住的开口问了这一声。

"呵，呵！"苗成忽然听见自己老婆的声音，静了许久的耳朵好像突然受到了什么强烈的刺激，一时不晓得回答什么话好。

"你说什么哟？"

"我，我想总快要到了吧！——太阳都快落山了呢！"

"唔，总快到了吧！"

他们虽然只有这样几句对话，总算已经打破这沉默的空气。车的那一头也就有一个人站了起来，伸了一伸懒腰，口里也说："快要到了吧！"

那人也是到立县去的，同苗成他们正是同道。

这整天的长途汽车，真坐得有些疲倦。他们虽然知道明天还有半日的路程，但今天能够早点到同县，能舒舒服服的在客店里睡一觉，不也是很好的事吗？至于那些本来要到同县去的，那是更加提着期待的心，希望这部破旧的汽车快点终结它这颠簸的旅程。

那个人伸了一伸懒腰之后，便推开窗子，伏在窗口眺望。他在这广漠的荒野上，向着汽车奔驰而去的方向望去。便在那广漠的尽处，发现一些隐隐的树林，与在树林中隐现着的，看来只有寸来高的屋舍。

"啊！"他叫了起来，"同县已经看见了。"

这是一个好消息。自然，车中的人听见了这个消息，也都伏到窗口去。因此，他们又在计划车到了以后的办法。

"陈先生！怎么样？到了。"那位到立县去的旅客，把头缩进了车窗之后，向苗成打招呼。

"呵？城里的检查，真是很麻烦的吧！"苗成回答。

"当然！我行李带得不多，倒没有什么。你如果不进城，你们便有伴些。如果你俩要进城的话，那末，我也进城吧。"

"好，我们有伴，我们就不进城吧！"苗成终于决定了的回答。

"那末，我们等一下，便在车站上叫一部小车，连同行李，转过西门车站的近旁，找一间客店吧。"

"好的，好的。"苗成的女人也表示了一个赞同。

原来，同县是一个大县。现在在表面上，虽说这一带的土匪已经完全肃清，但小股头的土匪，还是时出时没，在离城几十里甚至几里以内，还是时常有杀人劫舍的事情的。因此，这里的军事机关还是时刻提防着的。同时，城里的警察也特别严密，他们对于外路来的旅客，是每岗都要打开行李，检查一个底细的。

在平时，苗成他们的路程，本来可以从南门进城去，再转过西门边上，找一个安静一点的客栈安顿一下的。但因为怕检查的麻烦，又怕第二天早晨不容易起早赶出城门，所以，刚才在上车。才谈起从城外绕道到西门不再进城的问题来的。

可是，据说同县城外就很荒凉，土匪杀人放火的事情就在这样的近处也时有耳闻，而城里的驻兵却奈何他们不得。因此当时他们也有些踌躇。不过，想想与其进城不如兜圈子，于是终于决定不进城。

汽车还是颠簸着前进，车中人却因已经看见同县的屋舍，早就活动起来。

好不容易，这汽车才如病牛一般放了一声长汽，随即看见前面一些屋舍慢慢从地平线上抬起头来。车中人，都好像回复了一些生气。

终于，汽车在一处矮房子前面停住了，那里居然也放着三四部小车，和几个带着变淡的绳索的挑夫。看样子是到了一个有人的地方了。

车中人争先往外钻。

苗成也同着他的老婆提着一只藤篮走了下来。

枯黄的太阳已经快要下山。但那无力的残光还照射在矮屋前面一块写着同县南站四个字的洋铁板。

他们一走下汽车，那些挑夫和车子便挤过来向他们招呼。

苗成把藤篮交给他的老婆，说，"卓君，你站在这里。"自己就走到车后，从车子后厢取下自己的行李。

行李并不多，放在车后的，一共只有五六件，有的人已经自己拿着走了。所以挑夫与车子们虽然向他们前面唠唠叨叨的问着"要挑吗？""要车子吗？"终于没人照顾他们的生意。末了就只剩苗成的三件行李放在车后，车夫挑夫们认为是最后的机会，便把苗成团团围住。

苗成本来是决定坐小车到西门去的，便向推小车的招呼，问到西门外去要多少钱？但是推小车的人也不止一个，大家便蜂拥过来，抢去他的行李。

这情形正像打架，像抢劫，弄得苗成难于对付。

那边卓君看见情形，便拖着一只藤篮跑过来帮忙。

可是娘儿们又能帮什么忙呢？还亏得那个原先在车上约定的也要到立县去的旅伴，他能说本地话，对他们吆喝了几声，才把几件行李重新集拢来。

这班推小车的面上都现着菜色，眼睛却凶悍逼人。苗成心里暗想，这大概就是北方民族的表征吧！想着，不免有点惴惴然——他们到了十分饥饿的时候，又怎保得一定会对你客气！——

但是，正在踌躇的时候，那个到立县去的伙伴已经把车子叫好了。

他们是三个人，一共五件行李，同装在一部小车上，从南门车站到西门车站，车钱是八角。

枯黄的太阳和地平线更加接近了。推小车的已经用长绳在缚他们的行李。苗成向四周看看，刚才同车来的旅客都已经走上了各人自己的道路。

他想起自己同老婆为了生活，跑到这样偏远的县分来当小学教师，如今对着这样一幅"大荒落日"的情景，安能不觉凄然！

坐上小车之后，那独轮车的怪叫之声便压抑而且钻心的开始。

在城外的小道上迂回着，对着橙色的落日前进。——这的确是一幅很好的图画。——苗成仿佛领略到"出塞"的风味了。

"你老的台甫，还没有请教！"苗成向那背对背坐着的旅伴询问。

"我叫明发。"那个旅伴回答。

等了一下，那个叫明发的回问：

"陈先生，是到立县去教书的吧？"

"是的。"

"奶奶呢，奶奶也是会教书的吧？"

"啥，她也去教书。"

"你们真好，两个都会教书。"

"也是没有办法呵！"

"你俩可没有小孩？"

怎么没有呢？——因为要吃饭，所以只得把自己的孩子寄养在亲戚家里了。"

提起了孩子，这做了三个孩子的母亲的卓君深深叹了一口气。

"这种年头，有了事情做就算是天大运气了！"

"可不是。听说立县也在闹土匪，学堂的薪水也不保发得出；不过，与其闲着在家里挨饿，倒不如来帮一下朋友的忙，——总是混饭吃罢哩！"

他们的谈话一经停止，这广漠的郊原里就好像只有这一路呜咽的小车才是活的东西的。

因为提起了土匪，明发便用当地的口音问那车夫。

"同县近来还闹土匪吗，推小车的？"

"土匪怎么会没有？"车夫回答。

"不是说已经剿平了吗？"

"剿是剿，小股头的土匪是剿不尽。"

"嘎！"

"三四天以前，北门外的钱家庄不是还烧了房子吗？"

"抢？"

"自然是抢咯！"

"这里不是有很多兵吗？"

"兵，兵是有的；但晚上很早就关了城门。先生，你们不晓得这个年头的百姓多难做呵！"

苗成听了这番话心中好像失了依靠的样子。他想，如果在这种地方有那么三五个所谓小股头的土匪，突然跳了出来用手枪对住了自己，那还有什么法子呢？

眼前的夕阳，已经快到地平线下了。小车还是在这些荒冢丛中转动；所谓西门车站，还不晓得要走多少时候才能走到。想着，想着，苗成的眼睛仿佛就看见这些荒冢丛中现出一些拿手枪穿军装的影子来了。

突然，不知从什么地方送来一阵袭骨的冷风，好像从他背后浇下一桶冷水，这才惊走了苗成那种疑神疑鬼的心情，使他浑身起了鸡皮疙瘩。

"唔，好冷的风！"苗成把头缩了一缩说。

原来今年早春，春天特别温和，苗成他们又是从五六百里以南的白城来的，如今骤然遇到这样的北风，当然会觉得寒冷侵骨的。

可是，也正因为见着北风，就算告诉他们沿城的路已经走完，从而再朝北转，西门车站就在眼前了。

西门一带，比起南门来，倒颇有些热闹。因为这个地方也有短短的一节街，街上也有十来家店铺。

小车子在一家挂着"安寓客商"的旅店前面停了下来。苗成心中凝着的恐怖才与两腿的麻痹，同时得了一个疏散的机会。

太阳正好在这个时候落了山，北风吹动着客店的矮矮茅檐，从门外看入店内，只是一团的黑暗。苗成硬着头皮，才同着卓君，随店主人的招待进里面去。

他们把眼睛调节了好一会之后，才看得见屋内的布置。这是一座茅屋，四周都是泥墙。在白天临街一面的板门可以卸下，大概还放得进一点光亮。这时候他们早已把板门关起了，只留着一头小门出入，因此，里边便像一个黑洞。

因为是黑暗，所以也觉得特别空洞。店堂中间放着一张板桌，板桌四周放着几条长凳。苗成他们便由主人招待，坐在这板桌旁边。

等到车夫把行李搬了进来，车资开发了之后，店主人便从里面点出一盏用香烟罐改造成的煤油灯来。借着这煤油灯的亮光，苗成他们才看见上首壁上还挂着一幅关云长，和一副"义存汉室三分鼎，志在春秋一部书"的红对联。

一种说不出来的心情，在苗成心理驰驱着。他只是呆呆的坐在桌前，毫无动静，店主人问他们可要预备些什么饭菜，他们却同声回答，说要先弄好一张比较可以过得去的眠床。

这客店的结构是一个田字形。便在这店堂的隔壁那边有一间与这边这间同样大小的房子。那房子的四周，沿着墙壁，处处排着六七铺板床。这便是客店的惟一的房间。

苗成看见这个形景，回头看看卓君。他看见她也呈着这样一张沉郁的脸面，便回头问店主人，可有比较清爽一点的房间。

这时，明发也站在他们后面。便接着对老板说。

"这位陈先生和师娘，都是到立县学堂里去教书的。你们应该让一张好点的床铺给他们过一夜。"

老板听了这话，略为踌躇了一下，就决定把他自己与老板娘的床铺，暂时让给他们。于是，便又把他们领入后面一间房间去。这后房，也与前房一样，是个套间。这一边，接着旅客卧房的是厨房；那一边，紧靠着店堂背后的，便是老板他们自己的住房。不过这间住房，又隔开做两间，外面一间，是他们三四个孩子的卧房。

自然，老板他们自己的一张床是客店里最精彩的一张了，苗成夫妇看了之后，当然再没有话说。卓君便在那里看老板把他的被铺收拾出去，苗成便把自己的行李搬了进来。

在打铺盖的时候，卓君轻轻叹了一口气，打开被铺之后，她便和身带衣的睡在床上了。

"卓君，怎么样，到了那里了！"苗成装着笑脸说。

"你还开心！"

"不开心又怎么样呢？"

"陈先生！"明发在外面叫，他苗成便出去了。

"你们吃什么呢？面还是饭？"

"你呢？"

"我想吃面。吃饭，他们这里连豆腐都没有？"

"苗成！"卓君又在里面叫，"我们还是吃饭吧！问他们有没有鸡蛋。"

苗成便问老板有没有鸡蛋。本来为了灾荒，他们是连鸡也杀完了当作粮食的，老板却答应出去找去，或者还可找到一二个。因此，他就决定叫他们做一碗蛋汤来下饭。

苗成回到房里浑身疲倦，也便在卓君的旁边躺下。他们俩一句话也没有说，让阴暗与惨淡吞没了一切。外面正呼呼的吹着北风。

过了一下，外面叫吃饭了，他们走了出去。

饭是新煮的，颜色却有些灰色，不晓得是什么米。坐了下来，一股使人发呕的霉气，冲入了他们的鼻尖。桌上的菜，的确有一碗蛋汤——真是难得，可是除了鸡蛋汤以外，还有一碗烂咸菜和一碗臭豆酱。看着这种菜与饭，心里便有些不想吃。可是，不吃肚子会饿，自己又没有带什么点心，只好举起筷子，勉强扒些在嘴里。

苗成心里想，这一带的人真不晓得过的是什么生活。

可是，这一种饭菜，在苗成他们虽然觉得难以进口，在别的几个旅客却是吃得满起劲的——他们还没有鸡蛋汤呢。

像苗成他们本来是不应该进这一种小客栈来的，他们很可以到城里去过夜，但又怕检查行李的麻烦。现在他们觉得有些后悔。

正在吃饭的时候，查夜的警察已经来了。

警察一共是六个，都打着灯笼，而且都背着长枪。初进来的时候，形式似很严重，把店堂里挤满了人头。可是，一个个的查问过后，看看到可没有什么。

他们问到苗成的时候，看神气是特别的注意。但等到说明卓君便是他的老婆，又说明是同老婆到立县去教书的，他们也便好像不跟他故意为难了。就是行李，也只是问了问，并没有一定要查。

苗成吃好了饭，同明发打了一个招呼，便问老板要了一只煤油灯，同卓君进里间去了。北风在外面吼着，长长的灯烟冲鼻的在他的面前旋绕。他担心明天的天气，怕要变化；因为这一阵子的确晴得太久了。

房里觉得有些冷，脚指头手指头都有点麻木。自然他们只有预备睡觉一个法门，可是，等到脱了衣，吹灭灯，睡入了被窝之后，精神反而觉得兴奋，许多事情，都在脑中回转起来了。他们都没有说话，很想睡一个满足，明天好再坐他半日的汽车。苗成是有意的把呼吸调均起来；但是，这床板却太硬，周身都感着不舒服。

忍了一下，他晓得卓君也没有睡，便轻轻的叫：

"卓君，你睡了没有？"

"没有。冷得很，睡不熟呢！"卓君回答。

"我也睡不熟呢！"

"唔！"

他翻了一个身，她也转侧了一下。

再过了一下，苗成又问。

"卓君，你在想什么呢？"

"没有想什么！"

其实，这时的卓君正在想自己的孩子们。她想孩子们不晓得这时候已经睡了没有，想他们的母亲不想；又想寄在祖母身边的大女儿和外婆家里的大儿子，也许会想起自己的母亲的；但寄养在奶妈家里那个小的，总不见得会想吧。——不过，她是晓得苗成的脾气的，怕他要笑自己又显露女性的弱点，因此有心闪遁了他的问话。

"我没有想什么。你呢？你在想什么，苗成！"

"我也没有想什么！"

其实，苗成也是一样的，他脑筋里正充斥着极复杂的事情。他想起眼前的生活，想起从前的恋爱，想起了所谓乡村经济的破产，想起了灾民与土匪的充斥——只是，他也不高兴说出来。

北风在外面咆哮，他们只闭着眼睛等睡。一会儿，也不晓得究竟睡过了没有，蒙蒙眬眬之间，忽然听见下雨的声音。

苗成又翻了一个身。

"卓君，卓君！"

"唔！"

"好像落雨了呢！"

"唔，落雨了，真倒霉。"

"明天可不得了！"

卓君也翻了一个身。

忽然，外面有人在敲门。细细一听，的确有许多人声。而且敲得很急。

自然，在这样的静夜，这敲门的声音，客店里的人是都听到了的。但大家都不敢响。

苗成一滚身坐了起来，立刻就在被外摸衣裳。这可怎么了，到这时候谁还来敲门——一定是土匪。随后，卓君也坐了起来，也慌忙的摸着穿衣。

"嘭，嘭，嘭，嘭……"

"开门，开门！"

"你们这批死猪，睡死了！"

"故意不应，老子可要揍死你的！"

外面的嘈杂声音完全听见了。他们可吓得一动也不敢动。

"那一个哟！"老板在答应了。

"开门开门！"

"查夜的！"

"不赶快开，打破门板。"

苗成和卓君，连每个牙齿，每个细胞，都起了战栗。

"查夜，已经查查过了哟！"老板的声音也有点颤抖。

"不开门，就开枪，妈妈的！"

"开枪，开枪好了！"

这还不是土匪吗，要开枪了，这怎么办好？苗成心里想着，好像真的听见枪声的样子。

"我来，我来开，我来开。"

老板把门开了。

十几只皮鞋的声音响了进来。同时还好像有脚踏车转动的"吼吼"声。

"躲着土匪吧，妈妈的，不要开门。"

"搜，搜，搜！"

这可糟了，苗成想着，齿牙只是打战，耳朵隆隆的作响，好像听见老板也在发抖着叫，"土匪土匪！"

"躲着土匪吗？"凶恶的声音咄咄逼人的问着。

"不，不是土匪，土匪——"老板的声音。

"你是老板吗？"另一个声音问："吓得鬼样的！你说，你们店里住着几个客人？——这么大惊小怪！——我们是查夜的——干嘛老不开门？"

"查，查夜？不是查过了吗？"

"还要查呢！"

"查，查吧！"

"你说，今天晚上，你们这儿有多少客人过夜？"

"客人，一共五个。"

随后，苗成又听见许多脚步，走进明发他们睡的那间房里。

"真是查夜的吗？"苗成心里想着，神志好像又安定了些。"丢那妈，真吓死人哩。"苗成轻轻的对卓君说，卓君还在发抖。

"你到那里去？——做什么的？——竹篓里带的什么东西？"

苗成听见这种查问的声音，心神又加安静了一些。

"这里是三个人，还有两个呢？"

苗成想，这可麻烦到我们了。但他还是不响，静听着怎么样，只听见老板回答：

"还有两个是夫妇，他是带了女眷到立县去教书的。"

"有女眷？"

"唔！"

苗成听他们问到女眷，心里又紧张起来。假如他们跟我开一下玩笑，那——可是他仍不敢出声，假装着没有醒。随即听见一个兵士走到他房外，用手电灯照射着，口里问：

"是夫妇吗？"

"是的！"老板回答，"他们是夫妇，已经睡了，不要查了吧！"

"好，好，既然是夫妇就算了吧！"手电灯的直射的光线就扫过去了。

以后便是听见他们向老板要床铺，他们预备在那里过夜了。

那边房间还有四张空床铺，将他们几个人安顿下去，空气总算恢复静默。

这时候外面的雨似乎还在落，北风也吼得厉害；室内虽然静默了，但他还是睡不着。卓君已经和衣躺下了。过了一下，苗成也只得和衣躺下。

矇眬之间，好像已经没有雨声了，可是风却刮得更大，连这客店的几间房子都有些摇撼起来。他想："这样的大风，明日或者会晴吧？"他又轻轻的叫着卓君，卓君可也没有睡。

"明天恐怕会晴呢，风这样大！"他把它当作一个好消息似的告诉了卓君。

"唔，"卓君回答，"不晓得几点钟了？"

苗成抬起头来，往黑暗中察看，只见屋顶下面那一尺见方的小窗，似乎已经透进一些昏濛的日光。

"应该是鸡叫的时候了吧！"可是，除了风声，一切都非常静寂。真的，恐怕连报晓的雄鸡都被吃得精光了！

他们又把眼合了拢来，好像天既亮了，这才可以放心。一下子他们就睡着了。

及到醒来的时候，天已经大亮。苗成走出房间，明发便迎着问他昨晚可睡得好。他问起那些兵士，他们说是天没亮就走了。

据他们说，人是一共十个，都有脚踏车，手枪，手电灯及大毛毯，穿的都是军装。这个时候大家重新说起来，还觉得有些惊悸而且神奇。但有个旅客学着老板开门时候那种结结巴巴的神气，引得大家发笑。

天已经晴了，各人的心境也好像重见了光明，有说有笑的，一切都已转回了静穆。

苗成心里暗自取笑自己，正如那个旅客方才取笑老板一般，觉得一夜的虚惊未免好笑，又有些内惭。

他们洗了脸，早饭已经预备好了。为了昨晚落雨，今天到立县去的车子究竟有没有，还不得而知。可是饭总得先吃。

太阳已经从云缝里钻出来。汽车是照常行驶。苗成他们放下了饭碗，便叫客栈里的人把行李搬到了车站。

冬 日*

一

自己在他乡教书，混口把饭吃吃，生活过得去，不至于饿死，家乡也是懒得回去了的。可是，这一次，却不知想起了什么心思来，究竟趁着这一个大冷的天气，冒雪走回家乡去。

一到了家乡，家乡的人们，以为你在外面教了这么多年的书，自然也应该是一个绅士了的，于是也就有许多人，匆匆忙忙的跑来，找我去做绅士。本来，这也难怪，像我老家住着的这样的一个乡僻县份的小市镇，全村一百来的户口，能够识字的人，就找不到半打。至于能够穿一件长衫，到讲事场面上说一句话的人，那更是找不出一个了的。所以，这一次，我一回去，他们就以为这是一个十足难逢的机会，家乡的事情，安得不找我去出一出头呢？

那天下午，我坐在家里，很无聊的捧着一个火笼，同家人闲谈；忽然听见外面有两个人叫着我的名字，走了进来。我放下火笼，走出去看了一看，原来是两个儿童时代，在私塾读"子曰诗云"的书友；现在是都有了家室，在村镇上算是首事的人物了。

他们一走进来，立刻就同我寒暄起来，问我是从海路回来，还是经陆路回来，问我在外面什么学堂教书。在我呢，我只能又很客气，又很随便的答应着，却不晓得他们要来说些什么了。等了一下，那个比较矮一点的，吃成了一口的黑牙齿的书友，在身边摸出一盒老刀牌香烟来了。他拿出一

---

* 原载《文学丛报》1936 年第 1 期。

支香烟，对心坎的送了过来，样子很是老枪。我顺便把他的手看了一眼，啊，几个指头，几乎都是熏得姜黄色了的，立刻就引起我一些厌恶的感觉。我本来也学会了抽口把香烟的；但是，这样一来，我可给他推辞住了。他见我说不会吸香烟，便好像觉得很奇怪。我从他的眼睛中看出来，好像在说，怎么的，你连香烟都没有学会，还说在外面码头上跑了这许多年呢？可是，他这一句话却没有说出来，而说出来的，却是一句十分漂亮，夹了几个新名词的话语。当时，我看他笑了一笑，把香烟顺便递给那一位同来的书友。"你们学界，是讲三民主义，要新生活了。"我当时在想，新生活的名词，也竟然能够在这样的山僻的地方，从这样的一个鸦片鬼口上听到，真是不容易的事呢？

我看着他们，用一根火柴推让着把两根香烟点了起来。一阵青烟，又同时在两人的口里喷了出来。

"一件事情，同你商量，你回来了顶好，那是非请你出一点力不可的！"这声音是从长满了黑牙齿的嘴巴里吐出来的。

当两口青烟从他们的两张嘴巴里喷出来以后，他们的谈话，便转到正经事上面来了。

"我能够帮得了什么忙呢，我多年在外面，家乡的情形，又不熟悉。"

"不要紧，你听我说。"

"唔，怎么样呢！"我也只好漫然的答应着了。

"他的外甥女小仙"，我们的这个抽鸦片的书友，用一只熏得姜黄的指头，指着同来的另一位书友说，"他的外甥女，小仙，便是东，东大姊的女儿。东大姊，你还记得吧，便是嫁给里呑人的那个？"

我看着他的眼睛盯住我，好像一定要我回答的样子；没有法子，我便回答他说有点记得，只是记得不大清楚了。其实，在我的脑子里，实在想不起一个怎么样子的东大姊！

"东大姊先是给嫁里岙老江的，他的从前的姊夫。后来，老江死掉了，东大姊便带着女儿，转嫁到下岭殿。下岭殿是姓张的，张是小族，但里岙出来，却要打他那里经过。头月十七，里岙人约了十几后生（壮丁），带着短棒，走到下岭殿，把小仙夹半夜抢了去。……"

看神气，我的这位鸦片书友，我们这小村镇上的首事，是还要滔滔的把这情形述说下去的。可是，在我听到这里，却无论如何也有些扰不清楚了；于是，我不得不插人的问。

"东大姊没有儿子吗？"

"没有，有儿子，也不会嫁人的。"东大姊的兄弟，直到这个时候，才开口说起话来。在他，好像他的大姊的转嫁，是非辩证一下不可的。

"那末，里岙人为什么要抢小仙呢？"

"咦，小仙是老江在世的时候，给她定了夫家的；也是里岙。"我的书友的一声"咦！"使我听得很寒心。依他的口气听来，好像这些事情，我是早就应该晓得了的样子。

"现在呢，小仙被里岙人抢去了，可是河塘人却要问下岭殿要人。河塘人仁宋，是说得很好的。他说，我拿出钱，我要人；你如今没有人给我，你要还我的钱……"

我如果再让他讲下去，这事情又会听不懂了的；其实，他所说的那些情节，我原先就不大清楚，他要接着讲下去，我便只好让他讲下去就是。可是，这时，我又不得不插人的问了。

"河塘人，河塘人又怎么样的呢？"

"下岭殿人，把小仙许给河塘人，仁宋的儿子，接过了他的聘金的。日子都择好了，定在这个月初四，就要过门了的。现在却被里岙人抢去了。这事情，弄得不好，是要吃官司的。所以，我说，不如讲了的好。世间上的事情，就是人打死了，也只有讲事调和的，这有什么方法呢？并且，河塘这一边，仁宋也是阿奎的亲戚"，——他又用熏黄指头连着香烟，指着他旁边的那位书友。——"他的老丈人（岳父），便是仁宋的兄弟；而里岙和下岭殿这一边，总算都是姊夫。所以，我劝阿奎，这事情，你是非出来收束不可的。这种案子，闹下去，又有什么风光呢？"

这位阿奎，我们是私塾里读书的时候，改名叫张连奎的；他现在职业，是一个裁缝，所以大家叫他作阿奎。

阿奎，是一个不大会说话的人，看样子，也很本分，我因为我的这位鸦片书友，一下一下的指着他，便把他多看几眼。因此，我便看见，当这位鸦片书友，讲到劝他出来收束这件案子的时候，他的身体，便好像不安起来的样子。

"那末"，我说，"这小仙既然许给了里岙人，下岭殿这一边，难道不晓得的吗？"

"唔，唔！"他们好像要斟酌一下，才可说话的样子。自然，这种表示，我是能看得出来的。若说是下岭殿既然晓得了小仙是已经被他的生父，许给了里岙的人，他如今又接了河塘人的聘金，当然于道理上讲不过去的；可是，现在，他们却是在我的前面讲话，要是捏造事实，好像又是对我不起的样子，所以便只好唔唔唔唔的支使着了。

"东大姊呢，她总晓得这事情的！"

"是小仙自己不肯去，她嫌里岙是山头地方，家又穷，不肯去。东大姊呢，她也作不得什么主。她的丈夫，金里，已经接了仁宋的聘金，她还有何话可说。"

"那末，现在，河塘这一边是不是一定要女人呢？——如果他们一定要人，那是比较难办的。如果说不要人，那末，叫里岙人还出聘金就是了。"

"可是，里岙人又不肯出聘金呢？"

"不出聘金，便应该放出人来哟！"

"还不是这么说！可是，他们又不肯把人放出来呢！"

到了这个时候，我方才把这事情弄得清楚了。原来，阿奎的姊姊东大姊，先嫁给里呑人老江，生了一个女儿。后来老江死了，东大姊就带着这女儿转嫁到下岭殿去。可是，这女儿小仙呢，在老江在时，已经把她许给了同村的一家人家了的。现在，小仙大了起来，因为小仙自己不肯嫁到山头的贫穷的人家去吃苦，因为他的继父金里想得一笔配金，便把小仙另外许聘给河塘人仁宋的儿子了。到了最近，河塘人已择好了日子，不日就要迎娶的消息，给里呑人听见了。因此，他们便约了许多后生，在深夜的时候，把小仙抢了过去。

我把这事情的前因后果，整理得清楚了以后，接着就问：

"现在打算怎样解决呢？——想来河塘人是不要人了的吧！"

"不，河塘人这边，觉得有人还也好。"

"里呑人把小仙抢过去之后，没有同房吧！"

他们笑了起来，"那自然是同房了的。"

"不是处女了，河塘人也要吗？"我也笑着问。

"河塘人？这倒没有问题，他们只要人。"

这种回答，在我，是有些惊异的。可是，接着一想。在这一种年头，生活也教训得他们，要他们不要注意到这些问题了。金钱，是实在的；女人，也是实在的；娶一个媳妇，会劳作，会出子息，也是实在的；至于处女不处女，元贞不元贞，那有什么关系呢？本来，这些事情，就是在城里的那些卫道先生的心目中，早已白米煮成熟饭，至多也只能付之一笑，感觉得无可如何的。何况还是一批普通的乡人们呢？

"那末，这问题就很简单了。要里呑人拿出聘金，抵还河塘人的聘金就是"，我说。

"里呑人不肯，并且拿不出钱来。——他们根本没有钱，才是死症哟！"

"没有钱，就还人哟！"

"他说人是他早定了的，——人是他的。"

"下岭殿人不要用这一笔聘金吧，他能交出聘金原数交还给河塘人，不是也就没有事了吗？"

"他这边有亲生的娘，继父也有养育她的心机的；他们，他把小仙养到这么大，用几个钱的聘金都不可以吗？何况他们收来的聘金，还要给她置办一些嫁妆呢？"

"这事情真有些难哪！"我说了之后，便沉思了起来。可是，在对面坐着两位书友，却好像在笑我的简单似的，面上现出了种既失望又轻蔑的表情来。

等了一下，我说，"这个样子，我又能够帮什么忙呢？"

"我们今天晚上，在城内进士牌坊，张氏大宗祠请饭，请你也去一去。张友卿，以及礼田、昌英等都要来的，你同去一去就是。"

"我又不会讲事，我去做什么？"

"我们把这情形告诉你了，你到那儿去，照事评事，总要能把这事情收掉了，不闹到县里去就是了。"

"那末，我想一想吧！"

"不，你是一定要去的呢，我再等一下来约你。"

我们都觉得没有什么话好谈，一时就沉默了下来。

"市隐，我们走吧！"我听见阿奎叫着这位鸦片书友的怪刺耳的别号。于是，我便注意起他的别号来。本来，这位鸦片书友，在私塾的时候，是叫做王大发的，现在大概因为这大发两个字，有些不大驯雅的缘故吧，所以才用了一个很雅的别号了。我把眼光移到这位鸦片书友的身上说：

"你老兄叫时英，我还不晓得呢，是那两个字。"

"是市隐哪，市场的市，隐士的隐。"他笑了起来，露出了一口的鸦片牙齿。

"唔，雅极了，市场的隐士，我把他误听作时英，是一个女人的名字呐。"

我们都笑了起来。接着，他们说要走了，我便送了他们出去。

在门口的时候，他们还叮嘱着，要我四五点钟的时候，在家里等他们，同到城里张大宗祠里，去吃讲事酒去。

二

这一天下午四点钟的时候，十二月的太阳早已倒了西。西北风在外面吼得厉害，我的老家那种破茅屋，几乎到处都要钻进阴风来似的。我自己呢，闲着没有事情，只是躺在床上，用一条棉被压在脚下，在看一本从外面带回去的小说。

正在这个时候，我又听见那位市隐兄的声音了。

自然，我晓得，这是来叫我去吃讲事酒去的。我只好丢掉小说，穿起鞋子，走了出来。

"我们去吧，阿奎已经先走了，我是特地来约你的。"

我说，"好的，好的，请你等一等我，我去披一条围巾来。"可是，当我把围巾围在头上，走了出来的时候，他又问我有没有手电筒。

原来，我住的乡镇，说远不远，说近也不算近，离开城里，也足足有八九里的路途。要是晚上吃了酒回来，这条黑路，是非带一盏灯亮不可的；可是，我却没有手电筒。

"我没有手电筒哟！我带盏灯笼吧！"

"哩，你在外面，手电筒都不买一枝！"意思之间，这手电筒是上海的时髦的东西，你竟然还这样乡气。

没有办法，我只好让他笑我乡气，又回进房里，找出一盏灯笼出来了。

于是，我们便冒着北风走路。

在路上，他又问这一些零碎的事情——譬如是先施公司和永安公司的屋顶，究竟是那一家高；梅兰芳的唱戏，有没有去听过；一天是吃三餐饭，还是吃两餐饭；麦粉甘蔗之类，是不是会吃得到的；我在教书的学堂有多少先生，有多少学生等等事情。这样，我便一面走，一面任意的回答着。我惊异着他的说话的题材的枯窘，我又惊异着他的问我说话的苦心与殷勤。和他谈着谈着，我真有些讨厌，又有些可怜他。可是，也正因为这个样子。这八九里的长路，也竟然被我们一下子走到了。

城里已经上了灯，黑暗早就在城里的每一个角落躲着了。

进士牌坊，这对封建时代的纪念牌，在这小城市里，是一点没有剥落分毫的。同时，从乡下走进城来，我觉得这个牌坊的前后，更为黑暗。

张氏大宗祠，就在这进士牌坊的下面；虽然有人借着这里请客，早就开着大门；但是，这开着的大门，也的确是使人感得冷气森森，阴险逼人的。

请客的地方，是大堂旁边的"坐起"，那里已经点上了一盏保险灯。当我同着市隐，过过大堂，走进"坐起"的时候，就在那处侧门的旁，看到一位穿皮袍马褂的绅士的背影。这位绅士，是正墙面而立的，我开始还不晓得他在作何贵干。等到我走过他的身边，我才晓得他正是在这墙根上小便。我因为晓得是一位绅士正在那里小便，便头也不抬的从他身边加紧了脚步走了过去。

"立明兄吗，几时来的！"

我听见有人叫我的声音，便回过头去。我和那位小便的绅士，便在墙边上打了一个照面。这位绅士，是陈礼田，是我中学时代的同学。他在中学毕业了以后，便进了法政专门学校。现在，也吃了鸦片，也晓得管案，也晓得走衙门，晓得趁钱；在这小城镇里，的确是一位很红很红的绅士。

"呵，礼田兄，是你，我还没有看见呢！你来得有一下了吧——呵，我是刚才这几天回来的。"

"在外面很得法罢！"

"骗骗饭吃而已！教书是第八项生意了的，你还不知道吗？"

"好极，好极，同你一样，总算是顶好顶好了的。名誉好，教育界又清高。"

一阵西北风，依着这高高的墙壁，送了下来，我们都发了阵冷噤。

"教育界清高，——呵，外面冷，我们进去！"他一面在系着裤，一面便拔脚在前面走，好像什么礼节之类，意思都不在这位绅士的心目中似的。这时，不晓得怎的，我自己已有一些失悔的心思。在胸头颤动，我为什么要来吃这一餐饭？同他们绅士打交道，这有什么道理呢？

"老杨，出来！一个老朋友来了。"礼田走上了客厅，便向旁边的一间小房里那么叫着。

这"坐起"是三开间的房子。中间的一间，是一个小客厅的形式，上面铺排了一副炕床，两边靠墙，排着两排茶几椅子，中间便是一张大圆桌，这圆桌上面，已经排好了杯筷，排好了水果和剥果。可是，这圆桌上面，却没有铺桌布，那曾经发过霉，但还没有被他们擦得干净的痕迹，在灯光下面，侧目的看过去，还可以看得清楚的。

我立在这小客厅中，这样随便的在四周看了一眼之后，立刻便听见房里的所谓老杨的声音。

"礼田！谁呀！"

"你猜，一位老朋友。"礼田一脚踏在这小房间的门槛里面，又回头招呼着我。"立明兄，进来，进来！"

"呵，立明兄吗？老朋友，老朋友，进来，进来！"

我跟着这叫做老杨的声音，跨进这座门槛，便看见一位从鸦片榻上支起半个身体来打招呼的鸦片脸孔。这房里的左壁的方桌上，放着一盏美孚灯，正中的一张板床上，也燃着鸦片灯。大概是因为这位老杨，刚才抽了一筒鸦片，又把鸦片烟吐出口来，向我打招呼的关系，这筒片烟竟然还在他那脸孔的四周缭绕着，使我辨不出他的面孔的正真的轮廓。不过，在这氤氲的白烟当中，我也一下子就想起了当年小学时代的杨英昌的脸孔来。

"英昌兄，呵，你也在这里，好极了。"我也这样招呼着。

"我还没有学会呢！"

"没有学会。——唉，你说我们腐化吗？哈哈，玩玩的，玩玩的。"

我的鼻子里，充满着鸦片烟的气味，本来就觉得讨厌；现在，又听见这种笑声，我的身体便觉得坐不住了似的。我弄得一个莫名其妙，不晓得要怎样才好。我真有些失悔，我是不应该来吃这一餐饭的。

我就随便的靠着那张方桌旁边，坐了下去。我细细的看出，这床上还躺着一个人。这个人，在鸦片灯下，我是看不大清楚的。可是，我却很是面善。我想，既然这人自己躺着不睬人，我又何必和他打招呼呢？

我坐在那里，一声不响。我想起这位老杨，杨英昌大绅士的一些故事来。他做讼师，他会拍拍乡下人的钱袋，问他带来多少钱，才答应给他写状纸。他会把同别人吃官司的青年寡妇，当作自己的老婆；带到这边带到那边去歇宿。他也曾经红过一时，又倒霉过一时，而现在又在转红了的时候。他的倒霉的时代，是被人当作土豪劣绅，告了几状的。那个时候，他几乎捉住枪毙，不得不脚底搭桐油，三十里天亮，溜之大吉。可是，现在他又红了转来。旧的势力，仍旧还是存在。他又得抽鸦片，上衙门，玩别人的女人；他到了那里，那是非给他预备上鸦片榻不可的。

我在静静的想起了这些事情，我觉得我们家乡的一些社会事业来。现在，革命已经成功，难道这一批昔日的土豪劣绅，已经改皮换骨，变成不是土豪劣绅了吗？

等到市隐持着开水壶，走到我坐着的房里泡茶。这才把我的这种想头打断。我呆呆的看着他那种小心翼翼的动作，我几乎疑心这已经不是我们小村镇里的首事。因此，我又忽然想起了欧文的《见闻杂记》上所记的二三等作家走到头等作家的集合的地方的狼狈的情形来。

"立明兄，我给你介绍一下吧！"杨昌英从烟榻上站了起来，站在烟榻的前面，说要替我和那个躺在烟榻上面的那位绅士介绍。

"好，好！这一位是——"我也立了起来。

"张尚卿先生。"那个躺在鸦片榻上的人，只是欠一欠身，点了一个头。

"这一位是周立明。"昌英又回头给我介绍着，可是连一个客套的称呼都没有，这可使我有些过意不去。大概在一批绅士们的心上，我是不值得称作先生的吧！

没有办法，我也只好点一点头，重新坐了下去。

至于昌英让出来的榻位呢，等我坐转原位的时候，我已经看见礼田补了上去了。

"这些家伙，都算是一县的绅士。唉！"我心里这样想着："这真叫做天晓得的事。"

"呵，友卿先生，你来了！我又差了一个人，到你先生家里去了呢，你先生没有碰到吧！"这是市隐的声音。

"没有碰到呢！——我说来，是一定来的。——客来齐了没有，客！"声音是颇为文雅，调子是故意装得慢腾腾的调子。自然，这一定就是张友卿了。

"里面坐一息吧！——客已经来齐了，只等你友卿先生了。"市隐陪着一个穿厚呢大衣的人物，踏进了这边房里。这房里的几个人，都站了起来。这时，似乎空气也比较紧张一些，我也不得不跟着立起来点一点头了。

"友卿来一筒！"张尚卿第一个在客气。

"不，友卿，到这边来，"那个刚才躺下去的礼田，已经爬起来站着，准备真正的让位了。

这边呢，我的书友，我们的村镇上的首事，市隐老兄，却在诚惶诚恐的替他脱大衣。等到大衣脱下之后，他是头也不回的，走到榻上，躺在礼田兄让出来的那个位置上了。

三

菜是并不怎样客气的菜，但也不能说是怎样蹩脚。——四只脚，八大碗，再加入四热晕。可是，酒却不见得高明，是有些带酸的。

桌上的人，一共是十个。第一位是友卿，第二位是昌英，其余便随便的坐了下来。市隐是末后一位，拿酒壶洒酒。他说是替代着主人的。我便坐在他的旁边。其余的四个人，据他们的口气，两个是代表河塘的，两个是代表下岭殿的。至于，里呑的两个代表，却一个人也没有来。

吃菜的时候，小客厅中，冷风闪闪，那盏保险灯，时常被吹得摇摇摆摆，死去活来。有的时候，一阵风来，这灯的火焰，便小得几乎就要熄去。可是，接着从上面透出了一阵黑烟，它好像又舒一舒的样子，重新复活起来。于是我们的鼻孔里，便一下子的充了煤烟。

这"坐起"的小客厅，是大石板铺的地，脚踏在上面，正如踏在冰板上一样，脚趾头是冷得斩下来一样的痛。

在吃菜的时候，大家都嘶着脚冷嘶着手指头冷，酒也是洒出来一下子就冰了的。大家并不吃得怎样起劲。

他们并没有谈什么话，好像谈话的材料，也被冻僵了似的。菜也出得很快，吃也吃得很快。我只是坐着，一句也没有话说。

吃了饭之后，大家又集中到刚才我坐的这间小房里来。因为这是最主要的目的之所在，文章的最后的一个段落了。这位市隐兄，也跑得特别起劲。他在帮着倒茶，又在帮着绞面；最后他也在跑进跑出的买炭发团炉。

至于这四位绅士先生呢，好像有了鸦片，便天大的事情，都可以解决了似的，随便天冷一冷，这更有什么关系呢？

我本来是被约来凑数的，我的本意，也只是情面难却，想来看看戏就是，当然没有说话，那两个河塘人和两个下岭殿人呢，他们毕竟也只是乡下首事，和我们的市隐兄差不多，在这样的大场面，也是不敢说话的。至于他们四个绅士呢，他们却只在轮流着一枝鸦片烟枪，几只眼睛盯住一个人在打泡，做头，通孔，再递给一个人嘶嘶嘶嘶的抽吸。

房里的空气，是寂寞得没有声音。城里的绅士们是闲散；乡下的绅士们，是沉默的紧张；我呢，我是无所谓。只是外面的西北风，不时的呼呼在吼，这倒和房里的抽鸦片的嘶嘶声相合奏。

火炉发好了，绅士们的鸦片烟，总也每人轮流得有三四枪之多了之后，友卿从鸦片榻上爬起，走到火炉的旁边坐定。

"阿奎，阿奎！里否人没有人来吧！"

市隐、阿奎都从外面走了进来。房里的空气，也紧张起来了。他们晓得，这是临到了最主要的阶段了，安得不当心一下呢！

"没有人来，友卿叔公！"阿奎这忠实的裁缝师傅，战战兢兢的回答。

"你没有请他们吧！"

"我请了他们的呢，但他们却没有来。"

"这事情要三面都到才好，有一面不到，便有些不好说话呢！"

"叔公要怎么说，就怎么说，说了通知就是，看他们怎么样。"

"总只希望了事啰！现在两面的律师，都是这里。昌英、礼田，来，来。我们要讲事了，不讲你们的那一套法律。我只有一句话，人如果给里否人，里否人便应该拿出一百块洋钱，再由下岭殿人补五十块钱，将聘金全数交给河塘人。里否人如果不要人，能够把人交出来，那末，人就归还河塘人，再由下岭殿人拿出五十块钱送给里否人，算是赔偿他的定钱。这事情不是了了吗？"

友卿这样说着的时候，我倒颇有些佩服他的分寸。他算是张氏全县一族的人才呢！这似乎也判断得很公正的。

可是，礼田，他却开始反对了。他说，"金里，就是下岭殿这一边，是没有道理可以贴出钱来的。依你这样讲，不是，下岭殿完全吃亏了吗？女儿给这边他也要贴钱，给那边，也要贴钱。"礼田，是代表着下岭殿人这一边的。

"里否人，现在人已经抢去了，要他交出来，也是不合情理的；你看，儿子也生在她肚里了，河塘人要拿回去何用？至于讲起理来，他是应该娶这媳妇的。现在弄到这种情形，有钱，里否人如果有钱，这钱是应该拿出来的。可是，里否人却的确没有钱，你要割血吗？"昌英的讲话，他是代表着里否人这一边的。

河塘人还没有请律师，仁宋和金里讲明，我也不必和你告状，听凭你捉一头，交我人，或是还我钱。所以，他是很安稳的，在老等着钱或者媳妇的到手的。他们这一次来的两个代表，那只是听取消息的意思，另外没有什么的。

这样，这事情不是很僵吗？连友卿讲的话也没有人热情的接受。于是，这公开的谈判，好像是不大行得了的样子。

尚卿在鸦片榻上坐了起来，他走到河塘人的代表的身边，把他衣袖一拖，走出小客厅，再走过那边的一间小房间。这房间的构造，是和这边的一样的，在未吃饭以前，他们几个乡下代表，就在这里坐着歇息的。那里没有灯，他们便在黑暗中谈话。

这边，礼田找着昌英，也叽叽咕咕的咬着耳朵。友卿呢，也站在壁角上，和阿奎谈话；——我的书友市隐，也便一钻一钻的把头钻到他们的旁边。

我不会替人讲事，我只能来看看情形。我老坐在那里不动。我想，所谓讲事场上，便是这个样子的吗？这样鬼鬼祟祟的做什么呢？我今天总算见识了这样的场面了。

他们是在咄咄的谈着，我静静的在听着。外面的西北风呼呼然在墙角上叫吼。这些谈话的声音，正有些像老鼠在钻谷仓似的。——我在失悔，我不应该来吃这一次的讲事酒的。但我又在高兴，我毕竟见了这样的场面了。

"就这个样子，就这个样子吧！"友卿的谈话忽然高了起来，弄得大家都可以听见了。

"就这样子，不错，友卿先生！"市隐放大了喉咙，乘接着友卿的语尾。

"尚卿、昌英、礼田，来，来，来！"

"你看怎样呢，是不是，只好这样呀！"尚卿的喉咙也放大起来了，从对面的黑暗的房间里，通过小客厅走了回来。"怎么样呢，友卿？"

"慢点，友卿，你听我讲。这事情，在法律讲起来，河塘这方面，也是不大应该的呢？你怎么可以去定一个已经定婚的女子？"这是昌英的讲话。

"我看，还是叫河塘这一边吃亏一点，他家里有钱，钱损失几个，不要紧。他们'亲'已经抢去了，生米煮成熟饭，让他们去就是。这事情不是解决了吗？"这是礼田的说话。

"不，不，你们两位的话，固然也有道理——可是，这事情却不能这么讲呀！——我想，他这边，河塘人这一边，还是怎样的，——呵，再拿出一点钱吧！如果要人，呵，再贴一点钱给里吞人这一边，让他再娶一个山里的女人就是，——便宜一点的。"尚卿看着那位河塘人的代表，这样的讲了。

"我想，"友卿讲，"今天晚上，这事情是讲不落节了的。那末，不如，不如改日再谈吧！——天又这么冷。"

这话可发生了效力。至少，我是赞成的。他们也就起来要动身了。

我一个人点着灯笼，寂寞的从城里走回家来。

放田水 *

一

看着自己的小孩子，慢慢的在自己的干瘪的奶头上，疲倦得困去了以后，阿元嫂便轻轻的把小孩子抱了起来，要给他送到丈夫躺着在哼的床上去睡；可是，她动了一下，身下坐着的破旧的小竹椅，便如杀猪一般的叫了起来，孩子又吵醒了。

奶头，本已瘪得如一只挂着的布袋，奶水，当然是干得一点也没有的；所以，小孩子的入睡，并不是吃饱了奶水以后满足的睡眠，却只是饿得疲乏加上吃得疲乏的一种困倦。本来，一个神经衰弱的小孩，只要随便动一动，或是听到一些什么声音，他是会突然的张开眼来，大呼小叫的。何况她这一对干瘪的奶头，又不能使他吃得满足呢？阿元嫂一面心里发急，一面又在可怜孩子，讨厌孩子；可是这有什么办法呢！她不舍得让小孩哭，又不舍得让小孩哭起来的声音吵醒了躺在床上哼着的丈夫，只得重新把干瘪的奶头，塞入小孩的口中，仍然坐了下来。她身子在急躁的摇动，一只手在小孩的背上拍着，给口里嗡着的催眠歌和小竹椅的摇动的声音，打拍节。

一盏鬼火一般的油灯，点在一张缺了一只桌脚的方桌上，灯光只有盆子那么大的一个圈圈，其余全是黑暗。靠近桌边一尺距离的地方，便是她丈夫躺着在哼的那张板床；灯光从桌边下来，落在她丈夫的脸上，分外的显出了凄凉与黯淡。她的眼光，在丈夫的身上闪过，她心中的愤慨的心神，

---

* 原载《文学》1936 年第 6 卷第 6 期。

立时加浓起来；她要替丈夫复仇，她要挺起腰来负起丈夫的任务。

她的眼光在室内一转，她觉得一切都笼罩在惨淡与黑暗里，在向她申诉着可怜的运命。板桌子的旁边，是她那可怜的七岁的大孩子在沉默的打着瞌睡；他虽然也是一个有生命的小孩，但他却和他身边的水缸，锅灶，以及锅灶上面搁着的几口破碗，和锅灶前面的一些零乱的麦秆与柴草，一样的毫无生气。板床的后面，是一对大肥桶（肥料桶），和另外的一些锄头草刨等等的农具，在沉默的叹着气。这一对大肥桶，也便是她家里的马桶和厕所；从那敞着口的肥桶里发出来的气息，和在肥桶旁边燃烧着一堆垃圾发出来的烟气，混合了起来，在房里氤氲。这垃圾燃烧出的烟，是用来驱除蚊子的，可是，室内的蚊子，仍旧在造反一样叫吼着，在人们的腿上脸上乱碰。

这便是她的家，也便是她家里唯一的家产。水缸，锅灶，毛坑，眠床，全连在一处，挤在这个小屋里，连让一个屁股回旋一下的空隙，都找不大出来。她还有什么雄心呢？

可是，她并没有想到什么消极的意念，她只觉得要生活，要生活下去。在以前，像这些田地上的事情，固然也有时出去帮一帮忙，但像晚上出去放田水这等事，总是由她丈夫主持着的。而现在呢，丈夫受了伤，躺在自己的床上，那是无论如何也要挺起了腰骨去干一干了的。

怀中的小孩子，又呼呼的睡去了。她把他抱了起来，向丈夫睡着的脚下放下。小孩子虽然也在叫哭，但是她却不高兴睬他。

"龙，你醒来，妈要放田水去！"她推醒了坐在桌旁在打瞌睡的大儿子。

阿龙用两只手交互的搓着眼睛，眼光光的看着他的母亲。

"龙那爸，龙那爸！"

床上的受伤的丈夫，无力的睁开了眼睛。

"唔！"

"我到田里去看看水。"

"唔！"

她在床后抓起了一把锄头，又点着了油灯。

"龙，你把门关了，爬到弟弟身边去睡；小龙——弟弟哭起来，拍一拍他。"

走出外面，觉得一身的凉爽与舒适，精神便振了一振。仰看头上，又是满天的星斗，想起明天还不会落雨，心里固然有些焦灼；但她却立刻走回屋里，抓起那盒火柴，塞入袋里，又把油灯吹熄了，才重新走了出来。

一天的星光，什么东西，都可以在星光下隐约的辨认。"不要油灯，反是好些呢！"她自己想着，壮起了自己的胆量。"一个女人躲在自己的家里，害怕外面的黑暗，是不行的；只要你有胆子走了出去，你看，黑夜中不是有着星光吗？"

她挺直了腰骨，背着锄头，提着没有点火的油灯，昂然的前进。小孩子还在床上哭，可是，她却不管。她听着关门的声音过后，小孩子的哭声，也就慢慢的轻了下去，远了下去。

二

她走上了一座长长的石板桥，桥下并没有涓涓的流水。只有几个小小的水潭，静静的睡在那里，星光明朗的映在里面，轻盈的眨着睡眼。

天是多时没有落雨了，田里的稻，正需要着水吃；可是，这里的水，却这样的潴着，只能让夜游的诗人，在赏鉴着他的美妙。天地间的不平的事情，每每是这个样子的。

"这一潭水，要是能够流入我的田里，那是多好的事呵！"

阿元嫂忽然这样的幻想起来。

可是，要这么的一潭清水，流入阿元嫂的田里，也并不是不可能的事；

别人家里的田，田水还不是满满的。要是不是自己弱，受人欺侮，至少，阿元的田，这时是不会发生水的恐慌的。

她想着这些，自己觉得有些悲哀起来。

可是，她并不悲观。自己的丈夫，虽然被人欺侮，被人殴打得半死；但是，还有自己。因为自己还要活，而且想养活自己的两个小孩，她可不能不挺起腰来干一干的。

前天晚上，几乎是天快要发亮的时候了，阿元嫂睡在家里，忽然听到有人在很急的敲门。她在蒙眬中醒了转来，仔细一听，却不是自己的丈夫的口音。

"阿元嫂，阿元嫂！"

"谁呵？"

"快，快，阿元，阿元哥被人打伤了——"

她一骨碌便开了门，仔细一看，是自己的邻舍叫长脚三的，慌张的站在门口。

"怎么样，三哥！"

"阿元哥被人打伤了。困在饮马殿路廊外面哼，我放田水回来，走过那里，还不晓得是什么人；用灯一照，才晓得是你家的阿元哥。"

"呵！"她全身在发着抖，"是什么人打他呢？"

"我也不晓得。——快，快，去抬他回来。"

"好，我去！"阿元嫂忍住发抖的身体，从牙齿缝里，叫出这样的坚决的声音。立刻向前面冲去，并不感到悲哀，也并不想要哭泣，只是心头在舂米一般的发跳。

可是，走了两步，她又停住了脚。

"三哥，三哥，你同我去一去吧！"

三哥是个好人，她不叫他同去，他本来也想同去的。

那时，天还没有亮。可是，东方已经有一点白光。

她和三哥很快的走到饮马殿的路廊前，真的，阿元还倒在那地上哼。

阿元嫂衔住眼泪，一把的把住了他，在他的身上推，口里在叫着："龙那爸，龙那爸！"

阿元没有答应，只用无力的眼睛瞧着她。

他们把他扶了起来，连站都站不住。三哥真是好人，他把他背在背上，背回她的家里。

回到家里，她问是什么人打了他，他说他也看不清是什么人。

"我是想回来了的，"他躺在床上，断断续续的说，"我背着锄头，走过饮马殿路廊的前面。路廊是黑暗得很的。什么东西也看不见。可是，突然之间，那路廊的黑暗处，闪出了一个人影。我停住了脚，问是什么人，什么人。那人也没有答应。立刻，我的脚腕，受了重重的一棒打击，我便仆倒在地上了。接着我只晓得有许多短棒，在我的腰上，背上，头上，以及屁股上，上上下下的，如落雨一般的落了下来，我简直有些不知人事了。我不晓得他们是什么时候去的。等了一下，我才晓得全身都在痛，全身的骨头都被打断了的样子。我想爬，可是，我一点也爬不动。好像我的手，脚，身体，都不是我的了，什么都不能听我自己指挥。我没有办法，我只能这样的躺在那里，我以为我是被打死了的。可是，过了一下，我听见远远的有脚步声走来，我想叫，还是叫不出，我只在哼。我好像又晓得那人已走到我的身边，灯光在我的眼前有些刺眼；我想，我或者还没有死！……"

"后来，我听见龙妈叫我的声音了，我才确定自己还没有死，我被你们背了回来……"

阿元虽然说，什么人打他，他也不晓得；但是，这事情是什么人干的，什么人要干这样有计划的毒狠的事情，阿元是会猜得到的。那还不是张家里的人吗？阿元生平，没有同什么人结过冤哟，另外的人，是不会对他这样的过不去的。何况又在放田水回来的时候呢？

可是，阿元虽然晓得这恶毒的行动，一定是张家里的人干的，但他又没有什么证据，可以和张家里的人说话，这是一。再呢，阿元是一个无财无势的人，便是说要同张家里的人斗一斗，但也不大容易。没有办法，只得暂时的忍耐一下。好在他们没有把他打死，一条性命留起来，将来总有报复的一天。

这一天，阿元嫂便在家里忙了一天。她晓得小便是一味很好的药品，对于被打伤了的，她便先弄了一大碗的小便，给阿元喝了。接着，她又跑出外面去，去找什么跌打损伤药。她由着别人的指示，到附近的一座矮山里面，掘了一种草药，叫作什么"参山赤"的草根，煎了起来，对酒吃了下去。

可是，阿元的腰部，似乎损伤得更加厉害；昨天一天，他几乎没有一次小便。躺在床上，只是用手按在腰部，不住的在哼。虽然"参山赤"和酒，已经喝了两次，但腰部的恶痛，仍旧没有减少。昨夜一夜，阿元嫂是一夜没有眨眼，给阿元在腰部上按摩着的。

他们家里，另外没有什么人，也没有什么亲戚。阿元嫂一边在按摩着丈夫的腰部，一面只是忍着眼泪。

"他们要害我，要让我全家的人饿死，以为打伤了他，就没有人去放水，——水就可以满满的灌到他们的田里，——我们只好活活的饿死。——可是我偏要活，我不肯死了，让你们爽快。要末，你老老实实的把我们一家大小四口，都全杀死了。——女人，女人没有用吗？女人只能生在家里管小孩吗？哼，我出去，丈夫打伤了，还有我！——"

她坐在床边，一面替丈夫按摩，一面这样自己在想。

今天，她又出去弄了一服"参山赤"来。阿元已经有了一次小便，人也似乎清爽些了。

晚上，她把家里安顿好了，便挺着腰肢，背着锄头，出来干一干丈夫们所干的事业了。

三

走过了这座长石板桥，那边是一株蓬头蓬脑的，大可合抱的老樟树。这樟树里面有些空心，说是已经有了树神，是几百年前的生物。它的树荫矮矮的散了开来，几乎有半亩地的大小。黑夜中走入它的下面，听着树叶打着树叶的嗦嗦的声响，是很有些怕人的。据古老的人说，长毛的时候，这树下就杀了许多长毛，树上也便挂上了许多的人头；——而且，因为这樟树的桠枝低，挂在树上的人头，在黑夜时，每每可以同走路的活人的头颅相碰的。

这些传说，阿元嫂本来就听在肚里的。她记得，前天晚上，三哥把她的丈夫背了回来的时候，他们还在这里歇过脚的。可是，那时并没有想到这一些。现在，她一个人走路，却不知不觉的想起来了，这真有些奇怪。

这时，她正走过这大樟树的下面。她想，无论如何，也要压住这惊怕的心神。可是，一阵风来，树上嗦然的一声响，接着，便是这里那里，好像满树上都躲着一些鬼魅，而这些鬼魅却等着有人走来，窸窸窣窣的要出动的样子。她的全身的汗毛，立刻便跟着这阵风，这阵响，一个冷噤，一次战栗，竖了起来。

但是，她却壮住自己的胆，挺起了腰肢，咬紧了牙齿，也不向旁边看，也不向头上看，一直的走了过去。

走出了这树荫之后，她才舒了一口气。眼前的美丽的夜景，从稻田间吹过来的，带了一些稻叶的香味的凉风，使她感觉到胜利以后的欣慰。

这是一处小小的平洋，一直连到对面的山脚为止，都是人家种的田稻。

这时，田稻正到了出稻头的时期，田里的萤火虫，也就特别的繁盛。从阿元嫂走着的路上望去，一直连到对面的山脚，渐铺渐密的，都铺着亮晶晶的闪动的小光点。这些小光点，和天上的繁星连接起来，真不晓得这是一个何等美丽的世界。

不过，这萤火虫的排列，事实上也有疏密的。有几块萤火虫排得最密的田里，那下面的满满的田水，也就同时反映着天上的星光与田间的流动的萤火。至于有些田里，却不过是偶然从隔丘的田里，被微风吹来几只萤火虫而已。这里面的原因，便是因为有些田里，早就被他的主人车满了水，或是放满了水，而另外的一些田里，却因他的主人没有人马，又出不起工资请人车水，或者是就近又没有水塘，无从车水，便不得不让他的田旱着，等老天爷布施一些雨水了。因此，这些在屁股上带着一点光明的萤火虫，也就不得不趋附到有钱人家的田里去了。

这一带的田，一大半是靠天的，还有一大半，却也靠着人力。不过，这人力，却是包括金钱的力量和社会的势力的。譬如许多人，他有钱，他可以出得起工钱，叫人来车水；或者，他有势，不怕什么，他可以霸占着一些"沸水"，让他独占的。除此之外，只有几个勤谨的农人，不怕死活，深夜到田里去等，希望有势的人，放满了田水以后，再流一点到自己田里就是。

在这个平洋里面，好像隐约也有人在候水的声音，可是，毕竟隔得太远了，又在黑夜当中，却一点也看不出来。不过，看不出人来，那也不要紧的，但在阿元嫂心中，胆可大得多了。因为第一，她晓得这黑夜的田野中，也有和她一样的，出来放水的人，她便减少了一些寂寞；第二，在黑夜里出来放水的人，大概都是一些勤谨的安分的小农，正和她的家境差不多的情形，心中也有些连系。

她昂着头前进，把刚才经过大樟树下的一些害怕的心理，全丢在脑后了。

走上了两三步高的一个小小的山坡，便看见了饮马殿路廊的黑影。那个路廊，在四面都是稻田的田野中蹲着，正像蹲着的一只老虎。

她想起了自己的丈夫，在那里面被人殴打的事，一种愤怒与害怕的情绪，同时的引了起来。她踌躇了一下，仍旧走了上去。"鬼也不怕，还怕人吗？"她在心里想着。"张家的人，真的给我碰到了，我咬也要咬他一口。哈！"她的胆又壮起来了。

路廊里，好像有一盏灯，正如蹲着的老虎在眨眼。

再上前一步，她已经听到有些人声。"唔！这个时候，路廊里还有人呢！"再走过去，那两个人头，便如鬼影般的看得清楚了。

那两个人，在猴子一般的吃西瓜。西瓜是砍开的，一人一半捧着，水淋淋的在啃。这就近，是有西瓜田的，田里也打着茅厂，在看守着，但不知他们在吃着的西瓜，是怎样的弄来的。

这两个人，阿元嫂可有些面善，却都不大认识；不过，在他们，却像认识阿元嫂似的。

阿元嫂走了过去，他们都用惊异的眼光望着她。等她走过了以后，他们却嘻嘻哈哈的笑了起来。这笑声，在阿元嫂耳朵中听来，是含着一些轻屑与侮辱的。接着，就有相互推让的"你去""你去"的声音，从后面送到她的耳朵中，那意思，是分明要同她开开玩笑的。

"流氓，鬼会拖你们去！"

她正在口里轻轻的咒诅着，可是后面已经有人赶上来了。

"喂，元嫂！"

她站住了，惊异着，这个流氓，怎么晓得她的名字？她本来是想逃避的，可是，在这时候，便是要逃避，也逃避不了。她想了一想，用着庄重的声音回答。

"哟，你是谁？"

"你出来放田水吗？阿元哥怎么不来呢？"那人并不回答她的问话，却只是说着他的。但她没有回答，只咬紧牙齿，静静的等着，看他还说些什么话。

"你一个人出来放田水，这样的黑夜，不怕吗？"

"怕什么？"

"怕什么？——自然是怕鬼啰，这一带有跌死鬼，杀头鬼，撒沙鬼，你不知道吗？"

"我不知道，——我不怕！"

后面留在路廊里的人，在哈哈的发笑。

"你不要假装大胆了吧！——我晓得，你在怕，你在发抖。"

"我不怕，我不发抖！"

她觉得没有方法再和这个人谈话，回头，拔脚就走。

可是后面的声音，也跟了上来。

"元嫂，不要走得那么快，我又不吃人，我陪陪你吧！"

"……"

"元嫂，何必那么急！我陪你到对面西瓜棚里去坐坐，吃一个西瓜，回头我帮你放田水！"

"……"

"西瓜棚里没有什么人，不要紧的；何必这样假正经，连话都不回答呢？"

她实在恨不过了。她咬紧牙齿，心里便想咬他一口。

"你想怎么样，你！"她站住了脚，把灯放在旁边，两手抓住了锄头，采取一种斗势。

"你，你这样凶做什么呢？我不过是说说玩玩的嘛——"对方有些求饶的神气，但声音却是嬉皮笑脸的。

"老三，老三！"留在路廊的那人大声的叫唤。

"呵！做什么！"站在元嫂前面的家伙，立刻答应着。她晓得，这家伙叫做老三。

"回来，老子叫你回来！"

"妈妈的，你叫老子回来吗？"

这叫做老三的家伙，正好寻着一个退步的机会，带骂带笑的跑回路廊去。

四

阿元嫂踌躇了一下，想着这种流氓的小鬼头的样子，真是好气，又是好笑。

她背上锄头，提起脚边的油灯，向前走去，耳朵中还听见这两个家伙的嘻嘻哈哈的笑声。

"老三，唔，老三，我记得你。"她心里想着，"如果有什么时候再碰到我的说话，你且留心你老娘的厉害。"

这里的地势，已经渐渐的高起来了，她又得踏上两步石阶。可是，这时她正在想着对付那个家伙的方法，一时没有注意到脚下的道路，忽然脚尖在前面当作石级的石块上一碰，几乎绊了一跤，满身便喷出一头的星火。

她晓得，走上这两步石级，便要从这田边的小路上转弯，那便到了她的稻田。

这边的田，因为是依着这山坡的地势而种作起来的，所以，田与田的排列，是一丘一丘的高上去的。她的田的位置，便在这山坡的中间。

她的田，是一块长方形的，有二亩那么大小。在阿元嫂这一带，是称之谓𢭃田的。这田的旁边，有一条叫作沸水的小小的水沟，那是从上面的溪边上打山边引了进来，预备灌溉田亩的。

　　她站在这条小沟的旁边，点起了油灯，用灯照着，俯身看看，沟里却没有一点点的水。她晓得，这是种着上面的田的主人，已经把水源截住，让水流入他自己的田中，忍心让她的田稻，活生生的干死的。

　　她走上去一看，果然，这小沟里，的确还有一点水在流着的；可是，这一点水源，却被人拦入他自己的田中去了。她看一看她毗邻的一丘田，田水是满满的。天上的星斗，伴着流动的萤火，正在茂密的稻梗子的隙缝里闪光，一只青蛙，忽然的跳了下来，扑通一声，又冲破了这闪着星光的平静的水面。

　　她把油灯放在田岸上，便动手来疏通这一条水沟。她用锄头把那水岸破开，又顺手把那边的通路塞起；顺着一点涓涓的水慢慢的在这小沟里开导下来，看它流入自己的田里。

　　这一边弄好之后，她又在自己的田岸上巡了一圈。在同下一丘的田接界的田岸上，她又发现了一个缺口。这个缺口，现在是干着的；可是，如果等到她的田里也有水的时候，她田里的水，就会从这个缺口，流到下丘的田里去的。因此，她又用锄头掘起一些泥来，把这个缺口堵住了。

　　她把这事情弄好之后，两手握住锄头，懒懒的站在那里瞧着，轻轻的舒了一口气。

　　下丘的田里，水也是满满的。稻头已经出来，并没有一点的久旱的现象。萤火虫在稻缝里稻叶上飞舞着，她的眼睛，也如头晕时发出一头的星火一般的，在跟着旋转——转到这边，这边的眼梢上是一大群的萤火。转到那边，那边的眼睛梢上，也是一大群的萤火。

　　这毗连着她的田界的上下两丘田，现在都算是属于张家的产业了。可是，在从前，这上面的一丘田，却也是她自己的。张家人，现在是既有钱，又有势，人丁又旺，那又安得不发达呢？本来，这上面的一块地皮，也是阿元家的。可是，因为阿元讨了一个老婆，又生了一场大病，便渐渐的把利钱加了起来，加了起来，终于给张家管了过去。如今，阿元的上下的田，都是属于张家的了，而张家呢，却很想也把阿元的这一块靠着养活的田，也卖给他，使他可以把这一片田都统一成一个主人，但阿元却不肯答应。在这个地方，阿元便是有些使张家里的人不大高兴的。

近几年来，田里的收成，更加不好，米谷也不如从前那么值钱；张家里的人固然不一定要买阿元的田了，但对于阿元的那么起劲的在田里做活，那么的死也不肯出卖这一块土地，却是无论如何，也是不大高兴的。横直是这样乱纷纷的年头。有钱有势，是很可以压倒一切的；现在给你一点"小苦头"吃吃，这又算得什么呢？

阿元嫂倚着锄头，想起这一切，心里真觉得愤恨。有钱有势的人，固然可以做人，但是，我们穷人，难道理应饿死了吗？不，不，我也应该挣扎，我们应该挣扎着做人。祖宗留给我们这样的一点田地，我们已经出卖了一半，这余下来的一点，这我们靠着活命的一点土地，我们是无论如何也要维持下去的。我们要活，我们要活下去，你可怎样呢，且等着看吧！

五

阿元嫂走回上面的小沟，看见这水沟中的涓涓的流水，已经流入了她的田里，心中非常高兴。她现在的工作，只要在那里等着，看这涓涓的流水，渐渐的把自己的稻田流满就是。此外，她只要看一看各方的田岸，有没有缺口，或是漏洞了。

她看看没有什么事可干了，又把油灯吹熄了，坐了下来。她的心里一闲，立刻想起自己的丈夫与儿女来。"阿龙爸不晓得好些没有，小龙不晓得还哭不哭……"

突然，她的后面有人的声响，她吓了一跳，立刻便站了起来。

在星光下，她隐隐中可以看见，前面的人，便是刚才和她打诨的老三。

她想了一想，"又是这家伙，好，你来吧，看你怎么样。"便把态度沉着了起来。

"哪一个？"

"我，阿元嫂！"这回答的声音，的确就是刚才跟着胡扯的那个家伙的声音；可是，这声音里的态度，却似与刚才打诨时的态度有些不同了。因为在这声音里面，似乎是含着一些善意的亲热的态度了。

"你，做什么？"

"阿元嫂，我来告诉你一件事情——"

对面已经站着那个说话的人了。她看看他的面相，也不觉得有怎样的阴谋。好，现在是面对面的，看你又玩些什么把戏呢？

"什么事呢？"阿元嫂的声音，也放得和气了。

"我慢慢的告诉你，可是，你得先答应我一句，你不要对别人说这是我说的。"

"你话还没有说么，我晓得你说什么呢？"

"你先答应了，我才说。"

"答应你什么呢？"

"答应我不告诉别人！"

"唔，唔，你这家伙，你那一套把戏又来了！"阿元嫂心里想着，"可是，我将怎样应付呢？——好，我且答应了他，看他又有什么花样。"

"我不告诉别人就是，你说吧！"

"元嫂！"声音是更加亲昵起来了，人，好像也是进了一步。

"唔！"

"我告诉你一句话——"

"是的，你说，——可是你要说得正经的。"

"正经的，自然是正经的——"

可是，下面几乎没有什么下文。阿元嫂眼睛死死的看着他，看他可有什么花样，但是当面立着的人，却一点举动也没有。经过一个长时间的沉默。

天上有一颗很亮很亮的流星，从南边向着西边闪了过去。他们同时把头抬了起来，目送着这颗大流星的没落。

"前天晚上，阿元哥被人打得半死，是不是？"

"是的。"

"你晓得是什么人？"

"什么人呢？你可晓得？"

阿元嫂的声口，立刻紧张了起来，复仇的决心，试探的信念，顿时在她的心中活动。

"什么人呢，你可晓得？"

对方是好整以暇的，故意模仿着她的口气，重说了一遍。

"呸，你这流氓！"

"我说吧，——那是老李四，张家的长工，和张阿明，他们两个人干的。张明那天约我，我不高兴，他就约了老四。他们说，阿元在田里骂人，又偷放了沸水，实在太可恶了，给他一顿'私柴'吃吃吧，看他也没有什么办法。"

"不过，阿元嫂，我告诉你了，你可不能说出是我说的，因为我也要靠张家吃饭的，我也是他的长工；要不然，我的饭碗也会被打破的。"

"唔，我晓得，我不说就是，——本来，你不说，我们也会猜得到是张家里的人干的。"阿元嫂沉着的回答着，好像心中在想着对付的方法的样子。停了一下，"这沸水，我也有份的哟。谁个说不许我放呢？张家真的要吃人吗！我们穷人，无财无势，真的应该饿死吗？我不相信。嘿，如果阿元死了，我是会和他拼命的——"

"轻点，轻点。"对面的人见她的说话渐渐的激昂起来，声音也渐渐的高扬起来，便这样的阻止她。"张明还在那边呢，给他听见了，不大好。"

张明，是张家的第四个儿子，一味的无赖，蛮横，阿元嫂是晓得的；但却没有想到，刚才在饮马殿路廊里碰到的，便有一个张明。

"张明听见了怎么样呢！"她反是叫得响亮些。

"阿元嫂，我不过告诉你就是冤有头，债有主；你晓得了就是，何必这样的发急呢！"

阿元嫂心里在想，静了下来，唔，等着瞧吧，张明！

可是，她重新想了一想，这老三也未必是个好家伙哟。他说这事情是张明约着老四干的，但他自己却也不能推得清清净净哟！他和张明混在一道，又何尝是一个好人呢？刚才的那种嬉皮笑脸的鬼把戏，不是证明他也是一个无赖吗？这一点，阿元嫂是放心不过的。

"我是一个女人，我阿元家无钱无势，我是作不出什么怪的。"她把声音放低下来，好像向一个熟人诉说心事的样子。"人穷了，狗也得来欺侮！老四，他也不过仗着他主人的势就是，他这样欺侮我们，我便做了鬼，也会记得他的。——只是，顶可恶的，是一些狗；他们本来也同我们一样的可怜的人物，但他却要帮着别人，昧起良心欺侮人。你，唔，你，……"

老三站在她的前面，听着她这一番说话，心里在不住跳跃。他晓得，对面的女人，是在有意的骂着他的；他也晓得，自己帮着别人，欺侮别人，也是不大应该的。可是，在那个时候，他却并没有想到这些。并且，他刚才的嬉弄的手段，也并没有什么深意，只因为自己年纪轻，又听着张明的怂恿，所以那么玩玩的。不过，在同时，他虽然想着，就是那么玩玩，也未尝不可；但如果能玩得成功，在一个没有受到多少的道德观念的束缚的青年人，又何乐而不为呢？老实说，便是这一回他向阿元嫂说出谁是打了阿元的主动者的说话，也只是想在她前面讨一个好的勾当，根本没有多大的深意在里边的。但是，现在经过她这样一提，他却觉得对方的人可以同情，而自己的行动，便有些对人不起的地方了。

他在沉默着，对方的女人，也在沉默着。

可是良心的觉醒，终敌不住青春时代的欲火的引诱。阿元嫂虽然是三十开外的女人了，但在一个年纪到了二十六七，还没有讨过老婆，又是没有什么道德观念的粗男子的心中，却觉得在这样的深夜，在这样的田野，一个男人对着一个女人，只要能够壮一壮胆，这种便宜，是稳可到手的。

他想伸过手去抱一抱，或是在那里摸一摸；他想到一些另外的事情，心头便跳得厉害。

可是，当他决心要试验一下他的遭遇的时候，他好像又被当前站着的女人的严肃的神气，震慑住似的，又停了下来。

沉静了许多时候，老三的心，好像想象出阿元嫂的严肃以外的样子，忽然伸过手去，紧抱着对方，用力的在她的身上身下乱摸，口里却不住的叫着："元嫂，元嫂！"

元嫂也发起了火性似的，接着便匹拉匹拉的两个耳光。

"你真的打吗？"老三放开了手，惊讶，斥责，却又带着狎昵的神气问。

"你这畜生！"阿元嫂死命在对方胸口上一推，一个不提防，对方便站不住似的，倒退了两步，终于在田岸上踏空了一脚，跌入田里去了。"你这畜生，你这狗，你滚远些！"

六

老三跌得并不厉害，一下子就爬了起来。不过，他的屁股，却压倒了几簇稻，沾上了半身泥了。

阿元嫂站在旁边，冷冷的看着也不说什么话。

老三爬了起来，走回她的前面，伸出右手的食指，一点一点的点到她的鼻尖，"好，好，你记着就是！我也记得你！"说了之后便从田岸上走去了。

可是，老三在田岸上隐去了之后，立刻又走了回来。

阿元嫂还站在那里看着，她以为老三回来，一定又有什么把戏。她用力的注视着，目不转睛的看着前面的人的行动。但是，等到那个黑影慢慢的走近身边时，她却发现到，这重来的人，却不是老三，而是另外的一个人，——那自然是张明了。

张明，是老三一淘的，也自然是阿元嫂的"对头"（仇敌），他是和老三约着，让老三过来和她打一下浑，胡闹一次的。现在，老三是失败了，但他却走了过来。

"你来吧，看你又怎么样？"阿元嫂心里计划着对付当面的来人的方法，把两手插在腰上，立着老等。

张明并不说话，只走过阿元嫂的身边，走到他自己的田口上。

"你怎么把我的田口塞起来，放了我的田水！"他从田口走回来，站在阿元嫂前面，严词厉色的责问。

"这水是公众的，怎么说放了你的水。"

"怎么不是放了我的水！"

"人是要靠天吃饭的哪，强是强不来的！"

"我强你的吗，真是放屁！"

"你不强，怎么不准我放田水呢？"

"不准你放田水，哼，便不准你放田水！"

张明自己动起手来，拾起她的锄头，兴兴头头的，走了上去，把往下流的水路堵住，又在他自己的田上开了一个水口，让水流入他的田里。

阿元嫂已走了上去，看着他把这工作做了之后，便夺过了自己的锄头，只一下子，又把堵住的水路弄通了。

"你不能把我的水路堵住呀，——这是靠天的水，天在头上，看得清清楚楚的。"

"一个女人，不能这么凶的！"对方又伸过手夺锄头。

"凶什么——你想抢么？"

"抢便抢！"

"你打人！"

"打便打！"

"好，好，你打，你打，一个男人，打一个女人，你打，打死了你抵命！"

对方觉得女人的声气比他还要凶些，便有些软了下来。

"嘿，嘿，雌老虎，我不高兴打你！"

"你打哟！"

斗争是平静了一下子。

"我告诉你，我田里的水口，是不能让你塞起来的。"

"我也告诉你，这条'沸水'，我是有份的，什么人也不能截去。"

"好，好，我们都开着水口，让水自己流吧！"张明自己转圆了，他不高兴和一个女人争论，也不屑于动手打一个女人，"你看着的，如果什么人把我的水口塞了，嘿，嘿，……"他这样的恫吓着，便自己走了回去。

"你有什么方法，你来吧！"阿元嫂看着对方走了之后，仍旧有期待的心神期待着。可是，她真想不出怎样对付好。自己的丈夫被他们殴打了。这仇还没有报，自己又和他争论了一场，受了他一顿无名的压迫。现在，还不晓得他去了之后，要怎样对付自己，——是不是也要叫一两个人打她一顿，另外有什么陷害自己的法子……唉。想起这些，她真有些紧张了。她站在那里，想着，想着，等着，等着，可是，对方的人，却始终不见回来，也没有什么动静。

慢慢的，自己的心神，因着时间的转移，静默了下来。这个时候，她才觉得疲倦，又觉得肚饿。她在水沟边上坐下，两只手支撑在自己的腿上，才把自己的疲倦的头颅托住。她差不多已经困去了。

等到她的头重新在两只手掌中抬起来了的时候，东方的天色已经有些转白了。

那两个家伙可没有来，但她的肚，却更饿得厉害。看看水口，还是这么涓涓的流着，自己田里的水，也流满一寸来深。她感到一些成功的喜悦，背起锄头，提起那盏油灯，走回家去。

她走过饮马殿路廊，走过大樟树下，特别的把腰挺一挺，头抬起来看看，但都看不见什么动静。

公路上的神旗 *

一

和省城通了公路之后的偏僻的 S 县，虽然在通车的最初几天，人山人海的到车站去瞻礼这现代文明的产物，大有去看城隍爷爷出巡的气概。这在关心文化运动人们看来，一定认为是近代化的最好的现象，以为他们的迷信城隍爷爷的信心，将为给崇拜物质文明的心理所代替了，其实，关心文化运动的先生的观察，乃是错误的；他们的瞻礼汽车，根本只是把他当作好玩的西洋镜；而汽车本身所带给这偏僻的县份的民众的，也只是一些洋货，一些物质的引诱，和一些贫穷。他们不能因为有了汽车，便改变了他们的生产方式，——他们从前是种田，现在还是种田；作兴也有无田可种的，但总不会有比种田更好的生产，从前在一亩地上可以收三石谷，现在在一亩地上，还是只收这末多的谷；至于荒了的，水旱破坏了的，那自然还在其次。但他们却因为有了汽车，却改变了他们的消费的方式，——他们看见洋货，便要买洋货，觉得这是必要的，不得不挣扎着买一买，从前三四十里，四五十里的路，可以用两只脚走一走的，现在却不得不坐一下汽车。总之，自从汽车通了之后，他们的眼光是放大起来，三个民钱，四个民钱，甚至于一个铜板，只能当做一个民钱那么价值来消费，但他们的生产，还是他们祖祖宗宗在几百年以前，几千年以前所传下来的方式，这可有什么法子呢？

大概，便是因为这个缘故吧，生产方式不改变，种田的仍旧不会超过

---

　　* 原载《光明》（上海）1936 年第 1 卷第 6 期。

过去的种田以上的方式，虽然在消耗方面，赶上了近代文明的后尘，但他们的思想，却始终没有变改的。

你看，去年夏天，那地方的民众，因为大旱，灵物崇拜的取水接龙王的行动，还在这每日奔驰着现代文明的交通工具的汽车大道上举行着的。

二

去年的大旱，真也旱得不成样子！从古以来，那里有一连三四十天不落雨的天年的呢？

这偏僻的 S 县，原来是多山的地方，山田多，水田少；这些田，都叫做靠天田，要是老天爷爷不落雨，小百姓们是无法吃饭的。现在，天要不落雨，这有什么法子呢？除了诚心诚意的去求求老天爷，龙王爷，请他赐一点甘霖，救救小百姓们的活命，这还有什么法子呢？

早一天，李家镇上的人民，已经把本镇上的神祈，镇威大帝的神位，领了出去，到离城四十里地方的一处山岙里，叫做茅山龙潭的所在，去接龙王去了。据遗老相传，这镇威大帝，是与茅山龙王有些交情的，只要镇威大帝亲身去请，茅山龙王是没有不特别的给与面子的。

这一天，是镇威大帝接了茅山龙王回来的日子，照例，凡是邻近的村镇的人民，都应该奉着他们的本镇的神祈，带着大旗、幡旐、锣鼓仪仗等，往郊外迎接的。

这接水的一共有十七八个集团，——他们的名字，是叫做堡。每一个堡，有一个神祈，神祈是用纸牌奉着，放在香亭里，用四个人抬。香亭的前面，有四个穿白长衫摇纸扇的执事，再前面，是清道小旗与肃静回避的木牌，再前面，是锣鼓队，再前面是小旗与幡旐，再前面，才是大旗。每一堡，——每一个集团的组织，差不多都是这样。——这样一共有十七八个集团。

这十七八个集团，已经在离开城内五六里地方的汽车路上排列着了，只要等镇威大帝的头旗一到，这些人马旗旐，便成队的跟在他的后面，做一次大巡行。

据他们的成例，凡是来参加接龙王的堡界，这行列都应该转道经过的，因为只有龙王经过的地方。龙王才能带着甘霖来普施恩泽。也只有龙王经过的地方，那些人民才能靠天吃饭。据故老传说，在前清光绪十八年大旱也是由镇威大帝发起去取水神的。结果，果然得胜了；只要这取水的头旗到了那里，龙王的雨脚便踏到那里。雨是跟着头旗在下的。

同时，据说参加取水神的人们，都不能戴箬帽，因为，箬帽固然也可以遮住太阳，但箬帽也可以遮住大雨的。遮住大雨，这不有表示厌恶下雨的嫌疑吗？所以，在取水神的时候，箬帽是不可以戴的，——至于伞子，那更可以不用说了。

这一天，是好大的太阳。天空虽然也有几朵白云，但由人们仰起头来看看，却是呆呆站在青油油的天海之中，一点落雨的意思也没有。偶然有阵把风吹过，扫过了汽车路旁边稻田上的晒干了的稻叶，萧然到有秋风的意思。可是，这一阵风扑到人们的身上来时，却是火热的带着禾稻的气息。

这些人们，在这样的大太阳下面晒着，汽车路上面的黄土，是滚烫的。偶然一阵风吹来，是火热的，汗水揩了揩，揩了又揩，总是不清爽。他们在这样的迷信着神祈，迷信着龙王一定能够行雨，焦躁而忍耐的等待着。

三

站在这一条汽车大道上，向着东边，往城里这一方面望去，有一座高大的新造的中国的洋房，阻住了他们的视线。这房子，四面围着围墙，围墙是粉刷得雪白，上面砌着金钱花的四方变化的图案的花瓦；远远的看过去，好像这粉白的围墙，和镂空的花瓦，在那里向人们眨眼似的。

　　这一所洋房，是本县的一个有名的绅士新造的住宅，便是用这样的高高的围墙和外面隔成了两个世界。在那围墙的里面，有草坪、有花园、有小亭子。在这样的大热天的时候，人家正在忙着取水神，在大太阳底下清晒，他们却在那洋房里开电风扇走围棋。唉，这个世界。

　　可是，人家有钱，人家有好祖宗，人家有福气享乐，这也怪不得谁的；S县的民众，本来就是安分守己，良心放在当中，靠天吃饭的民众，人家怎样有钱，怎样享乐，从来也不眼红的。只是，这一位资本家，本地的绅士的发财，说起来，却也和全县的民众有了一些关系，这却不能不使大家感觉得一些讨厌。

　　原来，正当浙江造公路的时候，说有一百几十万的现款，预备着S县境内的一段公路的。那个时候，说被划作公路的界限以内的田地，要照时价，八十块钱一亩的地价，缴还田主的；筑路工人的，也要照半块大洋一天的工价照算的。既然这样公平，又是官府的命令，S县的人民，还有什么理由，可以说个"不"字呢？横竖是这种天年，收成又不好，谷价又低，有田要卖，也不容易卖得出去，现在官府既然要照价收去造马路，也便乐得将就些了。

　　这汽车路的修筑，是承包的；承包的人，便是我们这所新造的洋房主人陈子康先生。听说，他向官府方面包来，是一百二十万，可是，究竟有多少实在数，却是谁也没有人知道。总之，筑路以后，有许许多多的田主，只是田地被他抄了，工作给他做了，还是拿不到半个地价的。有许多的农人工人，应募来做筑路的工作的，结果也只拿到了二角四分大洋一日的工钱。这其间的结果，便是陈子康先生造成了他自己的高大的洋房。

　　并且，洋房，本来也可以造到一处比较能够避人眼目的所在的。但陈子康先生的洋房，却造在汽车大道的边头，要让汽车在他的围墙下面打抹角，却也是有些那个的。

原来，这一座洋房的基地，陈子康是买来了好几年了的；开始，地理先生，——就是说能够捉地龙的风水先生，说这着地可以做坟，他才硬逼着别人卖给他的；后来，又有一个风水先生，说这地好是好，却不是做坟的地，而是造皇宫的地；——最好是造一座三退九明堂的房子。那个时候，陈子康先生是有些钱，可是也因为连年的天年不好，收不起多少租，乡间也时常闹着土匪，现款也收集不了多少，这事情就搁置起来了。一直等到前年，全省的公路开筑，他就承包了这一段的工程，弄了一些冤枉的铜钱，于是，这中国式的洋房，才巍然的竖立起来了。

而且，依着公路的路线，这公路是应该通入他的围墙里面去的。可是，这里面的情形，也很显然，就是我们不给他说穿。大家也会想象得到的。我们晓得，造公路的时候，先由几个测量员前来测量，画好了路线，打好了木桩，于是才鸠工造路杯的。公路的路线，本来就不是理想那么直。要是一个人，他觉得自己的田地，被划入马路的范围，颇有些可惜；而他又能够出一些活动费的说话，请测量移一移木桩，让公路来避一避田地，这也是可能的。但是，也正因为这样的缘故，本来那些可以不划入公路的范围以内的田地，——如果田主又出不起这一些活动费，这事情便有些糟了。这么说的，那自然只是一些普通的情形。不过，既然有这样的普通，公路可以在别人的田边让路，也可以曲折的伸入别人的田中，那末，为了风水，为了陈子康先生的面子，为了围墙的整齐，这公路在他的围墙下面，稍乎转个把弯，这又有什么呢？

这一座洋房，在造成了的时候，S县的人民，就谥之曰汽车路大屋。所谓汽车路大屋者，一面，自然是因为插入路中，让汽车在他的前面避开的意思；而在另一面呢，那末，你且原谅这偏僻地方的S县的人民吧，他们的说话，有时也会颇乎讽刺的呢！——汽车路大屋，是因为汽车路才造起来的大屋呵！

四

这一天，S县十七八堡的群众，都在七里庙旁边的一个土丘上休息，因为那里离开汽车路不远，又有几株小树，所以一大半的人，都堆在那里。远远的看上去，这小土丘上，全是一点一点的人，这汽车路上，也是一堆一堆的人。

锣鼓是休息着的，大旗与幡旐，也都任意的斜着一株小树或是田边打瞌睡，还有一些，正好像找不到一个适当的位置似的，只植立在田中硬出劲，——大好的太阳，晒得他们头昏脑胀，但仍旧只好挺挺腰，眨眼的在站岗。

在那小土丘的角落上，就地坐着的八九个文庙堡的人。——文庙堡虽则有个文庙，但他们抬出来接水神的神祇，却不是孔夫子。他们是祀奉着关西大帝的，所以他们也并不怎样的文雅，倒是一派粗鲁的形相。

开首，他们在谈着关于女人的事，大家都把小李当作谈话的对象，取笑着他那比他高大一倍的老婆。可是，小李，却笑嘻嘻的，仰头看看松树梢头的青天和白云。

"这样的天气，——青天正如一口覆盖下来的大火锅，说是会下雨，我真有些不相信。"

小李故意这样的说着，想和他们引起一些辩论，把他们的话头引开去。可是，由这话所召来的，却是更大的谐谑，——你老婆这大火锅覆盖在你的头上时，可能下雨的吧！——大家又是一阵哈哈哈哈的笑声。

"饭也要没得吃了，还寻什么开心！"小李还是淡淡的说，这家伙，似乎颇有城府似的。

"只要有老婆好了，——老婆吃得胖，又高又大，还会把你饿死吗？"

"老婆也要给她饭吃的哟！唉！这个天年，做人是——"小李说到这里，本来是说一句怎样的动听的,带有人生哲学的意味的一句话的,可是,他一时却说不出来。——他的眼睛从松树梢头,移了下来,刚巧看见了远远的汽车路上站着的那座汽车路大屋,于是便把话题转了过去。"要像陈子康那么的住住洋房,还有一点道理。现在是'无汤洗脚',专门把别人寻开心是什么意思?"

"你这小伙子,别人有洋房,你倒眼红,——嘿,这汽车路大屋,还不是天诛地灭的,你看他能长久吗?——将来东洋人进来,这汽车路上的第一炮,还不是这座洋房吗?"

阿祥,你可做梦!东洋人进来,会打陈子康的房子的唉?他儿子在东洋留学,他们有的是钱,他不会预先拜他们做干爷爷吗?"

"老明,依你说,陈子康这样刮来的金钱,天都不会诛他了。——他现在是有钱有势,洋房造得巍巍然,官府又勾结得好,除了东洋人,还有什么人来诛他呢?"

"天火,天火!"星五抢着说。

"天火,天火是不会的。听说他屋子里面,就装着了灭火龙头,——就是给人放的火,只要他龙头一开,药水喷出来,火便会熄灭了的!"

"这,我可不相信,恐怕只是说说的吧!"

"你不相信由你,我是白毛泥水匠亲口告诉我的,他亲手装上的,他还不晓得吗?"

"那末,我们放他一把天火试试看不好吗?"

"那又何必防火呢?今天就可给他一个教训的,只要我们能够齐心。"

"今天又有什么道理呢,你烧了他的洋房吗?反了,反了,你看,立刻就会有警察来弹压。"

"警察来,还打他不过吗?——有多少警察呀,只要大家都齐心,这许多人,把警察捉来当点心,恐怕还不够呢?"

"那末，试试看吧，只要用大旗在他的围墙上碰碰，请他出来把香案接水。这是理所当然的。"

五

文庙堡的几个颇为鲁莽的家伙，真的把接水神的事情，都忘记了的样子，立刻就飞散了开来，找各堡的几个顶出浪的人物去。

他们去分头接洽着，要给陈子康这家伙，一个有趣味有意思的教训。

群众的力量这样时髦的名词，在他们是不大晓得的；可是，只要大家齐心起来，便是官府，也不值得一怕的事，这在他们的耳朵当中，都会听得进去的。

这些事情，在他们可有两个历史的教训。在前清末年，也是一年大旱的年头，S县的各堡绅士，可不同现在一样，对于取水神的事，是那么冷淡的。那时的正堂，——这就是现在的县长，也须得初一十五，亲自到城隍庙进香；对于取水神的事，也须得亲自出来祭头旗的。

这一个正堂，坐任以后，另外可没有什么，只是收粮可特别收得严重，乡下人的交不出田粮，被他抓去打屁股的，真不知有多少人。刚巧这一年天年大旱，城隍爷龙身，要出去取水神。好，这机会可碰得巧，正堂老爷，就应该在城门外摆香案祭头旗。

祭头旗，本来是没有什么的。正堂老爷，穿起全副顶戴来，前后背铺，水晶顶，拖翎，在香案前面，对着头旗拜两拜就是。可是，在那个时候，不知是什么人，忽然喊起"狗官"来，那正堂老爷的狗胆，便发起抖来了。发了抖之后，他心里一发急，想快点了事回衙门，却不晓得怎么一来，把香案上的一副大寿字蜡烛台打在地上了。这个时候，忽然是一阵又是威吓又是讥笑的喊声。正堂老爷便回头想走。

走，逃吗？

拖住，拖住！

这样的喊着的时候，可真有人给他拖住了。自然，全副顶戴着一县之主的父母之官，莫说有皇上的圣旨在身，便是论他的仪表，你们这种又丑又臭的小百姓，是不应该轻手轻脚的。可是，在这个时候，他的威仪，也好像跟着他的魂灵，从屁眼中吓丢了似的，也只好哀求的在一个百姓的手中挣扎着了。

县官打人吗？打，打！

一阵喊声，在人群的里面外面，喊得震天价响。好，你这文弱书生的父母之官，听凭着你平时坐起堂来怎样作威作福，打这个人的屁股，打那个人的屁股；可是，现在他却被一大群的百姓用拳打用脚踢，打死的躺在地上了。

虽然当时有人劝住，把县官拖了出去，——不然，就是不被打死，也会被踏死的。——可是，这毕竟已经犯了法。打了县官，闯了滔天大祸了。

后来，这事情自然也有追究的。但因为大家百姓都齐心，死了不肯说出一个人来，——正堂老爷自己指不出一个人的名字、一个人的面孔，这事情便就无形中消灭了。

这件事情，是S县的老百姓，都能很清楚的讲述着的，这是他们的一个历史的教训。因为从那时以后，一直有好几十年，所有县正堂，都不敢怎样对百姓严厉，尤其是收田粮。

第二件的S县的百姓的教训，那便是打缉私营。——缉私营是专门查缉私盐的。这事情不必说得，总之，是一批挑私盐的盐贩，有组织有计划的和缉私营武力相拼就是。

这偏僻的S县的民众，本来是那么强悍的；虽然那都有些封建意味，在封建社会之下产生，但到了民国年间，到了民国统治了二十多年的年间，全省的汽车公路已经通到了的现在，这种蛮干的强悍的特性，仍旧还从祖宗的血管里一直遗传下来的。何况现在这汽车路大屋的来历，大家都在心里明白，口里说不出来的呢，更何况现在这高大的汽车路大屋，又在他们的眼前装鬼眼睥睨别人呢？

所以，这事情的结果，倒并不要花多少唇舌，一下子就弄得有点头绪了。

决定干吧，我们总是来的。

决定干吧，我们总是不肯落后的。

这房子是太碍眼了，揍他一个痛快吧！好的，好的，我们来一个。

六

镇威大帝的头旗，已经在远远的汽车路上出现了。

来了，来了，这里的人们一声呐喊。于是，小土丘上、小松树的下面、田塍上、汽车路上所有的人，立刻都动员了起来。

锣鼓响亮起来了，旗旄飘扬，这在现代的交通工具上显现着的封建的神权的行列呀！

镇威大帝的头旗迎来了，这里的十七八堡的行列早就各自整理着，一等到头旗到来，立刻便如潮涌一般的在汽车路上汹涌了起来。

照故老的传说，头旗到了那里，雨脚就落到那里的。可是，大家抬起头来看看天，天哪，青天曜曜的，连一块碎云都没有，那里有半点雨意呢？

失望、滑稽的想头，好像轻风一般的，掠过了大家的心坎。可是，他们都是靠天吃饭主义者，有时虽然也来一下鲁莽的行动，但对于天地神明，却是不敢轻易诽谤的。于是，立刻就把这种轻蔑的想头撇了开去，好像深恐神明知道了，真的发起气来，同人们作对一下，弄得天年旱了，大家没有饭吃的。

可是，头旗到了，天还是没有落雨，这却总是事实，而且，到了山岙的水潭里面，捉了一只石斑鱼来，养在一个玻璃瓶里，说这就是龙王，就能使曤曤的青天落雨，这也有些使人怀疑。——究竟龙王在骗人呢，还是人在骗自己呢？

"有这许多人的力量，这许多人的行动，便是大家都到龙潭里去挑水，也可以灌活几亩田吧！而且，用三步四步的水库接起来，也可以车到一些水的吧！"有些年纪轻一点的人，心中便有那么样的想头了。在"用机器，橡皮管来车水，造马路的时候，大家也不是看见过的吗？——听说外面都是用机器车水的呢？"

"用机器车水！——在外国，还有用飞机造雨的呢！听说！"

两个年轻一点的人，在这一盛大的行列中，这样的谈起话来。

"用飞机造雨，飞机呐，人呐，什么人去造呐，钱呐？……"

"你不要发愁哟，这总有一天的。飞机不是也飞到我们 S 县了吗？汽车路也不是通到我们 S 县了吗？这总有一天的！"

"总有一天的，你说得好。你想，我们这里有汽车路，我们有什么好处。汽车路大屋是我们的吗？我们能够享到一点福吗？并且，我听别人说，现在有汽车路了，要是和东洋人打起仗来，他们的汽车，就可以开进来了；我们 S 县人，反是要比从前更吃亏些。现在要是天下乱起来，我们是逃都无地可逃，躲也无处可躲了的。——将来就是有人用飞机造雨，也只是有钱的人好，他们有钱，他们可造雨，我们小百姓还能够得到一些什么呢？并且我们可以用飞机造雨，外国人不能用飞机放毒药吗？——唉，我们小百姓，总是苦的。"

"小百姓，只有一条苦命，只要大家能够一心一意，我想，死了也就算了。譬如，前面的汽车路大屋吧！我们可不赞成他，我们便来干他一下。——我们如果有钱，我们也可以自己造飞机，自己造雨；外国人有飞机来，我们也用飞机和他打——"

"你真是，——说起来如同唱起来，谈何容易——什么人给钱你，你钱从那里来？"

"我们去抢，去作法，——"

他们想不到社会变革这些事情的。他们也想着社会要变，社会应当变，但他们却不晓得怎样去变。在无可如何的时候，他们那神秘主义的思想可又出来了。他们要作法，他们要抢。呵！

他们的谈话，便是那么样的停止了。于是，他们把头抬起来看看前面，看看后面。这一盛大的行列，人民的阵线，在这广阔的黄土的马路上，前面延长了一里多路。

大旗、小旗、幡旒、棒头、尖刀枪，人头、锣鼓、香烟、流着汗、喊着喊，如同蚂蚁，如同大军，力，迷信、蛮干、强悍，……什么都挤在一团。这样充满着一里多长的马路。

<h1 style="text-align:center">七</h1>

头旗到了汽车路大屋的围墙外。

头旗，是一株六七寸口径的大竹，连根掘起来的，一直到了纤细的竹梢，大约有七八寸长，上面挂上了三丈阔二丈长的水红色大绸旗。这头旗的进行，是颇不容易，——竹杆的本身的重量，绸旗被风吹扬起来的重量，要是一个人捧着前进，这是颇不容易的。因此，一株头旗，下面总是十几个人到几十个人用叉、用托、用绳子拉，再由一两个人捧着竹根头抬了抬着前进。

许多年轻的后生们，捧头旗，是显身手的最好的机会，也是最光荣的事情，可是，一株头旗，却也因为这些后生们的争着抱捧，总是走不了几步，便全株倒了下来的。头旗倒下来了，不管是屋檐，不管是镂空的围墙花瓦，碰倒了，敲破了，那都是不管的。这是取水神时候的规例，差不多是成了不成文法的，受到了损失的人，谁都不敢出来放个屁的。

头旗到了汽车路大屋的围墙外面，捧头旗的人，有意无意把旗竹一抛，这旗竹就像一个吃醉了酒站不住脚的高鼻子西洋人似的，斜斜掠掠的碰倒了围墙的花瓦，又斜斜掠掠的滑过了一丈多阔的时面。一时间，这从花瓦上撞下来的瓦片，便哗啦哗啦的如落冰雹一般的落了下来。

敲倒了花瓦，敲倒了花瓦！

当心，当心！

有许多人这样的叫着。

不要紧的，不要紧的！敲几片花瓦有什么要紧。

头旗由许多人如同蚂蚁擒苍蝇一般的竖了起来，又是一阵风，哗啦的倒了下去。

要陈子康出来接水神！

姓陈的乌龟子，出来呀！出来呀！

人丛中提出了这样的口号。

这一带远近的田地，他所有的最多，他不出来拜两拜头旗吗？我们为了什么人辛苦！

摆香案，拜水神，这也是绅士们应该做的事情，——何况在从前，这事情还是正堂老爷做的呢？因此，这消息传进汽车路大屋之后，汽车路大屋的大门，虽然早已关了起来。但是，一边零碎的东西，如方桌、桌披、香炉、烛台以及果供拜垫等，却早由许许多多的人们，七手八脚的，如抢火一样的紧张着，把设了起来。

陈子康出来拜头旗！

陈子康出来拜头旗！

果然，陈子康在这样的喊声中，穿着白印度绸长衫，簇新的平顶的草帽，慢慢的走出来了。

陈子康本来也有些怕，他晓得全 S 县的人，自从他包了马路，造了洋房之后，对他的感情都不大好；他开始是想不出来的。可是，他也爱他的洋房，他恐怕自己不出来，他们便为随便的乱弄。他也自恃在民众当中，还有点威声，他想用自己的威严来镇压他们一下。因此，他便出来了。

那里晓得，他自己的估价，完全是估得错误的；他不晓得一个讨厌的绅士，在群众的场合上，在大家的心目中，只是一只可怜的狗，在现有社会上个人与个人交接时候的那种绅士的威信，是完全被狂风吹散了的。

可是，陈子康真的出来了。陈子康，就是这吞没了别人的田地，克扣了筑路工人的血汗钱的陈子康，穿着白印度绸长衫，戴着簇新平顶草帽，在群众的前面出现了。

跟在陈子康后面的，还有两个穿夏布大衫的人。——这一个，是他的账房先生王元卿，一个是他的家庭教师陆适。——这是许多人都认得的。

陈子康走到摆好了的香案的前面，眼睛夹夹夹，好像慌张，好像蛮镇定。正想摘下头上的草帽向香案前面跪下时，不晓得是什么人先动了手，"喝！取水是不能戴草帽的！"扑拉一下，一根短棒的声音，敲落了他的平顶硬壳草帽，

打人吗，打人吗？

不要打，不要打！

打，打！

一片的吼声，喊了起来！

打死这乌龟子。

打死这吃人血的贼子！

一丛人集了拢来，什么都分不清楚。

在这样的喧闹当中，王元卿不晓得怎么一来，跳上了摆香案的桌子。用手向四面摇，口里在喊着"诸位，诸位！"

可是在这个时候，有谁去听他的"诸位！"外面的人圈，只是夹桶一般的向里面挤，轰拉，这香案桌子也被挤倒了。

至于陈子康呢，却在许多人向里面挤的时候，早就挤到地面上，被许多人践踏着了。

空气是一团糟，声音是一团糟，人们更是一团糟！

呵！呵！

八

过了许多时候，城里的省防军也来，公安局的警察也来了。县政府的司法警察也来了。

这一汽车路上的盛大的行列，也便慢慢的稀疏了开来。

他们要捉人，但不晓得要捉那一个。于是由军警们监视着，他们把头旗二旗，幡，旐各色各样的东西，背着的、抬着的，进了城门，各自的散了开来。

县政府出了布告，说完禁止这种迷信的行动。

陈子康没有死，只是被踏伤了，送到医院去。王元卿倒跌死了，他是不知怎样死的。

县政府要捉人，在榜上写了各堡最健最风头的后生的名字，但并没有直接来捉人。在有组织有热血的民众前面，他们是要发抖的。

这是 S 县的大风潮。

在封建的神权的行动下面，发生了具有这样的现代化的行动！

民众的力量是潜藏着的呵！

三六，七，二四，写好。

的笃戏 *

一

城隍庙里，今晚在做"的笃戏"，××部××长的夫人张太太，决定要去看"的笃班"去。

这戏是昨晚开始做起的。在昨天下午，张太太一坐下牌桌的时候，就说："今天只能八圈，八圈之后，什么人也不许赖桌，我是决定要去看'的笃班'去的。"可是，等到八圈之后，张太太自己输了钱，赖住不肯歇，——大家又不敢拗她，于是便只好打下去，把三年不看了的"的笃班"的头夜戏，牺牲了去。

今天下午，张太太一起身的时候，便决定要早些吃夜饭，早些去看戏的，所以也就没有吃什么点心，只叫奶妈煎了三只鸡蛋，切了几片火腿，做了一个火腿蛋吃了算数，一面便接下去烧夜饭了。

可是，等到夜饭烧好的时候，××长还在××部里没有回来，这可使张太太等得急人。本来，张太太也可以自己先吃了饭的，但是，一面，她的肚子里刚吃了火腿蛋，觉得口里干干的，一面，也想要××长同去，可以多点威风。但是，他却一天到晚是××部××部，家里也不多耽一刻，不晓得做些什么事情，总是让太太等着，不肯回来。

奶妈早已烧好了夜饭，从阿芽手里接回了定少爷，在喂奶。而阿芽呢，也早就摆好了碗筷，傻头傻脑的，把下颔搁在桌面上，仰着头，张着口，对着台座正中，委员长那张彩色的武装半身立像呆看。

---

*　原载《新中华》1946 年复 4 第 7、8、9 期。

屋子里的空气，是严肃而萧条的。这一面是因为张太太凸着嘴，沉着脸，把大家噤住了，而另一面呢，也因为这是深秋的季节，情调原是那么黯淡的。何况刚才还落过一阵冷雨，现在还刮着咆哮的西北风呢？

张太太忽然的笑了起来，这空气立刻就由严冬转来了春意。"阿芽！你看什么？"阿芽的下颌仍旧搁在桌面上，回转了半个头，看着这位后母笑，也好像得了宠似的，张开了大口，白着眼睛笑，"唔，我没有看什么……"

"真是矮种，你看，十七岁了，还只下颌平桌面；那副傻样子！"

阿芽晓得这一位后母，又在取笑她了。她便装出一种无可奈何的，不尴不尬的表情来；她是真有些哭笑不得的。但是，在她的心中，却是知道得很清楚的。

"我的母亲并不矮哟！她比爸爸胖一点，看起来好像矮了一些，但这也只能说她胖哟！真是，你自己又高在哪里呵！"

可是，阿芽虽然这么想，但她的口里，却是不敢说。

"你又看我作什么哪，两只眼睛白钉铛的，好像没有神的样子。你去，到门口去看看，看你爸爸回来没有？"

张太太看着阿芽拖着两只过大的破鞋——那是张太太穿旧了给她穿的——，一拖一拖的走出了门口，于是立起身来，走向奶妈的身边。

"小定，妈妈抱！"

但小孩子只回头来看了一眼，又回过去吃奶。

"妈妈要抱抱你呢，你也和你爸一样的不睬我吗？"

她拉着孩子的手，逼他离开奶妈的奶头。但孩子"呱"的哭了起来。

就在这个时候，张太太忽然闻到一阵很熟悉的香水气味；而奶妈也就抱着孩子，立了起来。

"吃奶，吃奶！哑，哑，哑！定少爷还要吃奶奶！哑哑哑……"

奶妈在张太太面前摇摆着，旋转着；嘴里也就那末的念着念着，同时她还在心里埋怨着太太呢！

"小孩子吃奶吃得很好的，你偏要把他弄哭了，他平时要你抱的时候，你又不肯抱他。——昨天晚上，你不是因为他要到牌桌上来抓牌，还重重的打了他吗？好！他现在怎会要你抱呢？"

真的，张太太觉得被人冷落了。她立在奶妈前面，只觉得奶妈高高的抱着小孩子，平着她的头在那里旋转，似乎故意向她搭架子，又似乎故意要孩子的心对她冷淡似的。她真觉得有些寂寞起来了。

小孩子真的不哭了。奶妈又坐了下来。

"来，小定！你切莫学着你爸爸一样，说是做了××长了，便天天××呀××的，把你妈也丢开了。来，来！妈抱你，妈抱你看委员长的白手套。"

真的，小孩子是到了她的手里了。她又闻到一点浓厚的香水气。

"敬礼，敬礼呢？小定，对委员长敬礼哟！"

小孩子的那只右手，抓着拳头，举到鼻子旁边。张太太笑了起来。

"好，小定真乖，妈喜欢你——"

张太太的臂膀觉得有些热，……

小定的小便的热流，早已从张太太的臂膀，流湿了张太太的米色华丝葛的衬绒旗袍。

奶妈伸手把孩子接了过去。张太太凸着嘴巴，顺手在他的屁股上一拍。"真该打，那样不讲理的。"

"他也是水急着呢！"奶妈笑着说。

张太太匆匆的走回房中，在衣橱子里找寻着换替的衣服；但她的鼻子里，却似乎仍旧浮荡着从奶妈身上发出来的香水气味。

"奶妈的身上，香水喷得那么香的！……"她想着："她近来倒注意起装扮来了呢，而且洒着香水，真是……"

"张先生，张先生！××长不在家吗？"

外面客堂里有一个陌生的口音在喊。

"嗳！"张太太被这声音打断了思路，在房里答应。"你是哪一个呀？——喂，奶妈，奶妈！有客人哪！"

"我在替定少爷换尿布哪！"奶妈老远的在回答。

"奶妈，你请客人先坐一坐！"

"不要紧，张太太！我不是客人。"又是客堂里客人的声音。

张太太换好了衣裳，——她这回穿的是一件珠皮的蓝缎的旗袍，外面又罩上一件阴丹士林浅青罩褂。她抽一抽袖口，又拉一拉下襟，便好像一条冬瓜似的，在客堂的门口出现了。

"你这一位——是哪里来的？"

那人站了起来，恭恭敬敬的向着张太太点头。

"我，我，我姓李，叫德顺！是东村老屋的，和××长的姑，姑太太是本家。"

"呵——阿芽，阿芽！"

阿芽并没有来，但奶妈却抱着小定出来了。

"阿芽出去了！——什么事？"

"倒茶哟！"

"张太太不要客气，我不喝茶。"这位自称李德顺的客人，顺手在茶几下面提出两只火腿和一篮鸡蛋。

"这是送给××长和太太当当小菜的，请检一检，我就要走的。"

"你先喝一杯茶哟！——奶妈，小定给我抱，你倒茶去，带便拿一个篮子来。"

但小定却不肯来，他见她伸手去接，就哭了起来。没有法子，奶妈又抱着小定去了。

"张太太！"这位自称李德顺的客人，这么的叫了一句，好似要说话的样子，但一下子却又把面孔红起来，要说的话便凝结住了。

张太太被他这么一叫便仰起头来，很注意的等待着他的说话。她觉得他比××长高过一个头顶以上，面泛红色，两眼闪光，倒显得一副精壮力强的样子。

"唔！又是一个适龄壮丁吧？"她心里想着，但两眼还盯住他那张充满血色的青春的面孔……

"呀，你说哟！"

"张太太，××长没有回来，……你，你……"

张太太心头突然的跳了起来。

"等一下，××长回来的时候，请你对他说，说李德顺来过了，说，说，请你说一说，要××长给我介绍一名司法警察……"

"哑！司法警察！"张太太的心顿时放了下去。"要他介绍你做司法警察，是一名适龄壮丁吧？"

"不，不是，张太太！我们还没有抽签呢！"

"你把这些东西拿转去，我们的××长是不能收你的东西的！"张太太如同受了侮辱一般，忽然心头一转，便打起官话来。

"不，这一点小意思，……"

奶妈用左手抱着小定，就在小定的屁股下面，提着一只篮子；另外又腾出一只右手来，端着一只茶杯，放到了这位客人的前面。

李德顺看见奶妈拿来篮子，便顺手接了过去。接着，便自己一双一双的把那篮里的鸡蛋，小心而谨慎的往这只篮子盘腾。

这时，太太并没有什么响动，只是注视着那人的手的往来，自己在心里一双双的跟着计算着。

突然之间，咯当咯当响着的皮鞋声，和窸窸窣窣的破鞋拖地声，间杂的从外面响进来。

"××长回来了！"不晓得是什么人这样的报告着。

这时，李德顺的手还抓满了鸡蛋，他忽然听到说××长来了，立即便如触电似的，全身突然紧张起来；回头一看，只见一个光着头，穿着灰布军衣，一手抓住呢帽，一手挟着公事皮包的矮胖的人物，后面跟着一个毛丫头似的女孩子，很威武的走了过来。他的灵机一动，便连两手的鸡蛋，都没有来得及放下，却早恭恭敬敬的鞠了一个九十度的鞠躬。

"呵！ ××长！这几个鸡蛋和两只火腿……"

"什么事哟？"××长态度从容的放下了帽子，放下了皮包。

"他送了鸡蛋和火腿给你，要请你给他介绍一名司法警察……"张太太抢着说。

"司法警察，这是县政府的事，我们×部里是管不到的哟！"

"这要请××长讲一句话；××长肯讲话，县长没有不答应的。"

"哪个说的！"××长的声音高了起来，"我一向不向人说人情的，你拿回去！"

"大家都这样说，哪个不说，说你××长人好！"

"人好，人好有什么用哪！——我不稀罕你的鸡蛋火腿，人家送来的多得很哪！——呵！你是适龄壮丁吗？你抽了签吗？"

"不，我还没有抽签，不过，这一点，这一点，无论如何，要请××长收了。本来，我们的三贵婶——你××长先生的姑母，姑太太，是要同我一道来……"

"你叫李德顺是不是，你是大富表叔的……是吧？"

"是的，是的！"

"你爸爸，大富表叔，前天到我××部里来过了。——你先回去吧！"

李德顺拿着空篮子，又是恭恭敬敬的鞠了一个九十度的躬，回头往外走了。

"嘿，乡下人，总是那么一套。"××长看着姓李的走出去了，便这么说着。

"阿芽，你抱弟弟，让奶妈去开饭去。"张太太吩咐了以后，回头又对着她的丈夫打趣的说："嘿！××长，总是那么一套！"

"那么一套？你何必打趣呢？别人诚心诚意的送礼物来，你能好意不收吗？"

"但你又为什么要他拿回去呢？"

"说总得这么说哟！"

"司法警察呢？"

"你想，一名适龄壮丁，会这么便宜吗？"

"那末，你为什么又受他的贿呢？"

"这是贿吗？又不是金钱，而且是他自己心愿送来的礼物！"

"你说你不收贿吗？"

"痴婆！你今天作什么哪！你？"

奶妈把饭菜开来了。是一碗火腿炖冬瓜，一盘火腿丝炒芽菜，一盘虾仁炒蛋，和一碗青菜。

"你看，老是吃火腿鸡蛋！——还说我是'痴婆'！"

"好了，你不痴就是了！——你不是叫奶妈拿鸡蛋出去卖了的吗？"

"你问奶妈罢！——奶妈，鸡蛋卖了多少，你讲给××长听哟！"

奶妈的眼睛向着××长一瞅，嘴巴轻轻的一笑："他们又说太贵，又说是坏蛋，没有人买呢。"

"你说是新鲜的哟！——真是，别人都要送鸡蛋来，弄得你吃不完，又有什么办法呢！——啊，奶妈你多吃一些吧！你吃了可以多生些奶！"

"啊！晓得，我吃的呢！"奶妈笑着回答了，又替××长装了饭。

"可知道吧!"张太太说:"人家都晓得你这胖子的脾气,你喜欢吃鸡蛋,你不喜欢受贿!"

"桂茵,你今天怎么了哪!"××长和气的说:"你昨晚麻将输了吧!你究竟闹什么呢?"

"哼,你,你不把我放在心上的,你不必问吧!"

"我不把你放在心上?"××长抬起头来,看看奶妈站着的地方;但奶妈已经不在那里了,他才接下去说:"我把谁放在心上呢?你真是——"

"那要问你自己的哟?"

"我自己怎么晓得呢?"

"你不晓得!——你一天到晚的不睬我,家里也不耽,……"

"那是××部里的事哟!"

"那末晚上呢,晚上也是××部里的事吗?"

"好了,好了,今天晚上你要做什么呢?"

天已经渐渐的暗起来了,奶妈点好一盏高脚的美孚灯,送了进来。

"我是老早就叫奶妈烧好夜饭,等着吃了去看'的笃班'去的,但你却累得我好等。"

"原来就是这件事吗?你何必等我,你早点吃了去看不就是了。"

"你呢?你同我去吧!"

"你昨晚为什么不去呢!昨晚我不是在那里致开幕词的?"

"你去不去"

"我今晚还有公事。"但他想了一想,说:"好,我同你去吧!"

可是,正在这个时候,客堂外面,又窸窸窣窣的走进了两个人来。

"正好在吃晚饭吗?我们到了××部,说××长回到公馆了!"说这话的是一个五十来岁的东三乡乡长陈和光,是张××长平素认得的人物。

"呵,吃饭,吃饭!"××长把饭碗放下,站了起来。"是今天进城的吗?

怎么到这个时候呢？"

"你吃饭，你吃饭！"陈和光便在桌旁靠壁的椅子上坐了下来；同时，那个跟着同来的人也就在上首的椅子上坐下了。

"奶妈！倒茶！"张太太大声的吩咐着。

"你不客气，张太太！"陈和光定了一定神，接着又说。"××长，我们东三乡出了人命案子了！"

"哑，怎么的呢？"

"十五保保长王高照，为了壮丁与积谷给陆先钦、陆先坤两兄弟打得半死，——现在已抬到县政府，打算今夜验伤，恐怕性命会没有的。"

"哑，这事情有什么背景吧？现在你们东三乡方面，空气很不好呢？"

陈和光立了起来，把一张嘴巴凑到了××长的耳朵边，轻轻的咕噜着了老半天，于是又放大声音说："所以有这个问题在里面，非请××长立刻到县政府去见县长不可。"

"这是无疑的，现在他们到处在活动捣乱呢！那非要严厉处置不可。"××把碗筷放了下去，立了起来，走近了上首的台座，打开了公事皮包，拿出一张公文。"喏！这是新近才到的公事，——惩治捣乱分子的条例，你看。"

陈和光接在手里，但并不感到什么兴趣。

"××，我们就走吧！"他说。

"好，就走！"××回答了，但又回头对太太说；"桂茵，你要阿芽陪你去吧！"

"你不能去啦？"

"有什么事啦！"

"那末，你叫一名自卫队来，……"

"他们都出差去了。——好吧！还是叫阿芽陪你去吧！"××拿起了那顶呢帽，轻轻的往他的光脑壳上一放，"走吧！"陈和光和那个同来的人，便预先走上前面了。

张太太看着他们走了出去，心里是一阵说不出来的怅惘，又是一阵说不出来的失望。

"嘿，真是，一天到晚，见官动府，包揽词讼的，……"她心里这么想着，但没有说出口来。她呆了一呆，想起今晚也没有约过打牌，"的笃班"是非去看看不可的。于是便决定叫阿芽伴着去。

"阿芽，阿芽！吃了饭没有哟？"

"啊！还没有呢！"口里还含着饭的声音。

"快点！快点！"

"啊！"

张太太在寂寞的等待着，她觉得都是失望，把过去的事情，什么都想了起来，她甚至于怀疑到自己为什么要嫁给张胖子做填房的事来了。

二

阿芽吃好了饭，便陪着她的后母张太太，走出自家的大门。门外的天色，还没有全黑；西北风还在刮着，空气十分萧杀而严肃。路上的凹地，还潴着泥水；但石子路的石背上，却已洁净而干燥的了。

"张太太，看'的笃班'去吗？"

在路上，她们碰到一位并不怎样熟识的女人，一开口，就是这样亲切的问。张太太还没有来得及回答，她又滔滔的说下去了。

"真是要去看看的，张太太！"

"是哟！去看'的笃班'去！"

"我说，张太太，这不晓得是什么天年，打仗打仗，打得城隍老爷都没有戏看了。——你想想看，张太太！要是依着我们这位'勿转肩'的县长，还不晓得什么时候有戏看呢！——真是，日本人还没有打到我们这里来哟！"

"唔！你也看戏去吗？"

"噢，张太太，我也要去的，等一等就来，噢，张太太！这一次的做戏，哪个不说你们先生的功劳呢？唉，你们的××长真好！"

这一位女人，向着张太太说了许多话，又自己分路去了。

真的，张太太有这样一位丈夫，实在是值得骄傲的。"我为什么要和他打顶呢？真是！除了县长，他不是全县最阔气的一个人吗？"张太太这样想着，便觉得自己和丈夫顶杠，自己失悔嫁给这胖子做填房的心思，都是有些不应该的呢！

"至于说到这一次的做戏呢，"张太太继续的想着，"大家都说是××长的功劳，这自然是应该的。但他们又哪里晓得这事情的经过呢？——如果给他们晓得了，恐怕他们要更加尊敬我呢！"

是几个月以前的事情了，西乡什么地方，借着欢送壮丁的名义，在那里演戏，因此，城内的绅士们，也就想依照这个例子，来开一开戏禁。但是，这位县长老爷，办事是相当严厉的，虽然有许多民众和有些绅士们，心想开放戏禁，但是谁也不敢去和县长说话。

这不晓得什么人想出来的法子，有一天，那个"的笃班"的班长，趁××不在家里的时候，送了一坛老酒和两只火腿到张太太家里，又在张太太面前说了许多好话，要请张太太转对××长说话，请××长到县长那里去商量，——至于有人说起，那个班长曾经带了两名女旦到××部去找过××的事，那是连张太太也不晓得的。

那天晚上。当××一走到家里的时候，张太太开口就说："你这××长管什么的？——你去对县长说去，戏是大家看的事情；日本人又没有打来，老百姓也要看戏，你为什么不准做戏呢？——你去说，你去说，你说不准做戏，老百姓会寒起心来的。"

果然，过了两天，××一回到了家，便对着太太说："你们有戏看了，桂茵！县长已经答应了。"这在张太太听来，自然是很高兴的。

"只是，"书记长又接下去说："新鸿庆的班名，要改做抗日剧社；所以做的戏，也要做打日本的。"

"'的笃班'也做起打日本来，那有什么意思？"

"你别忙哟！这还不是一句话吗。全城的老百姓，哪个不晓得是做'的笃班'？"

"啊！"张太太这才高兴起来，好像第一次发现自己的丈夫的伟大和能干似的。

张太太想到这些，觉得自己也就非常光荣，心里一高兴，便不知不觉的走到了城隍庙的门首。

城隍庙里，煤气灯点得雪亮，张太太从走道上望了进去，哟！里面尽是些黑压压的人头。

"阿芽，快点，快点，我们已经来迟了！"

但是，在这走道上，除了两边摆满了一些点心摊子以外，来来往往，挤进挤出的，尽是一些看戏的人群，——这是无论如何，也不能放快脚步的。

可是，阿芽却的确赶上了两步，只是，她在赶上两步之后，又被前面的人挡住了。接着，张太太挤了上来，又踏落了她的鞋跟。待她赶快蹲下去拔鞋时，后面突然涌来了一阵人潮，使得张太太一时站不住脚，连碰带挤的把她的头颅，挤入了别人腿缝中去。

"张太太！来迟了哟！为什么不早点来呢？"是一个男子的声音，在向她打着招呼，但等她抬头看时，却又不知道说话的究是什么人了。

阿芽在别人的腿缝中钻了起来，但两手却已沾满了满掌的泥水。她也不管什么，只是在衣襟上一擦，又继续的向前推进，口里在不断的喊着：

"让点呀!"

阿芽的身材,原是被她的后母称作矮种的,她虽然已是十七岁了,但因为自己的母亲死得早,后母只把她当作使唤看待,别人送来的鸡蛋与火腿,不能供给她的营养,所以从背后看来,她还只有十二三岁模样似的。张太太呢,她自然要比阿芽高了许多,——而且比起××长来,好像还要高了一些,但挤在戏台前和看戏的人一比,她还是高不出别人的肩膀的。这个时候,她们母女两人,用力的在人丛中推挤着,口里在大声的叫喊着。却是一点也不发生效力。——这是因为在人与人的密集中,根本就看不见她们的存在似的;而在她们这一方面呢,却是到处碰到一些由男人们的背脊和屁股所筑成的高墙。

忽然,后面又是一阵人潮涌了过来,张太太的胸部便紧贴着阿芽的背脊,别人的胸部,又挤紧了张太太的后脑;等到人与人之间都挤得没有间隙,喘不过气来的时候,便是一阵洪流,向前汹涌,于是,人们都自己作不得主起来,悬起了两脚,随着这潮流鼓荡。张太太她们,也夹在这潮流中冲激,一下子便涌过了一丈多远,但是,当她们还没有立定脚跟,那边的倒流,又涌了过来,她们又是不由自主的倒退了五六尺地面。

便是这样一来一往的,张太太同着阿芽,却被人潮抛在一条由人们的身躯所造成的夹缝中了。

原来,这城隍庙的戏台,是旧式的演社戏的台,它的四角,都是竖着四株巨大的雕龙石柱。因为这石柱遮住了灯光,又遮住了视线,所以观众们便无形的分离开来,把这地方造成了一条人体的夹街。

阿芽在这人街里站住了脚,立刻便独自打着先锋对着台柱走去,一直便走到戏台的下面。接着,张太太也在后面跟来,母女两人,便一下子躲入了这什么人也拥挤不到的地方。

靠着这戏台的两侧,是排着许多叫做"高马"的长凳的,阿芽她们,既然到了台下，只要从这"高马"上爬了上去，便可以贴着戏台看戏。这原是一个最好的位置，因为坐到"头排"，也算是看戏时的最体面的行动。

"喂，让开点，让我们上来！"

"高马"上挂着的那只人腿，好像蚱蜢似的，弹了一下，又一点也没动静。

"喂！喂！"张太太也用力的叫了起来，"对不住，让我们上来！"

上面的人，把一个头从戏台上弯了下来，看见下面是一片黑，在黑暗当中，似乎分辨出两个矮矮的人影，——他以为这一定是两个小孩子的把戏，又立刻溜上去了。

但是，张太太在黑暗当中，却已经看清楚这一个面孔，这是县政府里一个科员，他的太太，有时也和张太太打打牌的。

"喂，王科员，王先生！"

"谁哟？"王科员用外路口音回答，又把头弯了下来。

"我是张太太，——王太太没来吗？"

坐在王科员旁边的王太太，也弯下头来。"啊！是张太太吗？ ××长没同来吗，怎么这时才来呢？"

王科员从"高马"上站起来，一脚就跨过了前面的戏台，"高马"上留出一个位置，让张太太她们可以从那里上来。

这"高马"的高度，大概要高出普通的男子的头顶，从地面到凳面，中间又装上三根横档，普通的人们，如要从下面上去，便须用一只手抓住了第三根凳档，再一步一步的踏了上去。

但张太太是一个女人，又是一个矮胖，而且这时她穿了旗袍，两只腿是束得紧紧的，所以要她从这里爬了上去，却也不大容易。

这时，张太太伸着一只右手抓住了第二根凳档，但下面的那只右脚，却无论如何也踏不到第一根木条。她又放开了手，用力的将旗袍往上面一

拉，又用一只右腿跪了上去，这才慢慢的爬上了一格。等到她踏上第一根
凳档，将身子立直，再想爬上第二根时，她那筒子一般的旗袍，却又仍旧
跌了下来；等到张太太腾出两只手来，再要去抽一抽旗袍时，又因为凳档
太窄，踏脚不稳，几乎跌了下去。她心里一急，便撒出一头的星火，赶快
抓住了第三根凳档，才又稳定了下来。

这第二根凳档与第一根凳档的距离，似乎比第一道还要高些；张太太
因为这样一急，不知怎的一来，便两手抱住了第二根凳档，真如青蛙上竹
梯一般的爬了上来。

张太太自己觉得不好意思，但自己又不想把这位置让了出来。她向"高
马"的两端打量着，便在那台柱旁边，这"高马"的顶端上，隔着张太太
两个位置的地方，发现了一个挤在台柱脚旁坐着的野小孩。

"喂，小孩子，你是哪里的，落去，落去！"

那个小孩子只用眼睛把她斜了一斜，好像不是对他说话似的，又回过
头去了。

她觉得受了侮辱似的。于是便把声音提得高些，很想用自己的光荣和
威风来压倒这孩子的倔强。

"喂！滚落去！哪里来的野孩子！"

"戏做给你看的吗？"那小孩子还是淡淡的回答着。

"我叫你滚落去！"张太太的声音更加大了。

"偏不，'高马'又不是你的！"这小孩子也很刚性。

张太太是一肚的火，在这许多人面前，谁能杀得了她的威风，但这小
孩子却偏要当着众人，来拔她头上的雉鸡毛似的，她怎能不一下子便发起
狠来。……

"你滚不滚，看我打你！"

"你打呀！看戏是赌打吗？"

她可忍不了，霎时间顺手在台面上抓起了不知什么人的一枝电筒，将身体伏过王太太和李太太身上，用力的往那小孩子的头上敲了过去。

"打就打你！打死你这小鬼！"

"你打好了；——不打死我不是人！"

但是，及到张太太要打第二下的时候，那小孩子的手，已经抓住了电筒，而且用力把它一拉，她就几乎绊了过去。

就在这个时候，王太太和李太太，同齐身子一仰，几乎往后面跌了出去。但是，也就在一下子的工夫，她们又同齐坐得直了，用力的给他们分解着。

台下的人们喊了起来，"打架了！""打架了！""不许打架哟！""呵，唉！"喊得一团糟的。

张太太松了手，心里还有说不出来的冤屈。她想着，这原来是为着王科员的，只因为王科员没有座位，她才叫那小孩子走开，——她想到这里，再回头去看看王科员时，但王科员却不晓得在什么时候溜走了，这真是冤枉。

小孩子感到额角有些痛。用手一摸，见是出了血，便嘀嘀的大哭起来，一面，口里还不断的骂着。

"滥婊子，滥婊子！不打死我不是人！"

后台里走出一个穿草绿军服的女政工队员，一看这小孩子满脸是血，便把他一手牵过了台面。

他走到张太太的面前，还用脚来踢她。口里还在骂着"滥婊子！"张太太更加发起狠来，便顺手拖住那只翘过来的脏脚，只是那么一拉，那小孩子又扑通的跌在台上。

"你是一位太太哟！"那政工队员可忍不住了，"怎么这样的同小孩子闹呢？你看，把他打得这个样子！"

"我把他拉到××部里去！"

"××部！××部也要讲理的哟！你打了人呢！"

"不要你管，你算什么东西哪！"

"你把别人打出血了，我怎么不管呢？"

"你晓得我是什么人吗？"

真的，这一位女政工队员，她还不晓得这一位太太是什么人呢？她见她问晓得什么人时，似乎也就冒上气来，便把那受了三个月的政治训练的民众宣传的理论，滔滔的搬了出来。

"你便是主席太太末，也是不能用强权来压迫人的哟！我们大家都是人，大家都是平等的；只有日本人，只有汉奸，才要讲强权，不讲公理，虐待老百姓，屠杀老百姓的，你是一位有知识有身份的太太哟！你怎么可以不讲道理呢？"

张太太还想申说，但那位政工队员，却把那个小孩子当作亲兄弟一般，牵入后台去了。

台下的观众，不晓得在喊什么，只是一阵一阵的吼道。同时，人潮也在不断的流动，一下子倒东，一下子倒西。张太太把眼光移到了台下，便觉得有千百对的眼睛，都在朝着她的脸上闪射着似的，胸中的热血，也更加跳跃得厉害起来。她觉得自己受了极大的侮辱，又觉得自己有一肚子的怒火，立刻就要往外炸裂。她想立刻回去叫××长带着自卫队来把所有的人，都重重的打他一顿，把所有的眼睛，挖了下来，再给他抛到大海里去。……

但是，戏已经开场了。

"这小家伙真傻！张太太，你不要生气！我们看戏吧！"王科员的太太对她劝说着。但是，张太太的心，却无论如何也安定不下来。

"这女兵算什么东西哟！这女兵！"张太太越想越气，"这不像男不像女的半雌雄家伙！"

"好咯，好咯！张太太，看戏吧！不要发气了！气，要气坏了自己的！"
后面的陈四嫂也在劝说了。但是，她还是不能安心！

××部里一个姓戚的干事，在后台里出现了。他轻轻的走了出来，蹲在张太太的面前，对她慰问。"怎样的呢？受惊了吧！没有什么吧？"

"你，你们在哪里的？你们做什么的？"张太太看见戚干事走来，便好像要把一切的愤恨，都放在他的头上似的。

"耐一耐，忍一忍气吧！你同这野小孩子打架，犯不着呀！"

"不，那个半雌雄，那个女兵，是什么东西哪？她也敢来教训我？这个滥货！"

嘶！嘶！呵！呵！

台下有许多人在嘶，戚干事回头一看，知道他们是对着自己在发的，便赶快跑了进去。

"喂！戚干事，你在这里不要走，等一下陪我回去！"

戚干事走到"入相"的门口，回头对她点了一点头，便隐入那面门帘里去了。

戏已经开演了。这是照例的一套，——是"大庆寿"。接着是"指日高升"，再接着是"魁星点斗"，想不到这种"的笃班"也有那么大排场的。

张太太一心在注意着看戏，有时也同旁边的两位太太谈天，心气也就和平了许多。不过，在这个时候，她对于那个被打的小孩子，倒也没有什么；只是那位政工队女队员，无端的给她抢白了一顿，心中却未免有点芥蒂。她想："那个雌货，那个半雌雄的妖怪，凭着什么来头呀！'我们××部'，将她训练了起来，——难道我们将她训练起来，要她来对付我的吗？唔！这事倒非去同张胖子算账不可的。哼！我问你……"

她想到这里，就抬起了头，往四面看看。她把自己的身子，坐一坐正直，下意识的意识到自己的出人头地的地位，以及自己怎样同全县里面除了县长就只有他的地位最高的人物说话的派头⋯⋯

突然之间，她的眼光看到了戏台的对面，——那里正有一对熟识的眼睛，在向着她打招呼。她看着那人用眼睛，用下颌在向她讲话，她会意那种意思是奉承她又是尊敬她的。她也向着那双眼睛点点头，又轻轻咧开了嘴巴在笑。

可是，正在这个时候，突然在她的后面，伸过一只手来。她的眼角边一闪，鼻孔里也好像闻到了什么气味。她回过头去，正好这只手扑了上来，一手蒙住了她的面孔。她觉得一脸的冰冷，眼前是一阵的乌黑，立刻就"啊哟"的叫了一声。但是，就在一霎时间，这只手已经拿开，后面的"高马"上坐着的人，就喊起"捉住他，捉住他！"的喊声。她不晓得是怎样一回事儿，但已经觉得她自己的面孔上，被人涂上了冷冰冰的东西，鼻孔里也充满着一种莫名其妙的异臭了。

因为是"捉住他！""捉住他！"的喊声吧，台下的人们的眼睛，立刻又注视到张太太的面孔上来了。他们看见了她的面孔，涂上一脸的烂泥和牛矢，便哄然的大笑起来。

"哈，哈！啊！"

张太太自己顿时感到了一头的热血，热透了头顶。她赶快取出了手巾，俯下头去，用力的揩抹。揩抹以后，又回过头去，追寻这件事的究竟。但在这时，那只污浊的手，早已从"高马"上溜下，"逃去了，逃去了，就是刚才那个小鬼！"她听见后面的人们的喊声，说是就是刚才那个小鬼的话，觉得更是受了莫大的侮辱，——在这许多人的面前，竟然被人涂上了一脸牛矢。她一肚子愤火，看到了坐在自己后面的阿芽，装出一脸不尴不尬，莫知所措的表情，她如找到了对手一般，啪的送过一记耳光。

"你做什么的，为什么不把他拉住？"

阿芽哭了起来！"哟！我，我拖不住，哟！他从这里很快的溜下去了！"

"啊！嗳！哈哈！"

台下的人，又是一阵哄笑。

阿芽还想从"高马"上下去追赶那个小鬼，但是她那矮矮的身体，也就增加了她的动作的迟钝。她还没有溜下"高马"一步，张太太已经一把将她拉住，说：

"回去，回去！"又是把阿芽一拖。

她立起身来，用手巾遮住了自己的面孔，一脚上了戏台。同时，阿芽也从后面爬了过来，一同走入了，——从挂着"入相"的彩帘的侧门，走入了台后。

当她掀起门帘的时候，她似乎还听见台下的观众"哈哈！呵呵"的笑声呢！可是，除了一身的愤恨与受侮以外，却是无论如何也不敢再回头去盯他们一眼了。

戚干事从对面冲来，哭丧着脸问是怎么一回事。张太太正想向他发作，但下了台的戏子，又从后面挤了过来，叫她不要站在进出口上。她回头一看，却是一个化了装的满脸涂得黑黑的包龙图的面孔。"这位太太也化了装吗？"这黑头用她那本来的（女人的）口音，在打趣。她在她的旁边，挤了过去，这倒在戚干事和阿芽的眼中，显了一个对比。同时，也就把戚干事的不敢怠慢的心情，逗出了一声压抑不住的嗤笑。

那个黑头，自己捧了一盆脸水来落装，但戚干事却一把给她接了过来，送到张太太的面前。

"张太太，去洗了脸吧！"

"我要落装呢！"这黑头说。

"你再没有面盆了吗，你去找一个来好了！"

张太太伏在面盆上自己在洗脸，但她却听见戚干事的轻轻声音，"你知道这是谁哪？ ××长太太哟！——是哟，便是叫小红叫他干爹的那个 ××

长，——痴货，一县有几个××长的吗？"

张太太抬起头来，他们便停止了说话。张太太想，他们倒觉得很相熟呢！

"是张太太吗？我们不认识呢！"她很殷勤的把张太太洗过的一盆脏水捧了起来。"我去倒了，再打一盆干净的来。"她走到门口，又是"小红，小红！来呀！"的叫着。

等她打来了水的时候，这黑头又同另外一个已经化了装，但仍旧还是本来面貌的旦角走了进来。"张太太，怎么样的，我这里也有粉，也有口红，也有胭脂！"她顺手在化装台上，把这些东西一件件的放到张太太的前面，一面又很殷勤的招呼着。真的，张太太被她们这样一拍，倒是哭笑不得的，"就同戏子一样的在'的笃班'的后台化起装来吧！"她先是这样想着。不过，她毕竟还没有忘记了自己的××长太太的身份，究竟××长的太太在"的笃班"的后台化装是抬高身份呢，还是容易引起他人讪笑，会被别人当作话柄的呢？——这些问题，却也的确使她踌躇了一下。

终于，她洗了两盆水，又淡淡的搽了一次粉，也加上一点胭脂，至于口红，却拿起了，但又放下去，——结果是没有用。

"为什么不用一点口红呢？"小红站在旁边，殷勤的发问。

"不，回去睡觉了呢！"张太太答。

"不看戏了吗？"那边有人在叫小红，小红答应了一声，又回头对张太太说："再看一会戏吧！——对不起，我就要预备上台了。"说着，就走过那边去了。

张太太看着小红走了，心里一定，又想起刚才的事情，心中老不痛快，"不，不！我要回去了！"她心里想。

"阿芽，回去，——戚干事，你送我们回去！"

戚干事在身边抽出了一支手电，只在那机钮上轻轻的一按，又看了一看镜头，说："好，走吧！"

张太太走在前面，接着就是戚干事，最后就是阿芽。后台的人们，都在忙着自己的事情，也没有一个人注意着他们的行动。他们走出了城隍庙，外面是一片黑暗。在黑暗中，倒反是很明显的听出戏台前人们哄哄然的声音，张太太又觉得自己被冷落被排挤了似的，心里的愤怒之火，又慢慢盛炽起来。

三

张太太在黑暗中，迎着西北风，有时也踏入石子路上潴着水的水塘，一直走到了自己的门口。

他们在路上，一句话也没有，只是匆匆的低着头在前进。不过，在张太太的心里，却是思潮起伏着，把所有的事情，都想了起来。她想着，她是怎样的嫁给了张胖子的，——当她嫁给他时，他还只是一个地方自治训练所刚受完了三个月训练的学员呢！他曾经对她说，我们在这个世界上做人，正如在黑夜中走路，大家应该互相照应。他又说，他是晓得自己努力，晓得自己挣扎的一个青年；在这个世界上做人，正如在爬着梯子，人总该一步一步的往上爬的。他要求她嫁给他，等到他爬到最高一级的时候，一定不会对她不起的。——真的，自从她嫁给他之后，他的确是梯子一样的一步步的爬高起来了；这在普通的人，总是应该满足了的。但是，他，他却慢慢的忘记了过去，却慢慢的把架子搭大起来。——他在外面乱搅，说是因为地位的关系，——他应酬、吃酒、打牌、玩女人，有时还要包揽一些不应该做的事情，难道这也是因为地位的关系吗？——不过，这一切，——她觉得自己的丈夫，已经站在前面似的——我也管不了这么的，你做你的××长，我做我的××长太太，你能尊敬我一分，我还了你一分尊敬，我还能管得了你许多吗？——你们男人的事情，我管你做什么哪？只是，你却不应该对我冷淡，不应该对我打官话，你什么××呀××的，我还不知道吗？喏——就如今晚的事情吧！我如果不是什么××长的太太，我就根本不要发着这个威风；——我是要显一显××长太太的身份哟，我也要显一显你××长的威风哟！我如果不嫁给你这××长，张胖子，我老实说一句，我难道不乖乖的就算了吗？可是，我既然做了××长的太太了，你又不肯陪着我，又不肯派一名自卫队伴着我，现在弄得我坍了台，这也不就是为了你吗？好，好，总之，你近来已经对我不大客气，不大体贴；你算升了××长，你阔气起来了，但是，我也升了××长太太了呢，我却不能让你对我冷淡，我要对你算账。唉，我这一肚子的横气，还不是为的你吗？

他们一走到了××长的公馆门口，戚干事便抢前一步，用力往大门上一推。门是向里闩着的，戚干事见推不开来，便用力的敲着。

"来呵，来呵！"远远的有人在答应。那是奶妈的声音，这在张太太和阿芽，都能听得出来的。

这扇大门，平时是不常闩的，因为××长时常晚上迟回，张太太自己又不高兴守门，阿芽这小家伙是睡到床上就是天坍下来也是喊不醒的，而奶妈呢，她自然也是不能负担这个责任；——所以老是向里并着，只要知道这个秘密的人，就立刻可以推进来的。可是，今晚上的大门，为什么向内闩着的呢，难道××长已经回来了吗？

"你先回去吧，奶妈就会来开门的。"张太太吩咐着戚干事，戚干事答应了一声，就回头走掉了。她同阿芽立在大门外静静的等待着。黑暗和空虚，笼罩着她们。觉得时间特别的延长，四周特别的冷漠。

砰，砰，砰！阿芽又在门腰上敲着，一面是"开门！奶妈！"的大声叫喊。

"噢！来啦，来啦！"又是奶妈的老远的声音，但等了许久，始终还听不见脚步的走动。

砰，砰！"快点哟！"阿芽又敲着门在喊。

她们，终于听见了脚步的声音了，而且也听见她慢慢的近来了。这自然该来开门了吧！

"谁哟？ ××长没有在家哪！"

"谁哟！奶妈！你想是谁哟！快点开门！"

奶妈把门开了。"我以为太太没有那么快回来的呢！为什么这么早就回来呢？"奶妈口里那么的说着，但心里却有些歉然似的。"你困死了吗？老早听见你来哟来哟在回答了的，怎么老也不来开门！你做什么的哪！"张太太一踏进门来，就在发着脾气。

"定少爷黏住我呢，——我又要点灯。"奶妈轻轻的在辩解着；声音之间，有一点颤抖。

张太太和阿芽走了进来，屋子里是黑漠漠的。奶妈把手中的高脚美孚灯交给了张太太。阿芽便回头在关门。"阿芽，你爸爸还没有回来，你把门并着好了，不必闩上。"她一面吩咐着，一面拿着灯火，往自己房间走去。而奶妈呢，也就趁着这个机会，摸黑的往她自己卧房走了。

"奶妈！你不要灯吗？让我点好了灯，你再拿去哟！"

但奶妈却没有回头，一下子就摸回她自己的房中，等到张太太把自己房中的灯点好时，她又很快的回来了。

张太太点好了灯，一句话不说的将身子往梳装台前面的藤椅子上一放，这藤椅便装得满满的，而且压得吱吱的在响。她叹了一声气，"唉！"把一只脚搁在另一只的上面，脚尖翘得高高的。"累死了。"

"太太，要茶吗？"奶妈站在旁边，在想法子，想向太太献殷勤。"怎么戏还没有看了一半，就回来了呢？太太！"但她还是没有回答。

"太太，我倒一杯茶给你好吗？"张太太心里一静，仍旧闻到一阵阵的香水气味。"唔！香水！"她心里想着，便用鼻子尽量的吸了两吸，同时，又把她盯了一眼。"好，你回去吧！"她吩咐着奶妈。但等到奶妈走到门口，一脚正在跨着门槛的时候，她又叫了一声："奶妈！"奶妈停住了脚，等着她的吩咐。"你身上洒了香水吧，好香的香水！"张太太说了，用眼盯住奶妈的面孔。奶妈好像给说穿了什么隐晦似的，一时可不晓得怎样回答。她呆了一下子以后，却只叫了一声，"太太！"又回头走了。奶妈一踏出太太的房门，便风快的飞跑着。在黑暗中，碰得客堂里的凳子，钉钉碰碰的发响。

"奶妈，你做什么哪？灯没有拿去呢！"

张太太躺在藤椅上高叫，奶妈又走了回来。

"你今天晚上做什么哪，失了魂似的？"

奶妈拿了那盏高脚美孚灯，用不尴不尬的面孔，看一看太太，又回头就走。可是，正在这个时候，阿芽恰好捧着一盆面水，走到太太的房间门口；奶妈突然的一脚踏了出去，对着阿芽的脑门一撞，这一盆面水便有大半盆泼在阿芽的身上，奶妈的身上。奶妈的衣服弄得一前襟的热水，——那盏美孚灯的灯罩，突然也就砰的一声炸得粉碎了。

"呀！"奶妈惊叫了起来，同时，张太太也从藤椅上跳了起来，"这叫什么回事哟！"张太太是一肚子的火，"你们是什么事都不当心的，失了魂的样子！"

美孚灯还抓在手里，带着烟的灯火，还在那里摇曳；而阿芽呢，也仍旧捧着面盆，不晓得如何是好。她们两个，呆呆的木头样的站着，使张太太看来，真是又要气，又要笑的。

"谁叫你去打脸水的！"张太太斥着阿芽，"还不快点放了面盆，去拿扫帚去！"

"你不是吩咐过每次出门回来，都要洗脸的吗？"阿芽在辩解着："都是奶妈，她走出来又不说一声的。"

"啊哟！你埋怨我哟！你自己在黑暗中摸过来……"

"好了，好了！你们都去吧！"张太太大声的说："气死人了，你们这些失魂落魄的家伙！——我不要洗脸啦！"

小定在奶妈房间里忽然哭了一声，——那是发魇吧，奶妈听见了，立刻就跨出客厅，往自己的卧室跑去。可是，因为这美孚灯已经炸坏了灯罩，从客堂后面到奶妈的房间的过道上，送来了一阵袭人的秋风，这灯火就在过道的口子上熄掉了。

奶妈也不声张，也不怎样的，一直沿着过道，走入她自己的房间。

"奶妈！"××长的轻轻的声音。

"唔！"奶妈摸到了自己的床前，摸到了××长的一只手。××长把她一拖，她就被他抱入怀中。"呵！吓死了，太太在发气呢！你快点走吧！"奶妈在××长的怀中撒娇的催促着。

"不要紧的，她不会到这里来，——唔，好香呀，我最喜闻这种香味！唔——你去把门关起来！"

"不，你去吧！她如果到这里来呢！我怕！"

"你去关门哟！"他在她的屁股上拍了一下，又把她一推。

"关了门，你等一下怎样出去呢？"

"不要紧——我就不出去了！"他又用力的亲她。

可是，正在这个时候，张太太又在她的房中，高声的叫了起来。"奶妈！奶妈！"

"你走吧！你走吧！好人，好××长！"奶妈轻轻的对××长说，一面又大声的回答："唉，唉！我来了，——我的灯黑了呢！"接着，她又放低了声音，"快点，快点，她会到这里来呢！我怕，怕死了！真是——"

"我现在到哪里去哪！你去吧，你走吧！"××长把手一松，又推了推她。

奶妈又是摸黑的走出去了。她一直走过过道。走进了客厅，便看见了太太房里透出来的灯光。奶妈走进了太太的房里，太太还好像刚才一样的躺在藤椅上面没有动过。

"奶妈！"

"唔……"

"××长没有回来过吗？"

"没——没——没有。"

"我的房里什么人进来过吗，——为什么我这壁上的火腿，少一只呢？"张太太用手指着壁上，奶妈的眼光，也跟着看到那里。是的，那里一排挂着十几只火腿，为什么中间却缺了一个空位呢？——那只火腿被什么人取去了呢？

"太太，没有人来过哟！——我因为你们看戏去了，所以是早把大门关着的。"奶妈看讲到了火腿，便觉得放心了许多，胆子也就大了起来。"哇！太太！"她忽然想起了似的。"莫要是老鼠拖了吧，这屋子的老鼠是很多的！

"整只的火腿哪！老鼠哪里会拖得动呢！"

奶妈好像自己说错了话似的，呆呆的立了一下子。但是她终于不服气似的，还要走过去看看。"哟！"她在墙壁的下面，那灯光照不到的地方，发现了那只火腿。"在这里哪！太太！"她从地上捧起了那只火腿，送到太太的面前。"你看，太太！这绳是咬断的呢！"

"唔！真的！"张太太坐了起来，自己也觉得太性急似的，"这屋子里的老鼠真讨厌！"

阿芽在这个时候，又一声不响的走了进来。"你做什么哪？阿芽！也是老鼠一样的。"张太太的心神，似乎放松了许多，倒半真半假的开起玩笑来。"好了，好了，你去困去吧！"阿芽退了出去。

"太太，没有什么事了吧？"奶妈重新在火腿上吊好了绳，给它挂了上去，"我走了！太太，一共是十四只！吃不完的火腿！"

"奶妈！"

"唔！"

"我看你有什么心事似的；——你的香水打得那么香。"

奶妈心头在"扑扑"的跳着，但是，一下子以后，她又镇定了下来。"呵！那是跳蚤咬得痒，我搽着花露水呢！"

"呵！哪一个哪！"阿芽的惊叫的声音。

但是，当张太太和奶妈俩注意的听着时，声音却又没有了。

"阿芽！阿芽！什么哪！"

外面没有回答，可是，就在这个时候，外面的大门，却嗡嗡嘤嘤的响了起来。这好像是故意做得响些的样子，皮鞋的声音，用力的打着地面，门也故意的关响些。

"这是××长回来了吧！"奶妈对着张太太说了，立刻抓起了油灯，迎出客堂。

××长摸黑的走了进来。"你们还没有睡觉吗？"他好像没有事似的，这样的问着。张太太还没有回答，他又好像想起什么似的，"你不是去看'的笃班'的吗，没有去吗，为什么这样早回来呢？"他又用眼睛扫着奶妈，又看着太太。张太太用两只发狠的眼睛，死命的盯住他。

"怎么，不好看吗，散场了吗？——好像发气的样子，又同谁发气了呢？"

"哼！"同谁发？同你，同你！你回来了，好，好，我要同你算账！"

"你这算什么意思呢？——我刚才回来！"

"你刚才回来吗？"

奶妈好像受了什么激动似的，便在这个时候溜了出去。

"我怎么不是刚才回来呢？——嘿，你和我顶做什么哪！"他看看奶妈走了，便走上前一步，特别表示亲昵，卖弄风情的样子，双双的牵住了她的手。"你发什么脾气呢，桂茵！我们睡觉吧！"

张太太哭了起来，哭得非常悲哀似的，把头倒入了丈夫的怀中。

"说哟，说哟！有什么事？说哟！"

"你又不管我的！你如今做了××长，地位高起来了！——可是，别人欺侮了我，还不是坍了你的台！"她突然从丈夫的怀中挣扎了出来。一个人跑去，一屁股坐在床沿上。

"什么人敢欺侮你呢？"

"那个滥污婊子！"

××长心里一动，他又走了过来，并排的坐在床沿上，一只手通过了她的肩头，用力的扳住她那故意朝外向着的面颊。"睡觉吧，睡觉吧！桂茵！发那么大的脾气干什么哪！"

"你包庇那个婊子吗，你养了那个婊子和我作对吗？"

"谁哟？我养了谁哟——你说奶妈吗？奶妈不好，把她歇掉就是了。"

"谁？那个雌雄的女兵哪——唔！奶妈，是的，奶妈，我晓得，——你不打自招，她为你搽了满身的香水吧！"张太太索性撒娇撒痴的哭了起来。"嗬！嗬！你们都联合起来欺侮我好了。嗬！嗬！"

"我们？我？我同什么人哟！"××长忽然态度严重起来，好像想用几句比较有分量的话语，去镇压他的太太的撒野似的。"你不要神气不利清的，——你晓得什么？说话不可随便乱说的。"

张太太把××长看了一眼，心里想，"唔！你装出这鬼样子想压服我吗，我偏不。"于是，她又装做没有看过他的样子，更加泼辣的大声哗啦起来。"你自己不要神气不利清，我是有赃有证的，我说了，看你怎么样，——我要说，我要说，我要到××部里去说我说张胖子没有良心，我说……"

"你真是见着鬼哪！莫名其妙的！你要说什么哟？"

"你真是见着鬼哪！你管我说什么，你不怕作贼心虚，你让我说呀！"

"不要多嘴了吧，更深人静的，别人听来也不大好！"××长的神气又缓和一点了。但是张太太的火性，却是刚刚开头呢，她觉得已经透露了一些胜利的征兆似的，态度可更加强硬起来。她心里想："我已经抓住了他的漏洞了，我偏要再顶他一下，看他不在我面前屈服，——老娘今早可要收拾了你了！"

"若要人不知，除非己莫为！我怕什么人听见哪！——我偏说得响些，喊得重些，看有什么人干涉我！"

"你再吵！再吵，我就打你！"××长又转变了一个战术，他觉得女人们是没有办法的，——如果你同她说好。

"你打我？打哟！你敢！"

拍！拍！××长真的忍不住了，竟然好像真的发起脾气来的样子，来势汹汹的在太太的面上打了两下。他想，"女人是没有道理可讲的，我该得用点权威去压她才好！"

可是，这事情并不单纯，在张太太的心中，原来只想同丈夫撒一撒娇，希望能制胜了他一些野性，而后再同他说出今晚的事情，然后叫他替她来出一口气，可是，她却没有想到她的丈夫向来的性情，也没有想到她自己今晚的遭遇；因此，她便碰上了这个钉子。但是，张太太也不是能够自己示弱的人，她也有她的天地，有她的社会，她要用她的××长太太的身份，在她的社会中做人，她一向都是顺风的纸鹞，被人抬到天上去的，她可忍不住这冤屈，她是更加火了起来。

"你打，你真的打，好，张胖子！"

拍！拍！是她的重重的两下回答。

接着，他们夫妇俩的四只手臂，便相互的纠扭起来。张太太用力的高喊着："你打，你打，为了那个滥污婊子，你把我打死好了！"

结果，不晓得是××长真的扭不过他的太太呢，还是他故意放了让步的缘故呢？——总之，当她高声一喊，用力一顶的时候，他便被推倒在床上，被压在他的太太的下面了。自然，她这时已经占了上风，便眼快手快的，立刻让一只手和整个的身体，锁住了他的抵抗，另外又腾出一只手来，却重重的向他的颈与肩膀上用力袭击着。颇像一个屠夫捶着一只肥猪。

"好了，够了吧！总算你打赢了就是了！"这已经是××长求饶的声音了。但是，这在火头上的张太太，却还是不肯放松的袭击着。

可是，突然之间，他采用了新的战术，——只是用一只手在她的胳肢窝里胳肢了几下，她就突的笑了起来，——笑开了手，笑轻了身体，她全身笑成一团滚落在他的身体的旁边了。

接着，他便坐了起来，两只脚悬空的挂在床沿上，同时，他又顺手把她一拖，她也坐了起来，她那两只短腿也同样的悬空的挂在床沿上。他俩并排坐着，他的右手通过她的肩头，要扳回她那向外朝着的脸孔。最后，她的面孔，被他扳过来了，——那是一张似怒似笑，又是非怒非笑的不尴不尬的脸孔，——他们四只眼对视着，一会儿之后，又共同的嗤的一声笑了起来。

"又会笑了！"××长说。

"你自己先笑的。"张太太回答。

"莫名其妙的！"××长说。

"你自己才莫名其妙呢！"张太太又是一顶，她晓得自己面孔发烧，心头发跳，但却好像忘记了刚才发生过一回什么事情似的。

"睡觉吧！吃了饭闲不过！无端想些事情来闹闹，真是何苦来！"

不知是怎么的，或者是因为××长说起无端想出一些事情来闹闹的一句话的刺激吧！立刻就想起了今天一天的心情，和今天一天的遭遇，她又哀哀切切地哭了起来。

"又哭什么呢？桂茵！"看着她这神气，这的确是为了什么悲哀，并不是为了撒娇或是捣乱似的，他的心中，也为了太太的哀哀的哭泣而动起同情与怜悯的心情了，于是，他便用手抱住了她，又轻轻的抚慰她。"又哭什么呢？你受了什么委屈吗？"但是，她还是没有响，仍旧是那么哀哀的哭泣着。

"睡吧！睡吧！不要自己急坏了身体！"他替她解着纽扣。自己又在脱着衣服，脱着鞋子。……

他们睡下去了。大家都是沉默的；但是，大家都忍不住。

"桂茵，桂茵，今天晚上，究竟为什么呢？"他轻轻的问着，"你讨厌奶妈吗？我对奶妈并没有什么哟！"

"我又没有讲奶妈的什么。"她轻轻的回答。

"那么，为的什么呢？"××长更加用出同情与抚慰的手法来了，"你性子总是那么躁的。你有什么事情，你告诉我哟，我没有不依你的！——说吧！桂茵！你说出来心里就会清爽了，说吧！"

就是这样，张太太看看时机已到，于是便把今晚在城隍庙的遭遇，——和那野孩子的打架，被那女政工队员，那"半雌雄的滥货"抢白的事，都述说了一遍。

"这有什么呢，明天让我去把她找来骂几句就是了！"

××长说了，张太太也觉得是了，于是他们就没有事情的睡去了。

四

第二天上午，张太太一起身的时候，已经是十二点钟了。自然，××长同平日一样的，在八点钟的时候，就到××部去了。在昨天晚上，她虽然把所有的说话，都对他说了，对于她的要求他也是满口答应的，但在这个时候，一个人坐在房里，却仍旧是觉得非常之寂寞似的。

奶妈捧进了一盆脸水，只是把她看了一看，并没有什么说话，她不晓得昨晚的事情，今天早上，当她未起身的时候，他是不是已经告诉了她的，因此，她把她看看，没有说话，自己也就不说话了。不过，她的心境，始终觉得颇为寂寞，相当无聊。她还想发发脾气，但又不晓得这脾气要怎样发，或是对谁发的，她还是呆呆的坐着。

可是，忽然之间，她又想起了自己××长太太的身份，虽然自己也同××长打架，但对于别人，这种丈夫，却是值得骄傲的。因此，她仍旧想起自己的身份，应该先在奶妈的前面确立起来。

"奶妈！"当奶妈放好了脸水，看看太太没有什么响动，便轻轻的走出去的时候，张太太又一声把她叫住了，"今天早上，××长出去的时候，他同你说什么话吗？"

"没有哟！太太！"

"没有吗，什么话都没有说吗？"

"××长同我说什么话呢？"

"唔，——小定呢，哪里去了？"

"阿芽抱出去了！"

"我昨夜和××长打架，你听见吗？"

"听见的！"

"我打了他，——他近来有些变了！"

奶妈只是笑，没有什么回答。这在张太太看来，奶妈的态度，今天颇有一点不同，怎么又是问一句，答一句，而且，关于××长和奶妈的事情，她自己也不敢确定，谁知道他们究竟有没有什么纠葛的呢？因此，她就是想要发脾气，似乎又发不起来。

但是，事实上究竟怎样呢？关于昨晚他们在房里打架的事情，在今天吃早点的时候，他却完全把它告诉了奶妈了。所以，在奶妈，一听太太的话，她是只有笑笑的份儿，她应该说什么呢？可是，也正因为奶妈的笑，却也使得张太太放宽了心，在张太太的心里，以为奶妈的地位，一听了她的家事，原来也该只有笑笑的份儿的。

"我昨晚打了他，他一句都没有同你说吗？"

"他怎么会同我说呢？"奶妈还是带笑的回答。

"唔！他近来变了，我要给他些辣味尝尝！"

"我说，哎——我说，太太的性子也太急了。——太太真享福，吃的穿的，别人送的都有，又到处受人敬重，在人前头做人。——像我们家里的，动不动就，呃，太太！——××长，——男人们总是那样的。"

这一来，可轮到张太太没有什么话可说了。她静默着，却不晓得应该怎么说好。她自己的出身也不比奶妈好多少哟，为什么自己会觉得这样的不满呢？

"太太，洗脸吧，已经十二点钟了呢！我去给太太拿早饭去。"

"呵！你去抱小定，叫阿芽去约王太太她们来打牌，要她即刻就去。"

一会儿，张太太还在吃着早饭，她的几位被邀的打牌朋友，已经齐齐的约着来了。

"啊！张太太，还是吃早饭呢？还是中饭哪？"李大嫂开口打了招呼。张太太还没有回答，她又接下去说："怎么样？昨天晚上，大大的发了火，是的，那种野小孩，是应该打了他教训教训他的。"

可是，张太太还是没有回答。

"我说，张太太，打得好，打得好，就是把他打出血来，也是应该的。"李大嫂老是一口拍马屁的话，张开嘴巴，说话好像打哈哈似的。

"你怎么就晓得了？"张太太轻轻的问。

"喏，王六妹王太太，昨晚也坐在你的后面的哟。"

是的，王六妹她们，的确也在城隍庙看戏的。张太太把她们看看，自己心里在想，打了那个野孩子，固然是自己的光荣，但自己被那野孩子涂了一脸牛粪，要是被人说起来，也未免是洗不了的耻辱。她觉得今天找她们打牌，也未免有些扫兴似的。好在这个时候，王六妹并没有说什么，李大嫂也没有再说什么，她才比较的放了些心。

"怎么样，今天要上早课吗？"这是李大嫂的说话："快点，快点！奶妈，来，来，来，把碗盏收去，把台子拖出来。"

她们又是在这个小客厅里，——上首正中，仍旧挂着委员长的五彩半身立像的小客厅里，打起牌来了。

张太太虽然心境不大好，没有平时那么高兴说话，但今天的手气，却是很好的，她老是和，老是赢的。

在第四圈完了，正要换位的时候，××长回来了。

"啊！××长！今天张太太大赢哪！"李大嫂说。

××长走到张太太的后面，伸手来数着她面前的筹码，"桂茵！真的赢了吗？"样子是装得非常的亲切而和蔼，在人们的前面，好像永没发生什么口角或是打架过似的。"我来打两副吧！"他摇着她的肩膀。

"不，我的手风正好呢，你不要来打搅吧！"张太太把肩膀摇了两摇，做出一副怪娇巧而妖媚的姿态来。

"呵！我还没有工夫呢！我已经派王德法去叫陆小梅去了，过一下子就会到这里来的。"

"谁哟？"张太太回头问。

"陆小梅，那个女政工队员——等一下她来了，还是我问她，还是由你来骂她一顿？"

"我，——我没有工夫，你教训她一顿吧！"

"好吧！"××长走进了卧室，那就是他们昨晚打架的那个房间。

可是，正在这个时候，陆小梅已经同着王德法走进来了。她仍旧穿着昨晚穿的那身草绿色军服，军帽压到眉毛的下面，左右两面的面颊上，留出了两角剪得齐齐的头发。"是的，就是这个半雌雄的滥货！"张太太把眼睛一斜，立刻就认得是昨晚的那个家伙，"好，你既给我找来了，看你还有昨晚那股臭劲否？"她这样的想，便把鼻孔一张，轻轻的打了一声"哼！"仍旧把注意集中到麻将上面了。

"书记长！陆同志来了！"王德法在叫。

"唔！进来，进来！"

陆小梅走到了××长的房间门口，把军帽取了下来，恭恭敬敬的行了一个鞠躬。这种样子，在张太太和李大嫂她们看来，真觉得好笑。

陆小梅走进了房间之后，开始，并不听见一些什么声音。这是因为打牌的声音太响了的缘故呢，还是因为他们相对着没有话说呢？可是，当张太太在牌桌上摇了摇手，暗示着大家暂时不要响动，且听一听里面有没有声音的时候，她们却听见了那女子在说话的声音了。

"……深入民众，……体验下层民众的疾苦，……预先解决他们的切身问题，……我们没有什么，只觉得在这抗战建国的时代，应该多做些工作，特别要多做深入民众，唤起民众的工作……"

这些一半听得清楚，一半听不清楚的话，却并不能引起太太们的注意；——横直，只要他们在那里说话，好像便可以放心许多似的；——因此打牌的声音，又哗啦哗啦的继续着了。

"总之，你们的思想有了嫌疑！"突然，她们听见了××长的大声吆喝的声音："我现在对你警告，……我们现在刚接到惩治条例，你们如果不改变了你们的信仰，我们是不客气的，特别是关于东三乡的事情，你们应该照实的报告，你们有没有另外的企图。不然，我们会依着条例办的！"

又静默了好久，于是这女政工队员便面孔绯红的走了出来。她走到门口，还同样的把军帽夹在腋下，恭恭敬敬的行了礼。终于她头也不回的，走了出去。

陆小梅走后，××长立刻就换了一副面孔，笑嘻嘻的走到太太的后面。于是，李大嫂"扑嗤"的笑了起来，张太太也笑了起来，大家都哈哈的笑了起来。

"你们笑什么？"××长笑嘻嘻的问。

李大嫂把嘴向外面努一努，表示一副卑夷的态度，接着，便咧开她那副轻薄的嘴唇，说："军衣军帽，那么神气活老爷的，人家还不晓得是什么路道呢！但是一看到——"她的眼睛又横到了××长的脸上，立刻又换了一副献媚的神气，"你，××长，便吓得发抖了。——正如一只小鸡见到老鹰似的。——小鸡见到老鹰，哈，哈哈！"

"我倒在笑你呢！"张太太也觉得开心起来，又想同××长打一打趣了，"你要怎样的惩治她们哪，你家里还不在打牌，她不会去告发说你腐化的吗？——看你怎样办？"

"这是家庭娱乐哟！有什么关系？——她敢吗？"××长说了，又摇摇太太的肩膀，"起来，起来！让我来两副吧！"这一回，张太太可没有推诿，很高兴的立了起来，让××长坐了下去。

"××长，我没有事情了吧？"王德法还等在那里，——直到了这个时候，才向××长请示。

"没有事了，你回去吧！"××长吩咐着。但是，他立刻又想起了什么似的，接着又喊：

"喂！王德法！"

"有！"王德法应了一声，又走了回来。

"你回到××部，吩咐张天毅、洪三元，今晚吃了晚饭，先到城隍庙里去，占两排头排的高马，你自己呢，约同李阿有，一齐到我这里，陪着我们一同去。”

王德法走了。××长说：“王太太，李大嫂，你们今晚去看戏去，去多约些人来……”

××长一直打完了第八圈牌，他虽然输了一点，但是因为张太太原先赢了很多，所以结算起来，他们还赢了不少，因此张太太也没有赖庄，就决定结束了。

“好，早点吃饭吧，吃了饭好去看‘的笃班’去！”××长立了起来，觉得有些疲倦，伸了一个懒腰。但是，当他仰起头来的时候，却在朦胧的眼光中看见了中堂上五彩武装半身立像，很严肃的向他注视。

“奶妈！今晚早点吃饭吧！”张太太很高兴的在吩咐着。

| 第二编 |

散　文

萤光中的灵隐 *

灵隐隐在黑夜的高伟的森林中了；森林又隐在无限的黑暗中了；我的躯体，我的灵魂，只是飘飘然，飘飘然轻微而至于消灭了：呵！是"灵"隐？抑是"林"隐呢？

我们在山门内的石路上走着：夹道摩天的大树，覆盖着直似夏天暴风雨时的黑云。在不许走漏的天光中，瞧见一株矗天的岚石头上，闪着一粒孤星。我赞美着；我的朋友却说是一株枫树。呵！天柱一般的枫树，也是我们所应当崇敬的呢！

走过小亭，山色更加浓黑。我们任意指着峰下的新雕的弥勒，但毕竟不知这位凸肚皮的和尚，整日张开嘴巴笑哈哈的，坐在那里？

呵！繁星一般的流萤，在山下，在涧边，一隐一现的，光华灿烁的！我不能用什么字句来形容，因为这种灵妙的神境除非把自己的整个的灵魂和躯体都葬入这黑暗中的萤光中，是永久也不能体认得出的了。但是，我却还有一个炭描般的比喻：当你为了失恋，或者另外的恋爱的悲哀而病得要死的时候，忽然一次，好像有什么人说你的恋人站在你的床前，你骤然坐了起来，床前并没她的形影，头脑只是昏昏，眼睛只是撒花，转到东，东是些活溜的流火，转到西，西又是些隐现的萤光。你的神志昏迷了；昏迷在这些萤光流火中了。现在灵隐的萤光，正是如此。

听呵！幽静而悠扬的钟声，咚……的一声，顿然使沉静的黑夜中，起起沉淀作用，沉静的黑夜中更为沉静，我的灵魂，就感觉到这一声钟声，如在七星岩下的潭水中沉下一块白石，缓缓的添上绿色的浓度，至于微杳

---

    * 原载《洪水》1926 年第 1 卷 9 期。

到看不见而沉入潭底了。

是冷泉亭了。冷泉亭外的淙淙的水声，飞来峰下灿烁的萤光，更融和着高入云表的树梢上的钟声，和笼罩全个大地的幽微的黑夜……我的灵魂陶醉了，我的躯壳溶解了。这才是我的天地哟！我卧倒在冷泉亭内的地上了。

我骄傲着，我又卑视自己；我讪笑那些在湖滨的电灯光下徘徊的男女，他们只能得到两个尊号，即是半雅的俗人，与过俗的雅人，他们是永世都不能领略我现在所领略着的自然之美的。但是，这种灵妙的地方的享受，我还少了一个把捉灵魂的爱人呵！我自己卑贱着，卑贱着自己是一个飘零者，是一个无家可归的流浪人，是一个爱的王国里永久流放了的囚徒。

是一座峭削的翠壁，野藤和精悍的荆棘倒挂着，下面尽是些澈人的心胆的深潭，潭水微妙的发出古琴一般的漫歌，玲玲然与倒挂着的古藤上的蝉声合奏。我穿着草鞋，系着短裤，在荆棘与古藤丛中攀援，让荆棘在我的瘦削到剩根骨头的腿下划过，鲜血如露珠一般的凝上叶面，奋勇着要爬过这座峭壁，跟随到我口里在呼应的爱人那边。我的身上满是热汗，恐怖躲在我每个的汗毛里，与悬崖上的每根小草相互的蠢动。我拉住一根藤萝，再踏上一步盘根；我呼着我的爱人！我又听见她的清脆的答语：

"涓隐！你在哪里？"

"嗳！我在这里。"

我扳下了一块冻解的岩石，我的灵魂几乎同它一样的沉入潭底；我死命的攀上藤萝，让鲜血流上了叶面，让荆棘刺破我的心肝，我终于攀上悬崖了。

"涓隐！你在哪里？"

"嗳！到这儿来哟！我在这里。"

茅草茸茸的，如两面锋利的宝剑，丛簇的排列着，高过我的膝盖，直打掠我的胸围；我如泅水一般的用两手把它分开，一高一低；摸不着一些路径，跟跄地颠蹶着。

我骤然在蔓草丛中跌下，我的身躯如死一般的让荒草掩盖；阴风在树林中拉动了金马，萧萧然在我的肚上踏过。眼前只是个被魔鬼占住了的黑暗；黑暗如网罗一般的紧紧罩住我的全身。我的整个的灵魂，直捣碎成无数细粒，每个躲入汗毛里死命的战栗。我不能喊出一丝的声音，透过这紧罩我的黑暗，去要我的爱人前来救援。恐惧压住我的心胸使我不能转换一口气息。我的压碎了的灵魂。哟！你可以脱离出我这胆质的躯壳了。

我的神志还觉得清醒，现在只是麻醉一般躺着。空中还留着涓隐的应和的微音，袅袅然把这一句"我来了呀"的音调拆成几个转折，高下断续的送入我的耳膜。

飒飒然如轻风掠过草际，如翠鸟飞过树梢的声音，夹在那句使人灵魂得着安慰的"我来了呀"的音调中，如春燕一般的掠近着我。我的周围，顿然彩灿；呀！这简直是一座天宫！我的爱人，我的涓隐！你简直是我灵魂中的生命了。

她的衣服都是珠玑，光华烁烁然，如蔚蓝的天空嵌镶着宝石一般的繁星；星光闪闪的拥着她的女神一般的面颊，正是群星拥着月殿的嫦娥。她牵着我的手；我眼里油着欢乐的泪。我心中觉得她是我已失而复得的宝物，日前说她死了，是误会的，我不敢说她在这不见了的几日当中是怎样的忍心，听我在四处狂哭的追寻，而自己却孤独着往那儿长途旅行去。

她牵住我，只是乘风般的飞翔。我问她现在可往哪里去，她没有回答。我重新又问了一句：

"我们现在可往哪去呢？"

"至我们的国土去。"

是恋爱的国土吗？我心里想着；我今日也能走进它的国门吗？那是一

个王国，一个专制国；我平日只能在它的国门之外徘徊，如一个永久不得入境的乞丐；现在居然得走入这一双神秘之门了。恋爱之国土哟！你是一个很德谟克拉西的国家吗？

我喜悦得眼眶满是欢泪，泪珠莹莹的滴上衣襟，渐渐的发起亮光，它的彩灿的颜色，与她身上珠玑的锦衣正是一样。我惊异着，如何斑斑的泪珠，会变为灿灿的珠玑？

"泪珠是恋爱之国土里的至宝，只要为了纯洁的爱情而流的泪，没有不光明灿烂的。"

"那末，为了爱情而牺牲了的血呢？"

"一样的光明而灿烂。"

"爱人呀！我为了你，已经在悬崖的荆棘上，留下露珠一般的鲜血，在叶面流转呢。"

"那一定是群星一般的，流萤一般的彩灿呀！"

我俩一转念间，觉得已经至我刚才在攀援的峭壁悬崖上。潭水透明的，映着交错的藤萝与荆棘，星光闪闪在它的中间，神秘的灵魂荡漾在它的外面；从潭底发出的淙净的水声，托出我俩的水影。我的心头跳跃着，差不多，我的身躯，要杳小到可以飞去。我已经是神仙羽化了罢！

"啊，好灿烂的星光，好灿烂的萤光！那恐怕就是我的血。""是的。而且我身上的珠玑，也就是你湿了我全身的泪；你为了悲哀我的骤死而哀哭，几乎把我淹埋在你的泪涛中了。"

"啊！我曾经哭过你，我曾经为了你的死而哀哭……"雷声般的震动起来，悬崖崩陷了。我紧抱着她，从峭壁上，如堕石一般，在藤萝与荆棘中滚下，萤光灿灿然闪在我的四周；我终于堕入潭里了。冰人肌骨的冷泉，把我沉浮着，铿然触着潭底，水纹漾了一个大圈，我清醒了转来。

飞来峰下的萤光，壑雷亭外的流水，阴森林表的钟声，一样的煮和着，在黑暗中流走，笼罩住了灵隐，笼罩住了我的灵魂。

我追思着刚才富有诗趣的梦境，我幻想着我的涓隐死后的情形，我怅然了！

人生只是一场幻梦罢！甚至美妙的梦境，都不许在梦中多一息的停留啊！啊！幻梦……

七月作于西湖

江边小景 *

躲在家里，多时没有出去了。天是这么热，想出去看一看江边的大水，也有些懒得去。远地的友人，看见了报纸上的安庆的通讯，又晓得我是住在安庆的大南门附近的，倒关心到我的生活，问起了我的住处，是否受到大水的淹浸来。其实，大南门外，虽然淹起了二三尺高的大水，但我的住处，却是淹不到的。不过，因为朋友的关心提起，我倒想出去看一看这淹了几十天的城外的大水。

大南门口，是已经被水淹没了的，那里不好走，我须得从东门出城去。

我走到东门外，便在那叫做江边公园的转角的地方站住了。那里的马路，已经淹了水，是再也走不过去的。我看见有些人便在水中走着，水的深度，仅及到他们的大腿。也有几部黄包车，在那里行走，人虽然仍旧坐在车上，但车的轮子，却有一大半是在水下滚的。听说这几天的水已经退了半尺，这是在人家的墙壁上随处可以看得出来的。这江边公园的转角处，以前，我也是时常走到的。记得是早一年的夏天，这一带大旱，这里的当局，便是在这个地方，用机器打水，从长江中引些水来，来灌溉这里一带的禾田。可是现在，这同一的地方，却受着另一种相反的灾难。

我立在那里，呆呆的看着又呆呆的想着。这时的太阳，虽然已经斜了西，但从天空中直射下来的阳光，与从一片汪洋浩浩奔腾的江面上反射起来的不可逼射的金光，同时集中在自己的身上，这种酷热，是颇为难当的。

"水深火热，水深火热之中哟！"我忽然想起这样的一句断句来。

来看大水的人，也不止我一个人，他们都是从城里出来的，态度也很

---

* 选自《许杰散文选集》，上海文艺出版社 1981 年版，第 32—35 页。

安闲，——固然不一定说他们都有些游山玩水的心情，但也只能说带着一些隔岸观火的态度。

一部小汽车，老远的驶来。停在江边公园的旁边；这一批带着隔岸观火的态度、看着浩浩腾流的大水的看客，同时把头回了过来，注视着这一部汽车。

汽车里面，只有那么胖胖的一个汽车夫；汽车停下来之后，这胖胖的汽车夫，便从这小小的汽车中挤了出来。

可是，当大家正在欣赏着这部小汽车的时候，浩浩的长江里面，却吼起了一声小轮船的叫声。

这小轮船，的确是大水里的宠儿，金黄色的油漆，轮廓分明的线条，再点缀着几个戴黑檐白帽，全身穿着白制服的水手，神气却怪伶俐。它驶到这江边公园的旁边，便靠着这公园的外面，停了下来。因为这长江的大水，已经涨平了公园的边岸，所以，这小轮船靠在那里，和公园里的一个小小的亭子对峙，倒成为水面上两座玲珑的建筑。

轮船靠好之后，于是放下了一块长长的跳板。

一会儿，轮船里钻出三个人来，很威武的踏上跳板。跳板是又长又软的，而且，因为着了水，大概有些滑。走在前面的两个人，都穿着黄色的短裤、皮鞋、长统毛袜、白色的衬衫，样子并不特别，大概是属于技师一流的人物。他们摇摇摆摆的从跳板上走下来，倒是没有什么。可是，走在后面的一个，穿着一身雪白的中山装，胖得有些像布袋和尚，手里拿着司的克，虽然一步一点的点在自己的擦得雪亮的皮鞋的脚前，想撑住自己的过重的身体，免得踏断了跳板，或是翻到大水里去，但结果却终于不得不在跳板上跌了一跤。这跳板，是真的在跳跃的，而我们的这位胖大人，又的确胖得像大皮球。当他的脚，在跳板上一滑，他的胖胖的屁股，立刻便跌了下去，正跌在那从下面跳起来的跳板上面，立刻又把它抛了起来。这个样子，大概是跳了几跳，终于是停住了。可是，他却吓出一身的冷汗，而他手中的那根光滑的司的克，也早跟着大水，到东洋大海去了。

当他在跳板上跌下去的时候，那些在岸上立着看大水的人，便顿时的"呀！"了一声，可是，当那位皮球长官在跳板上跳了几跳，始终没有跌下水里以后，他们好像同时发现了什么丑角的表演似的，哈哈哈的哄笑了起来。

不晓得是大家的哄笑的缘故呢，还是他自己跌了一跌，心血来潮的缘故，总之，当他爬起来的时候，他面孔的红晕，已经同他的屁股上，雪白的中山装的外面，染上的那一块稍带红色的黄泥渍相辉映了。

他好像受了什么奇耻大辱似的，又好像对什么人有了洗刷不了的深仇的样子，沉着而坚毅的塞进了公园外面停着的那部小汽车里面，于是那名胖胖的汽车夫，也就挤进了汽车的前座中，——顿时间，我们的感觉，好像这汽车也被榎成肥胖的皮球似的"哺""彭"的驶了开去。

据熟悉的人们说，这便是当地的大官，他正在关心民瘼，到各地去调查灾情，预备造册报上，做将来救灾放赈的参考的。

我因为立着太热，便在汽车走了以后，也踱了回来。可是，当我擦过一群人的身边时，我却听见他们在愤愤的谈着话："别人淹了几十天了，他们还去调查，真叫做骗鬼！"

我没有什么感想，仍旧走了回来。

1935 年于安庆

跳蚤的故事 *

我们这里的昆虫学教授张小仲先生的太太，是一位被人称作有钱的太太，抗战开始了，学校在搬迁，教职员的薪水打五折。张教授一个人跟学校在流转，但太太却仍带着小孩子在香港作寓公，不，该说作"寓婆"吧！

可是，太太也免不了要牵挂老爷，香港住得腻了，自然又得到老爷的身边来温热一下，因此，在抗战的第四个年头上，这位昆虫学教授夫人的张太太，又带着小孩子从香港绕道到我们这里来了。

来了也就来了；在这抗战的时候，一位女太太，舍了那到处都是跳舞场影戏院的繁华都市不要住，而心愿到这大后方苗瑶边境来，过着原始式的粗野而吃苦的生活，那是在没有动身前来以前，早就三番五次的思索过，握紧拳头，咬紧牙关，下了最大的决心了的。这么说，来了也就来了，那还有什么话可说的。

自然，这是没有什么话可说的：譬如没有舞可以跳，没有电影可以看，那自然只好算了。没有西式糖果饼干，没有咖啡可可，那也可以将就。至于没有三炮台或是什么司令牌之类的外国香烟，在张太太，她也晓得，事先也曾经准备了大量的货色来的；但时间过得久了，而且都是过得这样无聊的日子，这些香烟，又怎能挨延多少时日呢？但是，这也不要紧，香港带来的外国香烟吸完了，还有土制的香烟，还有自己用手来卷了再用口水来黏住的土烟，这些都没有什么，都决定忍受的。此外，如请不到女工人，便是自己劈柴，洗衣，倒马桶，——为了倒马桶的不便，便自己到本地人的茅房里蹲着大小便，——赶墟买小菜：这一切，都看在抗战面上了。

---

* 原载《现代文艺》1941 年 4 月 25 日。

一位香港太太，到了这偏僻的粗野的地方来，生活竟然会过得惯，这在熟悉她的人，真觉得不敢相信似的。"这是'国难'时期哟！"有人讲起这些来，问她生活过得惯不惯，而且对于她的生活表示惊异的时候，她总是这样的回答着，而把"国难"两个字特别的说得清楚而响亮一些的。"张太太真有些，——有些那个，有些了不起！"别人也有这样说的。

可是，张太太也有些苦闷。苦闷的来源，可不是无聊，也不是吃苦，但却与无聊吃苦有关系的：这个地方的跳蚤来得跋扈。这个地方的跳蚤，说也奇怪，不知为什么，好像比任何地方都要来得多的样子。晚上睡觉的时候，床上，被服里，完全是它们的世界，那就不用说了；就是在白天里普通的地方，桌子的下面，门扇的背后，什么地方都充满着。它会跟着人，它会晓得人的气味，只要你的脚踏在地面上，或是从它的身边走过的时候，它就会很快的跳到你的身上来，从裤脚管，从袜子的外面，一直爬上去，爬到你的大腿，你的腰部，甚至于你腹部与背部来的。而且，这些跳蚤，好像特别饿狠了的样子，只要一叮的时候，包管你是钻心的痒，又是钻心的痛，这真是没有办法。便是这个样子，当张太太无聊起来坐着吸烟的时候，或是忙着在洗衣劈柴的时候，这些跳蚤们便会出其不意的出来东西袭击的。

这就苦了我们的张太太。

但是，你且不要忙，我们的张太太，原来是一位昆虫学教授的太太，昆虫学的教授张小仲先生，我们是称之为小虫先生的。他善于逮捕小虫，也善于收藏小虫，你看，在他的房间里，不是装着整大瓶整小瓶的苍蝇哟，蜜蜂哟，或是什么蜉蝣哟，浮沉子哟，那么许多宝贝吗？大将底下无弱兵：因此，我们的张太太，也就学会了捉跳蚤的本领，而且传染了收藏跳蚤的习惯了，这可成为颇有意义的事呢！

有时，当张太太坐着坐着，忽然一怔的时候，她立刻好像想起什么东西似的，用一只手取下嘴角的香烟，再用另一只手在口唇上润一润口水，就轻轻的往长旗袍的衣角里伸了进去，在裤腰边上一摸，"唔！逮捕了！"她就这样轻松的捉住了一只跳蚤，"又逮住了一只，狗虱，真讨厌。"但是，她用手指楞了一楞，却并没有如这里的本地女人一样，立刻把它送到口里去，轻轻的拍的一声，正如咬破一粒芝麻一样的那么干着，她只是把它放入一只小小的破玻璃瓶里去。

这是一种艺术，眼看着这小小的破玻璃瓶里的囚犯，慢慢的多起来，而且看它们在破玻璃瓶里乱钻乱跳的情形，张太太也会觉得一种成功的喜悦似的。

张小仲先生，他因为要研究昆虫的关系，除了实验室里的显微镜之外，身边的五倍十倍的小小的放大镜，总是时常的带着的。这个样子，在破玻璃瓶里跳着爬着的跳蚤，当张太太高兴起来的时候，也就时常在小小的放大镜下面被欣赏着了。张太太是一个十足完全的摩登人物，当海京伯马戏班在上海演技的时候她是曾经去看过的。而且，海京伯马戏班里的用放大镜参观的跳蚤演技，她也是欣赏过的。这么着，她也就算是在看海京伯马戏的演技了呢！

有时，朋友们来了，张太太一面在诉说着这里的跳蚤的跋扈的讨厌，而一面呢，也就把她的逮捕的成绩，连着那个小放大镜，双手送到他的面前来。"狗虱"，她借用着本地土人的名词说，"你看，他的后面的一对脚多长，那张嘴巴多粗多尖，像钻子那么样子。"她并没有觉得狗虱两个字，颇近幽默，也就很高兴的解释着。

有一天，我带着我的女孩子到了张教授那里；自然，这见所未见的一瓶子的跳蚤跳舞，的确也引起了我的惊异，特别是引起我的女孩的喜欢，——我的女孩子甚至于看着看着，不肯回来。直到我带着我的女孩子回来以后，我把这事情对我的太太述说了，我的女孩子也对她不断的要求着。因此，在我们家里，也就寻出一个小瓶子，在早晨折被的时候，努力的捉起跳蚤来。虽然我们的成绩，并不太高明，而太太的捉跳蚤的本领，也太没有训练，——这恐怕要怪我不是一个昆虫专家的缘故吧，但经过了许多天的努力，我们的小瓶子里，也的确有四五只跳蚤在跳舞着了。

因为我们的捉跳蚤的成绩，并不见得怎样的可观，过了几天，我的女孩子的兴趣，也就减少了，可是，在小孩子方面，这一时的热忱，虽然冷了下去，但在她的母亲，我的太太方面，却因为自己的每天的劳作的关系，因为爱护自己和自己的亲人的血液，觉得能够用自己的手，把这些埋伏在我们的四周的吸血者，加以逮捕，拘囚，歼灭，有一种正义的胜利，复仇的喜悦的心情，因此对于这小瓶子里每日在早晨折被时被逮捕起来，然后再拘囚进去的囚犯，倒一天天的增加了兴趣了。

在白天，小孩子们上课去了，在晚上，小孩子们已经入睡了的时候，我们闲着，有时也就把这小瓶子拿了出来，相互告诉着各人关于观察后的欢感，而谈起一些无根无蒂的话来。

"你看，这一跳跳得多高，从瓶底跳到瓶口。"

太太拿着这小瓶子喜悦的述说着，我的眼光也挤了过去。"唔！听科学家的说法，它是世界上最出色的跳高选手呢，它跳高的高度，是它的体长的七十倍，或是一百倍吧！"

"一百倍，七十倍，如果某一个人有这种本领，那末，对于那种低飞的敌机，不是一下子就可以跳上去，再把驾驶员扭住了，演一回罗克的滑稽电影，再把他从空中摔下来吗？"

"你想是跳电车吗，跳火车吗，罗克的滑稽电影！"

"怎么不呢，只要能够跳得那么高。"

"跳得那末高，在抗战期间，不是有些人跳起来，跳得那么高的吗？"

"那不算数，那是发国难财，混水里摸鱼！"

"算了吧，跳蚤何尝不是吸血者；至少，要吸了血才能够跳得高的呀。"

我们这么说着时，忽然听见小孩子叫姆妈声，她们已经从学校里放学回来了，我们的话也就停止了。

这一晚上，小孩子们扰着要我讲故事，我忽然想起跳蚤与白虱的口角来，——这故事还是我做小孩子时，在家乡听来的，现在便讲给他们听了。

"一个跳蚤与一个白虱，同住在人家的裤子里，后来，跳蚤咬了人，等到人来捉它时，它已经跳走了；被捉到的却是那只白虱，因此，这白虱便大大的对这跳蚤不满，就自己在呼叫着，咒诅着：

嘴巴一尺八，

双脚丈二长，

自己跳得快，

别人代遭殃。

但白虱的申冤，跳蚤还是听见的。因此，它也立刻回答说：

胖得像肉猪，

笨得像水牛，

自己走不快，

怎么埋怨我？……"

但是，对于这个故事，小孩子们却不感觉到什么兴趣，要逼着问"以后怎么样？"以后怎么样呢？我被问得没有办法了，就说"以后，——以后跳蚤和白虱都被捉起来了，都被人们克死了。"但小孩子们还是怏怏然的，这可有什么办法呢？

不过，太太倒笑起来，说："这是流氓与绅士哟！"

"流氓与绅士吗？我可不晓得。"我也笑了起来，"这也不一定是指的流氓与绅士吧，总之，是那么说就是了。"

这一天晚上，我们都困了，但小孩子们困在被窠里，总是转转侧侧的睡不熟，太太自己也觉得这边痒那边痒，跳蚤把她吵醒了。

"这么多的跳蚤，捉又捉不到，真讨厌。"

我自己呢，也是时常睡不着的（虽然说是失眠，但跳蚤的侵扰，也不能说是完全没有关系吧！），这时听见太太的说话，就说：

"还没有睡熟吗？"

"不晓得哪来这么多的跳蚤？"

"老鼠，狗，本地人不是把它叫作狗虱的吗？"

屋顶上的老鼠，在叮叮嘭嘭的响，地板上的，也在跑马一般的跑。——大概这些老鼠们正以为现在是它们的世界了，忽然又听见人们的声音，又想逃避一下的缘故吧！

"你听，老鼠，多少老鼠！"

根本就该来一把火，把这些房子，连着老鼠，连着跳蚤，一概化了灰。

"唔！这是彻底的解决。——但是你一间房子没有用呀，别人的没有烧死的老鼠，不会慢慢的再到你这里来的吗？"

"我们要把所有的房子烧得干干净净。"

"这倒更彻底了，——但造好房子，而房子又慢慢的旧起来呢？"

太太没有话说了。

"怎么样呢？——你又困了吗？"

"没有。"

"怎么样呢，你的彻底消灭跳蚤的方法？"

"我要睡了，不要讲了吧！"

"听说在重庆,一个炸弹落了下来,便炸死了千千万万的老鼠,——不要困吧!啊!——新中国,没有跳蚤的中国,在抗战中诞生,该这么说的吧!"

"但是重庆的房子也没有炸完哟!"她又这样的顶了我一句。

"还不是要在抗战以后建设。"

"但是等到房子又旧了呢?"她又顶了我一句。

我呆了呆。"唔!你同我辩论,用了我的话。"

"不要讲了,不要讲了,我要睡觉。"她带着胜利的声调说了。我听见她在床上转侧的声音,表示真的要入睡了。

今年是胜利年,大家都是这样说着的。无论如何,抗战胜利了,总是有办法,……我想着辽远的快乐的人们的国家,听着太太的不十分均匀的鼾声,也就慢慢的睡着了。

第二天,正是阴历的十二月二十几吧,我从外面走了进来,看见我的房东正躺在竹椅上,而对面的一张桌子上,却有许多穷困的山巴老围观着一个人在写字。我因为好奇,也把头挤了进去。"立借票人某某",原来他们是在写借据,我看了下去,"订定每元每月利息三分计算";唔,三分,我退了出来。每月三分,一年三角六分。借他十块钱,一年对周,就该还他三块六角大洋的利息。哟,多高的高利贷!

就走上楼来,告诉我的太太。太太愤愤的说:

"这是该杀的,至少也该逮起来坐他十年八年的牢!"

"你去逮吗?"我笑着说:"你去把他逮起来关在玻璃瓶子里面吧!"

"自然,这也是吸血的家伙哟!"

"还有呢,只有他一个人吗?——更大的跳蚤!"

"一概抓来枪毙;——抗战成功了,对这批人该是不客气的。"

"不要吧,等抗战成功了,我们把他抓来了,同样的关在破玻璃瓶子里,让千千万万只跳蚤,和他打架,再看它们慢慢的吸他的血,那又多舒服呢？"

可是，就是这个时候，一月十八号的报纸送到了。自然，在无聊时忽然报纸送到，我们总是抢着看或是拼着看的。在看报纸的时候，太太说，"这样弄起来，我们房东的家当，还可以尽量发展呢！高利贷的寿命，还不晓得要延长到几时啊！"

"高利贷的寿命，——这该是上层建筑吧，何况这种地方，又是封了冻的泥潭，要等春风来解冻恐怕还太早吧！"

正在这个时候，忽然门外有人敲门了，我们答应着，把他们请了进来。——来的便是张太太和她的丈夫昆虫学教授张先生。

我们同平常一样的大家闲谈，谈到了生活，谈到了物价，谈到了我们每月的薪水，已经抵不上两箱煤油的价格，谈到了一字后面加上十二个圈圈的第一次欧战时德国的马克跌价，于是便觉得问题有些严重起来。接着，我们又谈到我们住的多烟而潮湿的房子，谈到我们的房东，谈到房东的高利贷，也谈到我们捉的跳蚤，和这里的跳蚤的跋扈等等。

"我们什么都该忍受，甚至对于跳蚤的袭击。想起了过去在都市里过的生活，真是如同隔世。"我的太太这么的说着。突然之间，张太太说，"想要回香港去。"

"回香港去？这里的生活过不惯吧！"

"生活是无所谓过得惯过不惯的。只是对于跳蚤的侵扰，可实在有些吃不消。"

"是的，这里的跳蚤！"

"本来，在这国难期间，我是准备什么都要忍受，才到这大后方来的。只是，对于跳蚤，我可不能忍受。"

"大后方的跳蚤太多了！"张先生淡然的说。

"那么，打算什么时候走呢？"我问。

"总在这一个礼拜以内吧！"

"呵，那么快的。"

"为了跳蚤，"我在心里想着，"对于跳蚤的艺术的和科学的趣味，对于准备着来到大后方过一过国难生活的决心，已经因为跳蚤的侵袭而动摇了吧，还是另外为了什么呢？"

"是生活过不惯吧！"我的太太问。

"不，不，的确的，仅仅是为了跳蚤。"张太太肯定的说。

这是别人的私事，我们只是承他们的情，说是要走了，才来告诉一下的，这又从何劝说起呢？至于张先生，他在太太面前，原来是作不得什么主的；而且，从他刚才淡淡的说出的那一句话的口气中，关于这个问题，大概是在家里早就谈过了的。这我们还有什么话说呢？

我们的谈风一时沉寂了下去。接着他们便立起身来说是要回去了。

过了几日，张太太真的要走了，我们便赶快到车站上去送行，张太太带着她女孩子，坐在车子上了，还是肯定的说，"的确的，我这一次走，只是为了跳蚤，也仅仅的为了跳蚤。"

我们回来以后，我的太太有点不高兴，"张太太这样用力的强调着跳蚤，好像在这个地方，只有她是高于一切，会避免这个恶浊社会似的，其余的人，都是甘心和跳蚤合污的家伙！"

"你这又管她做什么呢，她自己的丈夫，还不是留在这里和我们一道吗？"

如今，张太太已经回到了香港，而且仍旧过着跳舞场电影院的生活了吧！她那简单直率而且稍微带一点粗鲁而高傲的神气，还时常在我们的回忆中浮现呢。至于我们的小瓶子里的跳蚤呢，有些是因为时间过久了，饿瘦了，饿死了。但新添进去的，却还是活跃的。只可惜的是我的太太的捉跳蚤的手段还不大高明，一直到了现在，还不见得很多就是了。

"仅仅为了跳蚤"，就要离开抗战的大后方。但是什么时候，什么地方，才能够消灭了这些跳蚤呢？大火以后新建筑的大洋房在什么时候出现呢？新建筑的洋房里面，又怎样能够保证没有老鼠，没有跳蚤呢？唉！

鲁迅论“古书与白话”*

俞剑华先生说:“你不要完全相信许多新文学家提倡白话文的话,以为白话文是万能,他们是先把文言文弄通了而后才做白话文的,不然他们的中国旧学问不会那么好的。”这话有一部分颇费索解。所谓“以为白话文是万能”云云,究竟是“你”“以为”,还是许多“新文学家”“以为”?这是一。再说,“他们是先把文言文弄通了而后才做白话文的”,这话是否的确,暂不说起;但是,我得请问,这与“以为白话文是万能”何关?

但是,俞先生的意思,我还是看得懂的。“就是你要学白话,也得预先学文言;不是么,那些白话文写得好的人,谁个不是先把文言文弄通了的人?”这话颇有意义,也足见作者“卫古”的苦心!但是,这却只是一种掩眼法;锣鼓虽然打得很响,好像在说,“你看,我的白话文写得这样好。完全是因为我预先把文言文弄通了的缘故”;又好像在说:“那些只会写写白话文的人,一定是不会有什么学问的”;但其实际呢,却仍旧在贩卖文言文的膏药,替这垂死的文言文延最后的一口气而已!

这个用心是很苦的。但是,也颇为狠毒。不过,俞先生毕竟太短视了,虽然自以为说得婉转,但也有些武断,而且近乎缺乏常识。

远在十几年以前,大概是一九二六年吧,鲁迅在他的《华盖续集》里,便有一篇题曰《古书与白话》的文章,那是正对着这一个巧妙的主张而下的批评与攻击的。如今的教书,听说抄抄书本,也算是自编的讲义;在这里,我不妨抄他几段吧,好在手头正有这一本书:

“记得提倡白话那时,受了许多谣诼诬谤,而白话终于没有跌倒的时

---

* 选自《许杰散文选集》,上海文艺出版社1981年版,第78—80页。

候，就有些人改口说：然而不读古书，白话是做不好的。"鲁迅的文章是这样开头的。听吧，我们的俞副教授，"然而不读古书，白话是做不好的"，这不就是和你说的"他们是先把文言文弄通了而后才做白话文的"，同一鼻孔出气吗？可是，那说话的人，却是在一九二六年哟！而鲁迅呢，他却接着说了"我们自然应该曲谅这些保古家的苦心，但也不能不悯笑他们这祖传的成法"。这下面是对于中国人保古的祖传的成法的说明，文章有一大段，我不能在这里全抄，只好注明了版本与页数，让读者自己去参考吧！（见北新书局一九二六年版《华盖续集》二十七页）再下面的原文是："用老手段的自然不会长进（注意，不会长进，抄者），到现在仍是说非（读破几百卷书者，即做不出好白话文，于是硬拉吴稚晖先生为例。"这话的前半段，好像就对着俞先生说的，但是，"到现在"的现在，却已经比鲁迅说话时的现在，又迟了十八年，何况俞先生说的不然"他们的中国旧学问不会那么好的"的话，还没有靠实了什么人，内容也未见得充实呢？

"愈是无聊赖，没出息的脚色"——鲁迅竟然板起面孔来在臭骂了。——愈想长寿，想不朽，愈喜欢多照自己的照相，愈要占据别人的心，愈善于摆臭架子。但是，似乎下意识里，究竟也觉得自己之无聊的罢，便只好将还未朽尽的"古"一口咬住，希图做着肠子里的寄生虫，一同传世；或者在白话文之类里找出一点古气，反过来替古董增加宠荣。如果"不朽之大业不过这样，那未免太可怜了罢。……"

鲁迅的这样骂人，作兴俞先生是不会心服的。但在下面，鲁迅更说出了"菲薄古书者，惟读过古书者最有力"的道理来。"因为他洞知弊病。能'以子之矛攻子之盾'，正如要说明吸鸦片的弊害，大概惟吸过鸦片者最为深知，最为痛切一般。"而他的反面的论证呢，则是说："但即使'束发小生'，也何至于说，要做戒绝鸦片的文章，也得先吸几百两鸦片才好呢？"这倒是一脚踢准了俞先生的心窝，我们不知道俞先生自己上了鸦片烟瘾在哄人呢？

还是俞先生自己还没有读懂了古书在瞎吹呢？鲁迅如今早已死了，我们无法起死人于地下来问问他；但俞先生尚在眼前，我们只好就近请教请教他了！唉！

　　长叹以后，我虔诚的抄录的这篇文章，略加删节，间附己意，并以寄之俞剑华先生。时在深秋之夜，一灯如豆，蚊子尚甚猖獗咆哮呢。

1944 年 9 月于建阳

旅途小记*

因为有一次不平凡的遭遇，才有一次不平凡的旅行。

我任着两只脚在山路上踏着，让躺在我的脚下的地面，跟着路旁的荒草与山溪，以及山溪对面的山丘，一步步从我的眼底，从我的脚下，慢慢的顺序的，向后面移去。我觉得，我每一步跨过去，每一脚踏下去，都是实在的。我的确用自己的两只脚，交互的踏着地面，我感觉到这是实在。我抬头看看前面，前面是一直连接着望不尽头的路，路旁是一样的荒草，一样的山溪，与一样的山丘。再前面远去，这路也有转弯，也有变化，作兴是离开山崖较远一些，那里是一片大平原，路旁满是收割后的水田，但那已是远景，已超过了我的视野，究竟还是实在，抑还是理想，这也未便证明。我回头望望自己刚才踏过来的路程，那刚才被我踏过来的道路，自然也比较的阔大，比较的清晰，一直连接到我的脚下，有些地方，是比较特殊一些的，作兴当时也曾深切的留意过，比方是一株树，或是一个草亭，一个转弯，或是下坡与上坡，如今回顾起来，倒也是个回忆的资料了。要是再远去了，一切又出于视线之外，另外又似乎没有什么特殊的资料，足供引起回忆的刺激，于是也就杳然茫然，似乎并不存在过似的。

我想着，过去的路，在我过去踏着它的时候，当我正跨起一脚，踏过一脚的时候，那的确是实在的；但是，到了现在，当我在这里跨过一脚，踏下一脚时，那一段自己所曾经踏过来的道路，却只能说是存在于我的经验中，我的历史中，只能做我的回忆的资料了。同时，那躺在我前面的这一段路，因为它紧接着被我踏在脚下的一段，我也可以说它是实在的；不

---

*　选自《许杰散文选集》，上海文艺出版社1981年版，第42—47页。

过，因为它的那一端，却同时又紧接着一条走不尽，看不到头的道路，我又怎敢说它是实在的呢？万一我今日就踏到这里为止了，万一我就这么样的死去，那躺在我的前面，紧接着踏在我的脚下的实在的路，是否真能转变成为我的实在，这不就成了问题吗？所以，过去的路，是理想的，也是实在的，未来的路，是实在的，却也是理想的。因为我从过去的路，一步一步踏了过来；当我一步一步踏过来的时候，我是的的确确，实实在在的踏着的，我没有绊过一处，跌过一跤，所以我能够继续的踏上现在这一步。同时，为着前面的路，未来的路，我也得一步一步，实实在在的踏着，不能踏空一步，踏失一脚，让自己跌那么一跤的。

人们走路，我现在之所以能够跨出这一脚，乃是因为另一只脚已经立定了脚跟；我的另一只脚之所以能够立定了脚跟，乃是因为他能够脚踏实地；而这一只脚之所以能够脚踏实地，而且又正好踏在这一地点的原因，却又因为另一只脚，踏稳了地面，向前跨过一步来的缘故。这个样子，我们以目的为手段，以手段为目的，原因结果，结果原因，交相为用，以致到了现在此刻，跨过这一步，踏下这一步，方才感觉到这一步确是实实在在的。人生的路，也是如此的吧，我想。

我踏过了许多的荒野与山郊，有时也曾碰到了行人，有时却也感到了非常的寂寞。曾经有一个时候，我在一处山丘的顶上，举目四顾，四周看不到一个可以亲近的生物，更说不到一张熟悉的，谈得来的面孔，忽然想起"前不见古人，后不见来者"的诗句，心里真有些凄然。但是，我自己保证，我的感情并不那样的脆弱，我并没有"怆然而涕下"。说句实在的话，我还是觉得我的真实的存在，而且想到自己怎样从过去的一段山路踏了过来，以致于走上这目前此刻的境地，心中展开这一苍荒独特的境界，倒反以此引起了一些自傲。我在过去所走的路，都是一步一步走过来的，我没有躺在地上爬，也没有在地上打过滚，我倒真是顶天立地的，迈步踱着来的；如果说是要怆然而涕下的话，那怆然而涕下的该不是我，而是那些就是在地上爬，在地上滚还不能达到这一境界，理解这一境界的人们。

我已经在一处荒村里投宿了。这是几十里以内，唯一的有人烟的地方。但房子是破败、黑暗，而且是阴湿的，我推开房门，却看不见里面有些什么东西；我想，万一这里面关着一房间的冤鬼，或是几个以杀人为职业的暴徒，忽然冲了出来，自己的遭际，不就展开平生未有的奇遇了么？不知怎么一来，我想起水浒传中的黑店，聊斋中的狐鬼，全身的确起过一次汗毛，但是，在吃了晚饭以后，我还是掌着一盏容易出鬼的油灯，走入这一间房里安顿。我看着这一灯火，这灯光亮着小小的那么一个圆球，而灯花的本身，也似乎因着害怕而不住的颤抖。在灯光的四周，除了这灯光所及到的半尺周圆以外，尽是严重的黑暗，我看着墙壁，墙壁是破烂不堪的，破报纸、烂稻草，一个一个好像魔鬼张口狞笑的黄泥洞；我真怀疑，所谓冤鬼，所谓狐仙，是否就躲在这些破洞里，在你一眨眼时，现出那张狞恶的面孔？我把眼睛盯住看着，看了一些时候，看还没有什么动静，于是又伴着自己解嘲的心情，把眼光放开。但是，当我把眼光一移动的时候，我那眼角的角膜里，却又似乎看到那破泥洞里，有什么东西在蠢动。我索性掌起灯来——那灯光可颤抖得厉害——往墙壁四围照了一转；那还不是破烂的墙壁，破报纸、烂稻草，和黄泥洞？

我打理好自己的铺盖，一下子钻入被窝里。但是，我却无论如何，总是睡不着。我想我总算睡在这里了。我摸摸我的身体，我睡着的床板，我动动我的脚，转侧一下我的身体，我的确是存在在这里。接着，我又想起，今天晚上，我为什么会睡在这里的呢？这是一处什么地方，那么荒凉，那么偏僻，那么渺小，那么颓败！它在我的脑筋中，就是在前此几个钟头，都是不存在的；但是现在，它却和我一样，同时感到存在了。从它的本身推测过去，它的历史，该也相当的久远吧。那个时候，这里也有工人，他们在这里造了房屋，又设置了器具；从那时以后，这里就时常有人住着，墙壁破了，用黄泥调稻草垩了上去，又用旧报纸糊了上去，此后，又慢慢的破了，慢慢的颓败了。但是，同我一样的这一类旅客，还是间常在这里搁置他一天行步疲乏的身体。他也有他那一长串的历史的。至于我呢，我为什么会在这个时候，住宿到这里的呢？这也有我的历史，我的因缘。我今日在路上一脚一脚的踏着地面，踏了过来，这就是它的近因。我如果踏少了一脚，少跨那么一步，我就不能到达此地，我如果没有我自己过去的大串历史，我今日也不会在这一条路上旅行。只因我有那大串的人生旅行，我才在今天晚上，和这一间阴惨颓败的古屋，交叉相遇，就在这一交叉点上，我们才成此因缘。如果过了此时此刻，或是稍或转变了一个心思，一回遭际，这一因缘，是否能在我的生命中形成，这就颇成了问题。但是，这一眼前的遭际，总是我的真实的遭际，我的确感到，这是我的实在，我得珍惜。

突然，我听见了什么声音，打断了我的思路。是鬼魅从墙壁上出现吗？该说不是的吧，旧小说里的传奇时代，早该过去了，我怎该有这种怀疑呢？是杀人越货的暴徒吧，也该不是的，我究竟有什么财货，可以引起他们的觊觎和歹心呢？抑是我有什么缺德的地方，引起他们的仇恨呢？我静着不响，我静待动静。但是，过了不久，他们耀武扬威的出来了，成群结队的出来了，吱吱喳喳，喊着口号似的出来了。我知道了，这是一群老鼠！我静待着，我要看他们怎么样；可是，一刹那时，他们已到了我的被上，他们在那里吱喳，在那里跳舞。是的，我是讨厌老鼠的，现代的有正义感的人，谁个不讨厌老鼠呢？这些家伙，专门在黑暗中成群结队，鬼鬼祟祟的生活着；他咬碎了蜡烛，打翻了灯台，他反对光明；他撕破了书本，咬伤了文字，他反对文化；他自私，他贪小利，一下子躲入自己的洞里，以为人们同他一样的渺小；但是，他也能成群结队的横行，以为天下的一切，就只有他们这一批老鼠。对于这些东西，我又怎能忍受呢？我动一动被头，我知道他们跌跤了；我敲一敲床板，我知道他们吓得不敢响了。但是，我却不能和老鼠们对垒，我得在我的人生旅路上，有今晚八小时的应有安息。因为我觉得，我这每晚八小时的安息，也正如我白天行路时的跨过一脚。我有今晚的安息，到到明天，才能跨上旅途。所谓人生，原就应该如此脚踏实地的向前迈进。我有我明天的工作，我不能把自己的生命，消耗在打老鼠身上，我自然更不必予以追击。但是，我等静了一下，这一大群老鼠，却又行若无事的出来了；他们又不知什么叫做人性，什么叫做羞耻，你和他有什么理路可说呢？但我还得敲响我的床板，鼓动我的被窝，我不能对老鼠们投降。我想，我今夜的安顿，恐要被这一批家伙们牺牲了。

是的，我同这一批老鼠们，总算也因为有些因缘，才发生了这一段因缘。我感觉到实在，我实在被老鼠们欺侮了一顿。但是，谁又能叫我不讨厌老鼠呢？不过，我却不一定要去打杀这野店里的这一群老鼠，因为这野店也有它存在的理由，这一荒原，这一边远的地区，我都知道，是有它一步一步走过来的历史的。我决不那样偏狭，但总算我遭际了这一群老鼠的因缘，使我更加深知老鼠必须扑灭，和怎样扑灭而已！

这一天晚上，我虽未能养息我的精神，但第二天还是一步一步的走我的旅路。

1944 年于建阳

看木头戏记*

春雨接着春雪，春雪接着春雨；老是恶天气霸占住春天，老是看不见阳光。

天气有点放晴了，得出去走走；这该是一个身心的解放，灵魂的散步吧！我想。

地面还有些湿，街角上尚留有残雪，冷风在空间狂走，但阳光却在一块块灰云钻动的缝道里挣扎。

路旁一堆堆的垃圾，还被残雪盖着，似乎掩盖了一些臭气。就在这垃圾堆前面，集了一大堆人群。远远看去，那里撑着一个小小的亭台，倒也画栋飞檐，辉煌华丽，而锣鼓喧阗，笙歌庭院，似乎也有一些余音袅袅。这有些类于玩意儿，但也近于小摆设。"呀！这是木头戏，我是几乎二十，三十，三十多年没有看见了的。"我这样的想着，立刻就引起一些怀旧的心情，脚步也就轻快得许多。

在一株乌桕树下面，锣鼓在叮铃嘭啦的响着，那里正搭了这样的一个舞台，我们踮着脚，在看得高兴。这戏演得最有趣的，是"癫头碰排柱"，当这个花斑而光滑的癫痢头，碰到了排柱，发出那"壳落""壳落"之声的时候，我们已不禁的在发笑。同时，我们又看见这癫痢头的怪样子，用整只手来摸摸头皮，口里叫着"吱咀""吱咀"的声音，好像在说"痛呀""痛呀"时，那情景就更加滑稽，我们几乎都是哈哈大笑的。

这映象虽然隔了三十多年，但如今想来，立刻就在眼前显现，觉得情趣盎然。想起这三十多年自己的人生，不禁也有些怀旧之感，而在同时，

---

* 选自《许杰散文选集》，上海文艺出版社 1981 年版，第 42—47 页。

也几乎要原谅那些迷恋骸骨的卫道之士，对于他们那一片追慕往昔的忠诚，我似乎已经替他们找到了心理的根据了。

我从侧面走上那街角，我看下面是一块破烂的青布，围着那么一个玩具似的小小的舞台，这趣味就觉得有些恶劣。而最讨厌的形象，却是我在这所谓舞台的后面，同时看见了一个粗鲁而庸俗的人头，而那面孔，却是充满了原始的凶暴、封建的江湖的和现代的市侩的气味。我觉得这有些近于恶俗，几乎就想呕吐，但我却忍住了这种心情，转过了正面。这舞台的两旁，正挂着两个木偶，依着这舞台本身的颤动，在那里荡来荡去。舞台的中间，也正有一个癞痢头和另外一个花面英雄，在打架，那英雄的木棍子敲在癞痢头的头上，也是"壳落""壳落"的。我正在追怀往昔，颇想调整一下这无聊的时日。但在同时，我却看见了那玩木人戏的人的两只手臂。这里面虽然也在打锣鼓，虽然也有猪油皮的口叫，和莫名其妙的北方腔的唱白，但这时候，我却除了厌恶之外，再也引不起什么情趣了！

我匆匆的离开了他，惊异于孩童时代的识见和兴趣，惊异于中国这传统的文化和几十年来的进步，几乎连刚才因为春雪初晴出来散步的兴致也给糟蹋了。

我卑夷，我讨厌这木头戏的演出者；但我也怜悯，也悲叹这木头戏的演出者。固然，他也因为生活，因为穷，不得不把这一套落后的玩艺，来走江湖糊口，明知这也骗不了多少钱，引不起多少人的好感，但一般趣味低级，从没有看见天下有多么大的人，和天真幼稚，并不理解人生究是怎么样的儿童，却也能指之以微笑，甚至于大笑，而丢出一两张五角钱的破钞票的。从这一点说，我自然得可怜他，而且替他悲叹他的生活的遭际。但是，我同时却得卑夷他，讨厌他。在这二十世纪四十年代，在这抗战的第八个年头，你却仍旧在玩你的那一套传统艺术、古旧玩意！你那一套传统艺术、古旧玩意，怎样不会跟着你的祖宗，你死去的祖宗的年代，一齐死去的呢？什么行当，不比你那一套玩艺高明，什么行当不可以吃饭？而且，再进一步，你就是因为穷，因为生活，你要玩这套玩艺，那也罢了，但你的手段，总得比较高明些，你也不应该赫然的让自己这一张原始的凶暴、封建的江湖气的、现代的市侩的嘴脸，同时显现在观众的前面哟！这种地方，我就卑夷了你，也就讨厌了你！我想，我若是当面对你说明，你也该心折的吧！

我走回家里，告诉了孩子们，说街角上有木头戏。孩子们自然没见过世面，立刻就引起了向往，匆促而喜跃的跑了出去。

我看着他们走了，还是继续想我的问题。但是，我自己又觉得好笑。我难道还要做什么搭题文章吗？罢了，罢了！这还有什么可以发挥的？我难道还要上天下地的，做什么"傀儡志"不成？于是，我翻出一本书来……

"除掉儒道二家而外，表面上变化无常的中国社会又提供了一项新的精神元素——一种利用一切，渗透一切，败坏一切，不顾一切的极端的个人主义，鲁迅先生名之曰'流氓'精神，韦尔斯先生名之曰'土匪'主义。自然，所谓流氓精神不一定当流氓，土匪主义不一定是土匪……总之，是一种以中国历史上经常出现的破落户——暴发户为基础的'伤天害理'，'穷凶极恶'的极端个人主义。这一个精神元素看来好像有些突兀，实际上，从整个中国历史发展的过程上看，这是完全可以了解的。历史上既然有层出不穷的'成则为王败则为寇'的事实，生活上也就会产生出'成则为王败则为寇'的生活态度。……"（见《方生未死之间》）

"儒家道家和土匪就构成了中国士大夫文化传统的三大要素。"（同上）

"儒家和道家结合，形成了中国式的奴隶，儒家和土匪结合，形成中国式的官僚，道家和土匪结合，则又形成了中国式的虚无主义。"（同上）

我把这本书合拢了，我觉得茫然！不一定当流氓的流氓，不一定当土匪的土匪，自然是到处多在，那么我又何必斤斤于做木头戏的赫然躲在舞台后面，竟然自己暴露了自己的原始的凶暴、封建的江湖气息的、现代的市侩的嘴脸，堂而皇之的在演木头戏呢？

我觉得好笑，自己有时竟然也有些多心，脑子里的遐想，有时也就想得古怪。要是他的木头戏，也把自己的身子隐蔽起来，这就能避免了不成其为木头戏了吗？要是真的有"没有人做的"木头戏，这还不就是不一定当流氓的流氓，不一定当土匪的土匪吗？中国的文化，须得变一个质了。这正如巴儿狗之不能变成猎狗，这又有什么法子呢？

我又翻过了几页，我看见：

"我们的道路在那里呢？"

"我们正是处在方生和未死之间：旧传统的遗毒还没有死去，新文化还没有普遍地生根；我们的任务很简单，叫未死的快死，叫方生的快生；我们不能跳过文化发展的必然阶段，但是我们要缩短诞生的苦痛……"

孩子们兴高采烈的看了木头戏回来了。他在满脸的兴奋和紧张的情绪中，断断续续的报告着："不在那街角了，我在满处的找，我看见有许多人往那边走，我又听见锣鼓的声音，我就跟了进去。真的，就在别人的人家里演，他们还搬了桌子茶几，茶几上放着茶、桔子、瓜子和香烟呢！一个人在打老虎，这老虎是虎呀虎的，把一个人拖去了，拖着一件衣裳跑。后来，一个人来打老虎，这老虎又是虎呀虎的，真有趣，后来，这老虎打死了。"

"你看见幕后有人吗？"我打趣的提示。

"是的，有人在打锣鼓、唱戏，还在吹猪油叫，吱咀吱咀的。"

"你看见这人吗？"

"看见的——在他做好了以后，从那块布幕里面钻了出来。"

"你觉得有趣吗？"

"唔！"他停了一下，又对他的妈妈说："妈妈，这演木头戏的还有一个老婆吗？"

"演木头戏的自然有老婆。"他妈妈不加思索的说。但在我，却觉得这话很新奇，笑问着：

"你怎么晓得他有老婆，你看见吗？"

"我看见的，穿旗袍，披头发，妖里妖气的，她笑嘻嘻的向那些人要钱！"

"你怎么晓得她就是做木头戏的老婆，做木头戏的还带老婆吗？"

"他们都说的，我听大家说的呐！"

孩子似觉得我问的多事，显出了不耐烦的神气，自然，我这做爸爸的，也只好不问了。

我想，如今走江湖的，也带老婆了，这也该是一个时代的教训。但是，要老婆来收钱，向雇主们笑嘻嘻的，这不成为一个悲剧性的喜剧吗？用老婆的笑嘻嘻的面孔来招待顾主，这可不等于不卖笑的卖笑？这还不等于也出卖了老婆的色相，出卖了自己的老婆？

呜呼，不一定是流氓的流氓，不一定是土匪的土匪！这原有的中国的传统文化，我还能说什么呢？我真有些茫然！

我又翻开了那本书，我注视着"我们的任务很简单，叫未死的快死，叫方生的快生。"那几句话。刹时之间，一阵寒风过去，屋背上又响起春雨来。

1944 年于建阳

一个人的独白 *

　　我自己的为人，自己的性格，我得自己承认，还算是倔强的。但是，完白，你这一次的死，却是给我很大的一个打击。我这一次到崇安来，心情本来就不大好；但是，这一种小小的打击，我却受得了。我觉得，我的人生，是一脚一脚，脚踏实地的走过来的，我在我的人生旅路上遭遇到一种恶势力的反拨，那也是因为我曾经给予这种恶势力以无情的白眼的缘故。我这次之受到这些人的反拨，虽然也算在自己的人生旅路上遭受了一个小小的打击，但我却反以此自傲；我觉得，我的看人，倒并没有看错，而且，我也根本不认为这种遭遇，是一个打击。可是，你这一次的死，却的确是给了我一个相当大的打击的。

　　我自己已是一个中年以上的人了；当然，对于你的死，我也不敢过于悲伤。在平时，我是颇乎讨厌那些热情的；我几乎相信我是没有热情的人，我菲薄感伤，我轻视抒情，我更时常讪笑那些抓到自己一些身边琐事，大做其抒情文章的文人。但是，现在，我却放不开你的死；我心中却觉得受了极大的冤屈，好像积压了什么深仇大恨似的，真不晓得要恨谁才好？这二十多日来，我的精神老是集中不起，我觉得日子过得很慢，又觉得很快。非但是精神，就是我的身体，也觉得无处寄托。我模模糊糊的，不晓得是怎样的把这些日子排遣过去的。我的眼睛里，老是闪动着你临死以前的印象，和你平时的一些行动。我晓得，等慢慢的日子过得多了，我会把你淡忘了的——自然，我也得把你淡忘了去。你已经死了，但我还该有我的一段人生，我如不是这样就死去的话，我应该还有我自己的事业，和自己的

---

　　* 原载《改进》1945 年 5 月 9 日。

责任。我不能老是怀念着你，我也不会把自己看得那么无聊。不过，在这十来天以内，我却的确有些心神不安定似的。我想，这也不能怪我，也不该笑我，因为所谓人原来就是感情的动物，我非太上，哪能遽然忘情？你今年应该算是十三岁了，换句话说，在我的人生旅路上，你已经和我作伴了十二个年头有零。在这十二个年头中，我看你出生，看你长成，因为我的生活的奔波，你也跟着我在到处搬迁。并且，我因为曾经赋你以生命，所以也在你身上寄予了很大的希望。我并不怎样自私，以为你是我的儿子，你就应该完全为我所有。我时常对你说起，爸爸不希望你大了对爸爸有什么帮助，爸爸却希望你大了自己能在社会上做个有用的人。我的这些话，我也不晓得你听懂了没有，但我对你的存心，一直到现在还是如此。所以就说你是我人生旅路上的一个旅伴罢，你和我同走了十二个年头的路，如今，你一旦和我分手了，这又怎么不使我伤感呢？

或者也可说是我对你不起的，因为我自己对于人生，就有了我自己的偏见。上帝依着自己的形象造人，或是人依着自己的形象创造上帝，不管怎么说法，上帝与人，都本着他自己的认识出发，难免没有偏见。你今日如果不死，我恐怕也难得有这机会，来检讨我的过错；但如今你却竟然死了，竟然给予了我一个检讨自己的偏见的机会。因此，我得承认，你的死亡，虽然不是我的什么运命悲剧，我也得承认是我的性格悲剧。我自己算是一个文人，前后计算起来，也教了二十多年的书；而且，从今以后，别人虽要毁坏我过去的历史，而我自己，还得十分珍惜它的。我的教书，是否算是教得成功，自己也未便估价。但我因为教书多年，我那一股教书人的脾气与教书人的良心，却养成我对事不肯敷衍，对真理与认识不肯掩饰的态度。我之对于你，也总有这种偏见，希望你能照着我的理想做人。我忘记了你还是一个小孩子，我不许你顽皮，不许你说多话。可是结果，我却把你养成了沉默与忍受的脾气，你是无论遭遇到怎样的苦痛与抑郁，总是不声不响的。就说你这一次的病吧，你这病的来势，当然是很严重的。但你却也忍着不响。你只说头有点昏，也不想吃饭，你另外便没有说什么。你晓得，你要是另外说出这里不舒服，那里不舒服，或是要这要那的时候，我便认为你在撒娇，说是生病应当忍耐，会把你骂一顿的。因此，你就忍住不说了。但是，却又有谁知道，你的病竟是这么厉害，等到一昏厥的时候，你就再没有表白你自己的机会，你的最大的忍耐，却反而害了你的生命了呢？如今想想，我的对于你的期望过切，管教太严，却反成了我的最大的悲剧的要素了。

我也晓得，一个孩子，并不是父母的儿子，而是国家社会的一枝幼苗。我希望你将来能尽了你自己的做人的责任，也就算我自己对国家社会尽了自己做人的责任。个体的生命原来就有死亡的现象的，但成人将自己的生命，支付出一部分来给予他的幼嗣，而这一个生命，却是不死的，累世延续下去的。而这，也就形成了整个民族的生命。在我方面，我把我自己的一部分生命，交付给你，我就算对国家民族尽了我自己一部分的职责了，而如今，你却先我这生命的死灭而自行夭折了，这又怎不令人悲感呢？

你发病的当天早晨，我还和平时一样，用脚踢着你催你起床的。你起床，你穿衣，你自己洗脸，你还替我打洗脸水。我洗了脸以后，你还帮着妈妈到厨房去搬早餐，捧出一碗碗盛好的米粥。等到我们就食的时候，算一算碗数，却少了一碗，而你却走去坐在桌旁，一声不响，问你为什么少装一碗粥来，你说你不要吃。自然，你这一向，时常打摆子，身体老是不好，我们是知道的。你说不吃饭，又见你这样静静的坐着，我们以为你又打摆子了，这也是极平常的事，给你吞一颗奎宁丸，就去睡觉吧。可是，这又有谁知道，你这一次睡下去，就会如此死去的呢？！

在早一天的下午，大概是四五点钟的时候了，你、你的姐姐还和盛家的三个兄弟，在堂屋里踢毽子的。那时，我看你们踢的高兴，自己也加入你们的集团，我们大家都排成一个长长的行列，嘻嘻哈哈的，顺次的挨轮着；你母亲从厨房里出来，手里拿着油瓶或是什么，也站住不走。轮到你踢毽子的时候，你总要显显本领，用力的踢下去，你以为最后一脚是有把握的，但你终于到差不多成功的时候，最后一脚失败了。我们看着你那似笑非笑，似失败又似自负的表情，总是笑你傻瓜。但是，你呢，你的心中的意思，我是看得出来的。你好像在说，失败了不要紧，下次再来过。——哪里知道，这就是你最后的失败呢？而我们，也哪里料想得到你在第二天的这个时候，已经昏厥不醒，距离你的死期只有几个钟头了呢！

你因为时常打摆子，脸色老是青青的，营养不良，我们也自然知道。但是，在这个时候，供给你吃几颗奎宁，我们已经觉得不大容易；等到你摆子截住以后，你又是这样跳跳蹦蹦的，可以拖得过，就拖过去了。谁还有此能力，有此心思，说是要额外花一些钞票，给你吃滋补的东西呢！在名义上说，你爸爸总也算是在大学里教书的，但这对于你有什么好处呢？在这抗战时期，智识是最不值钱的，什么都可囤积，什么都可看涨，但我们的商品——你爸爸是用智识来当商品出卖的商人——却是愈来愈跌价，愈来愈不值钱。我们是已经贫困到连维持最低限度的日常生活费用都十分困难了的，此外还能讲到什么呢？你的病起来以后，我找了医生来给你诊治。医生说，恐有脑膜炎的嫌疑，但没有经过详细的检验，连他也不敢确定。我知道脑膜炎这病，是很讨厌的，一点也因循不得。我问医生，如果不是脑膜炎，但我们却用脑膜炎的针药注射了，这对于病，有没有妨碍。医生告诉我说不要紧。因此，我就决定去市上购买什么大健凰，普洛修托儿的针药。我当时请问医生，这药针的市价，大概多少？他说，总是几千元吧！这时，我的身边，全部财产，罄其所有也只有两千余元，我已经感觉到，不晓得要怎么办。我和你的盛伯伯商量，他也劝我到街上看了再说。这时天已黑暗，雨下得非常的大，我点了篾片，冒雨出门，心中已觉得难受。但是，我有希望，我的心情紧张。我在街路上，一脚一脚踩进积水潭中，满身溅了泥水，也不觉得什么。在一家西药铺中，我问到了普洛修托儿，他开口要七千元一针。我又跑了一个药铺，又和一位医生谈了一回病情。我跑回家来，准备筹集七千元去买这针药水。我告诉盛伯伯我与另一医生谈话的情形。据这医生观察，崇安近日并无脑膜炎发现，不一定就是此病。他说，这病须有病源，没有病源，何来传染；这话也似言之成理。当时盛伯伯主张，不妨也把这医生请来看看，如果不是这病，那就比较可以放心，也不必这样发急。因此，我又冒着大雨，去把这医生恳求了来。这医生来后，只是检查了一次，并未开方，只说不一定是脑膜炎，但最好还是请原诊医生再来复诊。这医生走后，我又去找原诊的医生。等这医生第二次来时，已是十点钟了，这时你的病状，已经有了变化，普洛修托儿药针，因为太贵，我就不买了。自然，你是否枉死，我可不得而知。我当时如果有钱，这七千元钱就先花下去。你死以后，我有一个机会，曾经碰到又一位有地位的医生，我告诉了你的病情，他说作兴还是脑膜炎，而病源的有无之说，是不一定可靠的。完白，如果这话可靠，而普洛修托儿又是治脑膜炎的对症之药，那末，我的一时节省了七千元的费用，不是就把你的生命贷付了吗？如果这事情真是如此，那末，完白，你的爸爸将是何等可卑的人啊？不过，事到如今，我也不过是这么想想，这么说说而已。而在事实上，我与你的盛伯伯，我们也算两位合格的大学教授；我们两家的现金的总数，的确还可以凑集起来，买到一针普洛修托儿的。但是，要是那一天晚上，把这七千元用去以后，那就会连第二天买一包黄豆来做粥菜的钱都没有了。所以，就说假定你的病本来是可以得救的话，只因为我买不起那一针药，终于耽误了你的生命，但这悲剧的主人，虽然还说是我，而隐隐中操纵这悲剧，成为这悲剧的造成的力量的，却应该是这个社会。

你的死，真是无辜的，但在我，我倒还要承担这个责任吗？我的性格，固然也造成我自己半生颠顿的历史；但造成我的性格，以及使我这半生以来，都过着颠顿奔波，甚至于穷困而抑郁的生活的，却也有着社会的时代的因素。社会是这样的社会，时代是这样的时代，而我自己却还是这样的一个我，这样的一种生活态度。我不能将是作非，认白作黑，我不能摇尾乞怜，也不能吹牛自炫。我在贫困中过来，自己曾经比之于寡妇守节。我如今已是中年以上，再也不能重涂脂粉，向人暗送秋波，希图再醮了的。这几年以来，我已咬住了牙关在忍受痛苦了。但是，这黑暗自私的社会，这同官场一样的教育界，以及那些喝清炖鸡汤和贩卖古董的教育家学者们，却认定我的存在是对他们有了什么威胁的。我也曾经想发一发狠，或是卖身投靠，找到那么一个主子，来给这些小子看看，或是改改行当，发他那么一笔小财，让这些穷酸眼红。但是，这些，我都是不能做，而且也不会做的。因此，完白，你就跟着你的爸爸苦了这许多年，而且终于死去了。你想，完白，这又怎能不算是社会的悲剧呢？

如果再放得远些来说吧！这是一个抗战的时代，如果不是抗战，我也不会到这充军的地方来，而你也就不会得到这一种恶病。再说，我们的中国，假说已经是一个现代化了的中国，就是在这一种小地方，也有了极高明的医师，极完全的医药设备，你就是得了这种恶病，也不会怎样奈何你的。更何况如果这里也有了这样的高度的文明的设备，那末，你这种莫名其妙的病源，是否能够存在，你是否也能得病，就成了问题了。是的，完白，我想到这种地方，我是会把这种悲哀看开了的。因为在这个社会里，这种悲剧什么人都有串演的可能，而特别是我，这一次却真的串演了一回了。

不过，你的死，也的确太快了。这几乎使我没有透一口气的闲暇。你只是普通的发一发热呀，你只像普通的打摆子一样的睡上半天呀，但你却竟然断绝了呼吸了。那一天晚上，我一连给你请了四次医生，打了四次强心针，你的心脏的跳动，始终不能维持到明天。我觉得，我怕，我怕生命幻灭，的确太迅速了！我悲悼，我痛惜，我痛惜你的稚弱的生命突然夭折！我觉得，这是我的不可弥补的缺憾！那一天深夜，我在等着天亮。你母亲说，怎么办呢？我说，我们将以时间来换取生命。我希望能拖，拖过了明天，希望能有正确的诊断，对症的治疗。但是，却哪里晓得，当雄鸡一度一度的高叫，天光正有点转白的时候，你却断了呼吸了。呵，鸡也叫了，天也亮了，而你却断了气了，我还等待什么，希望什么呢？！

在你还没有完全断气的时候，你母亲已经不敢看你，只是坐在旁边抽噎了。而我，却好像老是不相信的样子，希望有那么一个奇迹；我尽看着你，要你在我的眼中，显出那么一个奇迹，立刻好了转来。但是，眼前的事，毕竟还是现实的事。我看着你，我看着你，一点一点的呼吸迫促着，一度一度的呼吸间歇了，终于到了完全停止了呼吸为止。我的耳朵里，回响着你的声音，你说"姆妈，我的心中难过，我的心好苦呀！"你在临死以前的一点钟的时候，还是这样的重复着的。我的眼睛里，老是闪动着你临死前的面影，你咬紧牙关，你嘴唇焦干，你还流了眼泪。啊，完白，你这情形一直到死我都看着的。这又怎能叫我一时淡忘得了呢？

这许多日来，我看见盛家的三兄弟从学校回来时，我总觉得你也会和平时一样的从外面走进来的。你的母亲也说，我希望这是一个梦，这是不会有的事实。她说，她相信你总是存在的。她说，她希望有这样的一个奇迹，有一天，你在外面和平时一样的跳跳蹦蹦的进来了。在这个时候，完白，你晓得我会想起什么呢！你活着的时候，我不是曾经告诉你一个可怜的故事吗？说是一个卖粉樽沙罐的乡下人，当他挑了一担窑器，在路上绊了一脚，打破了所有瓶啦，罐啦，樽啦的时候，还是坐在路上，自己伸腰捶腿，希望一觉醒来，这原来是一个梦。我当时想到这里，我忍住了悲哀，告诉了你的母亲，显然，这是现实，这不是梦，这是不能有奇迹的。啊啊，完白，这种心境，莫说你是死了，就是你仍旧活着，你也是不能理解的呵。

　　你是我的生命的一部分，你的夭折，就算我生命的一部分的死亡。我在平时，时常在你的行动上、在你的言谈上，看见了我自己的儿时的面影，你的死，自然也就证明了我的死。我感觉到生命迫促，我感觉得人生旅途上失了伴侣的悲哀。但是，我却不能老是怀念着你，我要把你淡忘了去。我的生命该是不久了，至少，我在人生旅途上，已经走过一大半，或是几乎走到了尽头。我该自己振作起来，好好尽我自己应尽的责任。你的死去，是我的命运悲剧也罢，我的性格悲剧也罢，或是这简直是一个由我串演的时代悲剧或是社会悲剧也罢，但我已无从申诉，而你却更无从说起了。

| 第三编 |

评　论

周作人论[*]

一

周作人，是中国文坛上的有名的人物，他是以善作冲淡的小品文著名的。他是"五四"时代的健将；他在这十几年来，仍旧是继续不断的努力于文学事业的。

今年正是他的五十整寿的年头，所以，他便发表一首《五十自寿》的感怀诗，说明了他自己的风度与幽闲的怀抱。原诗是这样的：

> 前世出家今在家，不将袍子换袈裟。
> 街头终日听谈鬼，窗下通年学画蛇。
> 老去无端玩骨董，闲来随分种胡麻。
> 旁人若问其中意，且到寒斋吃苦茶。

这一首诗发表以后，中国许多的文人，都仿着过去的旧文人的方式，步原韵回和。这其间，同他同调的，固然是大多数；但是也有一部分的人，觉得他的态度是不大很对，而加以批判，或谩骂的。譬如，四月十四日《申报自由谈》上署名埜容的所发表的步韵诗，便是一个代表。埜容君的警句是：

> 不赶热场孤似鹤，自甘凉血冷如蛇。
> 选将笑话供人笑，怕惹麻烦爱肉麻。

---

* 原载《文学》（上海）1934 年 7 月第 3 卷第 1 号。

而最后两句则以"误尽苍生欲谁责"一问,而以"清谈娓娓一杯茶"来收束了它。同时,在十六日的《自由谈》上,又有胡风君一篇《过去的幽灵》的短文,说不意当年作《小河》那样的解放的新诗的作者,如今竟然会散起这样"炉火纯青"的,足配收入"四库全书"中的七言律诗来,更不意当年热心地翻译爱罗先珂的《过去的幽灵》,教人注意过去的幽灵,打倒过去的幽灵的作者,如今竟然自己也变成了过去的幽灵的,言下大有为作者不胜可惜之意。

因为这个样子的缘故,接着,便有林语堂出来写了一篇《周作人诗读法》,说周作人诗是冷中有热,寄沉痛于幽闲的。同时,曹聚仁也写了一篇文章,引用周作人自己的说话,说从"浮躁凌厉",到"思想消沉"是从孔融到陶渊明的路线。因此周作人的态度与周作人的文章,便被大家深深的注意起来。

其实周作人与周作人的拥护者的态度,与他的批评者反对者的态度的不同,很可以用文学上的两句话来说明的,那便是"为艺术的艺术",与"为人生的艺术"。用周作人自己的说话来说,便是"载道派"与"言志派"的分别。

周作人的这首五十自寿诗,自然是到了炉火纯青的境界了的。我们读了这首诗之后,我们除了了解他的陶渊明式的隐士的风度以外,其余还能想起一些什么来呢?我们在他的诗中,能够找出一些时代的意义社会的面影来吗?我们读了这首诗以后,如果不说是现代的文人所作的,你会想到这首诗是在日本帝国主义者侵占了东三省以后,再以大炮威胁着北京城的年头,曾经主张北京城永不驻兵作为永久的文化城的教授们所作的吗?你以为他这样幽闲的生活着,——听谈鬼、学画蛇、玩骨董、种胡麻,甚至于吃苦茶的生活着,还有一丝一毫的物质的牵累吗?那些可怜的教授们的生活,除了精神上受到压迫不得自由不说以外,如因为内战因为外侮,以至军阀们把学校经费拿去充当军费，害得教授们几个月领不到薪水之类的事，能够在他的感怀诗中发现出一丝一毫的痕迹吗？

其实这也难怪：因为近来的周作人，本来是从载道派转入言志派，从"文学有用论"，转入"文学无用论"的上头的人。他近来对于文学的见解，是把文学当作无用的东西的。他在他的《中国新文学的源流》上说："从前面的许多话中，大家当可以看出：文学是无用的东西。因为我们所说的文学，只是以达出作者的思想感情为满足的，此外再无目的之可言。里面，没有了大鼓动的力量，也没有教训，只能令人聊以快意。……"这一段文章，可以说是他的《五十自寿》诗的最好的注脚，也是他对于文学的态度的最好的表明。如果批评他的诗文的人，早就看见了他的这几句话，我想，至少是可以少了罗嗦了吧？

不过，现在的周作人，虽然是一个"文学无用论"的主张者，但他在过去的时候，却又主张文学是有用的。他在同书的另一地方说他自己的研究文学的经历说："后来，因为热心于民族革命问题而去听章太炎先生讲学；那时章先生正鼓吹排满，他讲学也是为此。后来又因为留心民族革命文学，便得到和弱小民族的文学接近的机缘。各种作品，如芬兰、波兰、犹太、印度等国的，有些是描写国内的腐败的情形，有些是描写亡国的惨痛的，当时读起来很受到许多影响，因而也很高兴读。"

并且，"五四"运动以后，周作人在《新青年》，便发表了一篇《人的文学》，就是要在文学上，提出一些人道主义的思想。他说："人的理想……便是改良人类的关系。……第一，关于物质的生活，应该各尽人力所及，取人事所需；……第二，关于道德的生活，应该以爱智信勇四事为基本道德，革除一切人道以下或人力以上的因袭的礼法，使人人能享自由真实的幸福生活。"并且，他的这种主张，在他另外的一篇文章《新文学的要求》中，亦曾经正确的提出，可知他这种主张，却也并不是偶然的。但是，过了十几年之后，社会的对于文学的要求愈加迫切，中国的社会愈加没落，而中国的文人，已经有许多确切的认清了出路的时候，他为什么又倒退回去，钻到牛角尖，象牙塔里呢？

从文学有用论，到文学无用论，从人道主义文学的主张而到无所谓的趣味的言志的文学的表现，这中间的变迁，真是作者的认识的进步吗？抑还是"仍旧保持着五四前后的风度"呢，还是倒退或落伍呢？我是不便多说了。

果真如他自己所说："一个人的生活态度时时有变动，安能保持十三四年之久乎？不佞自审近来思想益消沉耳，岂尚有'五四'时浮躁凌厉之气乎？从'浮躁凌厉'转到'思想消沉'吗？"

思想"消沉"，并不是思想"深沉"，也不是思想"深刻"，因为"消沉"是会"消沉"到没有的，不比思想"深沉"或者"深刻"尚有思想可言。同时，他所谓五四时代的"浮躁凌厉"，事实倒不是"浮躁凌厉"，恐怕是"浅薄笼统"呢！

二

周作人是一个中庸主义者。他虽然是一个新文坛上的人物，但实在却是穿上近代的衣裳的士大夫。（其实，他到近来，连这件装幌子的衣裳也要脱下了。）他在《谈龙集》、《谈虎集》序上，就自己说出"我原是一个中庸主义者"及"我的绅士气"等话，便是最好的明证。

因为他是一个中庸主义者，所以，他的思想的出发点，只是一些浅薄人道主义。本来，在五四前后，中国新思潮运动的启蒙时期，人道主义的思想，并不是要不得的东西。譬如鲁迅，他何尝不以他的人道主义的思想来开始了他的文学的工作的呢？但是，时代是进化的，一个人的思想的变动，至少要能够合着时代的进化的轨迹才算是活的有意识的人生。周作人如果对于中国的社会，有了深刻的观察，真确的认识的话，那末，他自己也会觉得他在初期时所主张的人道主义的肤浅吧！

因为在于他思想的肤浅，所以在说话上，又时常陷入笼统的弊病。这种情形，在他的著作中是很可以看到的。

譬如他在《贵族的与平民的》一文中说："只就文艺上说，贵族的与平民的精神，都是人的表现，不能指定谁是谁非……，所以拿了社会阶级的贵族与平民这两个称号，照着本义移用文学上来，想划分两种阶级的作品，当然是不可能的事。……我现在的意见，以为在文艺上可以假定有贵族的与平民的两种精神，但只是对于人生的两种态度，是人类的共通的，并不专属于某一阶级，虽然他的分布最初与经济状况有关，——这便是两个名号的来源。"（见《自己的园地》）

这不是很笼统的说话吗？尤其是后面的一句，只是用"虽然"二字，轻轻的一转，又把经济的基点撇开了。又他在他的《文学谈》一文中，也有同样的说话："……我觉得这不是阶级的问题，虽然这多少与实际社会运动先后发生……"（见《谈龙集》）也是同样的态度。

周作人的思想的笼统，或者是他的中庸思想的缘故，或者也是他看不清楚社会的缘故。我们且看他的《歧路》：

> 而我不能决定向那一条路去，
> 只是睁了眼望看，站在歧路的中间。
> 我爱耶稣，
> 但是也爱摩西。
> 耶稣说，"有人打你右脸，连左脸也转过来由他打！"
> 摩西说，"以眼还眼，以牙还牙。"
> 吾师乎，吾师乎！

你们的言语怎样的确实啊！

我如果有力量，我必然跟耶稣背十字架去了。

我如果有较小的力量，我也跟摩西做士师去了。

但是懦弱的人，

你能做什么事呢？（见《过去的生命》）

三

周作人在初期的文学运动，虽然也有隐隐约约的反封建的倾向，但因为他是一个绅士，是一个穿上新的衣裳的士大夫，所以，他的意识，是到处同封建思想结合着的。

近来的，如《五十自寿》诗中所表现的陶渊明式的隐士的思想，固然是不用说了，因为这是他自认为思想消沉的表现。至于这诗的表现倾慕封建文明，以及神驰于封建时代的恬静的生活，（如街头听谈鬼、玩古董、种胡麻等事，都不是忙迫的资本主义社会下的生活）更是见于言表的。

我们且看他的《生活的艺术》中的一段文章吧：

中国现在所切要的是一种新的自由与新的节制，去建造中国的新文明，也就是复兴千年前的旧文明，也就是与西方文化的基础之希腊文明相合一了。这些话或者说的太大太高了，但据我想，舍此中国别无得救之道，宋以来的道学家的禁欲主义总是无用的了，因为这只足以助成纵欲，而不能收调节之功。其实这生活的艺术在有礼节重中庸的中国本来不是什么新奇的事物，如《中庸》的起头说："天命之谓性，率性之谓道，修道之谓教"，照我的解说即是很明白的这种主张。不过后代的人都只拿去讲章旨节旨，没有人实行罢了。我不是说半部《中庸》可以济世，但以表示中国可以了解这个思想。……

这一段说话，倒是近来的新生活运动的最好注脚，不料他倒在十来年以前，就有了这种高见，晓得中国的新文明，也便是复兴中国的旧文明，因此，我们的新生活，也便是恢复过去的旧生活了。

不过，这种论调，幸亏出于新文学家之口，所以人们看来，倒也没有什么；如果不幸是出于一个守旧者之口，那不是会被人大骂封建余孽了吗？你看，他要把封建文明在现代复活起来，说来是何等巧妙呵！

周作人的对于封建社会的留恋，在一些小品文中也可以看出来的。譬如他的被推为小品文的杰作的《乌篷船》，虽然是一篇描写自然景物的文章，但对于封建时代的留恋，这是中国文人的传统思想的表现。我们且看他写看庙戏的一段：

　　雇一支船到乡下去看庙戏，可以了解中国旧戏的真趣味，而且在船上行动自如，要看就看，要睡就睡，要喝酒就喝酒，我觉得也可算是理想的行乐法。只可惜讲维新以来，这些演剧与迎会都已禁止，中产阶级的低能人别在"布业会馆"等处建起"海式"的戏场来，请大家买票看上海的猫儿戏。这些地方你千万不要去。

这一段文章，如果与鲁迅的《社戏》中的一段同看，我们便可以发现出他们的态度的不同来。除了周作人所描写的，完全是主观的，鲁迅所描写的完全是客观的以外；在鲁迅的文章中，是隐隐的可以看出乡村的农民生活也不是天外的乐园，但在周作人的文章中，他却很显然的表现出对新兴资本社会的厌恶，与对封建社会的恋慕的情绪了。

周作人的这种对封建文化的恋慕，我们还可以在这里再抄一节文章：

　　中国人上茶馆去，左一碗右一碗的喝了半天，好像是刚从沙漠里回来的样子，颇合于我的喝茶的意思；只可惜近来太是洋场化，失了本意，其结果成为饭馆子之流，只在乡村间保存一点古风……（《喝茶》，见《雨天的书》）

这种恋慕封建文化的精神，再出之以士大夫绅士的态度，于是乎，他的趣味的主张，悠悠然忘我的心情等，便从此出来了。

四

周作人的趣味，所谓生活的艺术，所谓悠然的心情，这是在他的著作中，到处可以找得到的。如：

喝茶当于瓦屋纸窗之下，清泉绿茶，用素雅的陶瓷茶具，同二三人共饮，得半日之闲又抵十年的尘梦。(《喝茶》)

我在西四牌楼以南走过，望着异馥斋的丈许高的独木招牌，不禁神往，因为这不但表示他是义和团以前的老店，那模糊阴暗的字迹，又引起我一种焚香静坐的安闲而丰腴的生活的幻想。(《北京的茶食》)

雨虽然细得望去都看不见，天色却非常阴沉，使人十分闷气。在这样的时候，常引起一种空想，觉得如在江村小屋里，靠玻璃窗，烘着白炭火钵，喝清茶，同友人谈闲话，那是颇愉快的事。(《雨天的书·自序一》)

这一种悠闲的心情完全是中国文人的一种传统的思想的反映，完全是一种所谓清高的名士的风度。他又因为有这一种的态度的表现，所以也影响到他的文体上来，因此，便成为他所提倡的、而且是他所擅长的冲淡清新的小品文了。他在《雨天的书·自序二》中有这样的一段说话：

> 我近来作文极慕平淡自然的境地。但是看古代或外国文学才有此种作品，自己还梦想不到有能做的一天，因为这有气质境地与年龄的关系，不可勉强，象我这样偏急的脾气的人，生在中国这个时代，实在难望能够从容镇静地做出平和冲淡的文章来。

其实，这种"平和冲淡"的文章，他是做到了的。他的小品文的风格，几乎都可以用这四个字来形容。即是在他的诗中，也是表现出这种风度的。如《慈姑的盆》一诗：

> 绿盆里种下几颗慈姑，
> 长出青青的小叶。
> 秋寒来了，叶都枯了。
> 只剩了一盆的水。
> 清冷的水里，荡漾着两三根
> 飘带似的暗绿的水草。
> 时常有可爱的黄雀，
> 在落日里飞来，
> 蘸水悄悄地洗澡。
> （见《过去的生命》）

又如《秋风》的后半截：

几棵新栽的菊花，

独自开着各种的花朵。

也不知道他的名字，

只称他是白的菊花，黄的菊花。

（见同书）

五

周作人的这一种隐士的风度，与"平和冲淡"的文体，大概便是周作人的整个的生命。至于他自己所说的"浮躁凌厉"之气，却的确是没有的；如果说有，那只是"浅薄笼统"的思想而已。

又，周作人在提倡过人的文学之后，也曾经提倡过民族主义的文学。他在十四年的《元旦试笔》里，说："我的思想今年又回到民族主义上来了。"他在这一年六月《与友人论国民文学书》中，说要在积极地鼓吹民族思想以外，还有消极的几件工作须当注意。这几件工作是：

我们要针砭民族卑怯的瘫痪，

我们要消除民族淫猥的淋毒，

我们要切开民智昏愦的痈疽，

我们要阉割民族自大的风狂。

从人的文学的提倡转到民族主义文学的提倡，这其实是一个很大的进步。这一种情形，正可以因欧洲的文艺思潮的演进上，从所谓人的觉醒，人文主义的提倡的文艺复兴时代，经过古典主义时代，到注意国民文学，以及搜集民间故事及歌谣等的浪漫运动时代的中间的演进来说明它。周作人在民十四的《元旦试笔》上，曾经自己说明他的思想的变迁的程序，他说：

我的思想今年又回到民族主义上来了。我当初和钱玄同先生一样，最早是尊王攘夷的思想，在拳民起义的那时，听说乡间的一个"洋口子"被"破脚骨"打落铜盆帽，甚为快意，写入日记。后来读了《民意报》《民报革命军》《新广东》之类，一变而为排满（以及复古），坚持民族主义者计有十年之久，到了民国元年这才变化。五四时代我正梦想着世界主义，讲过许多迂远的话，去年春季收小范围，修改为亚洲主义，及清室废号迁宫以后，遗老遗少以及日英帝国的浪人兴风作浪，诡计阴谋至今未已，我于是又悟出自己之迂腐，觉得民国根基还未稳固，现在须得实事求是，从民族主义做起才好。我不相信因为是国家所以当爱，如那些宗教的爱国家所提倡，但为个人的生存起见，主张民族主义却是正当的，而且与更"高尚"的别的主义也不相冲突。

这一种思想的演进的程序，实在是很有意义的。第一，他的思想的变迁的中心，是从"个人的生存"出发的；这也是很正确的立场。因为中国近年来的思潮的演进，实在是以中国的民族解放运动，做它的中心的。并且，这种演进的阶段，也是很显然的划分着，我们只要看从鸦片战争辛亥革命，到五四运动以及五卅运动，中间的演变，就可以晓得。第二，从他自己个人讲，的确也是跟着时代前进的人物，因为他能够跟着时代，抓住时代的精神，所以时时会觉出自己的过去的主张的"迂腐"来。

但是，所可惜者，周作人的思想，到了近来，反是闭起了眼睛，竟然自甘落后，把自己的思想尽量的"消沉"起来，而终于消沉到没有思想的境地了。

六

周作人的思想的落后，并不是无因的；分开来说，第一是属于他的认识问题，第二是属于他的意识问题。

周作人对于思想的方法的认识，是堕入机械的循环论的谬误里的。

他在他的《中国新文学的源流》的序文上，说他的理论的根基，并非依据西洋某人的论文，或是遵照东洋某人的书本，演绎应用来的，也不是从周公孔圣人梦中传授来的……。只是从说书那里学来的："他们说三国什么的时候，必定首先喝道：且说天下大势，合久必分，分久必合。我觉得这是一句很精的格言。我从这上边建起我的议论来，说没有根基也是没有根基，若说是有，那也就很有根基的了。"

在《中国新文学的源流》中，周作人说明了两点意义：第一，中国的文学思潮的演进，是由"载道派"与"言志派"两种主张迭为交替的，而五四时代的新文学运动，却是"言志派"替代了"载道派"的时代；第二，因为中国的文学的演进，是由"载道派"与"言志派"互为起伏的，所以这一次的新文学运动的功劳，并不能归之于胡适之他们的。

其实，这两点意见，都是不大对的。中国新文学运动的功劳，不能归功于胡适之他们，这话是可以承认的；但是，正确的理由，却不能如周作人一样的用循环论的观点所能解释得清楚的。中国的新文学运动，或者扩大一点说，中国的新思潮运动，实在是由封建社会转变到资本制度的表征；周作人不懂得社会的机构，经济的基点，所以便把他的观察弄错了。

周作人说胡适之所提倡的"八不主义"，实在和公安派的"独抒性灵，不拘格套"的主张差不多的。"所不同的，那时是十六世纪，利玛窦还没有来中国，所以缺乏西洋思想。假如从现代胡适之先生的主张里，减去他所受到的西洋的影响，科学哲学、文学以及理想各方面的，那末便是公安派的思想和主张了。"周作人的这种说法，实在不明白历史的演进，是辩证法的缘故。所以，他虽然对于中国的新文学运动，也曾经注意到社会的基点，说"自从甲午年中国败于日本之后，中间经过了戊戌政变，以至于庚子年的八国联军，这几年间是清代政治上起大变动的开始。梁任公是戊戌政变的主要人物，他从事于政治的改革运动，也注意到思想和文学方面"。又说："这样看来，自甲午战后，不但中国的政治上发生了极大的变动，即在文学方面，也正在时时动摇，处处变化，正好像是上一个时代的结尾，下一个时代的开端。"其实，这种观察，也是很对的。只是，我们在上面说过，因为他不懂得历史的演进的原理，便把历史的演进的最重要的"契机"，轻轻的看过去了。所以他接着说："新的时代所以还不能即时产生者，则是如《三国演义》上所说的，'万事齐备，只欠东风'。所谓'东风'，这里却正改作'西风'，即是西洋的科学、哲学和文学各方面的理想。"

我们应该知道，中国的新文学运动，完全是因为接受西洋的学术思想而起来的，这里的所谓"西风"，正是历史转捩时期的最重要的"契机"，那里可以轻轻地放它过去的呢？如果周作人能够看重了历史的演进的"契机"，他是一定不会说出中国的新文学运动，便是三四百年以前的公安派的文学的主张，中国的新文学运动的起来，只是言志派的复活那种堕入机械的循环论的谬误中的理论来的。

并且，把中国初期的新文学运动和新文化（或新思潮）运动分开来，也是不对的。因为在五四时期的新文学运动几乎到处和新思潮运动结合着的。中国的新思潮运动，在那个时候，便很明显的提出三句口号，那便是"欢迎德先生！""欢迎赛先生！""打倒孔二先生！"是。在新思潮运动中，既经这样明确的提出口号来，难道这还是随便说说的言志派的主张吗？即不然，我们也可以暂时把新文学运动从新文化运动中分开，且看一看中国新文学运动的起来，是不是没有"载道"的成分的。陈仲甫在他的《文学革命论》中说："文学革命之气运，酝酿已非一日，其首举义旗之急先锋，则为吾友胡适。余甘冒全国学究之敌，高张'文学革命军'大旗，以为吾友之声援。旗上大书特书吾革命军三大主义：曰，推倒雕琢的阿谀的贵族文学，建设平易的抒情的国民文学；曰，推倒陈腐的铺张的古典文学，建设新鲜的立诚的写实文学；曰，推倒迂晦的艰涩的山林文学，建设明了的通俗的社会文学。"周作人是在五四时代出现的人物，他是曾经参加了这一次运动的过来人，难道陈仲甫的这些主张，他都没有看到过；难道这些主张，都不能说是载道的，是"随便说出来的——言志"的吗？并且，他在这个时候，也曾经正确的提出自己的主张，提倡"人的文学""平民的文学"来参加这个运动的。难道这也是和他近来的"种胡麻"的态度一样，只是"闲来随分"的说一说自己的性灵的吗？

周作人所以要硬派中国的新文学运动，只是言志派的复活，这也无非要完成他的循环的理论，硬要把现存的事实弯曲起来，来装入他的循环论的方格子里罢了。

同时，他也因为误信循环论之故，以为中国的新文学运动的起来，本来就是言志派的得势，因此，他在新文学运动中所提倡的"人的文学"的主张，便自认是"浮躁凌厉"之气的表现，觉到自己的"迂腐"或"过火"，思想便益自消沉起来，走上了"听鬼""画蛇"以及"种胡麻"等的"闲来随分"的道路了。这样一来，他的思想又安得不落后呢？

七

我说周作人的思想的落后的第二个原因，是他的意识问题；意识，（也可以说是气质）是羁绊住他，使他不能永久跟住时代前进的一大原因。

周作人是一个衰落了的读书人家的子弟（据《鲁迅自传》中的说话），他是深深的秉有所谓读书人的气质的。读书人，就是士大夫的预备者与模仿者；因此，读书人的气质，也每每便是士大夫的风度了。

所谓士大夫在社会上的任务，一向不出如下的两条：（一）是帮助统治者管理百姓，这便是所谓"学而优则仕"；（二）不得统治者的青睐，于是站在统治者与民众的圈外，或是发发牢骚，代鸣一些不平。或是说一些风凉话，以表示自己的清高。大概，在太平盛世的时候，读书人总是做官的多，虽然也有一些怀才不遇的人，但毕竟是少数；至于在社会的动乱年头呢，则所谓读书人也者，除了一部分利禄熏心的，阿谀着统治阶级之所好，做着统治阶级的鼓吹手刽子手以外，大部分的人，因为较普通的人们，多了一点知识，能够看清楚现实社会的不满的情形，他们的态度，便是发牢骚与说风凉话了。

我们目前所处的社会，正是一个动乱的年头。当然的，周作人并不是一个利禄熏心的读书人，他是一个具有清高风度的士大夫，因此，他不得不走后面的两条路了。

不过，这里也有一个思想的转变的路线，即一个读书人或士大夫，他对于现实社会的不满，开首是时常寄寓着很好的理想的希望的。他希望自己的主张，统治阶级能够采纳，自己的理想，能够在现实社会上实现。所以，在这个时期，他们都很不吝啬的提出自己的理想，标榜自己的主张。可是，到了后来，看看自己的主张并不被采纳，于是他觉悟到自己的理想是没有方法实现了，便渐渐的灰心起来。可是，这个时候，他还不能忘情社会，他还不能断定完全绝望，因此，他便发起牢骚来，说一些讽刺话，还希望能够对社会下一个有力的针砭。这种情形，一直延长到社会的愈趋黑暗的时候，于是，士大夫们觉得在这个时候，连说话都有些困难，牢骚也不便乱发；没有法子，只好说说几句不着边际的风凉话，保持住名士的风度，做了"在家的和尚""都会的隐士"了。

以这士大夫的风度在动乱的时代中间的心理的演变的路线，来衡量周作人从五四以后一直到现在为止的在中国的文坛上的活动的情形，几乎是完全吻合的。

五四运动以后，周作人对于现实的社会，还有一个憧憬着的理想的。他的理想是从他的"人的文学""平民文学""民族主义文学"等的主张中，可以见出来的。

民国十三四年的时候，他因眼见得北洋军阀的连年的混战，以及帝国主义者的加紧的压迫，一面固然还在提倡民族主义文学，但在提倡民族主义的文学中，已经主张对中国民族痛下针砭，而倾向到发牢骚的态度了。他在《雨天的书·自序二》上面说：

> 我的浙东人的气质终于没有脱去。我们一族住在绍兴只有十四世。……这四百年间越中风土的影响大约很深，成就了我的不可拔除的浙东性，这就是世人所通称的"师爷气"。……他那法家的苛刻的态度，……弥漫于乡间的仿佛成为一种潮流，……都有一种喜骂人的脾气。我从小知道"病从口入祸从口出"的古训，从来又想溷迹于绅士淑女之林，更努力学为周慎，无如旧性难移，燕尾之服终不能掩羊脚；检阅旧作，满口柴胡，殊少敦厚温和之气；呜呼，我其终为"师爷派"矣乎？

及到民国十六年以后，因为中国的革命运动与转变，以士大夫出身的周作人，就晓得随便说话之危险，思有以"苟全性命于乱世"，所以便把思想更加"消沉"起来，主张"闭户读书"了。民十七年十一月，他在他的《闭户读书论》里说：

> 此刻现在，……除非你是在做官，你对于现时的中国一定会有好些不满或是不平。这些不满和不平积在你的心里，正如噎隔患者肚里的"痞块"一样，你如没有法子把他除掉，总有一天会断送你的性命。那末有什么法子，可以除掉这个痞块呢？我可以答说，没有好法子。假如激烈一点的人，且不要说动，单是乱叫乱说起来，想出一出一口

乌气，那就容易有共党朋友的嫌疑，说不定会同逃兵之流一起去正了法。有鬼论者还不过白折了二十年光阴，只有一副性命的就大上其当了。忍耐着不说呢，恐怕也要变成忧郁病；倘若生在上海迟早总跳进黄浦江里去，也不管公安局钉立的木牌说什么死得死不得。结局是一样，医好了烦闷丢掉了性命，正如门板夹直了驼背。那么怎么办好呢？我看，苟全性命于乱世是第一要紧，所以最好从头就不烦闷。不过，这如不是圣贤，只有做官的才能够，如上文所述，所以平常下级人民是不能仿效的。其次是有了烦闷去用方法消遣。抽大烟，讨姨太太，赌钱，住温泉场等。都是一种消遣法，但是有些很要用钱，有些很要用力，寒士没有力量去做。我想了一天才算想到了一个方法，这就是闭户读书。

因为要"苟全性命于乱世"，所以要闭户读书；本来，闭户读书就闭户读书好了，又何必做文章说是闭户读书呢？这便是读书人的脾气发作的缘故。

原来，在现在的时代，所谓知识分子的读书人，也有几条路好走的，只要你自己肯走，——譬如做官，譬如革命。但是这两条路也被周作人的士大夫风度所否定了。做官，他是不肯同流合污的；革命，他又不肯用性命轻易拿来牺牲的。这是说过的话了。除此以外，他的士大夫气质，决定了他不了解民众，不了解时代，也是一个大原因。这里随便举他两节文章：

在中国，有产与无产这两阶级俨然存在，但是说也奇怪，这只是经济状况之不同，其思想却是统一的，即都是怀抱着统一的资产阶级思想。无产阶级而抱着资产阶级思想！？我相信这是实情。（见《谈龙集》）

故中国民族实是统一的，生活不平等而思想则平等，即统一于"第三阶级"的升官发财的浑账思想。不打破这个障害，只生吞活剥地号叫"第四阶级"，即使真心地运动，结果民众政治还就是资产阶级专政，革命文学亦无异于无聊文士的应制，更不必说投机家的运动了。(见《永日集》)

这两段话，几乎是一个样子的。他把生活与思想，经济与意识，倒转来观察他们的连系，也是不理解民族的原因。

便是这个样子，周作人因为他的士大夫的气质，决定了他不做官，不肯革命，甚至再不敢发牢骚，又不肯说自己不肯发牢骚，于是便只好自甘落伍，躲入苦雨斋中喝他的苦茶了。

八

这样说起来的时候，似乎这话又回到周作人自己的说的从"浮躁凌厉"到"思想消沉"的路线上去了；同时，林语堂所说的世间最冷人也就是最热人的说法也似乎颇有道理了；其实，这还是两方面的事。

第一，周作人的思想是"消沉"，并不是"深刻"；是"浅薄笼统"，并不是"浮躁凌厉"。这在上面已经说过，这里不必再说。

第二，所谓世间的最冷人正是世间的最热人，固然也有道理；但是，这话却不能应用来批评"思想消沉"以后的周作人。本来，冷与热，原来是相对的名词，离开了冷，便没有所谓热；离开了热，也没有所谓冷。同时，在文学上，冷与热二字的应用，在有些时候，也几乎是相同的意思。我们只要看普通所说的"热嘲""冷讽"，及"冷嘲""热讽"等形容词的互换，便可以知道。因此，我们应该晓得，这里所说的"热嘲""冷讽"，或"热讽""冷嘲"，主要的字眼，只在"嘲"与"讽"二字上，用"冷"与"热"

二字去形容，只是表示不平常的感情而已！如果不嘲不讽，听凭你是怎样冷冷热热，也是没有什么道理的。

并且，所谓冷中有热，我倒很情愿用林语堂的"寄沉痛于幽闲"的话，拿来解释。

"寄沉痛于幽闲"的正确的解释，依我讲，便是讽刺，是牢骚，是幽默，却不是冲淡，不是言志，不是消沉。因为在这一句话的意思里，第一是"沉痛"，第二是"寄"，第三才是"幽闲"。

在这种地方，我虽然对于林语堂的幽默，也觉得有些不满，但以之比起周作人来，我却觉得周作人的态度，是比林语堂更加要不得的。林语堂与周作人的不同，如果以我在上面说过的话来说，幽默与讽刺，只是不肯革命，不敢革命，但又不肯不说话的表现。而冲淡便是不肯说自己不肯，并且不敢革命而趋于消沉的道路了。

说到这里，我们且回头看一看周作人的《五十自寿》感怀诗看，我们除看出一种幽闲的隐士的风度以外，还能看见一丝一毫的"沉痛"的意味寄寓其间没有？听说这诗曾经被一个同情的文学者读了，惹得"不禁凄然泪下"，那实在是一件千古奇闻了。

九

周作人在中国文坛上活动的成绩，综合的说起来，最大的还在于他的介绍西洋文学，尤其是所谓弱小民族的文学。

周作人的学文学的历史，是有些和鲁迅相像的。周作人因为留心民族革命问题，所以又留心到民族革命文学，因为留心民族革命文学，便得到和弱小民族文学接近的机缘。及到后来，甚至对各大国的文学，也发生起兴趣来，因此，他就慢慢的把研究文学的范围扩大了。至于鲁迅，则据他在《呐喊·自序》及《鲁迅自叙传略》上所说，是开始在想医治中国人的身体的病，而转到想医治中国人的灵魂的病而注意到文学的。鲁迅在当时，究竟读一些什么作品，因为他自己没有说起，我们固不得而知。但是，他的学文学想拯救中国民族的心情却是与周作人相同的。

从民族革命到民族革命文学，到弱小民族文学，这一条路线是很正确的。老实说，中国的民族解放运动一日没有完成，以中国的民族解放为中心的文学，便一日不能放弃。不过，中国的民族解放运动，是跟着时代前进的，中国的民族解放运动的负担的人物，也是跟着时代的前进而转移的。果有一个人他在民族解放的前进的运动的途程中，忽然中道的停止下来，仍旧逗留在过去的阶段上，他的文学的生命，便会中途断送了的。

从五四到五卅，中国的民族解放运动是前进了一个阶段。而负担这一运动的任务的人物，也有更进一步的认识的人。在当时，鲁迅与周作人都因为一时看不清时代，把握不住中心的意识，而中途踌躇起来的。可是，踌躇过后，周作人呢却便愈加消沉，躲入他的苦雨斋中去了。

对于周作人，我们却觉得他只有回顾的光荣了。

《点滴》、《空大鼓》、《玛加尔的梦》、《现代小说译丛》、《日本小说译丛》，甚至《域外小说集》、《炭画》、《匈奴奇士录》等，便是周作人过去的光荣的纪念碑吧！

民族形式与民族文学 *

在两三年以前，中国的文坛上，继承着抗战的前夜的两个口号的论争，和抗战发动后中华全国文艺界抗敌协会的成立，——全国文艺工作者的大团结以后，就提出了文艺上的民族形式问题的讨论；这一问题讨论的范围，展开得相当的广泛，而其所接触到的目容，也相当的深内，可以说是抗战以后中国文艺运动的进一步的把捉。

对于这一问题的理解，我曾表示过一些意见，认为这是抗战文艺运动与文艺创作的总路向。而且认为目前中国这一阶段的文艺运动是从理论的检讨，踏进了文艺创作的实践了的。这些说话，现在还可以在这里重述一遍。

第一，所谓文艺上的民族形式问题，也不仅仅是"文艺上的"民族形式问题，而应该是目前文化运动上文化各部门的民族形式问题；所以，我们对于文艺上的民族形式问题的理解，便不应该把他孤立起来，当作文艺上的一部门问题来理解，而应该把他当作文化运动中的一部门甚至整个中国民族解放运动中的一环来理解的。

第二，文艺上的民族形式问题，不仅是文艺上的民族"形式"问题，因为形式与内容，实有对立而又统一的关系，离开了内容就没有形式，离开形式内容就无所附丽，也就没有了内容；所以说文艺上的民族形式，实在也有民族内容的意义包含着在的。

第三，所谓民族形式，也不仅民族的传统的旧形式，更不是旧形式的复活。因为一个时代的民族，有一时代的民族的特殊意识与思维。他一面

---

* 选自许杰：《文艺、批评与人生》，战地图书出版社 1945 年版，第 87—95 页。

固然禀有过去的民族传统与文化遗产，但在另一方面却是时时在创造着形式着新的文化精神的；所以，说是民族形式，实在不一定就指的是民族的传统的旧形式，而却是包括接受并且批判旧的文化传统与吸收并且融会新的外来的文化精神，而后创造形成的内容与形式的。

第四，所谓民族形式，并没有"非民族的"形式，和他对立的。因为成功的伟大的文艺作品，固然有他的世界性，但同时却也有他的民族性的，离开了民族的特殊性，就没有世界的普遍性。但丁、莎士比亚、歌德的作品固然是世界的，但同时却也是意大利，英国和德国的。所以，正因为中国气派与中国作风的民族特殊形式的存在，才能显出作品的世界的意义来，反之，愈是有世界意义与普遍价值的作品，一定是更加"民族的"的。所以，所谓民族形式的"民族的"的意义，根本并没有"非民族的"的对立，更无排他的意义存在着的。再进一步说，倒是对于"民族的"的意义，更具有警觉性的意义的。

我的这一种理解，一直到了现在，自己还把他敝帚自珍着认为颇乎正确的见解。所以，我以为，现在的文艺运动，已经不是这一口号的新的提出，或是理论的重新的检讨问题，而是在创作的实践上，实实在在拿出货色来的问题了。

最近，我看到陈铨教授主编的《民族文学》的创刊号，我们才晓得在重庆方面，又有民族文艺运动的口号的提出了。就在这一期的刊物上，我们读到一篇题为《民族文学运动》的类于发刊词及宣言的文章。自然，在这抗战已经到了七年，中国的国际地位已经提高，胜利即在目前的现阶段，我们在文艺运动上，提出了民族文学运动的口号，再在这口号下面，努力于民族文学的创作的实践，以配合中国民族解放运动的新的前途，这是非常的正确的。而且，这也是很显然的事实。今日所提出来民族文学这一口号，自然也不能和十年以前，由前锋社诸君所主持，专门作为排他的，对抗某一文艺运动的,狭义的民族主义,甚至流于褊狭的国家主义的民族主义文学同日而语的。所以,在今日,对于陈铨教授所提出来的民族文学运动,应该作为抗战以后民族形式问题的进一步的发展看,不应该当作十年以前民族主义文学的"还魂"或是"旧事重提"来看的。

在这一篇类于发刊词及具有宣言意义的《民族文学运动》一文中,作者先从"文学的特质"说起,再说到"民族与文学的关系",再说到"五四以来中国文学运动的三阶段",和"民族文学运动的意义"等。在"文学的特质"的一段里,作者认为文学是文化形态之一部分,而文学形态却是要受不同的时间与空间的限制的。而这里的所谓时间,也就是所谓时代精神,而所谓空间,却就是民族的特性。所以,他说"时间与空间,对文学有伟大的支配的力量,抛弃了这两个条件来谈文学,我们就不能算是真正了解文学"。在"民族与文学的关系"一段里,作者先强调了文学的空间的特质,说"一个民族有他特殊的血统,特殊的精神,特殊的环境,特殊的传统风格。假如一个民族不能够把他的种种特殊之点在文学里尽情的表现出来,成天整日专心一意去摹仿旁的民族文学,那么他的文学一定只有躯壳,没有灵魂,只有形式,没有内容,枯燥无味,似是而非,不但文学是没有价值的文学,民族也是没有出息的民族"。所以,"一个民族的文学要能永垂不朽,必须把自己表现出来"。而要"一个民族能够认识自己,创造特殊有价值的文学,大多数的国民必须先要有民族意识"。同时,"特别在近代社会里,文学和政治常常是分不开的,因为政治的力量支配一切,每一个民族都是一个严密组织的政治集团。文学家是集团中的一分子,他的思想生活,同集团息息相关,离开政治等于离开他自己大部分的理想生活,他创造的文学,还有多少意义?所以民族意识的提倡,(按原文如此,其实民族意识是自发的,不能说是提倡,如说提高、或说觉醒,便无不妥;反之,如属民族气节,说是提倡,倒亦不妨。)不单是一个政治问题,同时是一个文学问题。"

第三段，作者用历史的眼光，说明"五四以来中国文学演进的三个阶段"。这三个阶段的方法，完全是从中国思想界的理想的演进上来划分的，这虽是事实，但却说前人未说的话，颇为明确得当，且属新颖可喜。他说："自从五四运动以来，中国的思想界经过三个显明的阶段，第一个阶段是个人主义，第二是社会主义，第三是民族主义。中国的新文学也随着这三个不同的阶段，表现出不同的色彩。"而所谓第三个阶段的理想，即是所谓民族主义的思想，则是不以个人为中心，阶级为中心，而是以全民族为中心的。"中华民族是一个整个集团，这一集团不但要生存，而且要光荣的生存，在这一个大前提之下，个人主义，社会主义，都要听他支配。凡是对民族光荣生存有利益的，就应当保存；有损害的，就应当消灭。"而在现在呢，"这一个阶段中间，中华民族第一次养成极强烈的民族意识，第一次认清楚了自己。中国的文学，从现在起，一定有一个伟大的将来"的。

最后一段，"民族文学运动的意义"，作者举出了六个条目，即一，民族文学运动不是复古文学运动，二，民族文学运动不是排外文学运动，三，民族文学运动不是口号文学运动，——以上是从消极方面说的，四，民族文学运动应当发扬中华民族固有的精神，五，民族文学运动应当培养民族意识，六，民族文学运动应当有特殊的贡献，——以上三个条目是从积极方面说的。

这六条条目，除了第六条表面上看似空洞些以外，其余五条，一看条目，便知道都是"言之有物"的。至于第六条呢，我们虽在条目上看不出什么积极的意义，但在下文的说明当中，却也有明确的指示："怎样才能够有特殊的贡献呢？要用中国的题材，用中国的语言，给中国人看，这三个原则，是民族文学的规矩准绳，中国作家不容忽视。"

我们看了《民族文学运动》的全文以后，便可以晓得陈铨教授们所提出来的民族文学运动的主张和内容。自然，这话我在前文已经说过，在这抗战已经接近到胜利，中国的国际地位已经提高了的今日，我们在文学运动上面，提出民族文学口号，一面作为创作的实践的指导，一面又正确的使文学运动和文化运动甚至整个民族解放运动的任务相配合，这自然是非常的正确而必要的。其实，这一个运动，——或者从文学运动上的这一个倾向，在中国，从国防文学，民族解放战争的大众文学的两个口号的论争时代起，经过了七七抗战展开后，中华全国文艺作家大联合，抗敌文学的创作的实践，一直到了民族形式的口号的提出与讨论，这民族文学运动的趋势与潮流，早已形成了的。所以，陈铨教授们的民族文学运动这一口号，无疑的是民族形式问题的继续与进展，而且是更具体更综合更容易把捉的一个口号。因为"文艺上的民族形式问题"，虽然他的内容，他的使命，完全和"民族文学"一样，但在人家初看起来，总以为"民族形式"，只是着重于文艺的"形式"，而忽略文艺的"内在和实质"的，倒不如"民族文学"这一口号来得具体而简括，我想，当"民族文学"这一口号提出来的时候，"文艺上的民族形式问题"，是应该算是旧问题了的。不过，对于民族文学运动的意义，特别是在作者分条说明这六个条目的地方，却也有许多理论，应该加以修正，不然的话，这是颇乎容易引起误会，容易流于过去的民族主义文学的褊狭的国家主义之嫌的。

现在，如果让我们在这里把民族文学的意义，和我们对于民族形式的理解来对照一下，那末，我们便可以晓得民族文学的第六点意义，——即是民族文学是用中国的题材，中国的语言，给中国人看的特殊贡献的一点，是很可以和民族形式问题的中国气派与中国作风而同时又是中国人民喜见乐闻一点，相比拟的。民族文学运动的发扬中华民族的精神和培养民族意识，也可以说是和民族形式的继承中国过去的文化传统，发展民族的警觉性相合的，至于民族文学不是复古文学，不是排外文学，不是口号文学三点，聪明的读者们，自然也会从民族形式当中找寻出同意的字眼来。这样的说起来，似乎民族文学和民族形式是完全相同了的；然而这却又是不尽然的。

第一，作者说民族文学运动不是排外文学运动，这是对的；因为"特别有悠久历史的文学更需要旁的民族的文学来充实他，培养他。一个真正伟大的文学，决不排斥外来的影响；因为这种影响，如果善于利用，对本身是有益无损的"。但在另外的地方，作者却反对接受外国文学的影响，特别是接受俄国文学的影响。在今日，俄国文学，较之中国文学之更有伟大的作品的产生，却是没有疑义的；我们既然要吸收其他民族的优点，来充实来培养自国的文学，问题自然只是落在善不善于利用上面，而不是落在排斥或接受上面了。反之，这倒似乎失去了我们中华民族的大国民的风度，到处显出斤斤计较的态度来了。

第二，民族文学运动应当培养民族意识，这也是千真万确的。"民族意识是民族文学的根基，民族文学又可以帮助增加民族意识，两者相互为用，缺一不可。所以民族文学运动，最大的使命就是要使中国四万万五千万人，感觉他们是一个特殊的政治集团。他们利害相同，精神相通，他们需要共同努力奋斗，才可以永远光荣生存在世界。"这理由也是千真万确的。但是，在另外的地方，作者却特别攻击了"一般所谓前进分子"，因为，"他们把全世界人类分成两种不同的阶级"，而忘记了"中国人和中国人的利害关系究竟比较中国人和外国人的关系密切"。自然，在现阶段，如果还有这一种人存在，我们是应该毫不留情的攻击的。但是，我们却相信，在现阶段，除了汉奸败类以外，（而汉奸败类却不能算是中华民族的子孙的）所有的文艺作家，再也没有一个人敢于自外于民族，没有一个人不爱护国家民族，为民族解放斗争，三民主义的实现而努力的。所以，正因为这个缘故，我们在说了四万万五千万人的整个的政治集团之后，又说出特别是某一种人的话来，这也容易发生不良的影响的。

最后，我在这里尚有一点补正，即民族文学运动，固然不是口号文学运动，却应该当作一个文学运动的口号。因为口号文学，是只有形式，只有口号；但文学运动的口号，却是一种倡导，一个路向的指标，一个运动，一种"知识潮流"的创造，是使文学天才及文艺工作者与文艺运动者有正当而有效的发展途径可循的。所以，我们要拥护民族文学运动这一口号，高喊民族文学运动这一口号，我们要在这一口号下用创作的实践，来创造中国的伟大的民族文学。

论文艺上的"真"*

文艺是一种用文字语言这一类抽象符号做表现工具的艺术。

但是，文艺所用来做表现工具的表现工具，虽然是文字语言这一类抽象符号，但他所表现出来的艺术，却与另外的艺术，如图画、音乐、雕刻等一样，是形象的，具体的。

从艺术的见地看，一切的艺术，都是先以它的形象的具体的感性，诉之于人们的官觉，而后，再由人们的官觉，通过人们的感知，于是从认识唤起了情绪，或是从情绪唤起了认识，由理智的领域与感情的领域的综合，而后成为最高级心灵活动或精神活动之一种。而这一种最高级的心灵活动或精神活动，却是人类所特有的最高级生理机构所形成的成果与特权，其余的动物是没有的——其余的动物，就是有一点什么审美的观念，或是什么知识与记忆一类的心理活动，但较之人类，却也是因为量的不同，而形成了质的差异。所以，人类精神活动中的一部门的艺术活动，——包括了艺术创作与艺术欣赏——必然的是以人类为中心，综合着主观的心灵活动与客观的自然现象，由心灵活动组织客观的自然现象，或由自然现象唤起了某种心灵活动，而后形成的。

所谓艺术，原来就有"人为"的含义，这从艺术创作这一方面而说，所谓艺术，就是"人"对于"自然"的加工。换句话说，所谓艺术，就是人们对于"自然的素材"，加以主观的心灵活动的创造。反过来说，不是人们加工的自然，就不能称之谓艺术。固然，在大自然中，如云霓的变幻，花鸟的玲珑，大海的壮阔，高山的雄伟，……有时也可和人为的艺术品一

---

* 原载《新知识月刊》1944 年第 1 卷第 3 期。

样，引起了艺术的欣赏的心情，使人们有陶溶于自然之美的境界中的感觉；但那可不能算是真正的艺术。我们在日常生活当中，偶然发现了夕阳远山，云树暮鸦的实境，不禁欣然神往，于是我们用欣赏艺术的心情，来欣赏这自然创造的情物，而我们这时候在心中涌起来的观感，则说是，"唉，这真是一幅天然的图画。"这里，我们听说的这只是一幅天然的图画，就因为它原来就不是一幅图画；如果它真的是一幅图画；——假定我们在某一个友人的客厅的壁上，看见了那里挂着的一幅水墨山水或是什么翎毛花卉，而我们的断语，也是"唉，这真是一幅天然的图画！"或说，"这真是一幅图面，"这不反成了滑稽了吗？我们看现实的人生的悲欢离合的场面，我们说"这真像在做戏"，这是对的，但如果我们真的在剧场中看某剧团的演出，当我们看了以后，我们说，"这真像在做戏"，试问这还不是对这失败的戏剧所下的最大的讽刺与讥评吗？所以，没有加过工的自然，固然有时也很似艺术，但它却不是艺术。有时，我们在欣赏怪石奇山，我们说这是"神工鬼斧"，有时，我们在欣赏名山大川，我们说这是"造化妙工"。这在表面上看来，好像说自然的景物，也就是艺术的创造，而其实呢，也就显露出所谓艺术就非得有一个人工的加工制造不可的意思来，何况所谓"神工鬼斧"，所谓"造化妙工"也者云云，根本已是一种人们自己臆造出来的说话；他的意思，无非是说天然的风景，虽不假手于人力，但所谓艺术，总得有人工的创造，所以才用什么鬼神造化附会上去呢！所以从艺术的本身的意义说，艺术是人类的精神活动对于自然素材的加工，没有人类的精神活动，根本就没有所谓艺术，同时我们也就晓得，只有人类，才是艺术的创造者与欣赏者。

再从艺术欣赏这一方面来说，所谓欣赏就是对于加工过的自然的还原。要从这加过工的自然，还原于自然的实在与存在，而后我们才能在这心灵活动的过程中，感觉到艺术存在的意义与价值。换句话说，我们在欣赏艺术的时候，我们只能对着这加工的自然的艺术，才可以还原，不然的话，如果艺术的本身，原来就是没有加过工的自然，原来只是艺术的素材，那就根本无所谓还原，引不起欣赏艺术的这一种心灵活动。在平时，我们在欣赏一幅名画，我们觉得这幅画的人物栩栩如生，呼之欲出；于是我们说"这画中的人物，真像活着的一样，你看她那眼睛，你看她那姿态，喏，喏。这不是在向你点头含笑，立刻就要走向你的身边的样子吗？"可是，我们如果把这些说话，移赠于真的为我们所面对着的一个美人，你的这些说话，又将从何说起呢？所以一切艺术制作的成功，都是由艺术的形象，可能还原于自然的实感。我们从这可能还原到自然的实感的形象当中感觉这艺术制作的存在的意义与价值，而后才发生一种比憧憬于实在陶醉于自然的更加纯真更加实在的情绪与感觉。不然的话，譬如我们读一篇政治宣传的文章或是读一篇空洞无物充满了概念的作品，试问你在脑筋中会翻起了真实的感觉，还原到自然的形象否？

所以，从艺术欣赏这一方面说，我们在欣赏艺术，第一个条件，须得被欣赏的对象是一件人为的加工于自然的艺术，第二须得这一件被欣赏的人为的加工于自然的艺术，是充分的形象，而且和自然的客观的实象，艺术的素材，相逼真的艺术。所以，只有这样的艺术制作，诉之于我们的官觉，通过我们的思维想象与情绪，才能还原于自然，才能感觉到艺术制作的艺术性与艺术价值。所以，人类的艺术活动，特别是人类的艺术欣赏的活动，是以人类自己所加工制造的艺术制作为对象，而使之还原，使之神往于这艺术创造的境界的精神活动。没有这一精神活动，没有与这一种精神活动对置的自然客观的存在，没有客观自然做这一种精神活动的还原的楷式与准则，没有这主观的精神和客观的自然的协调与综合，这种艺术欣赏的过程，是非但不能成立，而且也不能存在的。

文艺作品，是艺术的一部门，因为它是"艺术的"一部门，所以它就具有一切艺术所应具有的艺术普遍性；同时，也因为它是艺术的"一部门"，所以它又具有文艺这一部门所应具有的文艺特殊性。我们要了解文艺，在一方面，须得从艺术的普遍性入手，因为不理解艺术，就不能算是理解文艺。同时，也因为文艺是艺术一部门，文艺在艺术的领域中除了它的艺术普遍性以外，还有它的独特的文艺性，所以，在另一方面，我们要理解文艺的特殊性，不然，也就算是没有理解到文艺。

我们说过，文艺是一种用文字语言做表现工具的艺术，而文字语言，却是人类自己所创造出来的一种抽象符号。因为文艺所用来做表现工具的这一套抽象符号，不同于其他姊妹艺术所用来做表现工具的表现工具，所以文艺在艺术诸部门当中，就有他的独特性，同时，也因为文艺有它的独特的表现工具，所以文艺的艺术性，就局限这种表现工具，而且发展了，尽量利用了，甚至神化了这种表现工具。

在艺术的诸部门中，譬如雕刻与建筑，是用具体的物质做表现工具的，它只能诉之于人们的视觉触觉与运动感觉，比较起来，是存在于人生之外，远离人生的。图书与音乐，是用线条与色彩，音符与音波的颤动做表现工具的，它只能诉之于人们的视觉和听觉；它们之较之雕刻与建筑，虽然和人生接近了许多，但与文艺相较，则图画中所表现的人生，似乎总不及文艺中所表现的人生，来得活跃而富有连续性，音乐中所表现的人生较之文艺，似乎又赶不上文艺中的人生的具体与形象。所以，从文艺的本身来说，因为它的表现工具，是一种抽象符号，它的艺术的形象，虽然也是诉之于人们的视觉与听觉，但当人们要从艺术的形象，还原于自然的形象时，这却须得诉之于整个的心灵感觉的。同时，再从它对于人生的密接的关系来说，因为文艺是比任何艺术更加接近人生，容易表现人生，而且最适合于表现人生，所以我们也可以说，文艺是最优秀的人生表现的艺术。

人生是具体的，是活动的，是复杂多变的，而且是继续不断在发展的；如今要以这复杂多变，继续不断在发展着的，具体的人生活动，为艺术表现的对象，除了这用文字语言做表现工具的文艺以外，我们可以断然的说，此外就没有更适合的表现工具，更适合的艺术表现；除了文艺以外，更没有另外任何一种姊妹艺术，所能比拟得上，负担得起。所以，我们时常说，文艺是人生的艺术，是表现人生，反映人生，而且变革人生的艺术，这都是从文艺的局限性与独特性上说出来的。

原来，一切的艺术制作，都可以说是人生的表现，同时，因为是人生的表现，所以也就可以说是表现了人生。我们曾经说过，所谓艺术的意义，就包含了"人为"的意义，因为是"人为"，这自然是人生的表现，也因为是人为，所以又表现了人生。但是，同是这"人为"的意义，只因一个艺术家（这里系说文艺作家），在表现人生，创作文艺时，他的主观的心灵活动，他的感情，他的认识和他的思维作用等整个心灵活动，有了偏向，发生着畸轻畸重的情形，于是便有意无意的使他在文艺作品中所表现出来的人生，形成了不同的外貌，现出不同的效果。比方说吧，当一个文艺作家在他的文艺创造的过程中，他的心灵活动偏向于理智的，着眼于客观事实这一方面的，于是他的作品，便成为人生的反映，反之，如果他在创作的过程中，他那主观的情绪，过分的强调，于是，他的作品，便倾向于人生的表现。同时如果这个作家，他在创作的过程中，强调他的对于人生的正确的认识，把握人生社会的演进的必然，预示人生改进的前途，那末，他的作品，便又有了指导人生变革人生的效能了。

所以，文艺是一种描写人生表现人生的艺术，不管他是表现人生，反映人生或是变革人生，但它的以人生现实为艺术的素材，而加以人为的创造，却是一致的。从艺术的见地来说，非但现实的人生，不能算是文艺；就是现实的人生的实录或是拓本，也不能算是文艺。打一个比方，图画是艺术，而照相却不一定是艺术，报告文学是文艺，而黑幕大观或社会新闻之类却不一定就是文艺。这是什么缘故呢？

很显然的，所谓艺术，就得要有人为的加工，就得要有个人主观的成分。如果有人问，我们为什么说照片和社会新闻之类不一定是艺术或文艺呢？这就是说，假使我们在拍照或是报告新闻的时候，你能从取材，从观察角度，从剪接缝合，谋篇布局，这一类地方，加入一些主观的创作成分，那末，这照片，这报告，又可能成为艺术的东西的。

在文艺作品中，我们所要求的是能够表现人生的真。但是文艺作品中的真，却不一定就是事实的真，作兴，作家在文艺作品中所描写的人生的真，在现实生活中，恰巧在某一地方，某一时候，的确曾经有过那么一个人，发生过那么一件事；但也作兴，文艺作家所描写的人生的真，只是某一个场合，"可能"遭际的一个人，"可能"发生的一件事，而它的人生与事实，却不一定是"实有其事"的，这一种实例，我们从许多成名的作家，当他道白他自己创作经验与人物造型的过程时，就可以证明。所以，我们读鲁迅的《阿Q正传》，我们可不必问在浙江绍兴的社会中，在辛亥革命的前后，是否真有阿桂或是阿贵那么一个人的存在，我们如果有人真的这样探问，那末，他就算不懂得艺术，不配阅读文艺。可是，文艺作品中所表现的，毕竟是人生的真；而且，我们在欣赏一切的艺术，我们认识艺术之所以为艺术，就因为可以通过它的形象，而能还原到他的实在或实象，如果一个作家在他的作品中所表现的人生，不能使我们通过他的形象，还原于实象；或者通过他的形象，只能还原成现实社会中，不可能有的实象。——这是包括可能有的理想的创作与情感的实在而言的——那末，这作品中所表现的人生，就算不得真实，失去了艺术的价值，就不能成为真正的文艺，真正的艺术。

所以，文艺上的真，是作家在创作时情感的真，认识的真，创造的真，至于人生与其所发生的故事与行动，却不必一定要"实有其事"的真。因为人生的故事与行动，就是实有其事的真，但这只能算是艺术的素材，还得有作者加过工的人为成分，才能成为艺术的制作品。至于这加过工的人为的成分，那却是作家的生命，创作的灵魂；——他的感情，他的认识，他的创造，却是不能有一毫半丝虚伪成分的。

现在的文艺创作，是文艺创作发展的最高阶段，而现代的文艺工作者，大体都能明了文艺现象与社会现象，文艺运动与社会运动的关系；他们要用针对现实的锋锐的眼光，从现实社会现实人生中挹取题材，再在这些题材中透露出未来的理想，预示人生社会的前途。换句话说，现代的文艺创作，作者要用现实的眼光，写实的手法，针对着现实的一面，而在另一面呢，他又要用理想追求的态度，浪漫的手法，透露出甚至预示出光明的前途来。因为人类社会是在进步的，而人类，——大多数爱好和平，拥护自由与正义。追求理想的光明的生活的人类，自己的努力，也是在催促并且推进这人类社会的进步的。而一切的文艺作家，（除了少数丧心病狂利令智昏的法西斯走狗之外）都是爱好和平，拥护自由正义，追求理想的人生，大同社会的实现的最积极最优秀的人物。所以，文艺作家为了加速达到这理想的人生与理想的社会的实现，也就加紧了对于这现实的不合理的人生与社会无情的暴露与摧毁。

所以，在现阶段，一切进步的文艺作品，都是一面针对着这不合理的现实社会的黑暗面，在暴露它，摧毁它，咒诅它赶快没落的；而在另一方面呢，却又在歌颂，在咏赞，希望光明的理想的赶快出现，赶快来临。我们要加速旧的势力的没落，促进新生的势力的长成；文艺工作者的努力，与一切为人类的和平与自由，光明与理想而奋斗的战士，是取着同一步调的。

不过，文艺还是文艺，还是艺术的一部门。一个文艺作家，他在文艺创作上，固然要尽量的从现实社会与人生，吸收事实的真，但当他将这些素材通过了他的人为的加工，也即是艺术的创造以后，它就有了主观的创作的成分，就会被客观事实的真实更加真实的。不然，他的作品，不成为空洞无物，就会成为无病呻吟的东西。

同时，如果一个文艺欣赏者，不懂得这一原理，以为文艺作品中所写的人物与故事，就是活着的现实存在的人物与故事，于是疑神疑鬼，尽量的加以猜测，加以比类推证（蔡子民先生的《石头记索隐》，尚是如此）以为作品中的某人某事，就是现实中的某人某事。这种情形，如果当作客观的研究，或是做一种考证注释功夫，倒也无可非议，但一涉及个人主观的利害恩怨，以为作家在作品中所写的人物故事，就是他自己或他的亲属朋友的故事，而且认为作家所写的故事，目的就在于揭发他们的阴私，于是老羞成怒，利用自己的地位，尽量的加以摧残妒忌与压抑，这实在是要不得的。这种情形，特别是那些颇占要位，而自己的私德却并不怎样的了不起，自己的行为也不是怎样检点的人。他们在平时，以为自己的私生活，无论怎样的不可非议，但别人都是不清楚的。因此，他在公众前面，总以为世界可以欺骗，只要自己能套上一件虚伪的外套，挺直腰骨，像"人"一样的在人前摇幌——一切的道德名誉，便会属于他的所有。可是，一等到看了某某作家的某某作品，一发现到某某作品所触着的某一题材，某一事实，于是就抓痛了他的疮疤，发起他的火性，从此记恨在心，想尽方法，一有机会，便随便送人一个什么名堂来对付了。还有一些呢，他们的眼光比较高远，气魄也自然比较宏大；他们的理由，更自然不是说为了个人，而是为了国家民族；——他们用着这样的大帽子，于是这是暴露现实，那是揭发丑恶；影响所及，就能动摇胜利信心，混淆中外视听，真是罪大恶极，非予以严重的注意不可，其实，这种情形，却非但阻滞了文艺运动的发展，而且于人类社会文化的进步也是颇为妨碍的。

其实，文艺作品中的人生与故事，本来就不一定是真实的，实有其事的；如果因为这作品所描写的人生与故事，还原于真实的人生与故事之后，你认为这种人生这种故事是要不得的，这却是现实的人生与故事问题，而文艺作品的人生与故事可不能负这责任。同时，如果这文艺中的人生与故事，还原于现实的人生而在现实的人生中却是绝对没有的，那又何与于文艺？在现实社会中，如果是事实，总一定是事实，闭起眼来不看，是不是因为自己的看不见，这事实便不存在了呢？这有如鸵鸟，也有如跳蚤，听说沙漠里的鸵鸟，当遇到敌人无法逃脱时，便自己把头部埋入沙中，让屁股留在外面，以为敌人就看不见它了，而跳蚤呢，也时常把头钻入破棉胎中，逃避捕捉，而人家用两个指甲克它的屁股、它的身体时，它也没有办法了。这是新的掩耳盗铃的笑话，但有些人们的不懂得文艺上的真的意义，误认文艺上的真，也就是现实的真，也就是现实的真的拓本与翻印，于是就造成这种错误的观念，这也是一种不能逃避的讥评。

文艺上的真，是可能的真，并不是实有的真。实有的真，有时固然是可能的真，但可能的真，却不一定就是实有的真，实有的真，有时固然是内在的实质向外流露的现象，但有时却只是一种虚幻的表象，而虚幻的表象，却与内在的实质没有什么紧密的联系，他的真实性，反而被减低了的。至于可能的真，也就是合理的真，它是一定的内容的外表，它的现象，是一定和它的内在实质相连的，所以，可能的真，在某一意义上，有时反比实有的真更"真"。

文艺上的真，是人生行为的最高轨范，——真美善的准则的真，是最高真理的真，而这一种真，却由人类整个心灵活动通过客观的事物，在客观事物认识的过程中提炼出来，把握得到必然的真，是人类的心灵加工于自然，加工于客观事物的创造，是从人类的心灵活动，对于自然，对于人生，对于客观的实在，有了正确的认识，正确的理解，正确的把握，而后由主观与客观的统一，精神与物质的协调的真。只有从这个认识出发，而后才能算是真正的理解文艺上的真。

文艺批评的本质 *

一

文艺批评，是和文艺欣赏文艺研究一样，都是以客观的文艺作品为对象的一种心灵的活动，但他们所用的方法，与其所预期的目的，却不一定是相同的。

从表面的情形说来，欣赏是欣赏，研究是研究，而批评则是批评，似乎界划非常分明，大家各自有一个范围，两两各不相涉；但一涉到内在的比较深入一点的探讨，这界划就不期然的会含混起来。我们平常说，文艺欣赏是偏重于欣赏者个人的享受，着重在美的整个的形象，偏于感情方面的，文艺研究是着重在社会学术的贡献、理论。或者是学术成果的探讨，偏于理智的活动的。可是，这些说话，也只能这样的说说而已，事实上的划分，每每就不能有这样清楚的。

从个人和社会说，一个人便是社会的一分子，而社会却就是个人的集合体。个人与社会，原来就是对立而又统一的。如果我们在社会中把个人的部分抽开了，试问这社会又该是怎样的社会？——这不将成为不可想象的事实了吗？一个人的活动与一个人的享受与贡献，说是完全无与于社会的，这也是没有的事。但这些问题，却似乎和文艺距离尚远，我们即使不去说他，也没什么关系。

其次，一个人的心理活动，也不能截然的分为理智活动与感情活动的。在我们的现实生活中，几乎没有一个单纯的感情活动的存在，不是伴随着

---

* 原载《文艺春秋》1946 年第 3 卷第 2 期。

思维与认识，不受思维与认识的影响的，几乎没有所谓感情活动。同时也没有一个理知的思维与认识等活动，不是伴随着情感活动的爱与憎吸和拒的。过去的心理学家，对于人类的心灵活动，固然喜欢那样机械的方法，但在我们的现实生活中，却不是如此的。我们在开始接触事物的时候，便用我们的感官，去感知客观现实的世界；我们在感知了世界以后，我们又用这种感知世界的结果，第二次再去感知他。这样的反复下，我们就在不断的认识世界，欣赏世界，理解世界中扩大了我们心灵活动的内容，一直到今日。我们在感知世界的时候，我们的心灵活动，一面是由感到知，而一面却又是由感到情的。我们的感情的一部分，原也不是原始的素朴的东西，他是跟着认识的转变而不断的变化的。总之，感情与理知，或是美丽的观念和抽象的认识，他们都是对于事物接触的两面，是无法分开的。因为他们在开始接触客观事物或客观世界的时候，他们就相互伴随着，而成为心灵活动的两面，而等到发展开来以后，他们又是时常相互影响相互作用着的。

文艺欣赏，虽说是着根于个人的享受，是属于美的观念、美的情绪的事，但他也和人生的功力人生的认识相关的。美的观念每每会因人因地因时而不同，美的情绪也会因为各人人生功力的高下，而形成肤浅与高尚的分别。这都是我们在现实生活中所能经验所能理解得到的事实，不是几句空论所能抹煞，所能改变的。同是一篇文艺作品，你的人生功力和他的人生功力如有差等，因而你所领略到的境界，也就不一定是他所领略到的境界。单纯的美的观念是不存在的。

文艺研究，虽然着重于文艺的内在的探讨，是关于理智方面的活动。但无论你这一种研究，是站在花样的纯客观的立场，——是为研究而研究，或为学术而学术；或是你在研究以外，另有社会人生的目的，——当你把一件事情，当作人生的主要工作去致力不懈的时候，你就伴随着研究的兴趣，和自我满足的美的享受的心情。因为无论那一种学问，你在未入门的时候，或者也有所谓枯燥的感觉；但当你决心前进，你在前进的过程当中，发现了困难，又解决了困难的时候，你就在研究的过程当中，同时滋长出兴趣，滋长出成功的喜悦与满足的享受的心情来。文艺研究，也不是纯理智的枯燥无味的工作呵！

　　文艺批评是着根于文艺欣赏和文艺研究上的一种心理活动，他是通过了欣赏和研究，而且综合了欣赏和研究，对于读者，对于作者，甚至对这个时代和社会，都不肯轻易辜负的一种有意义的工作。这种工作，有些和文艺欣赏、文艺研究相象，但却不就是文艺欣赏和文艺研究，甚至也不一定是他们的工作的总和。一个文艺欣赏者，虽说同时也可能是个文艺批评者，但不一定就是一个文艺批评者；而一个文艺批评者，却同时又该是一个有见地的文艺欣赏者。一个文艺研究者，虽说同时也是一个文艺批评者，却不一定全是文艺批评者；而一个文艺批评者，却每每同时又是一个文艺研究者。

　　文艺批评的工作，是一面根据了欣赏者的享受，一面又根据了研究者的贡献，而他自己又有自己的见地与主张，不肯就以欣赏和研究者的见地为见地、他们的成绩为成绩的。从文艺欣赏自然也可走到文艺批评的阶段；批评论上的什么印象批评什么灵魂的冒险等说法，就是这些见解的反映，——但这却不能算是尽了文艺批评的能事。从文艺研究也可踏到文艺批评的境地，批评论上什么客观批评，解释批评，或是所谓历史的批评等，都是这一条路通过来的。但是也不能就算尽了文艺批评的全领域。

　　文艺批评，先是批评者把自己当作欣赏者与研究者，再根据了这种欣赏与研究的成绩加上他自己正确的见解，合法的主张，一面在帮助读者，使读者能更深的欣赏作品的美质，更深的了解作品的内容，一面又告诉作者，说他自己在你的作品里，发现些什么东西，又根据他自己的见地，说你的作品，又缺乏什么东西的。

所以，从文艺欣赏、文艺研究，达到文艺批评是尽有些连带的关系存在着的，只不过并不是直线的综合的关系就是了。

二

文艺批评的批评对象，是文艺。而文艺却是二重性的。不过文艺的二重性，却不是文艺的二元论；因为文艺的本身，原是一种艺术的定形，是一个有机的整体，他是不可分割的。这也有如我们人类，我们有肉体，也有灵魂，有兽性的生活，也有神性的生活，但我们这一个生活的整体，却是不能分割的。要是分割了它，那便成了死尸，或就成了幽灵；而且，也已经不是现实存在的人生了。同样的理由，文艺的二重性，虽说也为我们认得真切，说来便当，但他却也完全统一在艺术的定形，有机的整体当中的。

从文艺创作的形成说，文艺是个人的创造，但同时又是社会的产物。个人与社会，原是对立而又统一的。文艺作品的形成，固然是个人的创造，但我们切勿忘记，这创造文艺作品的个人，同时却又是社会的成员，离开社会而活动的个人，是不可想象的存在；作家的学养与人生经验，在一方面说，固然是这作家的创作要素；但这作家所以把他当作创作要素的那些要素，又那一件不是社会的产物？那一件不是作家从社会中挹取过来的？作家的生活，作家所生存的时代与社会，作家的创作技能，创作内容，以及他有意无意受到影响，接受了过来的文化遗产和文化成果，又那一点不受社会的影响呢？反过来说，虽然有了社会的条件，但如果没有作家的努力，这却不一定会有什么成就的。所以要是从作家个人这一面看，却除了社会的因素，这问题固然无法想象，但要是从社会这一方面说，剔去了个人，这文艺也是不能出现不会存在的。文艺作家的形成，是作家个人的产物，也是社会时代的产物；他们是对立而又统一的。要是我们对于文艺的认识，不能体认到这点，这就算是没有懂得了文艺。

其次，文艺是一种以抽象的文学语言做表现工具，而使之形象化的艺术。抽象的表现工具和形象化的艺术，又是互相对立的文艺二重性之又一证明。但他们却仍旧统一在艺术的定形之下，而使之成为有机的整体的。文字语言，是人类自己创造的一种抽象符号，但在文字语言的后面，却到处都隐存着他的实在和实象，文艺作品之所以不同于政治社教和哲学论文，他的主要的作用，是在于形象的感人和动人，因而这里就发生着矛盾。其余的艺术，如同图画，如同雕刻与建筑，他们的存在，原来就是形象的。但我们在文艺作品中所看到的，却只有抽象的白纸上写黑字的符号。不过一个作家，他有把具体的实象，翻译成抽象的文字符号的能力，而一个读者，却又把抽象的文字符号翻译或还原到具体的实象的能力，因而使文艺作品，才成为社会的存在。没有形象，不能还原到具体的实象的，不能成为文艺作品，不用抽象的文字符号来表现的形象，也不能称之为文艺。而文艺作品之所以成为文艺作品，又在这一对立中统一起来了。

再次，文艺作品，是感情的产物，同时也是理知的产物，他有美的艺术的特质，但同时又具真的特质和政治价值、社会价值的。感情与理知，在过去的说法，也是对立的；但我们的见解，人类的心灵活动，绝然的感情与理知的孤立的活动，几乎是不存在的。这一点理由，似乎无须再加说明。但对于美的艺术的特质，一般人总喜欢说他是形象的，而且是诉于感情的，而与抽象的，属于思维活动的政治价值社会价值对立了起来。又，他们对于美的艺术价值，和政治价值的看法，在普遍情形之下，也喜欢分成感性和理性的说法，把他们对立了起来。因此从这种见解出发，一直到现在，我们还看见讲文艺理论的人，仍旧执着于内容与形式，艺术意味与人生道德的对立，而在探讨艺术的形式和什么价值的内容了。其实，所谓伟大而成功的文艺作品，所谓完形的艺术，这两个对立而又统一的价值，也是不能分开的。不过，在文艺史上，有许多文学家的见解，的确也曾经出现过那种主张，认为内容和形式，或是艺术价值和政治价值，都各有偏重。因此就造出许多不同的说法，来证明自己的见解。在我们中国，文以载道和诗言志的对立，注重文采修辞和注重政治教条与道德教条的对立，历来都存在着的。在西洋的文艺史上，浪漫主义与写实主义的对立与转化，特别是王尔德的唯美主义和托尔斯太的人道主义的对立，更属显然。直到第一次世界大战以后，新现实主义文艺理论的建立，这一种争论，才算慢慢的接近起来。但在有一个时候，因为要特别的强调着文艺在社会变革期间的职能，阶级意识，革命情结等等的鼓吹，又难免不堕入到理论的深渊之中，而将文艺造成一种教条，一种时代的偏畸的情形来。

文艺是一种艺术，他是反映、表现而且改进人生的。如果我们确认这一个定义，并没有什么差错，那末，文艺的艺术性与政治价值或人生价值之应该统一起来，那就没有问题了。而且也只有统一了文艺的艺术价值与政治价值，而达到了最高境界的时候，才是最成功最有成就的文艺。所以，艺术价值与政治价值，虽说同是文艺的二重性，但却同样的不是文艺的二元论，而是统一在艺术的定形，有机的整体之下的。

三

以文艺为对象的文艺批评，自然不仅是文艺欣赏，也不仅是文艺研究。文艺欣赏者，他要懂得了文艺的二重性，他们的对立而又统一的关系，固然也好，但随便找到一本文艺作品，随便又看他一篇两篇，不管他什么一重性二重性，似都毫无关系。文艺研究者的工作，固然也可注意到这些问题，但他们也不一定就该注意到这些问题。他们的工作，时常可以偏于一面，而有了深入的研究，极大的贡献。但他们也不一定就把问题落到文艺的整体，和整个的人生的关系上。只有文艺批评者，他应该从文艺的整体下手，他应该深切的了解文艺整体，以及他的历史的演变，时代的发展与其任务，他的内在的组成的要素和他们的最适切的形式等等的。

文艺批评者的任务，要把个人与社会沟通起来，要使作者与读者之间，一点也没有隔阂。他在一面，要替作者解释，替作者说话，使得每一个读者，都能更深一层了解作者所要表白的内容。有些地方，作者的含义，是若隐若现的，他就应给他申诉出来；有些地方，作者是用暗示的方法在暗示着的，他也要给他说明出来；有些地方，作者恐也有些忽略的地方，要不加以纠正，很可能会造成读者的不良影响。凡属这种所在，批评者就该指出作者的错误，防范并且纠正这种不良倾向的形成。总之，他要替作者说话，但又不一定完全替作者说话，而他的最后的目的，还是要帮助读者尽量的领受这种作品的美点。同时，一个文艺批评者，他也要站在读者的立场，报告他对于这作品的印象。他要指出他之所以成功及其所以失败之所在，他要告诉作者，他将应该怎样的努力，向某一方面发展，才是我们读者的期望和时代的要求。而他的某一种倾向或某一种企图，则会走上不甚可靠的道路，终会毁灭他自己创作的前途，这不是我们读者的期望，而应该不客气的提出警告的。而特别要指点出来的，则是作品对于人生对于社会时代的任务；——而因为他的批评，作兴还可以造成一种风尚，使得大多数的读者与作者都有所遵循。

是的，一个文艺批评者的工作，不仅是沟通了读者与作者，就可了事的。文艺批评者有文艺批评者自己的见地，他要利用他的批评，表示他自己的主张，争取自己的友军；他要说服人，批判人，建立自己的理论的阵地。他要用批评这一武器，和不良的倾向斗争，和反动的势力斗争，站在整个文化运动的立场上，利用这一批评的武器，来造成时代的风尚，促进社会的进化。

其次，文艺的艺术价值与政治价值的估价与确定，也是文艺批评者的最大的任务。文艺是一种艺术，形象、美感、情调、氛围，甚至美感观念美的情绪的形成，都是他的生命。文艺如果失去了美的因素，这文艺就根本不成其为文艺。不过，我们所谓美，也不一定就是绝对论者的美。绝对论者的美，认为美是绝对存在的，而且是先验的。这话我们却未敢相信。我们认为美的观念的形成，是和时代社会，以及人生的学养，与人生的功力，有着很大的关系；一个文艺家的创作文艺与理解文艺，都由他那美感观念以及对艺术的素养去策动着的。如果他的美感观念不正确，艺术素养不高明，他也不能有什么先验的美去完成他的任务。所以，在现实生活当中，美的东西，不一定就是真的，又是善的，但在文艺的世界中，因为作者的艺术素养与美感观念的决定，他在艺术创作上所表现的东西，却同时又是真的，又是善的。文艺上的真，不一定就是现实的真，但文艺上的真，却可能比现实的真更真。文艺上的善，也不一定就是现实的善，但文艺上的善，却也一定会比现实的善更善。在文艺上，美与真与善，应该是统一的。同样的理由，文艺上的美，也不一定就是现实的美，但在文艺上的美，却也一定比现实的美更美。有许多东西，是现实的美，是自然的美，但现实的美与自然的美，却不能就算是艺术或艺术的美。所谓艺术作品，一定要通过人类的心灵的创造，对于自然的美的加过工的复制。因为文艺的美，是作者加过工的复制，所以自然的美固然可以复制成文艺的美，而自然的丑，也未始不可以复制成为文艺的美的。以此类推，文艺中的真与善，固然也是现实的真与善的记录或反映，但现实中不真和不善，却也可以在文艺中反映出真与善来的。真与善与美原是一种规范，一种最高的准则。我们固然不敢轻易附和，说这种规范，这种最高的准则，原来就在什么观念世界当中有了绝对的规定，但我们仍旧可以承认，在一个时代，在社会演进的某一文化阶段，跟着时代，跟着社会文化的演进，他的相对的规范，却是不能没有的。绝对的美，绝对的真和善，究竟是怎样一个相貌，这话也非常难说，究竟是否存在，也成问题。但在某一文化阶段，这一种合于时代社会的要求，而成为这个时代的人们的努力目标与最高理想的准则的，却不能说是没有。所以，在这种地方，所谓美的最高准则的艺术价值，却已经和真与善，也就是所谓政治价值和人生价值，互相联系起来了。

仅有形式而没有内容，或者仅有内容而没有形式的文艺是没有的。同是一篇文艺作品，我们用美的艺术的观点去看，固然是一种看法，固然也可以看到他的一面，但这，却只能限于他所能看到的一面。艺术是一个完形，一个整体，肢解了艺术，同时也就损害了艺术的生命，只凭了一面的眼光，去观察艺术，也不能得到艺术的完形。艺术中的真与善，和艺术中的美，也是在对立中统一起来的。

文艺是人生的表现，但同时也是反映人生改进人生的。把文艺当作艺术的玩弄的时代，该是过去了。伟大而不朽的作品，艺术的成就固然是非常高远，他所寄托的人生的理想，也是非常的高超。自来伟大的文艺作品，如果抽了他的内容，也就是说抽出了他的人生意义与政治价值，试问这作品还能剩些什么东西？

文艺的内容与形式，是有着相互关连，相互影响的关系的，而从严格的观点说，内容的重要，却每每可在形式之先。我们平常说内容决定形式，而形式却只能反作用于内容，该是这个意思。形式决定内容，则几乎是不可能的。从这一点说来，则所谓文艺上的艺术价值，也还应该落在政治价值与人生价值之后了。不过，我们如果从定形了以后的艺术成品来说，则他们的或先或后之论，又会很显然的割裂了文艺的生命了。文艺的政治价值与艺术价值，又统一在艺术的完形，与有机的整体当中了。

在这种地方，一个文艺批评者的任务，一面固然在于文艺的艺术价值的指出，一面却更要指出文艺的政治价值与人生价值来，而且，更其重要的，他应该指出文艺的艺术价值与政治价值相一致及其最高成就来。

再次，如同抽象的文字符号和形象的对立问题，主观的感情活动和客观的思维作用的对立问题，再现与表现的手法的不同问题等，都可以看出文艺的二重性来。但在一个成功的有见地的文艺批评者，他也会在艺术的完形与有机的整体之下，给他解决了的，我们姑且带过去吧！

最后，我们说到文艺批评的本身，也是具有着文艺的二重性的。我们说过，文艺批评的活动，是一面根据着文艺欣赏的美的探索的情趣的享受，一面又根据着文艺研究的学术的钻研和人生价值的探讨，是两个不同的路向，但在文艺批评当中，也应该进一步给他统一起来。其次，文艺批评的任务，在于帮助读者，如何更深一层的理解作者，帮助作者，如何更广更深的影响读者，以及对于读者作者，甚至于整个社会，提供自己的意见，说明别人的主张，以期造成一时的风尚，加速人类文化的推进。这些说话，我们可以不必再说。但是，这些活动，却都是说教的事。是一种抽象的思维活动，而文艺批评，却是不应该如此的。文艺批评，虽说以文艺为其批评之对象，但他的本身，却也是文艺的一部门。所以，最高的文艺批评，他又应该是文艺与批评的统一。

他所批评的对象固然是文艺，而他自己本身的形式，也该是文艺的。因此，这就如文艺中的艺术价值与政治价值一样，文艺批评中文艺与批评也该统一起来了。要知最理想的文艺批评，并不是关于文艺与人生的说教，他也具备着极完整的艺术的因素，他要在说服人以外，还要用艺术形象去感动人的。

四

文艺批评的活动，也正如一切文艺作品的活动一样，出发于人生，而又归着于人生的。不理解文艺与人生的关系的，只能算还未理解文艺；不理解文艺批评的出发点是人生，而他归着点也是人生的，也算不懂得文艺批评。

一个文艺作家，他用文艺来反映人生，表现人生，而同时又用文艺来批评人生，指导人生。反映人生，表现人生，是以现实的人生为根据的，这就成为他的人生的出发。没有人生，或是不能根据现实的人生，来反映，来表现，文艺也就无从发生，更无所谓文艺创作的活动。而且一个文艺作家他在他的文艺作品当中，每每是不仅在于反映或者表现了人生就够了的，他同时还要批评了人生，而且指导了人生。而批评与指导的最后目的，又在于改善人生。因此，如果没有了人生，或是离开了人生，则一切文艺的效能，也就等于空白。其余还谈些什么？文艺是离不了人生的。

文艺批评，也是文艺领域中的一部门，文艺的任务，也就是文艺批评的任务，他在这一方面，也得从属于总的部门，而分担他自己一部门的任务。其次，文艺批评，原是以文艺为批评对象的一种批评活动，他虽说也是文艺领域当中的一部门，但毕竟又与文艺对立着的。当文艺作品以现实的人生为对象，而加以反映表现或是批评与指导的时候，文艺批评，则以现实人生为基准，对于作家笔下的人生，又加以批评与指导了。所以，文艺批评也是出发于人生，如果不以现实的人生为基准的批评，一切的批评，就会失了依据，如果他的批评，没有指导人生的意味，或是不能归着到现实的人生上面去，这种批评工作，也算扑了个空。

过去的文艺批评，恪守着三一律的形式批评，只能说是形式的小玩意，自然找不到什么人生、科学的批评与解释的批评，虽说也可帮助读者更深的了解作品的内容，更深的了解作品中的人生，但他还是忽略了最主要的一部分的，不能算是尽了人生批评的能事。至于道德批评或是文化批评，虽然都算不曾忽略了人生了，但他也是没有把握到人生的全貌、文艺的全貌的。

人生的活动，是感情与理智，行为和意志的综合；现实的人生，是立根于现实，追源于过去，而又展望到将来的。人生的发展，根据着人生的活动，对人生的认识，适应于文化演进的各阶段，而又可能超过这文化演进的某一阶段。所以，文艺批评是现实的事，又是理想的事。而其所谓理想，却仍旧与现实紧紧的连结着，从现实的认取中发展过来的，要是理想远离了现实，这就成为不着边际的空想，理想虽说高远，仍无补于实际。人类的文化演进，有如人生的行程，此刻的努力，只能寄托在不远的将来上面，太过深远了，难免不落入渺茫的境域。时代进到某一阶段，我们的努力得跨上一步，没有达到这一阶段，夸大的努力，毕竟也属徒然。如果你此时的努力，已经认取了客观的必然，有了许多客观条件的根据，那末只要目标不错，努力向前，前途的显现，就在最近的明天。不然，理想太远，目标已经认不正确，还谈什么理想？那其结果，还不在半路上打了许多圈子，走向老路，或甚至反动的路上去吗？

作家在他的作品中批评人生指导人生；批评家则在作家的作品中，批评作家在怎样批评人生，指导人生，指出他所批评和指导的人生，又是怎样一种人生，而其最后，他还得说出他又在怎样批评人生指导人生，以及他所依为准则，作为批评指导的标准的人生，可是根据着什么，怎样一种情形的人生。

这样的推论，文艺作家在他自己的笔下所反映表现甚至批评指导的人生，作兴就是文艺批评家所认为最合理最正确的人生，作兴不一定就是批评家所认为的最合理最正确的人生。这在文艺作家方面不管他的合与不合，倒是没有什么的；但在文艺批评家方面，他却不能不有一个自己所认为最合理想最标准的人生的典范，而且的确又是这一时代社会的最合理想最标准的人生典范了。

一个文艺批评家应该有一个最理想最标准的人生的典范，也不能是凭着自己的脑子凭空想象出来的。这种人生的典范，他得有历史的根据，现实的背景，而且有实现的可能。不然的话，无论你的理想唱得怎样好听，他还不过是一种不能兑现的空想，这又要他作什么呢?

现阶段的文艺批评，他要批评这种人生，指导这种人生，要在人生的实践上，使文艺与人生能够合流。其次应该着根于现阶段的人生理想的把握与实践，所谓人生的理想，也不一定仅指人生的认识，而是整个的理想的人生与其生活。所以文艺批评的最高理想，在文艺方面是综合着美的文艺的价值，真与善的政治价值与社会价值的最高的统一。在人生方面，则是感情与理智行为与意志，其至感性生活理性生活的统一与实践了。我们的整个的人生，在整个的人生履践中;我们的文艺批评者，也该在整个的履践中，完成他那批评人生指导人生的任务。

作家和批评家之间 *

　　文艺创作家和文艺批评家之间的正确关系，似乎一向没有建立起来过，而有些文艺创作家和文艺批评家，似乎从来也没有这样一个企图。这在整个的文艺运动上说来，真是何等令人失望的一回事呵！其实，文艺创作家和文艺批评家的工作，都共同的是一种文艺工作，是总的文艺工作当中不同的部门，这中间，又那里有什么轩轾高下可分，又那里可以寻得出一种足以轻视对方或值得对方轻视的理由呢？将文艺当作个人怡情悦性的时代该已过去了；今日的文艺工作者，应该都是对文艺有了正确的认识，而且都是为了民族国家的前途，而将自己的生命献给民族国家的文化斗士；那末，大家既然工作相同，目标相同，这究竟又是什么缘故，会造成与批评家之间的鸿沟，造成他们之间歧视的心理呢？

　　文艺的进化，是配合着时代社会的进化而进化的。在封建社会时代，因为在政治上，有绝对君权制度的存在，因而在文化领域的文艺部门之中，一切所反映的意识，亦以绝对君权为中心。在那个时候，文艺创作家的工作，几乎完全的为着他的主子及其廷臣宫女们的享乐的，而他们自己，也几乎完全都是一些宫廷侍从之臣，而且也时常以此为他们的唯一的希望，并且也以达到这一希望为他们的唯一满足，甚至以此来骄傲于人的。自然，在那种时候，一个文人，当然也有得意或者失意的时候，——他们在得意的时候，邀得主子的青睐，写些歌功颂德的文章，讨得主子及其廷臣们的欢心，以粉饰天下的升平；这就成为宫廷文学，或者庙堂的文学。如果他们讨不到主子的欢心，自然，他们也得装腔作势，卖弄清高，说什么轻视

---

　　* 原载《大学》1947 年第 6 卷第 2 期。

功名利禄，因而入山惟恐不深，入林惟恐不密，以过他们的隐士生活，他们或者写些讽刺的文学，以表示自己对于主子的忠心，希望主子尚有一日能够器重他，使他可以从山林里，又一步跨到宫廷和庙堂；或者，他们真的想终老山林了，因而放浪啸傲，沉咏于山水之间，发些不必要的牢骚，以鸣自己的清高，以终其余年。这些情形，他们在自己的做人上，与他们的作品所表现的倾向与风格上，虽然有许多的不同，但他们不把自己当作有独立人格的人，不是为人民而写作，则是完全一样的。

封建时代过了以后，随着市民阶层的抬头，资本社会的确立，因而在文艺这一部门中，也有新的意识，与新的倾向和表现。自然，在这个时候，一切的文化领域，都反映着资产者的意识，以资产者的意识为中心。文艺作家所仕奉的，自然不再是绝对君权的主子，但却不得不是资产者和资产者的社会。一个文艺作家的身份，虽然也可能是一个自由人的身份，但他却不得不受了资产者和资产者社会的意识与要求的限制；他们的作品，虽则也说是凭着个人的自由意志来写作，但在事实方面，却不能不受商业竞卖的影响。不过，文艺毕竟不是商品，文艺作家也不应该仅仅为了投合资产者社会的读者心理而写作的商品制作者，所以，这个时候的文艺作家和他的作品，还不能算尽了作家应尽的能事，还不能是人民所需要而又为人民所写作的作品。

可是，时代是在进化的，文艺作家对于文艺的认识，社会对于文艺作家与其作品的要求，以及文艺作家和他的作品对于时代社会所发挥的效能，都在跟着时代社会的进化而进化，今日的时代，是一个人民觉醒的时代。人民要求抬头，人民要求翻身，这是非但在政治上是如此，就是在一切文化领域及意识形态的各部门中，都是如此。所以，在今日的时代里，如果一个文艺工作者真的能够对文艺有认识，理解文艺的时代意义和社会任务，因而他开始从事文艺工作，而且又能以严肃及认真的态度对付他的工作的时候，他是绝对不会忽略了为人民而写作这一点的。——不管是文艺创作或是文艺批评，都是如此。根据了这个理由，那末，文艺创作家和文艺批评家的工作和目标，完全是一样的了，他们又为什么造成一种互相轻视，甚至互相敌视的心理呢？

根据中国过去的批评家的说法，说是"文人相轻，自古已然"，这话或者也有些理由。不过，曹丕的这一论断，还只是从技巧和形式这方面说的，所以，这一个理由，也不能完全都对。他说"文非一体，鲜能备善"，因此，他们就"各以所长，相轻所短"了。自然，如果从文艺的技巧与形式方面说来，"文非一体，鲜能备善"这也是实在情形，因为能够"备善"的"通才"，毕竟是不很多的。但是，"文非一体，鲜能备善"，也不一定就是"各以所长，相轻所短"的理由。如果大家都知道自己不一定就是"通才"，自己的文章，又不能"备善"，"各以所短，相尊所长"不是更好了吗？所以，说到这里，我们就不得不涉及到作者的心理意识上面去了。

我们也晓得，我们说现代的文艺作家与批评家之间的鸿沟没有完全打破，他们之间的正常关系没有完全建立起来，一定都要归结到封建意识的遗留与商业心理的作祟，一定会有许多人不敢承认的；不过，我们要晓得，主观的心理是一回事，而心理上无意的流露又是一回事；中国的文化，原来就有几千年的历史，我们生在其间，到处受到了这种文化有形无形的熏染，我们只要有一点放松，自己督责不严，不够警惕，这一种埋藏在心里的阴影，就会在无意间流露出来的。我们在随时警惕，随时督责，作兴还有防范不周，容易出了毛病，如果稍有大意，或者心存姑息，有意放纵，那情形，更是可想而知了。

我们也时常听说，在我们今日的文坛上，还不幸有什么小集团主义的留存，而有些理论家或文艺批评家，也还存在着一种宗派主义，及唯我独尊的理论宗师的成见；自然，如果真有这种现象，这也是不大要得的。我以为，文艺工作者之间，应该建筑起彼此之间的共信，其次，则是在这个共信之下，造成一种互相尊敬的民主的风度。是的，我也讲宽容，讲大度，讲彼此之间的相互尊敬，但是，我们原则上的壁垒，还是森严的。这就是说，在文艺工作的共信还没有建立起来的前提之下，也就是说，对于那些有意站在反民主反人民的立场的作家和批评家，我们还是要不客气的加以批判加以清除的。如果对于有意站在反民主反人民的立场的作家和批评家，仍旧加以宽容，那就敌我不分，姑息可以养奸，结果反为宽容之所果。所以，只有在文艺的共信之下，我们才可以讲宽容，而且也应该在文艺的共信之下讲宽容。文艺工作，是一种精神的劳作，不管是创作，或是批评，都有他一段写作的艰苦历程；我们不能和无知女人一般的小气，以为经过自己的肚皮，自己受到过阵痛的孩子，才是可爱的孩子，而别人的孩子就不真是从娘肚皮出来的，这岂非成了一个笑话？有了博大的胸襟的母亲，她才晓得天下的孩子都是经过母亲的肚子出来的，这才建立了博大的母爱，"儿子是自己的好"或"文章是自己的好"，这就因为只知道自己的艰苦，而忘记了别人在写作在养儿子时也有同样艰苦的缘故。

再说，文艺工作，原是一种社会文化事业，我们努力的共同目标，都是为社会，也为人民。我们不能把自己当做英雄，以为一切成功，都要成功在我。有一分热，发一分光，别人能够多发一分光，这光也就能多烛照了一部分光明，多驱逐走一部分黑暗。我们要早些驱逐这个黑暗，我们要加速历史的新生。我们个人的力量，又不是英雄，那末，别人的成功，也就是我的成功；别人所努力的目标，也就是我的目标，我们又为什么要关起门来，把别人拒之门外，以减削自己的力量，稽延历史的进化呢？

我们时常说起文艺是为人民的。因为人民到了这个时代，应着这个时代历史的要求，人民要建设自己的文艺，而文艺也得为了人民。但是，历史的进化，人民的抬头与翻身，这是和整个人类文化相关连的。文艺现象只是人类文化现象的一部门，文艺工作也是文化工作的一部门。正如我们不能强调着政治的改造，或是经济的改造，说是只有这些部门才是对于人类历史的改进，有了什么帮助。我们也不能强调着文艺中的某一部门，说是只有某一部门，才有什么特殊的优越感，因而就生出厚此薄彼的感情。卖盐的人强调着自己的盐特别咸，这是一种偏见。"一只脚不能走路"，人类社会各部门的文化现象，原来是一个有机的存在，如果今日还有人主张，社会的改造，只是一种军事的夺取，或者是一种政治的改革，这不成为幼稚可笑的偏见吗？在文艺的领域中，文艺创作与文艺批评，就是相互存在相互影响相互推进的两种不同而又相同的工作，无论你提出任何一种理由，来强调着某一种工作一定重于某种工作，这都同样是幼稚而不正确的偏见。

在文艺的领域以内，不管是文艺创作或是文艺批评，都得统一在文艺之中。我们不能说文艺创作是文艺，而文艺批评却不是文艺，反过来，也是如此。同时，所谓文艺，也有文艺的特质，那就是说，文艺是一种艺术，是用抽象的文字语言的符号来做表现工具，而又能使之形象化的艺术。自然，这还是偏重于艺术形式这一方面说的。因此，文艺创作本身之应该是一件艺术品，自然是无容怀疑的事实，就是文艺批评，——好的文艺批评，他的本身也应该是文艺的，也是一件艺术品。我们平时在说起文艺批评这一个名词的时候，我们应该同时意味着两种意义。即一，所谓文艺批评是批评文艺的，也就是以文艺为对象而加以批评的。二，所谓文艺批评，应该是文艺底批评，批评的态度，批评的手法，甚至这一篇批评的本身，都应该是文艺的。但是，这并不就说明两个意思，两个领域，而却是说明着文艺批评这一名词，这一劳作，原来就同时包含着、统一着这两个意义的。

再说，普通一般人的见解，以为创作的心理活动和批评的心理活动，似乎也有些距离，这话也不能说是没有理由；但如果肯定的说创作的心理活动是基于感情的，批评却是基于理智的，有意的把心理活动分成两截，而且又把他们对立起来，这却未必尽然了。我们在这里，不必分析心理上的感情与理智的不同的分野，我们只要知道我们心理上的活动，不伴着理智的感情，或是不伴着感情的理智，几乎是没有这一事实，也就够了。何况当批评活动或是创作活动时，总得有一个比较静观的心境，而一味的凭着感情的活动，也是创作家，特别是批评家所引为避忌的呢？

我时常觉得，文艺批评家所做的工作，固然是批评，而文艺创作家的工作，也未始不是批评。从文艺的内容说，说文艺是人生的反映，人生的表现，但又是人生的批评，这话是不错的。特别是人生的批评一句说话，意思更加概括，更加扼要。再说文艺的作用，原来就说，旨在促进人生向上，改进人生，加速社会历史的进化的。依我看来，这些说话，也都要归着到人生的批评，而以人生的批评为其前后的关键的。人生社会，原是一个综合的整个，同时又是客观的存在。一个文艺工作者，为什么要反映这一部分人生，表现这样的人生，这就不能不涉及作者个人的学养、好恶、爱憎和是非的抉择等等了。一句话，这完全决定于作者的认识。一个文艺工作者的文艺活动，一面固然是社会的，但一面还不能不属于个人的。我们在文艺理论上，常碰到这样的定义，说文艺是社会的产物，同时又是个人的产物，这实在却是一个真理。要是你不能从这种辩证的关系去观察，你就不能明确的理解文艺，也不能把握到他的真正的意义。在一方面说来，客观的社会，固然有更大的决定因素，但人类的文化活动，他那主现的活动的力量，却是在客观社会的决定和限制之下，有他主观抉择的余地，有他的创造的意义的。如果人类老是受着客观现实的限制，一点也显不出主观创造的力量，那就谈不到什么人类文化，也根本无所谓人类的文化。文艺是人类的灵魂的工程师，这就意味着极其浓烈的主观的能动的作用。所以，说文艺是人生的反映，这反映就得有个抉择，说文艺是人生的表现，而这表现也应该有个目的；而这个抉择，这个目的却也不是凭空才有，而且一定要根据着人生的认识，客观现实社会的制约，而后才产生出来的。而且，当一个作家在他的笔下反映或是表现某一种人生时，你为什么这样反映，这样表现，为什么有爱，为什么有憎，为什么你鄙夷否定这一种人生，为什么又把你的理想寄在那种人生上面；这一切，不能说是根据你对人生的认识，对人生的批评吗？我以为，一切的文艺活动，都脱离不了人生和社会。一个文艺创作家，他以现实人生社会为对象，他根据着他自己对于人生社会的观察和认识，根据着他自己的学养和偏好，因而对人生加以批评，加以反映或表现。而后，再用艺术的形象给他形象化起来，让人们加以形象的思维。在文艺创作中，虽然作家的态度有不同，他在作品中所加入的主观色彩有浓淡，——而有些作品，竟然显不出作者一点主观的意见，但在他的骨子里，毕竟还是作者对人生下了批评。至于一个文艺批评家，因为他所致力的是文艺作品的批评，似乎他就与现实的人生，隔开了一层。但其实，文艺批评家所批评的，虽是作家笔下所表现的人生，而他所用来当作批评的规范的，还是现实人生，或是从现实中提炼出来的人生。自然，文艺批评所致力的，除了作家笔下所表现的人生以外，还该有一部分涉到了作家的表现技巧与其艺术修养，但这，却应该是从属的。所以，从这种地方来说，文艺创作家和文艺批评家的工作，实在是没有分别的，也没有理由可以分出高下来的。

这里的问题，仍旧要归结到文艺的共信，也就是文艺批评的共信了。究竟，一个作家在写作作品，批评人生时，他的批评的规范与尺度是什么呢？而一个批评家，当他在作批评的实践时，他又用什么作他批评的规范和尺度呢？这一问题的回答，可以很简单，也可以很复杂的。说是简单吧，就是为人民，为民主；说是复杂吧，那就非从社会演进的必然，现阶段文艺运动的任务和意义，历史社会对于文艺的影响与要求，文艺作家对于文艺、时代和社会的认识；这许多问题，都非弄个清楚不可。尤其是现在这一个时代，因为社会的深化，因为文艺与社会联系得更加密切，一个文艺工作者，如果不把客观社会认识得清楚，不能认识到历史演进的必然，不知今日的时代是一个人民的世纪，以致自己的人生路向不确定，弄得有意无意的和人民脱节开来，这是不能说到什么文艺工作的。文艺是人生的纪录，这正如人生的历史；但今日的人生的历史，也不一定如过去一般纯粹是被动的，他也有能动的成分。历史造人，和人造历史的转变，乃是今日的历史的一大关键。如果不从历史认识人生，一切的人生哲学、美学、时代思潮和艺术形式，都将无从寄托。一句简单的话，问题还落到为人民而写作的身上。正因为今日的人民要抬头，要翻身，正因为今日的人民要创造自己的历史，正因为今日的人民要有自己的文艺，所以一切的文艺工作者都应该为这个时代的主潮，也就是人民文艺民主文艺而努力。这是一个文艺的共信，自然也是文艺批评的共信。如果在这一前提之下，大家因为工作不同，方向不同，竟至发生一些分歧，但这不过是大同中的一些小异；而大同中却应该有小异的。而且，只有在大同中存在着小异，这才能向各方面发展，才能造成文艺上的民主的作风。反之，如果两个作家的意识之间，根本就有不同，也就是说，某一个作家是自外于人民的，是有意违拗社会的历史，为法西斯统治作爪牙的，那末，这才值得不容情的攻击。敌人是要打倒的，宽容了敌人，无异于杀害了自己，杀害了朋友；这却非加以警惕不可。我们之所谓宽容，所谓宽容的限度，就是这个意思。

而且，在整个的社会运动或是文艺运动之下，现阶段的每一个文艺工作者，非但在写作的实践上，特别在生活的实践上，都应该是为人民为民主而战斗的文化斗士。在过去，我们的文艺家，也有"不以人废言"的说话，这是把生活和写作截作两橛的看法，我们也得加以纠正。"一个文艺作家，起码的条件，应该是一个人，一个堂堂正正的人。"如果他的文章写得好，狗口里真的生出象牙来，难道因为他长了象牙，这狗也就变成了象吗？

特别是现在的时代，民主，民主已经成了一个时髦的口头禅，拥护民主的固然也讲民主，而反民主假民主的反动者，又何尝不借重着这样好听的名词以实行他那反民主的事实呢？自然这在有认识的民主人士，是不会为这种掩眼法所蒙蔽的，但我们对于这一种人的批判，却可以不客气的戳穿他的内幕。人身攻击一语，在我们的文坛上总觉得有些可以诽议。但只要出之严正，并不节外生枝，为了帮助读者对于作品的理解，涉到一点私人的生活态度，我是并不反对的。"读其文不知其人可乎？"时常当作一种正面的解说，泰因所主张的科学批评，也有一部分注意到作家的生活与环境。那末，我们在批评的时候，指摘或报告一点作家的生活态度，这又怎能说是不对呢？对于汉奸文人周作人的批评，我们从他的文章入手，固然可以，但要是从他的做人入手，岂非更加干脆更加深入？只要这批评的出发是严正的，涉及私人的一些生活，在我，我总觉得可以原谅。——如果一个作家的私生活可以给人批评的话，他为什么不自加检点呢？他为什么不把生活严肃起来，使自己成为一个表里如一的民主斗士呢？而且，我的意见，这一种着眼于生活的批评，非但可以用之于敌，而且一样的可以用之于我们自己队伍里的友。当一个友人生活不严肃，容易造成不良的倾向，甚至对社会有不良的影响的时候，难道站在一个朋友的立场，不应该予以严正的告诫与批评吗？

总之，我以为作家与批评家之间，是应该建立起一个正常的关系的。这中间，第一个要点，是大家相互的尊重，因为人与人间的关系，原来就应该尊重的。其次，大家应该尊重各人的工作与其劳绩，因为文艺工作，毕竟是一种社会文化事业，是完全和官吏的剥削资本家的克扣那种事业不同的。再次，大家都有一个共同的信心，大家都为着一个共同的事业而努力，大家都在追求着一个共同的理想和目标，这中间还能有什么私人的芥蒂吗？

而且，文艺作家和批评家之间，始终是不能分开的。从整个的文艺运动来说，扼杀了作家，非但与批评家没有好处，也将是整个文艺运动的损失；如果没有了作家，批评家的工作，也将无从下手；至于批评家的工作，对于作家也并无损害，就是他对于作家有什么过分的批评，这也是证明对于作品过分的要求或重视的表示，被批评了的作家，又何必悻悻然呢？而且，批评家的工作，一大部还是帮助了作家的，如果他的见解真有几分说对，他真的对于文艺与社会有一个相当的认识，这对于作家岂不是有了相当的帮助了吗？一个文艺作家的创作作品，原来就希望自己的作品对社会有影响，对当前的文艺运动社会运动有贡献，他所创作的作品，当他发表了以后，也就成为"客观的存在"，如果他的作品在这客观的存在中，自有他的不可磨灭的价值，就是有什么批评家要否定他，也是不可能的，同时，他对文艺运动社会运动的功绩还是存在的。一个文艺批评家，他在批评的实践当中，也为的是整个的文艺运动和社会运动，如果他真的从整个的文艺运动和社会运动出发，就是作者对他有什么误会，引起一些什么反响，也应该勇敢接受的。

在这为人民为民主的时代，封建意识的遗留，个人英雄主义的遗留，甚至商业竞卖心理的潜存，都应该努力廓清的吧！我们为什么不联合起来，使大家的工作，——也就是大家所努力的共同目标，能够加速的实现呢？建立文艺的共信，建立作家与批评家之间的正常关系，造成文艺上相互尊重的风气，养成文坛上的民主作风，这非但对于文艺运动的展开有很大的帮助，就是对民主运动与社会运动的前途，也有很大的关系吧！我们要求作家与批评家，能够共同的为人民文艺的建设而努力。

1947 年 6 月 12 日

民族革命的象征——鲁迅 *

　　鲁迅不仅是中国划时代的伟大文豪，而且也是一个革命的思想家和民族解放斗士。二三十年来，他始终站在文化的第一线，抨击帝国主义封建势力和一切旧时代的罪恶，他的雄烈的吼声，主要地通过他的笔尖传布到全中国，无数的青年大众在他的号召与教育之下兴奋起来，成为钢铁般的斗士。他给予中国文化界和一般青年的影响之伟大，是无可比拟的。

　　而且鲁迅不但是属于中国的，也是属于世界的。这不只是因为他的艺术已达到了世界的最高水准，同时还因为他同情于世界一切被压迫的民族与人民大众，对于世界的革命运动，反帝反法西斯的斗争，他都起过相当的推动作用。

　　这位伟大的文豪在一九三六年十月十九日继着世界巨人高尔基的死而离开人世了。这笔无可补偿的损失，首先是落到中国民族头上，但是世界各民族也得分担。

　　鲁迅的一生，差不多都是和中华民族的解放运动联系起来的。他永没有停止过他的战斗，跟着时代的演进，和封建的宗法社会、洋奴走狗的绅士阶级、浪漫谛克的革命战士们不断的斗争，终于走上了全民族的民族解放的营阵，站在全世界的勤劳大众的战线上，竖起了反帝，尤其是反对 XX 帝国主义的大旗，引导中华民族的勤劳大众，和帝国主义者作肉搏的斗争。

　　他是浙江绍兴人，以一八八一年（清光绪七年）生于破落的读书人的家里，父亲姓周，母亲姓鲁。鲁迅，是他的笔名；他的原来的名字，是叫周树人，别字叫豫才。

---

　　* 收录于 1937 年上海生活书店发行的《人物述评》续编。

一个破落的读书人家的子弟，依着那时的习惯，本来只好学学幕府的清客，预备将来做做绍兴的师爷的。可是，当时的中国社会已经起了剧变，使鲁迅这样敏感的青年不能不走上另外的路。因为从鸦片战争以来，我们的老大帝国，已经被西洋的帝国主义的炮火惊醒，声光化电，坚甲利兵之说，非但在当时士大夫阶级的口中叫喊，而且已有一些见诸事实了。那时，南京的江南水师学校刚才开办不久；我们的这位民族战士，他便受了这一种思想的影响，以十八岁的青年，考入水师学校的机械科。过了半年，他又改学路矿，进了路矿学堂。后来，他到日本之后，又改习医学，进了仙台的医学专门学校。他的学医的决心，据他自己在《呐喊》自序中说，是鉴于他父亲的病为庸医所误致死，想以现代的最科学的医学，来解救中国人的枉死问题的。可是，那时正当日俄战争发生，他偶然在日本的电影上，看见一个中国人因做侦探，而将被杀头的事，被杀的和站在左右鉴赏杀头的中国人，体格虽强壮，而精神麻木。这使他心里十分感动，觉得要改造中国，应该先从改造人性入手，因此，他便转上了文学艺术的道路，放弃医学，来做文艺运动了。

可是，在这个时候，他的文艺运动的计划，却是屡次失败的。接着，他便回中国来，在杭州绍兴等地方，教了几年书。等到辛亥革命起来，他便到了北京，在教育部里做一个部员，同时还在北京大学，北平师范大学，女子师范大学等校，担任一些功课。——在这个时候，他也在提倡对于高压者的反抗的。（他的收集在论文集《坟》里面的一部分的文言作品，大概都是在这个时候写的。）

接着，他以鲁迅的笔名，在《新青年》杂志上发表《狂人日记》，又在《晨报》副刊上发表《阿Q正传》。于是鲁迅之名，震动了新文坛，成为了中国文坛上不撼的柱石。同时，他便意识的和中国的封建社会宣战起来。

《狂人日记》，是鲁迅的反旧礼教、旧道德的思想的结晶，这是中国新文学向封建道德开火的第一炮。"吃人的礼教!""救救孩子!"都是从这篇文章里送出来的号声。《阿Q正传》,是暴露中国落后社会民族性的代表作,写出了辛亥革命前后的蒙昧的农民参加革命的典型。

这个时候,中国的文艺复兴运动,已经起来;跟着五四运动以后,中国的小资产阶级,学生及智识分子,已经从过去的愚蒙的生活中觉醒转来,负起了民族解放运动的责任了。鲁迅在这个时候,便正式参加了反封建的思想解放、民族解放运动的斗争。他领导着他们,不断的和残余的封建军阀的家奴,新兴的资产阶级的走狗厮杀着。因为接着五四运动以后,一面,残余的封建军阀的家奴,——如章士钊的《老虎报》(即甲寅杂志)已经复活起来,一面,新兴资产者群的走狗,——如陆西滢的《现代评论》,又向统治者群竖起了白旗,不断的向新兴的革命阵线进攻。因此,鲁迅的笔锋,便转向过来,戳穿了这吃人的老虎,和向统治者摇尾巴的叭儿狗。(这些文献,在他的杂感集,如《热风》、《华盖集》及《华盖续集》等里面,可以看到的。)

接着五卅运动以后,中国的革命运动,已经在南方爆发。同时,关外的封建军阀张作霖,以一九二六年春天,到了北京。他因为感于新兴的革命势力的威胁,便下了狠心,要在北京逮捕五十个前进的智识分子。这时,鲁迅因为友人的劝告,离开了他住了十五个年头了的北京,南下到福建厦门大学任教。他在厦大只有四个月的功夫,因风潮的关系,转到广州的中山大学。

五卅运动,是中国民族解放的一个大关键。因为中国的民族解放运动,自从中小资产阶级、小商人、学生及智识分子等加入了五四运动,才建立起来。以后,到了这个时候,更加入了工人和农民这两支壮大的生力军,使运动能够更加扩大和深入;同时,在思想方面,此时的理论,也有了很大的进步。他们晓得,在国际帝国主义及中国的封建军阀重重压迫下的中华民族，如果要做解放运动，不直接起来与帝国主义抗争，打倒帝国主义，则那些卵翼在国际帝国主义下的封建军阀，是无论如何，也打他不倒的。

大概便在这一种认识之下吧，我们的鲁迅先生，便到了革命策源地的广州，在革命的最高学府中山大学，担任文科学长。可是，他在广州也没有多少时候。一九二七年的夏天，中国的革命起了一个很大的变动，许多的革命青年遭受了极大的牺牲与艰危，因此，我们的鲁迅先生便悲叹着"中国没有敢抚哭叛徒的吊客"，心中起了一个绝大的转变，晓得"那些四平八稳救救孩子的议论，都是空洞的说话"，便离开了广州。

鲁迅到回上海之后，办了一个《奔流》月刊，一面，仍在主持着从北京移到上海的后期《语丝》。这个时候，上海的文艺界，发生了无产阶级革命文学论战。语丝派方面，以鲁迅为中心，与创造社及太阳社成对垒之势。这时，他一面反对遵命的民族文学，因为那是"指挥刀的掩护之下，斥骂他的敌手的"；一面，又在反对浪漫谛克的革命文学，所谓"赋得革命，五言八韵"的东西，他是不赞成的。他说："我以为根本问题是在作者可是一个'革命人'，倘是的，则无论写的是什么事件，用的是什么材料，即都是'革命文学'。从喷泉里出来的都是水，从血管里出来的都是血。"他是主张从实际的斗争中、实在的生活中讲革命文学的。

一九三零年，因《奔流》停办以后，又创刊了一个《萌芽》。《萌芽》不久也停刊，他便加入自由运动大同盟中。三月二日，左翼文艺作家联盟成立，他签名加入，领导着中国的普洛文学运动。从此以后，他是一直站在文坛的最前线，领导着中国的文学运动以至于中国的民族解放运动的。

鲁迅在从前虽然也不断的参加着革命运动，但他的思想，依他自己说，是被偏颇的进化论所笼罩着的。可是，自中国革命从一九二七年发生大变动之后，经过了一九二八—三零年的革命文学论战，他不断的研究了许多科学的文艺理论，译了卢那卡尔斯基的《艺术论》，苏俄文艺政策等科学的文艺理论专著，于是便从进化论的立场，转到阶级论的立场，站在前进大众的集团里，真正的成为劳苦大众的友人，反帝反封建的民族战争的斗士。到了这个时候，他说："好像全世界的苦恼，萃于一身，自己在替大众受罪似的。"你想，这是何等的伟大的见解，何等雄壮的气魄啊！

一九三一年，"九一八"事件发生，中国受到了空前的"友邦"帝国主义的威胁，在一天晚上，竟然沦陷了整个东北的四省地面；第二年一月，"一·二八"抗敌战争，又在上海发生，闸北吴淞一带，尽在远东帝国主义的炮火之下毁成荒地；中国的国难，入于空前的严重阶段。而全国人民大众又窒息于被侮辱被禁缚的气闷状态中。因此，鲁迅便用各种化名在报纸杂志上，写了许多杂感，来攻击民族敌人汉奸和一切出卖民族虐害人民的丑恶现象。（这一部分的东西，大概都收集在他的杂感集《伪自由书》《准风月谈》及《南腔北调》等集当中。）

后来在国内文学界为了建立抗敌的民族自卫的文学而发生了一场论战。鲁迅先生曾发表了许多宝贵的意见，到现在我们还可以从他的遗言中找出有利于民族解放的警语和指南。为了民族自由的利益，他是战斗到死的。

鲁迅先生是死了，他的遗言，他所教给我们的民族解放战争的遗训，还天启一般在我们的耳边响着：

"中国的最大问题，人人所共有的问题，是民族的生存问题！"

"中国的唯一的出路，是全国一致对日的民族革命战争！"

论文艺批评的积极性与建设性 *

一、现阶段文艺批评的主潮

文艺批评的发展，随着历史演进各阶段的文化任务的不同，而在不断的变迁着。在绝对君权时代，因为一切的文化以及各种艺术，都绝对仕奉于绝对君权。所以，一切的文艺批评，都有批评的宝典，批判的最高准则；要是合于这个宝典，这个最高准则的，那作品就是好的，就是完善的，而且同时也是道德的，也是艺术的；要是不合于这个宝典，这个最高的准则，这作品就要不得了。所以，这种批评，全象法庭里的裁判，一个文艺批评者，他有他的法典，他高高在上，根据着他的法律条文，对于一个作家，或是一部作品，下着无情的判决。

但是，这一种批评态度是不是对的呢？姑无论这批评者手中的批评的宝典，是否完善，是否都能各方顾到，兼收并蓄，即以刻板的条文，当作实际的尺度来量度多变的文艺形态与广博的文艺内容时，已经不大适合，更何况批评者与创作者离开很远，而且俨然觉得地位不同，——对于创作者匠心与其艰苦，完全是感得隔膜的批评家，又怎能说得出内行的而又使创作者心折的话呢？这譬如十六七世纪时，古典主义的文艺批评者，只捧住亚里斯多德的"三一律"的宝典，来批评沙士比亚的剧作，说他是"野蛮"，说他是"毛羽未丰的小鸟"，说他是"醉汉"等等，就是例子。

其后，随着文化的演进，科学的发达，客观主义的抬头，于是在文艺批评上，就提出了客观主义的科学批评的口号。这一种批评的特点，在于

---

* 选自许杰：《文艺、批评与人生》，战地图书出版社 1945 年版，第 14—30 页。

不下主观的判断，废弃法官的态度，对于一种作品，只是负着提供证据，解释要点的责任。自然，这一种态度，对于文艺欣赏者，是有很大的助益的。因为这一批文艺批评者的任务，他的目的，只在做索引，只在做注解；而在同时，主要的还要告诉文艺欣赏者，这一篇作品的作者的身世、教养、家庭环境、友朋交际，及其所处的时代精神与民族气质。此外，他还要尽可能的找出作者在写作这篇东西的动机，题材的来源。……一句话，这一个时代的文艺批评者的工作，只是告诉读者，帮助读者，怎样去理解，怎样去阅读一篇文艺作品，而对于这篇文艺作品的社会的价值，文艺的价值，却是绝对不下评价的断语的。

自然，这一种批评的方法，也不能说是没有理由，特别是对于纠正主观的裁判批评这一点上。因为裁判批评的尺度，是否合理，固成问题，而批评者自以为高人一等，高高在上的态度，也难免没有偏狭的错误的意见夹杂其间；同时，也因为批评者预先加上一个规矩准绳的大帽子以后，对于读者，恐怕也只能局限住他们的思绪的展开的，或者，再进一步，恐怕一点也不能让读者有自由运用思想，让读者的思想有自由驰骋的余地的。而客观的科学批评呢？虽然没有给予一个正确的社会价值或艺术价值的评价，或者使读者难免也有无所准绳的感觉，但在尽量提供材料，尽量让读者自由驰骋他的思想这一点来说，却是非常之得体的。

但是，一个文艺批评家，毕竟不完全是考证家、注释家，也毕竟不仅仅是负着对读者解释作品的责任的，固然，一个文艺批评家，是应该尽他的所能，尽量使读者理解作品的内容与其特质，但所谓文艺批评的任务，却不一定是仅仅限于这些的。因此，若泰因若圣皮甫，他们的文艺批评的主张，虽然也曾红极一时，但却毕竟不能算是尽了文艺批评的能事，而不得不跟着时代文化的演进，由另外的一种新的、合于时代文化的文艺批评的主张，取而代之了。

现在正是新写实主义的文艺批评的时代。这种文艺批评的精神，自然是靠着文艺上新写实主义的文艺的生产而同来的。新写实主义的文艺，是有着旧的写实主义与自然主义的手法，但他却绝不表示绝望，强调定命；同时，他也有浪漫主义与理想主义的神髓，但他却是立定脚跟，正视现实，绝不有空灵飘渺的幻想。换句话说，新写实主义的作品，是从现实出发，以现实为基点，而透露出、预示出理想与光明的前途的。因此，相应于新写实主义文艺而出现的新写实主义的文艺批评，在他的基本的任务上，是完全和新写实主义的文艺合流的。不过，新写实主义文艺，——就比方用抗战文艺，或民族解放战争的大众文艺，或民族主义文艺来说，——他的任务，只在于文艺的社会作用的本身，——他从一面说来，是用写实的手法，正视现实的态度，在当前的社会上找取题材，加以形象化，而在另一方面说来，又是用浪漫的理想的情调，抓住社会进化的必然，民族解放的必然的信念，强调并且渲染着斗争的理想的前途的。但新写实主义的文艺批评，却是除了这一点之外，又从这一个任务上，派生出对于作者和对于读者的两方面的责任来。

新写实主义的文艺批评，对于作者的一方面，是同样的站在作者的立场上，研究并且探讨，文艺的社会任务与艺术原则的把握，社会进化的必然，与革命的正确的人生观的确立，换句话说，文艺批评者是帮助作者，指导作者，甚至纠正作者怎样才能够把握到现阶段的文艺写作的最高的准则，怎样才能够使文艺的政治价值社会价值以及艺术价值发挥到最大的效果，怎样才能使文艺作品成为完形的巨著而取得绝大多数人的拥护，才能合于时代社会国家民族的要求。惟有能够这样，那末，文艺批评家的出现，才算有了价值。但是，这却只是一面，在另一面，一个文艺批评家，也应该对读者负起绝大的责任来。

新写实主义的文艺批评家，他应该告诉读者什么是现阶段的文艺运动的主潮，怎样的文艺形式与作品内容才算是合于这个时代社会所要求的文艺作品。同时，他还要告诉读者怎样去接受作者在作品中所寄寓的思想，怎样去批判作者所创作的艺术的完形与其中心主题。换句话说，他也要站在读者的一面，和读者共同研究，并且指示作品中正确的时代观念、民族观点，以及他的艺术价值，他非但要使他们怎样去理解作品，而且要使他们从理解作品当中，正确起自己的人生观，加强起自己的民族意识来的。

所以，现阶段的文艺批评，在文艺的本身说，是文艺批评，而在社会文化这方面说，却又是文化批评与人生批评。同时，这一种文艺批评，也是和文化批评人生批评文化运动，民族解放运动合流的。

二、现阶段的文艺批评与抗战建国的要求

文艺是文化的一部门，所以文艺运动也就是文化运动，文艺斗争，也就是文化斗争的一部分。同时，文化思想的运动与斗争，也是整个的社会改造运动与民族解放运动的一部门，他是和政治、军事、经济配合着的，当作社会改造运动民族解放运动最主要的斗争武器之一，所以文艺运动与文艺斗争，也是社会改造运动民族解放运动的一部门。

而文艺批评，又是文艺运动的指挥总部与参谋总部，他在文艺运动当中的作用，每每取着首脑的领导地位，而同时又是直接的冲锋陷阵，攻击敌人的堡垒，建树自己的军旗的先锋部队。这在我们中国，每次的文艺运动都是如此，特别是在抗战期间，我们的最高国策是采取着一面抗战一面建国的时候，特别是在这民族解放斗争已经逼近了胜利的阶段的时候。

所以，文艺运动的成功，事实上也就是文艺批评的首脑部门指导计划的成功，这是因为文艺创作的进行，只是文艺运动的实践，这正如我们的作战部队，他在作战的进行当中，固然大有功劳，但那运筹帷幄的指挥总部与参谋总部，却也有很大的决定因素；更何况文艺批评在直接的斗争的

时候，他的本身，也是一支有力的生力军呢！

在现阶段的中国民族解放运动与文化运动当中，我们要把文艺运动配合着文化运动与民族解放运动，分头的负起了伟大的不可避免的任务。换句话说，我们的民族要求解放，便要坚持着民族主义的精神，反对帝国主义的侵略，特别是日本帝国主义的侵略与压迫；坚持着抗战的国策，把中国从日本帝国主义的手中解放出来，以达到整个中华民族自由独立的境地。同时，我们要求整个中华民族达到自由独立的境地，便须要彻底的使中国跳出封建社会与封建经济的牢笼，坚持着民权主义与民生主义的精神，把中国建设成一个彻底的民主化现代化的国家，——这也就是所谓配合着一面抗战的另一面的建国工作了。

所以，抗战与建国，也即是反对帝国主义，与彻底的民主化现代化，便是现阶段的民族解放运动文化运动，甚至文艺运动的最高的准则，却是和现阶段的最高国策相互一致的。

在文艺的一部门当中，因为文艺的表现形式，是用文学的形象，具体的表现客观的实在，而诉之于人们的官感。换句话说，文艺是要一定根据着时代社会的意义，鲜明的民族意识的要求，以及与这要求相应而产生出来的美感观念，相互渗透相互组织成的东西。所以，他的斗争方式，是与文化各部门的仅仅靠着理论的建设与物质的建设，却是不大相同的。

文艺运动，特别是文艺创作的实践，他要配合着民族解放运动的最高国策，要从现实当中，找取题材，更要从现实的题材当中，反映出反帝与民主化现代化的要求与倾向，而后才给他加以形象的表现出来。而在这些现实的题材当中，作兴本来就包含着反帝与民主化现代化的倾向，那末，作者须得更进一步的强调着甚至发挥这一种倾向，他要用自己的主观的热情，对时代社会国家民族的最正确的认识，坚定的积极的革命的人生观，去渲染他、闪耀他。作兴，在这些现实的题材当中，可能的也可以反映出不良的倾向与错误的思想的，那末，同样的理由，他也该用他的主观的热情，对时代社会国家民族的最正确的认识，坚定的积极的革命的人生观，去暴露他，揭发他甚至用夸大的漫画的手法，去谴化他，使人家明确的看出，这是一种不良的倾向错误的思想，知所避免，知所批判。或者，他将站在同情的立场，指出他的错误，指出他的不良的倾向，加以纠正，加以善导，使他走上积极的正确的合于要求的道路。这些都是一个文艺创作者，在文艺创作的实践时的任务。

但是，在有些时候，作兴一个文艺创作者，在他的创作实践的过程中，对于一个主题、一个认识，甚至于民族国家的对于文艺创作者的要求，根本就不见得把握到怎样的正确；或者，一个文艺创作者，在他的创作的实践当中，的确是尽了上面所说的任务了的，但在一般的文艺阅读者方面，却不能完全的理解到文艺创作者在创作时通过形象的这一主题，这一认识，这一革命的人生观，这一民族国家的正确的要求；那么，在这种时候，一个文艺批评者的工作，却是不可忽略的了。

更何况，再进一步说，文艺批评的任务，一面，固然作为文艺运动与文艺斗争的指挥总部与参谋总部，——他要指导作者怎样抓取写作的核心，加强文艺运动的斗争方式，又要告诉读者，怎样把握并且理解文艺作品的主题，加强文艺运动的广泛的影响；而在另一面，还有他自己的本身的任务，——他自己也要冲锋陷阵，与帝国主义的侵略文化，反民主反现代的落后意识斗争，而建立新的文艺斗争的堡垒。

在这一点上，我以为，十一月二十六日，中宣部长梁寒操先生，在招待陪都文化界茶会席上所发表的谈话，留意到文艺批评，甚至指出文艺批评应有建设性与积极性，的确是非常的切实而有理的。

三、文艺批评的积极性与建设性

所谓文艺批评的积极性和建设性，在相对的意义上说来，自然还有文艺批评的消极性和破坏性同时存在着的。是的，在有一些文艺批评当中，的确是有消极的破坏的倾向存在着。特别是在我们文化落后，真正的文艺批评的权威尚没有建立起来的中国，用批评当作"人身攻击"甚至于不负责任的"清谈式"的政治批判的武器的，几乎是比比皆是，在所难免的。同时，也就因为这种现象的存在，所以在中国的文坛上，真正的权威的，合于时代社会国家民族的要求的文艺批评，一直到了现在，尚没有建立起来的。

这一种情形，在我们中国，也有他的历史的文化传统的背景，在这新文学运动的短短的二十年间，要一下子给他改变过来，却也是谈何容易的事。比方说吧，现代所谓"人身攻击"，大概也就是所谓"文人相轻"；而"文人相轻"，在一千七百多年以前，当魏文帝写《典论·论文》时，却说"自古而然"了的。这就可知这一文化传统的影响之深且大了。其次，所谓"清谈式"不负责任的政治批判，也就是士大夫空口说白话的"争议朝政"，这比起"文人相轻"来，历史恐怕要更加远些吧！

其实，这完全是一种封建时代的，封建士大夫阶级的封建意识的流露，在某种情形之下，可以说是必然的。因为在封建时代，士大夫阶级的出路，原来就只有讨得主子的欢心走上仕宦的道路，或者是无可奈何，得不到主子的青睐走上隐士的道路。而这两条道路，每每又汇成了一条道路，那就从隐士走上了显达，或者从显达走回到隐士。所以，如果他们在显达或者没有显达的时候，他们便要批评别人，轻视别人，甚至于攻击别人。——一定要显出别人的不好，才能表出自己的高明，才能讨得主子的青睐。而在失了主子的欢心得不到主子的好感甚至感情恶化到无可收拾的时候，便来批评朝政——但其目的，还不过是想主子看重他，重新可以起用他的。

其次，在封建时代，真正的权威的文艺批评，尚未建设，所谓"文非一体，鲜能备善"，"各以所长，相轻所短"，也难免不是实情。而历代封建君主的政治措施，事实上能够大满人意的也未见得很多，一二文人，用冷观的态度，截他一二下鳖脚，也未始不是情有可原。更何况历代文化，都在封建时代的圈子里兜转，所谓文艺运动，所谓文艺运动对社会政治运动的任务，也未能看得透彻，那更是显而易见的事实。

因为这些情形，以致影响到现代的文人，也难免没有这种倾向，——人身攻击，政治批判，甚至用帮派作用，流氓态度，拥护同党，排除异己，把批评看作吹捧或谩骂的手段，也是常见的事。但是，这毕竟只是病态的现状，历史的病态的遗留，新的时代，特别是这民族解放斗争持久到现在的时代，民族向文艺的要求，文艺本身的自觉，早已不让有这种落后意识的留存的了。

可是，话又得说回来，从落后意识出发的文艺批评，固然他的倾向，大体总是向着消极，向着破坏这一方面。即使反过来说，他们也有积极的建设的主张，如同什么"文以气为主""文以载道"等理论。又何尝有半点消极的破坏的意味，但他的作用，却是始终未能与现阶段的民族运动、文化运动以及文艺运动相配合的。何以故，因为他的出发点仍旧是落后的不合时代要求的封建意识故。

至于立根在民族解放的要求，配合着抗战建国的理论，将反帝运动、民主化现代化运动当作主要的两大支柱而出现的现阶段的文艺运动与文艺批评运动，则是因为他的出发点已经正确，他的中心任务已经抓住，那就无论在消极方面积极方面，破坏方面建设方面，都无往而不自得的，自然，我们的民族解放运动，我们的抗战建国，主要的目的，还在于我们民族的真正的自由平等的获得，与民主化现代化的建国工作的完成。但在我们所利用的手段方面，却不得不涉及消极的破坏的一面，因此，现阶段的文艺批评的工作，主导方面，固然是积极性与建设性，但在连带到的另一方面，自然，也就不得不有消极的、破坏的批判的运用了。

而且，在事实上，消极与积极，破坏与建设，只是一个同一的行动的两面，没有破坏，那来得建设，不加以消极的批判，积极的理论也就无从建树与完成。所以，在正面的意识上说，积极性与建设性，是文艺批评的主导作用，是他的主要要求；但在反面的意义上说，要建设积极的建设的文艺批评，就非有反面的消极与破坏的工作不可。这一种从消极到积极，从破坏到建设，几乎是民族解放运动、文化运动以及文艺运动的必经的阶段；因为他们的作用虽然相反，而其最终的目的，却是相成的。以民族解放运动来说，非在消极方面，摧毁并且破坏敌人的势力，我们的积极的建国工作，便无从做起。在文化运动方面，如果不预先消极的击破反动的文化体系，暴露他的理论的弱点，那末，正面的文化建设也就等于空中楼阁，同时，在文艺运动，特别是文艺批评方面，如果不针对现实，揭发现实的缺憾，不从现实当中找寻题材，加以正确的批判与纠正，那末，反动的批评理论，作兴也易于摧毁，但自己的理论，还是不容易奠定不可摇撼的基础。这一个理由，一定是因为文艺是一种形象的艺术，要是不植根在现实之上，根本便会脱离现实，与时代社会国家民族无关；而即使作者也能不忘记时代社会国家民族，但他的结果，也只是浮光掠影，华而不实，使人只有不着实际之感；这自然是不成功的，而另一面呢，又因为文艺是社会文化现象的一个部门，正如社会的文化建设一样，要是不能推翻旧的，就不能建设新的。此外，在文艺工作的实践方面，因为现阶段的文艺作家，还容易禀有历史的封建落后意识，容易流露出过去的士大夫阶级的脾气，容易死抱住他的自以为是的错误或是偏狭的态度，如果不先从消极方面破坏方面下功夫，结果也会做到劳而无功的地步的。比方以"人身攻击"来说吧，如果你的批评，是出发于个人的思想，那自然是要不得；如果在你的心目中看来，某人的这一种倾向，这一种态度，是代表某一种普遍的不良的倾向，或者从这一种态度出发，可以造成社会的某一种不良的倾向，那你，就非得采取"射人先射马"的战术，对这代表某一种不良的倾向的人物，加以无情抨击不可了。

所以，所谓文艺批评的积极性与建设性，只是一个正面的主题。我们认识这一个指导，并不是说要无视现实，避免战斗，而只是讲这一个指导的作用，而他的工力，还是要从对现实下批判开始的。

四、文艺批评者的工力与其条件

一个文艺批评者的工作，是与文艺写作者的工作不完全相同的。因为一个文艺写作者，他固然也要懂得了社会懂得了人生，理解时代社会国家民族对他的要求，以及他在现阶段文艺写作时所应负的任务；但他却不一定要等到完全理解，完全懂得了以后，才去动笔。作兴，他对于写作的任务、作品的完全合于国家民族的要求，只是有那么一个理想的憧憬，不十分清楚的、模糊的轮廓；作兴他能采取现实主义的观点，把握事物动向的核心，在他的笔下，自然反映出时代的倾向与要求。那末，他在没有完全理解完全懂得上面所说的写作任务时，也可以创造他的伟大的成功的作品。至于一个文艺批评家，他却非预先做到上面的条件，便难于动笔了。

所以，一个文艺批评家，第一，他应该同时是一个文艺写作家。因为，只有以文艺写作家的底子，来做文艺批评家，他才能够懂得文艺写作者在文艺写作时的艰苦，了解其中的三昧，说出话来，才能取得被批评者的同情，不致于感到"外行"，感到"隔靴搔痒"。同时，他对读者方面，也能以文艺写作者的身份，"以心逆心"，摸到文艺写作者写作时的情绪，而后对着读者说出，作者心坎中所要说的话，才能使人听得亲切，觉得入情。也只有这样，才能负起文艺批评家的正确的任务。

第二，一个文艺批评家，同时应该是一个哲学家，社会学家，艺术理论家，一句话，一个文艺批评家，非但要懂得文艺，懂得艺术理论，而且还应该对社会国家有明确的认识，对社会改进、民族解放有热情的向往与坚强的信心。他非但把握社会改进与民族解放的必然，而且还有他的坚定的革命的人生观做他的中心意识的支柱。因为新的文艺批评的建设，是要透过了正确的革命的人生观，透过了社会改进运动，民族解放运动，而与他们合流的一种文化运动。

第三，一个文艺批评家，同时又应该是一个行动的实践者，民族解放运动的直接斗争的斗士。因为一种运动如果没有一种最高意志支持着他的实践的行动，不用实践的行动，来配合他的空头的理论，加强并且证明他的理论的意义，那末，这一种文艺批评家，结果也只落得一个空头文学家的虚名而已；于整个的文艺运动上，是非但无益，而且有害的。

反之，一个文艺批评家，如果他同时又是一个文艺写作家，一个哲学家，社会学家，艺术理论家，而同时又是一个民族解放运动的实践的斗士，那末，他的文艺批评的工作，一定是消极的而又是积极的，一定是破坏而又是建设的，而且，或者寓消极于积极寓破坏于建设，或者，明为消极破坏，而实际却是积极建设，那就无往而不合，到处觉得左右逢源了。

不过，我这样的说话，倒不是绝对的主张。说是凡是要做文艺批评家的人，都非得预先具备这样全能的条件，便不准动笔。我只不过说，能够具备这样全能的条件的，自然是合于理想，因为理想中的文艺批评家，是应该具备这些条件的，至于得其一偏，或具体而微，只要他能够把这工作当作严正的工作，完全的用严肃的态度去实干起来，那又何尝不可以鼓励的呢？因为我们中国现阶段的文坛，也正需要着文艺批评家哟！何况文艺批评，他的本身原来也就是一种文艺，而文艺是须得在创作的实践上不断的求进步的。再说，所谓文艺批评也者，从五四时代以后，一直到了现在，在我们中国，也始终未曾出现过一种合于理想的体系建立，而在这一点上，也须得有许多人不断的努力，不断的改正，不断的建设的。

因为这些缘故，所以我们热忱的希望许多有希望的文艺工作者，多多的在文艺批评这一部门上下功夫。作兴，大家在开始工作的时候，觉得理论无所准绳，觉得思考不够深入，觉得技术不够熟练，但是，大家都在学习，大家都在学习与实践中求进步，如果在这学习与实践的过程中，慢慢的走上成功的建设的道路，这工力自然不算白费，即使就在这学习与实践的过程中，完全发觉到工力的白费，走错了道路，但也同样的会给文艺批评的历史上，留了不可磨灭的功绩的。因为一个错误的发现，在反面的意义上说，也就算给予正确的道路一个指示，他的认为白费的工力仍旧还不是白费的。

其实，只要是一个文艺阅读者，他就足够有做文艺批评家的资格。因为一个文艺阅读者，他的起码的资格，就是现实社会中生活着的一个人。而在根本这一点上，不管文艺作品在怎样描写人生、批评人生，不管文艺批评在怎样的批评作品中所描写和批评的人生，但其最后归着点，还是集中于现实的人生的。一个在现实的社会中生活着的文艺阅读者，他除了在文艺作品中读到作者笔下的描写所批评的人生，和在文艺批评中读到批评者对作家所描写所批评的人生的批评以外，他到处还有他的现实的人生做他印证。何况作家所描写所批评的，批评家对作家所描写所批评而加以批评的人生的典范，也同阅读者一样，都是在这一个共同生活着的现实社会中找出来的呢？

自然，有些文艺阅读者，在阅读文艺作品的时候，他的意识是未见得正确的。这譬如把文艺当作茶余酒后的消遣品，当作怡情悦性的发汗药，几乎是传统的普遍的现象。但这在一半，固然要怪到文艺阅读者的生活与生活态度，而在另一半，却也要怪到过去的文艺创作者与文艺批评者，没有给予文艺以正确的理解，而且竟然也有这一种主张，以致影响到阅读者的理解与态度的。所以，用文艺来批评人生教训人生，用人生来批评文艺指导文艺，这原则是极合理的。

因此，我们以为，不管是人生，不管是文艺，更不管是文艺批评，只要你在现代社会中，做一个堂堂正正的人，你要对这个时代社会国家民族有些许的或是伟大的贡献，那末，你在人生的认识与态度上，你在行为意志的实践上，须做到下列的几步功夫。即一，明确坚决的正义感的培养，二，充沛洋溢的民族意识的发扬，三，热爱真理追求光明的坚强的意志，与沉着，四，脚踏实地的现实主义的把握，五，正确明白的时代精神与科学精神的拥护。

而且，这里所举的五点，并不是什么道德的目标，政治运动的口号，而是在理想上，每一个文明国家的人民所应同具的智识修养与人格修养。一个文明的而又是理想的国家，他的人民，是应该有这样的贯串行为的认识，以及根据这样的认识而后表现出来的行为的。

不过，在现在的这个时代，这一种理想的境界，我们自然不能向全国广大的民众要求，但至少却应该向文艺作家，特别是文艺批评家要求。

在现阶段，我们整个的国家民族，正在进行着一种伟大的工作，所以我们的文艺运动，我们的文艺批评的建设运动当中，每一个文艺工作者都应从坚定正义感，加强民族意识，采取进步的科学与精神，而后脚踏实地的把现实的社会推向理想的光明的境界；使文艺运动，文艺批评运动，和现阶段文艺运动，民族解放运动互相合流。我们在等待着这样的文艺批评，与这样文艺批评家的出现。

文艺欣赏论[*]

我们平时在阅读一种文艺作品，我们时常憧憬于文艺作品的情境的美妙，故事的动人，人物创造的深刻，……每每到了一种历久不忘的境界，而不涉及是非价值的批判的，这个可以说是一种文艺欣赏。

文艺欣赏，似乎应该不同于文艺研究。因为照平常说来，文艺研究的出发点，是理智的，而文艺欣赏，却是感情的；文艺研究，是分析的，而文艺欣赏却是综合的；文艺研究，是客观的，而文艺欣赏却是主观的。但是，这话也非常的难说。在普通的情形之下，譬如这是一处有名的风景，这山水，这云树，这自然的创造的神奇，我们如果去欣赏他，我们固然可以用感情的综合的主观的眼光去欣赏，并且领略他，使他"心与神会"，方能理会到他的妙处。如果一涉到理智的，分析的，客观的态度，我们似乎便会把这自然的胜景支解了的。因为我们会研究他的形成的原因，分析他构成的原理，甚至探问到他的存在的物质的价值。这样一来，就似乎近于庸俗，破坏了自然美的和谐了。但在文艺作品，当你在欣赏他的时候，却似乎不能这样。而且，就是以自然风景来说，比方我们看到了一处万马奔腾的瀑布，我们在欣赏这水流的冲击，水花的飞溅，和水珠的溶漾，固然是一种艺术欣赏，但我们之中，如果有一个物理学家，他要估计一下这水流之马力，他要在这里计划一下，建设一个水力发电厂；这究竟可否算是破坏了自然的美呢？又，我们对于这一位物理学家的观感，是否就可说他是一个庸俗的实利的人物，根本就不懂得什么叫做自然的美，什么叫做艺术欣赏呢？这种地方，也就发生了问题。再说，这个地方的瀑布，我们说

---

[*]　选自《浙江日报月刊》1945 年第 1 期，第 24—34 页。

他是世界闻名，或是全国闻名；我们从老远的地方，跋涉到了这里，要来瞻仰这自然创造的壮观，造化的神奇，固然是有话可说；但如永久生长在这山地的乡民，在他们的脑子里，根本就没有世界、全国这种字眼，也不晓得什么叫做自然的创造，造化的神奇。——他们觉得，这水从高坡上下来，当然如此，有什么稀奇？他们觉得，我们每日都在这里看到，这又有什么大的了不起？这又是一种看法。我们是否将说他是不懂得美，不懂得艺术呢？还是说他习以为常，竟然无视了这种神奇的境界呢？这些事情，从旧的美学的观点说来，对于那一位物理学家，是会肯定的批判了他，说他是庸俗的实利的，不懂得什么叫做美；而对于那个乡民也可肯定的说，他是不懂什么叫做美，而他的原因，也根本在于庸俗和无知。是的，从某一个观点说，我们正可以如此说，而且，现代也有许多所谓美学家或艺术家，竟然也在如此说；但是，这种说法，究竟是否对的呢？对于一个不懂得瀑布之美的乡民，我们已经有了庸俗和无知的批评。如果我们反问，所谓无知也者，究竟是指的什么？我们如能把这乡民，教育成我们一样的知识学力与见解，那么，他之能欣赏这瀑布，懂得这瀑布的美之所在，当没有问题了吧！至于庸俗，在有些美学家或艺术家的见地，总以为这是个人所秉的天性的气质，是无可奈何的事，但在我们，却也认为和他的知识学养有关，如果这个人的学养有素，知识程度也相当的到家，那末，这庸俗的见解，是否会廓清了去？至于那一位物理学家，他的知识学养，总也和我们差不了多少的吧，但他的脑子，为什么还有我们的认为庸俗和实利的见解留存呢？是的，如果有人用这个理由反驳，那就连上面所说学养知识，都会被否定了去的。但是，我们如果有机会把我们自己的脑子洗炼一下，在我们的脑子中，我们所有的美感观念，根本就不是那一套旧美学的旧体系，我们也有现代美、机械美的认识，我们又将怎样说法呢？

　　说文艺欣赏，似乎不同于文艺研究，话也可以这些说；但说文艺欣赏是感情的，综合的，主观的，而文艺研究却是理智的，分析的，客观的，一定要给他们截然分开来，而且对立起来，却也不见得很对。康德一派的哲学家，总是认美感观念是先天的；他们既认为是先天的，就以为和后天的学养无关，知识无关，而且也与客观的分析的研究无关。但据我们看来，所谓美感观念，却并不是先天的，他也和一个人的知识学养有着相互的关系。所以，文艺欣赏，固然可以和文艺研究，截然分为两途；但从认识方面，从美感观念方面看去，从他的欣赏与研究的过程看去，他们却是到处发生着联系的，欣赏虽然有赖于主观的感情，却也不能无关于客观的认识；至于分析综合，则不管在文艺研究或文艺欣赏方面来说，那是更加含糊，难得界划分明的。

而且，文艺欣赏，不同于普通的艺术欣赏，也不同于自然欣赏。我们对于自然风景的欣赏，平常总想，这是自然的实在，你去看看是这个样子，他去看看也是这个样子，绝不会因为看的人的不同，就会受到什么限制，发生什么变化；但事实上却也时常因为欣赏的人所备的主观的条件的不同，而形成不同的反映，发生了极大的差异。譬如上文所说，观赏瀑布，就是例子。我们知道，从严格的观点说起来，自然的实在物，或是自然风景，不能称为艺术品。因为所谓艺术品也者，无论怎样模仿自然，逼近自然，但他总是人为的，通过自然，对于自然加过工的创造，人类的心灵的创制，是完全不同于自然的实在物的。不过，就以人类的心灵的创造一点来说，因为各种的艺术部门，他所用以表现，并且完成艺术的构成因素的不同，因而他所完成的艺术品也就显得不同。譬如雕刻，图画，与音乐，虽然同是表现一个题材，但他所完成的艺术，却完全局限于他的表现因素，而显出绝大的不同来。这种地方，你如要欣赏这雕刻，这图画，和这音乐的美质，你就非得对艺术欣赏有认识有素养不可，一个不懂音乐的人，他来欣赏音乐，虽然也和懂得音乐的人一样，同样的用耳朵直接去听，但在不懂音乐的人听来，则不过是声歌弦管之会而已，什么音色音力，情绪的起伏，节奏的回环，却是无论如何也不能了解的。试问这究竟是凭着什么呢？一句话，还不是凭着欣赏者的学力与素养如何而定的？至于文艺，则更加和这种艺术不同。文艺所用来做表现工具的工具，是文字语言这一类的抽象符号。我们对于语言，固然也可以直接的用耳朵去听，但对于文字的理解，却非经过一度文字教育的陶冶，是无法接受的。而且，文艺的表现工具，虽然是语言文字这一种抽象符号，但他的不朽的生命，还寄托在形象的上面。所以一个文艺阅读或是文艺欣赏者，他因为具有从抽象的文字符号还原于现实的形象的能力，才能欣赏理解这文艺的美质，不然，如果一个不能从文字的抽象符号还原到现实的形象的人，是无论怎样，也不能而且也不配欣赏文艺的。

所以文艺欣赏根本就和文字语言的教育知识联系了起来。他如果没有这种学力，这种认识，根本就谈不上什么叫做文艺欣赏。这种地方，可知文艺欣赏，也不能忽略了理智与认识，是不能截然的和文艺研究划分开来的。反之，文艺欣赏倒也如文艺研究一样，他是一定要被决定于欣赏者的知识学养与理解能力。再从感情这一方面来说，依旧的美学家的说法，人类的感情的秉赋，是完全一样的，感情并没有高低之分，而只有强烈与不强烈之别。因此，他们认为美的总是美的，无论欣赏者的知识程度有了什么高低，但他对于美的感觉，大家都是一样。其实，这一种见解，也是不正确的。要知人类的美感观念的形成，也正如人类的意识观念，思维领域一样，都有他的历史性的限制，随着文化发展的各阶段，知识范围的扩大，认识方法的改变而在不断的改变的。原始人类的审美观念和文明人类的审美观念不同，相应于封建社会意识形态，从唯心哲学出发的美感观念，和现代的出发于实证哲学的美感观念的各异，就可以证明。据达尔文的报告，野蛮民族的唯一的喜欢的东西，是一块红布，至于他们的文身，他们的耳环鼻环和各种装饰，则更是由许多民俗学家证明，完全是出于美感观念的。这种情形，我们且不必把他拿来和巴黎伦敦的女性装饰相比拟，我们只要闭目一想，这野蛮民族之所谓美者，在我们的心目中，又将是一些什么东西？唯心哲学所谓美感，以为美感观念是绝对的先天的，这又将怎样的说法？原来，从唯心哲学出发，非但美感观念，就是关于知识的或是认识的一部门，他们也承认有一个绝对的观念世界的存在；但在如今，我们的认识方法，我们的知识领域，却早已证明这绝对的观念世界之不存在了。

我们生活在现实世界当中，我们不断的在和现实世界中的各种事物接触。我们由感觉感知了客观现实世界的存在，这就成为我们的思维内容和思维活动。我们又根据着这种思维内容和思维活动，在实践中去认识世界，扩大世界。我们就在这样的交互关系的认识的过程中，建立了人类的文化，而且也不断的改进了人类的文化，一直到了今日。过去的心理学的研究者，以为人类的心灵活动，感情与理智，是截然的分开的，因此，他们认为人类的认识方面的事，无关于人类的审美观念。其实，我们的感觉在第一步感知世界，感知客观的实在物的存在的时候，他就同时陪伴着认识与美感的两种心灵活动。比方我们看到一树桃花，当我们认识这是桃花的时候，我们已同时感到了这桃花的美色。如果我们这时对桃花的这一概念，已经有了许多的认识，那末，我们在看了这桃花以后，也就可以引起许多关于桃花的联想，如同人面桃花，桃花薄命，暮春三月等等情绪，就自然的黏附上去。因此，当我们在看到桃花时，我们心中由桃花所引起的美感观念，又与单纯的看到桃花时完全不同了。如果这时，我们个人之间，对于这种桃花，过去曾经有过特殊的遭际，那末，你这时对于桃花所引起的情感，又当不同了。所以，所谓美感观念，原来就与客观认识伴和着，而且和他同来的，如果你对于这种客观的实在，根本就没有什么认识，或是你根本没有接触到的机会，那就连美感观念，也是无法想象的。

一切的环绕在我们四周的客观事物，我们之所以能够感知他，当作我们的心灵活动的内在因素，都是因为我们曾经接触到他感知到他的缘故。不过，在有些时候，我们在感知了以后，我们在心中留着的，只是一个抽象的概念，有些时候，我们在感知了以后，就在心中荡漾着这具体的实象。这种时候，我们便称抽象的概念的留存，以及这种样子的心灵活动，为认识过程，知识观念；而称具体的形象的浮现，为欣赏过程，或美感观念而已。但从实质上说来，这两种心灵活动，还是结合着的。

文艺是现实的反映，是人们对于现实的反映的加工的创造。而这里所说的现实，那些环绕在我们四周的自然物与自然现象，以及一切由人类自己所创造的文化现象，文化成果，都包括在内的。而且，除了这些以外，特别是环绕在我们四周的人生现象，和我们自己的现实的生活，更加是文艺所反映的重要部分。别的艺术，固然也描写人生，反映人生，甚至于表现人生，但总没有文艺这一种艺术，用来描写，反映，甚至于表现，更为适合。

我们的整个人生，是客观现实的一部分，而同时，又是客观现实的主体；要是我们在客观现实当中，抽去了人生，和人生的各种活动，试问这客观现实，将成功为一种什么样子？所以，我们说，我们对于客观现象在不断的接触，是我们在和客观现实不断的接触的意思；我们在感知事物，理解事物，或是欣赏事物，也是因为有我们在感知，在理解，而且在欣赏的缘故。如果没有了这个我们，就是有了客观事物的存在，也是没有人去感知理解或欣赏的。反之，我们自身，也就是客观事物的一部分，我们固然在感知，理解，欣赏别人，但我们同时亦为别人所感知，理解，与欣赏。我们人类在客观现实中的关系，原来是这样的。

所以，我们生活在客观现实当中，我们在感知客观自然，人类自己创造的文化与建设，以及和我们共同生活着的别人的人生，别人的生活形态，我们也感知了自己的人生，和自己的生活形态。我们欣赏了自然的美景，艺术的制作，人生的各种现象，也欣赏了自己的心灵的奥秘。对于夕阳残照，云霓变幻，或是月明林下，石上清泉等等自然的美景，我们在理解他，同时也在欣赏他。对于建筑，雕刻，或图画，音乐，我们也在理解他，在欣赏他。对于别人的人生，自己的人生，我们也在理解他，并且欣赏他。而对于自己在怎样的欣赏自然，理解自然，欣赏艺术，理解艺术，以及别人在怎样的看人，怎样的看自然，也就在某一种机会，要去欣赏他，去理解他了。不过，这里所说的欣赏与理解，在表面上看来，好像也有程度或者性质的差别，但在事实上，欣赏与理解，理解与欣赏，还是联系得非常紧密的。

　　文艺是一种对于自然加过工的艺术的创造，他在一面，对于自然的美质，加以一种人工的复制，使他比真更真，比美更美；使欣赏客观的实在的美的人，可以不从客观的实在，而从人为的艺术入手，而达到欣赏自然的美的境地。同时，对于人生，我们固然也可以从现实的人生中，理解并且欣赏他，但从文艺作品入手，却又每每比现实的人生，更能把捉到人生的精髓。因为现实的人生，只是现实的人生，而文学作品的人生，却是经过文艺作家的一度心灵的意匠，加工的创造，每每比现实的人生更加凸化，更加形象的缘故。

　　所以，在自然现象中，我们欣赏自然的美，在艺术作品中，我们通过了艺术的美，欣赏了艺术的美，也就欣赏了自然的美。艺术是一种"自然"的复制，艺术的美，原来根据自然的美，离开了自然，就根本无所谓艺术的美；同时，也因为艺术是一种自然的"复制"，所以艺术的美，就有了人为的复制的特点，为自然之美所不具的美存在。因为这样，所以我们以欣赏自然的美的眼光，在艺术作品中欣赏自然。一面可以同样的发现自然的美，一面又可以发现到比自然更美的美。

　　同样的理由，我们也在文艺作品中欣赏了自然，也欣赏了人生。因为离开了人生，也就几乎没有文艺；而文艺则同样的是人生复制，是作家对于人生的加过工的心灵的创造。我们在现实的人生中，固然也在认识人生，欣赏人生，但在文艺工作中，我们也同样的在认识人生，欣赏人生。而且，离开了现实的人生，我们就不能理解作品中的人生，欣赏作品中的人生。而在文艺作品中欣赏人生，一面则可以欣赏现实的人生，一面却又欣赏了现实人生中所不具有的人生。

　　所以，我们可以说，艺术欣赏，是一种现实欣赏，自然欣赏；而文艺欣赏，则也是一种现实欣赏，人生欣赏，而同时，又是超现实，超人生的欣赏；因为我们的欣赏艺术，欣赏文艺，一切都以现实的自然与人生为准则，为依归的。

　　在文艺作品当中，有时作者把现实的自然与人生写了出来，这就是所谓"写境"，是现实主义者的手法；有时作者在笔下所写的不一定是实有的自然与人生，这便是所谓"造境"，是理想主义者手法。不过，无论这作者所采取的是现实主义的手法，理想主义的手法，或是现实与理想杂糅起来的手法，但他所给予人们的映象，是一种具体的形象。王国维论词，先提出境界二字，而后再说境界有隔与不隔之分，这话似也可以应用之于一切的文艺作品。他说，"境非独谓景物也，喜怒哀乐亦人心中之一境界，故能写真景物真感情者，谓之有境界，否则谓之无境界。"至于说到隔与不隔之分，他虽然没有什么说明，只举出几个实例，但如果依我们的推测，则他的所谓隔者，大概是文艺作家笔下所写的，虽则是真景物，真感情，但他的形象还不甚鲜明，主题或不甚明确，因而使读者看了，尚有隔雾看花的景象，这就成为他之所谓隔。至于不隔也者，作者在笔下写的，自然是真景物真感情，而此种真景物真感情的描写，却又的确有此实感，无论何人何地，都能唤起同一的心理的期待与感应，而形象鲜明，主题确定，这境界也就明确的显现出来了。

其实,文艺作品中的境界,虽说是真景物真感情的描绘,但真景物真感情不一定就成为一种境界,他之所以能成为一种境界者,只因通过文艺家的心境而又能够把他描绘成为一种文艺作品的缘故。我们说"大江东去",是一种宏壮的境界,"风乍起,吹绉一池春水",是一种纤巧的境界。但这多无与于客观的实境。因为这客观的实境,虽然也是客观的存在,而接触到客观实境的,也不止苏东坡或是冯正中一人;但我们今日之所以能从"大江东去",或"风乍起,吹绉一池春水"这两个客观的实境中,体会到宏壮与纤巧的境界,则是通过苏东坡与冯正中的心灵创造与把捉的缘故。而且,从真正的艺术的见地说来,真正的"大江东去"或是"风乍起,吹绉一池春水"这一实境,不能称为艺术,称为文艺,而却只有从这"大江东去"和"风乍起,吹绉一池春水"的抽象文字符号所能还原的形象当中,才能欣赏到这客观的实境。又如"生年不满百,常怀千秋忧",是一种境界,而"人苦伤心,镜里颜非昨",又是一种境界。但此种人生的实境,虽然我们在现实生活中,偶时也有此种模糊的感觉。但我们要欣赏人生,理解人生,却须得在作家写出这种实感以后。而在作家没有理会到这种实感,而且写出这种实感时,我们是不大容易理会到这种境界的。

一个文艺作家,他自己本身,就是现实的人生,他在自然中生活,在人类社会中生活,他用他的欣赏文艺的眼光,来欣赏自然,欣赏人生,他又把他的欣赏自然,欣赏人生的结果,通过文字的形象,而后给他表现出来。一个文艺家,如果他没有欣赏自然欣赏人生的能力,他就无法欣赏自然,欣赏人生;同时他即使有欣赏自然,欣赏人生的能力,但不能把握住这种真景物真感情,而后给他描绘出来,也不能使人通过他的文字的形象来欣赏这种真景物与真感情。所以,文艺欣赏固然就是自然欣赏与人生欣赏,但同时也是自然理解与人生理解,如果你只能懂得一部分的自然和人生，你便只能理解欣赏你所能懂得的一部分的自然和人生。这譬如登山，你的立脚点不高，自然你所看到的也就不远。你越是登得高，越是看得远，你的眼界，也就非常的辽阔，一直到了廓然太空，天与地接，不然，你自己以为看到了尽处了的，而别人却以为你仍旧局限于某一部分，终于有所蔽有所隔的。

又王国维论词，说词"有有我之境，无我之境。泪眼问花花不语，乱红飞过秋千去，可堪孤馆闭春寒，杜鹃声里斜阳暮，有我之境也。采菊东篱下，悠然见南山，寒波澹澹起，白鸟悠悠下，无我之境也。有我之境，以我观物，故物皆著我之色彩；无我之境，以物观物，故不知何者为我，何者为物。古人为词，写有我之境者为多，然未始不能写无我之境，此在豪杰之士能自树立耳。"这里所说的以我观物的有我之境，和以物观物的无我之境，依王氏所论，似乎也有高下之分。其实，这种有我无我的境界，事实上也只是人生的境界，人生的见解、学养与生活态度的反映。在我们初初看来，或者会感觉到泪眼问花花不语，倒比悠然见南山，更显得感情，更显得形象似的，而悠然见南山，究竟又有什么感觉呢？但是，我们的学养见解甚至人生态度，如果也到了，或者逼近了陶渊明的境界，我们却又觉到泪眼问花花不语，倒反有所执着，有所蔽障，心胸也不能毫无芥蒂，到了辽廓无云的境地了。

所以，同是一种客观自然，客观人生，但因为欣赏的人的理解程度的不同，学养见解以及他的人生态度的不同，因此，这自然，这人生也就可以显出不同的观照来。固然，他有时以我观物，而以我观物，就自然的著上这个我的主观的色彩，即使有时他竟以物观物，但这以物观物，也得通过以物观物者主观的境界，于是也就不得不受以物观物者的主观心理的一些限制。我们如果打这样一个比方，说以我观物，是主观通过客观的反映，和"写意画"有些相像，以物观物，是客观自然的再现，与写实画或是照相摄影有些近似。那末，这由主观通过客观的反映的写意画，固然有作者所写的意的糅和，而客观自然的再现的写实画，却也不能不受这写实者，甚至这摄影者的角度视野的限制。所以，我们也可以说，所有的艺术作品或是文艺作品，都是作者对于自然，对于人生，通过了他的学养见解和人生态度的表现。"文体如人"，文章的风格，就是作者个人的风格，在这种地方，是很可以得到说明的。从这里推论，客观的实在，是客观存在的，只因为作者个人的学养见解与人生态度的不同，——他对于自然人生的理解与欣赏的程度的不同，因而在他笔下所显现出来的客观的实在，也就有了不同，却是由作者的学养见解与人生态度决定的，是作者的理解并且欣赏自然与人生的表白。因此，作者的学养见解有高下，作者的人生态度有不同，这自然与人生在他心中在他笔下所反映所描绘出来的境界，也就有高下的不同了。

同时，同是一篇文艺作品，——当他经过作家的创作过程以及到了创作完成的时候，这已经成为一种客观实在物，是和另外的客观实在物，同样的在客观的现实世界中存在的。——因为阅读或欣赏的人的学养见解的不同，人生态度的各异，便形成了各种不同的心理的反映。这比方中国的一部《红楼梦》，他现在已成为中国文化的伟大的成果，也是一个客观的存在。在现在，《红楼梦》这部著作，是定型了的，不变了的；但在看《红楼梦》的人们心中，由这《红楼梦》所引起的反映，却是跟着各人的学养见解与人生态度，而发生出不同的反映来。有许多人，以为《红楼梦》是海淫的，青年男女，自然不应读得；而有些青年男女，也因为自己的学力见解不到家，每每只看到男女恋爱的事，于是在思想行为方面，反是造成了一种病态的表征。而另外有一些人，又以为《红楼梦》是寄寓着民族思想的，这里面就有了反清复明的意义，因而也就把他当作宣传反清的工具了。而王国维，则说《红楼梦》是寄寓着人生哲学的最高意境的，林黛玉的死亡，贾宝玉的出家，却正是人生心灵的最高洗炼，是一种意志的创造。为什么同是一部《红楼梦》，会有这许多的反映，这许多的见解的呢？《红楼梦》的本身，还是一部《红楼梦》，而且也是一种客观存在。客观的存在，是并不因看的人的不同，而有所改变的。但在事实上，凡是一个看《红楼梦》的人，在看了《红楼梦》之后，都可发生或多或少的不同的印象，这就从许多部关于《红楼梦》研究的著作，就可以看得出来。至于我们每一个人看了这书的印象，我们虽然无法统计，但在许多人的谈话中，他们的注意的详略，兴趣的转移，却时常可从谈话中听得出来。这种情形，我们有一个比喻，这里有一株古松，但在一个画家，一个木匠，一个樵子，一个牧童，或是一个过路的眼中看来，他们的观感是否都是相同的呢？对于《红楼梦》，我们又何尝不是如此？大家都是用他心中原有的知识原有的认识，当作感知他理解他欣赏他的基点，因而他的结果，也就发生出各种不同感应来了，不过，这些通过欣赏者自己的主观的认识而后得出来的不同的感应，却是不能等量齐观的。比方以《红楼梦》来说，这许多不同的感应，也就有了程度高下的不同。这种不同，我们或者可以借用王国维所说的境界。因为境界不同，所以感应也就不同了。

不过，王国维所说的境界，在事实上，也觉非常的空洞，他只说有境界无境界，有有我之境，无我之境，说来也比较虚玄，未免难于捉摸。近来冯友兰讲人生哲学，时常也应用境界二字，并且把境界分为自然境界，功利境界，道德境界，天地境界四等，似乎比较具体。对于文艺欣赏，我倒颇想应用这种说法。不过，冯氏所说四等境界，如自然境界与天地境界，似乎也不容易划分。特别是他所说的天地境界，用力的在强调着中国的玄学的精神，大有复古的倾向，似乎也不见得正确。但是，无论如何，他从人生的见解学力以及态度，即所谓人生观方面，来分开人生各种等级，却是比王国维又进了一步的。

在文艺领域当中，悠然见南山的境界，可以说是自然境界，又是天地的境界。但这种精神，只是东方哲学，特别是道家精神的反映，这虽也不失为一种人生态度，但这种态度是超然的，出世的。我们也可以讲天地的境界，但我们以为天地的境界，应当就是理想社会的境界。因为人类社会，原来就是天地自然的一部分，而天地自然，却是依着天理，或是社会进化的必然在那里不断的演进的。我们一个小我，生存在这人类社会当中，我们要认识这社会进化的自然的法则，尽其在我的加以人力的推进，使这社会加速的走上理想社会的大道。我们如果有这种认识，在人生行为上予以实践，这就成了人生的最高的理想的境界。因为这一种认识这一种实践，是根据社会进化的准则（也即是所谓天理天道），而且与社会进化相合一的。同时，也因为这一种认识，这一种实践，是可以加速的推进人类走上理想的最高境界的。

这样的一种认识，一种实践，我们可以说是人生的最高境界。你说他是天地境界也罢，圣人的境界也罢，这都是无所谓的事。但这中间，却在正确的认识，与正确的实践，使得认识与实践吻合而无间，行乎其所行，止乎其所止，以我观物，以物观物，到处都觉得自然自在，而丝毫没有一点勉强的痕迹。对于事理的观察，是非的判断，到外洞若观火，从心所至，并不离开一个最高的轨范。这种境界，我们可说是人生修养及学力上最高境界。这是从新的人生观社会观出发的，但老实说起来，却不是中国哲学中的儒家哲学或道家哲学的见地，而是有新的以科学为出发的哲学的成果。陶渊明说的悠然见南山，程子的万物静观皆自得，以及朱子的天光云影共徘徊等句，固然在理学家的修养上，俨然也可以说是达到了"与天地参"或"赞天地之化育"的境界，但这都是静态的静观的，而且有些近于玄学的。世界是一个变动的世界，人生也是不住的在变动的人生，在静态世界观的体系中，我们可以相信静的世界观是一种最高人生的境界，但在我们这一时代，我们的认识，我们人类社会的历史的演进，和历史演进所给予我们的教训，我们是无论如何，也不能承认这一种静观的人生境界，是一种最高的人生境界了。

我们说，文艺欣赏，实在就是通过了文艺的形象的人生欣赏和自然欣赏，特别是人生欣赏。我们要有我们对于人生和自然的欣赏的本质的把捉，我们才能通过文艺的形象，而后对人生与自然，有所欣赏，方能欣赏。原来，实在的人生与自然的欣赏，我们出发于我们的心灵，根据我们的认识，是以心接物的事；你如果心地不清明，到处为物欲为私利所拘囿，你就有所蔽，有所隔，你不能欣赏自然，也不能欣赏人生。而文艺中的人生与自然，则是文艺作品，原来就是作家的心灵的加过工的创造；我们来欣赏文艺，固然也同样的出发于我们的心灵，但在此时，我们却一面是以心接心，一面又是以心接物了。以心接物，我们要根据我们的认识，而以心接心，则更加要根据我们的认识，整个的心灵活动，与人生态度的。认识有高低，人生态度有不同。但人生态度的高低，却与认识及行为实践的高低有着正确的相关度。嚣俄对于作剧，曾说一般的群众，要的是行动，贵妇人们，要的是感情，而诗人哲学家，则要的是思想和哲理。这种不同，则是因为一般的群众，贵妇人和诗人哲学家的认识与学养的不同的缘故。在现实生活中，一般的群众，总喜欢看看打架或是什么新奇的事。有闲的贵妇人们，则觉得在街头看人打架颇乎有失体统，而且也没有什么趣味，倒不如坐在家里和女伴们谈谈某先生与某女士的恋爱，或是看看恋爱小说来得够味。至于诗人和哲学家呢，和朋友们谈别人的恋爱，固然觉得无聊，即使看看什么热情的恋爱故事，他的兴趣，也不见得就能餍足。这里如果说有什么高低可说，那末，群众的欣赏的能力，自然最为低级，而贵妇人们则较进一个境界，诗人与哲学家则为更高的境界。我们说境界有如登山，这也可以说是眼界；这是客观的。因为这有一个客观的标准，并不能凭空来生造，来硬凑的。你登山登得高了，自然所见者远，硬是物质支配着一切，这是无可勉强的。你说登东山而小鲁，是的，你如果不登上东山，你就不能有小鲁的眼界，——也可以说是境界。你在没有登过东山时，你听见人家登过东山以后的话，你可以不相信；你说鲁国是很大的，怎么可以小得了？但一等到你自己登上了东山，于是你的确有此实感；你才相信别人的说话，你也相信了自己的实感，但在此时，你如果没有登过泰山，作兴你对于登泰山而小天下的话，总觉得有些怀疑。你想，天下可多么大呀，那怎么可以小得了的？但如一日，你真的也登上泰山了，呀，你的眼界何等的辽阔，你的心境何等的开展？因此，你也就相信了登泰山而小天下的话了。

不过，登山的话，只是一个事实的比方，你的眼界的广狭，境界的高低，可完全决定于你的立脚点的高下，你的立脚点的高下，则又决定于登山的功力。以此类推，则人生的境界，亦复如此。你的知识学养，决定了你的认识思维，你的认识思维，决定了你的人生态度，人生境界，如是而已！这也是铁硬的事，是一点也不能勉强的。春风又到江南岸，这到字也未始不好，但一改用绿字，则意境确似更进一步；先生之德，山高水长，这也不能说错；但若把德字改作风字，似乎境界又进了一步。这虽然是一两个用字问题，但也有关于学问的功力，功力不到，一点也就不能勉强，所谓一字之师也者，事实上也只是差那么一点点。王国维论词，说"红杏枝头春意闹，着一闹字，而境界全出。云破月来花弄影，着一弄字，而境界全出矣！"可知他的所谓境界，也只是作者的用字的功力，使之切合某一种心理的实感。无此学力，无此体验者，心理就无此实感；无此实感，无此用字之功力者，即不能着上这一闹字，这一弄字。而在同时，我们如果无此实感，无此体验，无此功力，则古往今来读此二词者，必不仅王国维一人，但能够读出这闹字，这弄字的用力处，何以只有王国维一人？此等地方，可知文艺欣赏，实亦着力于人生的功力，这也就很显然的了。

在文艺作品当中，有些作品，我们初一看见，就觉得他幼稚；毫无一读价值，但也有些作品，在初看时觉得幼稚，及等到一看再看时，又发觉了他的淳朴而不可及之处。相传有人咏雪，开首是"一片一片又一片"，接着是"两片三片四五片"，接着又是"六片七片八九片"，弄得站在旁边的朋友，大大的发急，以为这样一片一片的数了下去，将到什么时候可以完结，但等到最后写出的一句"飞入梅花都不见"，于是才觉得一气呵成，天衣无缝，意境超然，使人叹服。但这毕竟是少数，而且是偶然的遭遇。是功力有意境的作品。在平常的时候总是到处引人，令人一再玩味而不厌的。近代的文艺作品，我们自然不能仅在一二个的文字上注意。因为文艺作品，写的总是人生，而人生的场面，自然不能限于一二个文字上的推敲。我们如果从整个的人生来说，在文艺欣赏中，冯友兰所说的自然的境界，在欣赏者这一方面，可以说是完全没有的。因为顺帝之则的蚩蚩者氓的自然境界中人物，根本不会欣赏文艺，所以可以撇开。至于天地境界中的人物，就是有的话，本来也就很少。以冯友兰的话来说，天地境界中的人物，似乎只有"与天地参"，或是"赞天地之化育"的圣人，如孔老夫子之类，才能几及；孔子的学生，如颜回他们，最高的成就，也只能做到"三月不违仁"的一个暂时的境界，其余则不过"日月至焉"而已，更谈不到永久居仁。而所谓贤人，则已经是次一等的了。我们都是常人，自然达不到天地境界的境地。所以，天地境界，也就可以不去说他。这样一来，我们在这中间，留下来的，便只有功利境界与道德境界的两个境地了。

在文艺欣赏当中，功利境界是很少有的，但道德境界，也就不见得很多。在这里，我们一时也不能有什么明确的界限的划分，但有些人在看《红楼梦》，却只留意到贾宝玉初试云雨情，和贾瑞的偷看风月宝鉴，这是一个境界。有些人念熟黛玉的《葬花词》，并且反复低徊在焚稿断痴情这一回上，这又是一个境界。而有些人寄情于后半部的《红楼梦》，对荣宁两府的衰落的景象，不禁寄予唏嘘太息之情，感觉到荣枯无常的至理之永存，又是一种境界。至于从黛玉的死，到宝玉的出家，看出了人生的意志的悲剧，这又是一种境界。同样的情形，有些人看阿Q，只看到阿Q的讳亮讳灯和"和尚摸得我摸不得"等等地方，这是一个境界。有些人看到阿Q的儿子打老子，这又是一个境界。有些人看到封建剥削下，无产者的愚昧和悲哀无告的情怀，这又是一种境界。至于说阿Q是中华民族，民族性的典型，这又是一种境界。

在文艺作家，因为这作品既已定型，似乎境界也就难以划分。但我们试想，在中国的许多作家中，大家都以男女恋爱为题材，大家都写了悲欢离合终于达到了大团圆的故事，较之《红楼梦》《西厢记》的作者，同写男女恋爱故事，而却以悲剧收场，是否又另成一种境界？中世纪时代，西班牙流行着多少传奇骑士的故事，而西万提司，却以骑士来讽刺骑士，来写他的堂吉诃德先生，这是否高出了一个境界？托尔斯泰写《复活》，写喀瞿沙的高洁的灵魂，写南赫留道夫的赎罪的忏悔，是否又比普通的恋爱小说，如拜伦的《唐贞》之类，高出了一个境界？凡此种种，我们如果能互相比较，就可以看出作者所看到的，深切体验到的人生境界，在他的作品中反映出来，自然而然有了高下的。

我们平常说起，青年男女可以看《红楼梦》，但却不能看《儒林外史》，要深切的体味到《儒林外史》的内容，须到了年事相当，世故也就相当的时候。其实，这话确也有一半是真理。因为你如此认识，根本就无此感应，你入世不深，经验不富，对于《儒林外史》中那种熟透了的封建社会士大夫阶级的丑恶，是不能懂得的。但是，就在这种地方，我们也就不敢说《儒林外史》的境界，就离出了《红楼梦》的境界。如果你入世已深，学力深沉，你已经在人生的苦辛中打两个圈子，你理解到一点人生的真谛，你在某些时候，又会觉得《儒林外史》的描写，只是暴露，只是讽刺，对于整个的人生的意味，却又似乎不及《红楼梦》来得深长，值得回味呢！如果我们可以这样划分，那么，什么《征西》、《征东》、《七侠五义》及《江湖奇侠传》之类，是一个境界，巴金的《家》、《春》之类的热情小说，是一个境界，《红楼梦》是一个境界，《儒林外史》是一个境界，而《红楼梦》的人生哲学的读法，又是一种境界。这些境界，我们大概还可以看得清楚的。而在现实的人生的境界中，大概也就相当于冯友兰的功利境界和道德境界，但特别都是功利境界。我们平常，如果能用道德境界来观照一切，来欣赏人生，来阅读文艺作品。这已经成为了不起的一回事。比方以人生意志的悲剧来欣赏《红楼梦》吧，这在平常，已经不大多见，但这却不能说是没有。再进一步，我们假定以茅盾的《子夜》为例吧！因为这小说写的，非但是人生的场面，而且是社会的场面，非但有现实的人生和社会，而且有理想的人生和社会，而且作者在这里面，还想把他自己所认识到的人生的最高境界告诉读者。这种地方，我们虽然也可指出，《子夜》中的正面的人物，并不见得怎样形象，而且有些浮泛，足见作者的理想尚未定型，境界尚未到家。但是，我却可以肯定的说，《子夜》的这一创作路向，则是很对的。如果我们把这一境界，改作高尔基的《母亲》，那末，这母亲在革命中的成长，我们也可以说是从自然境界，经过功利境界，到道德境界或社会境界的人生态度的成长。因为这成长后的母亲，他的人生态度，是与人类社会的进化的必然合流的，而且又在推进了人类社会的必然的进化的。

所以，文艺欣赏，不是单纯的美的感觉或美感观念的事。文艺欣赏，根本就伴着他的知识与学养，他的认识，他的人生态度而来的。你要在文艺欣赏中达到欣赏的最高境界，你要以心接心的捉摸到作者在人生履践上所达到的人生境界，你自己在人生履践上是必得跻到这一境界的。不过，文艺作品，毕竟同时又是美术品，而伟大成功的文艺作品，却的确有类乎琳琅满目，珠宝遍地的宝山。只要你能欣赏，你总能看到一点，只要你能走入宝山，你总不会空手而回。——固然，你也可以捡些废铁，也可以捡些黄金；捡些珠宝，也可以捡一个金锁匙，但这，却都在乎你的眼力。我们在文艺欣赏的过程中，如何才不至于买椟还珠，不至于走入宝山反是空手而回呢？这就在于文艺欣赏者对文艺的认识，对人生的认识以及对文艺的功力，和对人生的功力了。空话有什么可说，别人的话又有什么可听的呢？我们该如何去欣赏文艺，这一个课题，是和我们应如何去欣赏人生，同样的深长的。我们要在人生的实践中理解人生，欣赏人生；同时也要在人的实践中理解文艺，欣赏文艺。这完全是一个人生的履践的功夫啊！

1945 年 4 月 8 日

朱佩弦先生的路 *

佩弦先生为《闻一多全集》作序，说"闻一多先生为民主运动贡献了他的生命，他是一个斗士；但是他又是一个诗人和学者。这三重人格集合在他的身上，因时期不同而或隐或现……"我当时读了这几句话，对于佩弦先生自己，就也有这种感觉。我觉得，他是一个诗人又是一个学者，那是毫无问题的；至于说是一个斗士，或者还有些人会怀疑；但是，这也得从三十三年的五四历史晚会起，——至少，也得从昆明惨案及李闻惨案发生时候起。一直到了现在，到他临死的时候为止，他已经慢慢的显出他那斗士的人格的一面了的。这并不是一种附会，近几年来他自己所写的作品，就是最有力的佐证。诗人与学者的良心，早就成为他那内在的动力，在他心中酝酿；而这个时代与社会，抗战以来他自己所受的经历，他所看到的一切，以及无声手枪的威胁与压迫，这还不催促他走上更积极更进步的路吗？

佩弦先生在文学上的造诣与成就，或者可说是个"文体家"吧，但和有些专门在文字上玩弄技巧，如沈从文、废名之类，截然的不同。他平生所作文章，没有一篇不是素朴、细腻、匀净、诚挚的；最主要的还是他的诚挚。而这，却也正是那些玩弄技巧的文人所不能领会得到，也是根本所没有的特点。他那篇脍炙人口，打动了多少青年读者的心的《背影》，如果没有了这点诚挚，这点父子之间的纯真的感情，其余那些，——如细腻、匀净之类，又将有什么可取，又将附丽到那里去呢？而且，佩弦先生非但在他的文章中流露着那些宝贵的诚挚与纯真的感情，就是他的为人，凡是和他接触过的，也没有一个不觉得他那诚挚可亲的人格，洋溢着他的全身

---

* 原载《文讯》1948 年第 3 期。

与整个精神。

是的，诚挚；这诚挚就贯通着他整个的人格，使他成为诗人，成为学者，也成为并不十分鲜明显著表现出来的斗士，而同时，也就流露在他所有的文章中，完成了他那"文体家"的特别造诣到的风格。

佩弦先生的作品，分量并不很多，但当每一个作品问世，几乎没有一个不哄动了一时。我们还该记得他那首长诗《毁灭》吧，也该记得他的《背影》、《笑的历史》、《桨声灯影里的秦淮河》吧，还有他那首没韵诗《小舱中的现代〕》！他的那些作品，虽然在取材方面，视野并不很广，但却正因为他的诚挚，他就通过了自己一些身边琐事的题材，负荷了一切人间的苦辛，也表现了一切人间的悲哀与快乐。他那篇《笑的历史》，如果和他以后那篇《给亡妇》来对看的话，你就会有这种感觉。这是一些身边琐事，是的；但你不会看出人间的苦乐来吗，你不感觉到他也分担了你的苦乐，你也分担了他的苦乐吗？而封建的家庭，动乱的时代，我们这一时代的人们所受的时代的苦难与负荷，我们这一时代的人们所过的生活与出路，我们不会在字里行间看透一些吗？我手边没有什么关于佩弦先生著作的材料，我不能和佩弦先生序《闻一多全集》一样，给他划分出某一年到某一年，该是诗人时期，但大体上的说法，该是不错的。

是不是打从伦敦回来以后，佩弦先生就从诗人时期，进到了学者时期，我也不敢怎样的肯定。但如《古诗十九首的辩释》（题目是否如此，手边无书，记不清楚）《诗言志辨》以及《经典常谈》等，该算是这个时期的东西。而在以后，如同最近出版的《论雅俗共赏》等，也充满着一些学者气氛。我记得，在《欧游杂记》的序文上，佩弦先生说到写文章时怎样注意形象与生动，怎样避免着"有"字句，"在"字句的应用，在《伦敦杂记》的序文里，也说想怎样避免"我"字的出现，这些都似乎是文体家的工作，但我们也得说，同时也是学者的着眼点。佩弦先生对于古诗十九首的研究，那么一字不苟的不肯轻易放过，可还不是这种精神的表现吗？这中间一长段的时间，该在抗战时期，因为交通不便，因为书刊的出版与寄递的困难，我还不晓得佩弦先生另外还有一些什么著作，但看他每每在一个很小的问题上，总是引经据典，切切实实，细细致致的谈论，就令人有一个学者在孜孜不倦的教育青年的感觉。自然，在这中间，他那"文体家"特殊的造诣，他还是没有放弃，但更应该注意的，却是他那诗人与学者的良心，诚挚与纯真的精神。这是流贯在他一生的为学与做人中的，他之可能转为斗士，而且已经隐而不著的成为斗士的人格，完全由这种精神作为内在的动力。在有一个时期，我也隐隐中听见一个传说，说佩弦先生主张读文言文，而且限定学生背诵；这在当时，我倒颇乎觉得奇怪。这个传说，虽然我到现在还没得到一点文字的佐证，但就说佩弦先生真有过那么一回主张，我们也只能认他是一个学者身份的诚挚的表现。我们也不能忽略他是一个"文体家"，而语文训练、学习与修养、原来也就在活的语言与过去的文学典范中辩证的存在。语言的本身，自然是活生生流转在现代活人的口上，但他的本质，就有一个历史的因素与根底；我们不能将现代活生生的语言，从历史的流变中割裂开来，使他孤立起来，这就不能不注意到过去的文学典范与其历史的流变；而文学的语言，在他那艺术的造形与艺术的特质上，也不能局限于口头上的语言与所谓语言的记录，那么，把学习的范围扩大到所谓文学遗产上面，在那里吸取一些精华配合着口头上活的语言的发展，这也不能算是牛角尖的工作。佩弦先生自己的成就，他那可能被称"文体家"的原因，如果撇开了他那诚挚的态度以外，就只有从这种地方去找寻了。佩弦先生的文章，从活的语言上说，他吸收了这活的语言，又提炼了活的语言，这可以说是语言的提炼；但从文字与文学典范上说，他又推陈出新，走入旧的文学典范中又岸然的走了出来，形成了他自己的独特创造。我们读佩弦先生的文章，闲常都觉中国气味很浓厚，但却不知道这气味来自何处；同时，我们也觉得他到处表现着合于口语的句式，吸取了许多口头的新词，但也不知他从何处着力。这是铸炼，这是铸炼的结果，这是语言与文字的辩证关系的实践的成果。不是学者，不是他那诚挚而纯真的态度，是达不到这境界的。

佩弦先生由诗人转入了学者的时期，这精神自然还是一贯的，他在这时期的工作与成绩，可能也有一些复古或落后的倾向。但他却仍旧从那里轻快的走了出来。闻一多先生的话："你诬枉了我，当我是一个蠹鱼，不晓得我是杀虫的芸香。虽然二者都藏在书里，他们的作用并不一样。"佩弦先生引了这段说话，说是"学者中藏着诗人，也藏着斗士"；可知他也非常赞佩这种"芸香"的精神。佩弦先生也钻过古书，自然，他也不是蠹鱼；但是否也是"芸香"，他自己没有说，我们也不必牵强。不过，如果容我们这样打比，"他不是入山的隐士，却是一个导河的工程师；虽然他们都钻入深山中，但他们对于人世社会的贡献，却并不一样。"这譬如近来讲的大众化吧，他在《论雅俗共赏》文中，反复说了许多文学史中的流变，说"大众化却更进一步要达到那没有雅俗之分，只有共赏的局面"。而这能够共赏，可以共赏的，却是跟从前的读书人不大一样，更多的来自民间，又渐渐跟统治者拆伙走向民间的知识分子，和那些工农大众。他从历史的演变中导出一条河源，使得那一批复古者可以口塞，又给现代的文艺工作者找到了历史的渊源，坚定了他们的信心。他在那文章的结语中，说："这大概也会是所谓由量变到质变吧"，自然也是从历史流变的观察中所得到的微言，不是一句泛泛的说话了。一到了这里，佩弦先生再从学者的时期，跨进了斗士的阶段，该是很自然的趋势吧！

可是，说佩弦先生是一个斗士，我还怕有些人不大放心；至少，他那斗士的姿态，并不如闻一多先生那么鲜明似的。但是，我们应得注意，佩弦先生是个表里如一言行一致的文人，他诚挚，他纯真，他在理性的认识上，已经认取了这是个群众的时代，而且也只有群众，只有工农，只有在群众中过生活，以工农的意识为意识，才有我们的出路。他在一个时候，作兴因为理性生活与感性生活的差池，主观的认识一时改变不了过去生活习惯的因袭，但如果能让他慢慢地来，慢慢地向青年学习，向人民大众学习，在这个变革的时代中，他是会由量变到质变，可能改造过来的。认识与生活的矛盾，原是有良心的知识分子所受的苦闷。这在投机取巧、轻浮圆滑的无耻文人，自然又当别论；但对于一个诚挚而纯真的文人他是非用极大的力量和自己的惰性自己的弱点斗争，——非等到一直把这种矛盾，这种苦闷，克服过来不可的。只有有诚挚纯真的灵魂的人，才是战胜自己灵魂的大勇者。时代在变，佩弦先生本着他那诚挚与纯真的精神，对于时代社会，对于我们所以报效国家民族，贡献时代社会的文艺工作，其见解，其认识，也跟着在变。他之成为斗士的形式，虽然不一定和闻一多先生一样，但他之为民主，为人民，为新中国的诞生，为大多数人民的幸福与前途而努力，而斗争，而贡献出他全部的精力，甚至他整个生命，却是一样的。我们生在这个时代，两只脚板还踏在这半个中国的土地上面，我相信，我们都有些古中国流传下来的知识分子的犹豫和惰性，我们虽然看见了中国在新生，看见另一半土地上的生气和那排山倒海的来势，但闻一多或另一些知识分子的道路，却不是每一个人都能走得上的。我们不必把口号提得太高，像有人所乱嘲的"用《背影》对着现实"，如果我们还不至于否认自己生存的意义，相信自己的工作并不完全对于国家民族毫无影响，那么，我们正也不必因为佩弦先生的战斗姿态，并不完全和闻一多先生相同，而降低了他的价值批判。据《大公报》所载，佩弦先生在临死以前，还对青年们谈话，他要向青年们学习，他要过群众的生活。但因为他的身体不大好，须让他慢慢的来，还让青年们不断的教育他。这在一面，固然表现出他的认识，他那知识分子的懦弱与矛盾；但在另一方面，也就教育了不少的青年！甚至不少的同时代的学者与知识分子啊！"你看，朱先生也这么说了；"他们积极的，会更加坚定，他们犹豫的，会确定了道路，而那些糊涂或错误的，也该有个警觉吧！——我们能够说佩弦先生没有把他的精力贡献给新中国的诞生吗？我们能否认这不算战斗吗？

并且，中国的社会，黑暗险恶压得人喘不过气，逼着人向积极的路子走，闻一多先生的情形是如此，许多学者与青年的远走，也何尝不是如此？虽然我们会说闻一多先生他们，还有一个内心的动力，但如果没有机缘，没有这环境的压迫与刺激，他们如何能走上这一条路呢？这是一个必然，这时代愈逼近黎明，这黑暗险恶也就更加甚，而有良心的知识分子也将更多更多的走上积极战斗的道路。

但是，佩弦先生却在这个时候死了。他并没有负起更积极的战斗的任务，他更没有看到新中国的诞生，却自己成为历史人物了。这是时代杀了他的，这是这不合理的时代与不合理的制度杀了他的！我们还能说一些空话吗？

本月十一日下午，当我在《大公报》看见佩弦先生进入医院，割治十二指肠溃疡的专电时，心里就觉一怔。我与佩弦先生，差不多已有十多年没有见面了。回想抗战初期那年，我从上海到了长沙，正巧佩弦先生也随着清华南迁，到了那里。那时，我多次到小吴（？）门外的圣经学院去看他，接连碰面了好几次；以后他去昆明，我在东南一带流转，一直到了胜利，还没有和他再见一面的机会。这时，我看见报上的消息，就想起他那矮矮胖胖的身影，他那诚诚挚挚待人的态度，想起他的文章，想起他的笔迹；尤其是，有一次在上海的一家旅馆里的情形。那是在那一年里的事，我几乎忘记了；但记得他问起我今后做学问的计划与路向，我当时几乎有些发窘。我自己在学问的路上，一直到现在还是在彷徨的，我不知能够做什么最适宜于自己也最适宜于别人的工作。这多少年来，我的脑子里老有他的影子，我也时常回味着他的诘问来策励自己。可是，近年以来，经过这长长的八年抗战，再经过了这胜利后三年的内战，自己的心情也慢慢的转向沉重起来，一面固然觉得这环境的值得咒诅，大有时日曷丧的感想，同时却也有时不我予的情怀。我平时觉得，从整个历史说，这是一个从古未有的大变更，封建社会的根，已经根深蒂固蔓生了二千多年，如果要把它连根挖起来了，费上二十年三十年的时间，从整个时间的比例说，还不能说是太长；但人生的寿命有限，如果就在这历史新生阵痛中死亡，总未免有些冤抑；——虽然历史的新生并不计较着个人的什么。我们从自己的生活上说，难免没有一些牵累，也不能没有一些因循，但对这历史的新生，如果不加进自己可能尽到的最大一份力量，也可能让黑暗延长，又可能让自己扼死在这黑暗中的。一旦死亡竟然到来，我又做过一些什么，尽过一些什么力量？对于佩弦先生，我觉得他对这一时代的文化，特别是下一代的青年，已经贡献得很多；但我们对于他的要求，以及国家民族，未来的社会文化对于他的要求，却还不能满足。我当时想写一封信给他，给他一个安慰，也希望他为国家民族社会文化珍重；谁知我的信还没有写出，第二天的报纸，已经传来他的死讯了。啊！这难道不是民族文化的损失吗？

佩弦先生的许多著作，我手边没有一本，我想起了他的一些我曾经看过的作品，我翻看了这一期《读书与出版》上面载的《闻一多全集》序言，我的脑子里就转着许多零乱的思想。中国是只有一条路了，中国的知识分子也只有这一条道路。这一条路，鲁迅走上了，闻一多走上了，朱自清也走上了。后来，他们或因疾病，或因暗杀，都结束了生命，放下了工作了，而如今，这一条路，却是等我们来继续走上的，而且有许多斗士，早就走上了。他们都没有到了一定要死的年龄，假定这社会早就是个合理的社会，那么社会文化的进步，生活的改善，医药文化的发达，他们的生命，都可能会延长一些时候。但他们这时杀死病死了！这还不够叫我们警惕吗？我们如果不能把我们的力量，尽量加速这历史的新生，我们也将会在黑暗中死去的。叶圣陶先生在佩弦的死讯中说："他近年来很有顾影茕茕的心情，在几次来信中曾经提到。我想他未必如屈原所说的恐修名之不立，却是恐怕自己的成绩太少，对于人群的贡献太不够的缘故。"这话的内容，是出发于他那诚挚纯真的人生，出发于新道路新社会的责任感，我是颇能懂得的。但是，佩弦先生却已完成了他的人的道路。过分的哀悼，我们还用得着吗？新中国的道路，中国知识分子的道路，是只有一条的，而且还得加快脚步的走！或者能避免一些时代的悲剧吧。佩弦先生，你没有死，你非但给我们指出了道路，而且还在催促着我们向前呢！你没有死啊！

1948 年 8 月 20 日

编后记

　　许杰先生在 20 世纪中国文学版图上一直以关注乡土、呈现农村而为史家所称道，我之前在留意许杰的南洋经历时发现，虽然他在吉隆坡停留前后不到两年，但在担任《益群日报》总编辑时所做的大量工作，对于新马文学甚至新马华人社群的影响极为深远。而"暨南中文名家文集"的出版计划，让我得以有机会对许杰的文学生涯进行相对较为完整的追踪，尤其是暨南大学任职的经历对其人生道路的走法获得了更加详细的感知。

　　许杰任职暨南前后差不多 10 年，因为教学工作需要写下大量理论文字，其中涉及文学社、学生写作的指导，对现代文学作品的评介，以及文学规律的寻找与阐释，远远不止小说家的角色作用。暨南生涯可能建构了"作为学者的许杰"，在篇幅受限的选文中实际上也进行了适当的呈现。许杰 1945 年离开暨南大学可能带着相当复杂的情感，也从另外的角度证实一个作家与一所学校之间的关联，他耗费的时间、贡献的精力以及相互之间产生的依存，注定了文化缘分的重要性，也是许杰之于暨南大学人文积淀的独特意义。

　　大学精神自有其不可剥离的价值内涵，许杰内心那份深邃、复杂的情感体验，也许只有放到回望历史的语境中才会被看得更清晰，毕竟集体总是给孤独的个体塑造一种难以言明的归属感。一部文集的出版对于许杰而言未必具有某种心灵的告慰，而从学校单位的角度审视其成员，抑或具有内在的参照作用。

　　对作品已然发表、作者已经离场的对象进行编选，编者的作用可能微乎其微，甚至只能体现出作为编者的视野局限，因此这本文集难以呈现出许杰先生作为文学家、教育家、编辑、学者的整体面貌，这是一种显而易见的遗憾。而为降低基本层面的失误与缺陷，编者获得了不少人的大力帮助。文集计划开始即得到许杰先生的家属支持，从作品授权到相关资料考证，许杰的女儿许玄女士提供了重要的直接帮助，许玄的女儿周好小姐作为我们的中间联络人也解答了编者不少问题，谨向母女俩致以衷心的、诚挚的感谢。此外，感谢丛书主编程国赋教授、贺仲明教授的宽容与鼓励，加州大学戴维斯分校奚密教授的邀约让我减免了不少难以应付的琐碎事务，我的研究生钟溪、何文琴协助处理了文稿事宜，正是所有这些善意与帮助让我的心理压力减轻不少，特此一并致谢。

龙扬志

于加州大学戴维斯分校彼得·J.希尔兹图书馆

2022 年 12 月 2 日

责任编辑：宰艳红

封面设计：石笑梦

图书在版编目（CIP）数据

许杰集 / 龙扬志 编 . — 北京：人民出版社，2023.12

（暨南中文名家文丛 / 程国赋，贺仲明主编）

ISBN 978 - 7 - 01 - 026135 - 5

I.①许… II.①龙… III.①中国文学—现代文学—作品综合集

　IV.① I216.2

中国国家版本馆 CIP 数据核字（2023）第 230718 号

许杰集

XU JIE JI

程国赋　贺仲明　主编　龙扬志　编

人民出版社 出版发行

（100706　北京市东城区隆福寺街 99 号）

北京盛通印刷股份有限公司印刷　新华书店经销

2023 年 12 月第 1 版　2023 年 12 月北京第 1 次印刷

开本：710 毫米 × 1000 毫米 1/16　印张：20.75

字数：260 千字

ISBN 978 - 7 - 01 - 026135 - 5　定价：76.00 元

邮购地址 100706　北京市东城区隆福寺街 99 号

人民东方图书销售中心　电话（010）65250042　65289539